中国民间故事全书

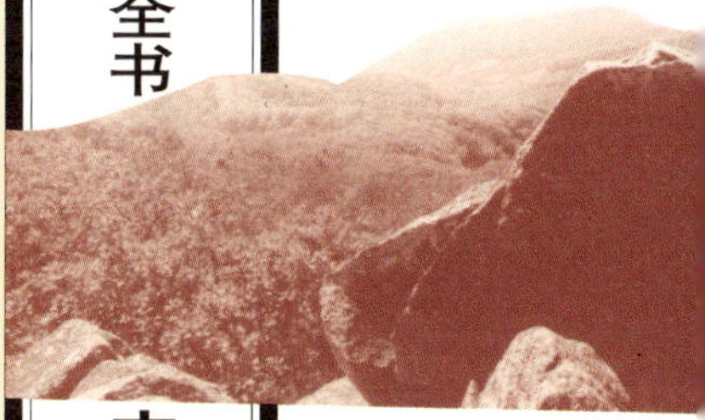

吉林·东丰卷

《中国民间故事全书》系国家社科基金特别委托项目中国民间文化遗产抢救工程系列成果之一

『十一五』期间国家重点图书出版规划书目

总主编　白庚胜

本卷主编　刘丰年

知识产权出版社

中国民间故事全书吉林省编委会

顾　　问：谷长春
名誉主任：吴景春　李文瑞　苏赫巴鲁
主　　编：曹保明
副 主 编：傅胜华　焦洪学　张洪江
编　　委（按姓氏笔画为序）：
王松林　丛树兰　由守义　孙守信　巩志强
江汉力　祁　鸣　何　平　张守智　张洪江
李成飞　陈明宏　范书华　金乃祥　郭胜林
常焕臣　曹保明　傅胜华　焦洪学　程永刚

中国民间故事全书东丰县编委会

顾　　问：滕宝春　单联成
名誉主编：赵志才
主　　编：刘丰年
副 主 编：韩振林　李明成　李国恩　毛广利
编　　委：刘丰年　周传波　焦成祥　杜晓东
徐德顺　刘玉文　别清友

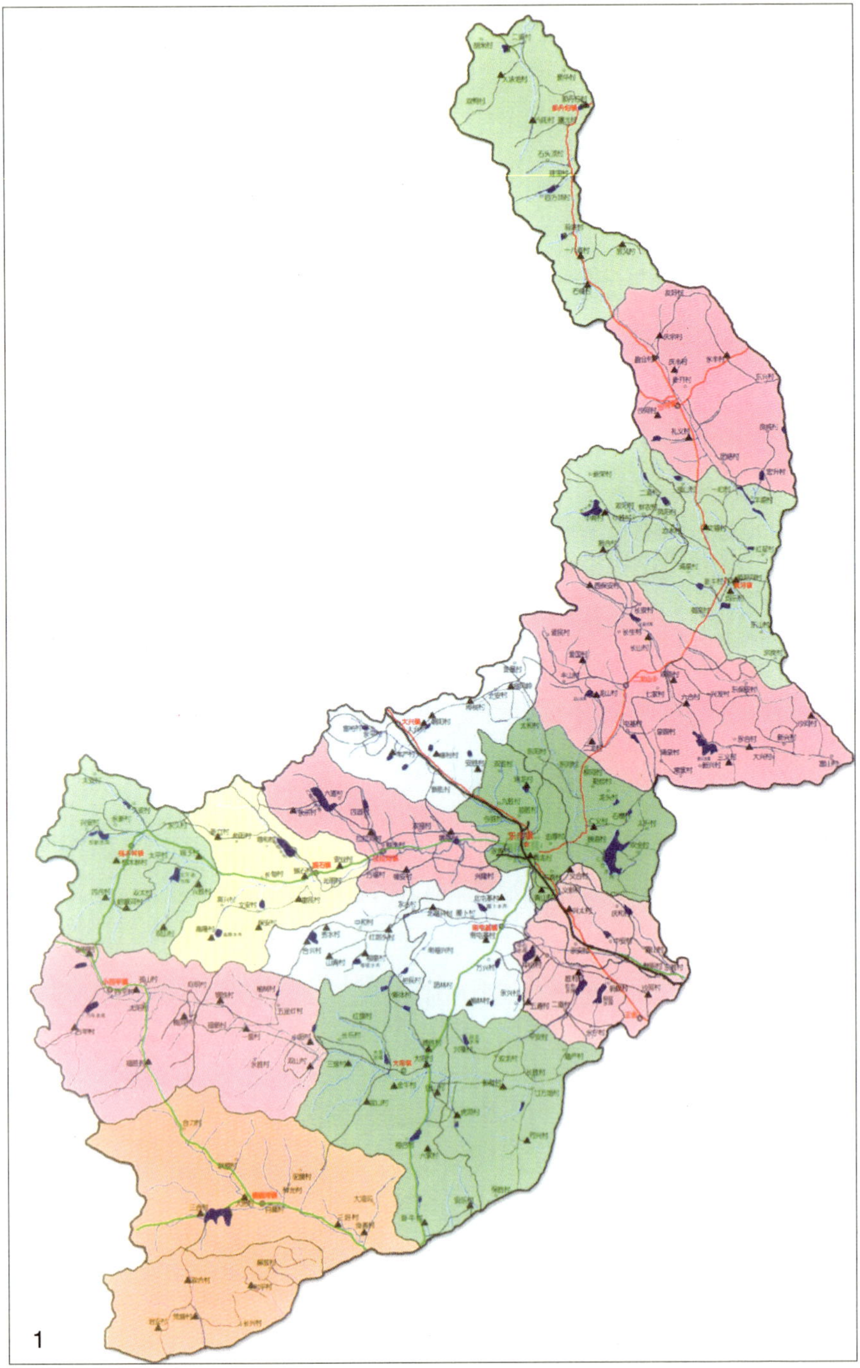

2.野生梅花鹿保护区内最高的山峰——秫秸垛顶峰顶（海拔854.9米）

3

4

3.寒葱岭

4.东丰百万亩人工林（原国务院副总理田纪云题词）

5.“马记鹿茸”创始人马兴太在向弟子传授炸制鹿茸的技艺

6

7

8

9

6.腊月里（布贴画）
7.剪纸
8.二月二（农民画）
9.仙鹿送贵子（年画）
10、11.群众健身活动

12

13

12.南照山公园旅游区
13.节日的南照山公园
14.观音寺庙会
15.新世纪广场钢雕
16.全国惟一的国家级
野生梅花鹿保护区

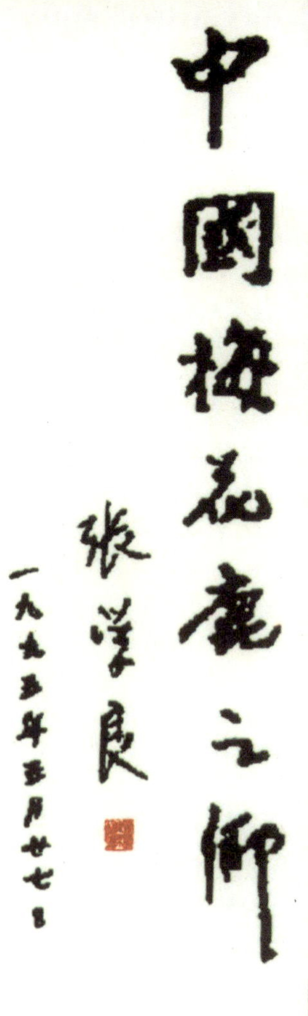

17

18

17.爱国将领张学良为东丰县题词
18.野生梅花鹿
19.野狍子
20.黄鼬
21.收藏在人民大会堂吉林厅的东丰“马记鹿茸”

19

20

21

22

23

24

22.铃兰　25.灵芝
23.杓兰　26.寒葱
24.木兰　27.山参

25

26

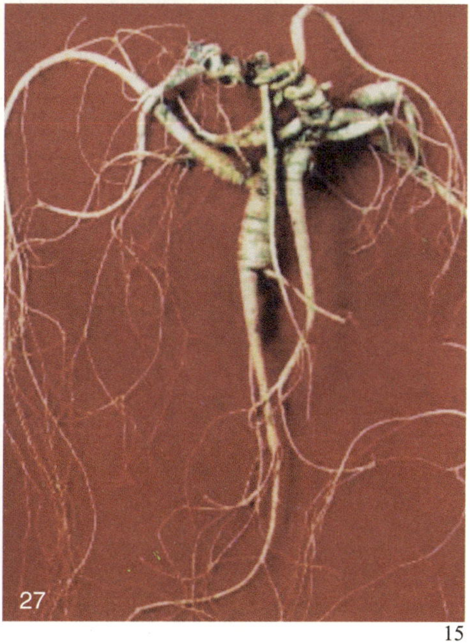

27

28、29.文物

28

29

春天的故事（代总序）

白庚胜

对于中华民族来说，21世纪是与中国民间文艺保护的春天一起来到神州大地的。

正如20世纪新中国历史开篇注定要从知识界对民间文艺的关注及其从中寻找现代化的资源与动力开启那样，经济全球化背景下的中国精英阶层乃至普通群众，在新纪元伊始之际亦把深沉的目光投向了中华大地上五千年积淀丰厚的民间文艺遗存：几多焦虑，几多审视，几多期待……

辛巳之春，在送走整整一个世纪的痛苦与欢乐、牺牲与胜利之后，随着4月的和风一寸寸染绿京城的街头，中国民间文艺家协会终于完成了新统帅部的组建，并在冯骥才主席的倡导下作出了用10年时间在全中国境内实施“中国民间文化遗产抢救工程”的战略决策。其内容是对960万平方公里土地上56个民族的民间文化作一次“地毯式”的大普查，最终编纂出版县卷本《中国民俗志》(3 000卷)、省卷本《中国民间美术图录》(31卷)、专题集《中国木版年画集成》(20卷)、《中国剪纸集成》(50卷)、《中国唐卡集成》(20卷)、《中国古村落民居集成》(50卷)、《中国服饰集成》(60卷)、《中国彩塑集成》(10卷)、《中国民窑陶瓷集成》(10卷)、《中国皮影集成》(10卷)、《中国民间杰出传承人集成》(100集)、《中国史诗集成》(300卷)、《中国民间叙事长诗集成》(500卷)，并命名一大批民间艺术家，建立一系列民间文艺之乡与民间文艺保护基地、传承基地，建设民间文艺数据库。其目的，不外乎是固守中华文明根脉、传承中国文化薪火。

想当初，没有上级的指示，没有企业的支持，没有出版社的承诺，一切都只是一个发生在初春里的梦。于是，多少赞叹如春潮涌起，多少怀疑似涛声依旧，多少讥讽穿行在街巷，多少风险横陈于前路。但是，紧迫感、责任心使我们义无反顾，民间情怀、国家利益令我们坚定前行，中国民间文艺家协会众志成城，誓将梦想化现实。

由于顺应了发展多元文化的时代潮流，也顺应了弘扬民族精神、实现中华复兴的党心、民意，春天的梦想一天天成长：在党的“十六大”报告明确提出要扶持优秀民间文艺及国家级大型文化工程之后，中宣部决定襄助中国民间文艺家协会主持实施的中国民间文化遗产抢救工程。在获得民间文艺界前辈贾芝、冯元蔚诸先生的全力支持后，中国民间文化遗产抢救工程新闻发布会于2003年2月18日在人民大会堂举行，中国民间文化遗产抢救实施工作会议于2003年3月25日至26日在北京正式召开，第一批实施省区及专项随之开展行动。

作为主干项目，编纂出版包括《中国民间故事全书》在内的“中国民间文学全书”从中国民间文化遗产抢救工程动议之初就被提到了议事日程。这是因为：作为这项工作重要基础的“中国民间文学三套集成”工作的组织系统仍然存在；其省卷本编纂工作仍在进行；大多数地区都已编定有关县卷本。我们相信，它定能成为中国民间文化遗产抢救工程的第一批收获。

难忘啊，从1984年起，中国民间文艺家协会（当时称中国民间文艺研究会）曾先后动员200多万名民间文艺工作者从事有史以来规模最大的民间文学普查，先后收集到40亿字的文学资料。其中，包括184万篇民间故事，302万首民间歌谣，748万条谚语，各种专集4 000多种。这是一笔多么丰厚的遗产！如今，作为这项工程的最终成果《中国民间故事集成》、《中国歌谣集成》、《中国谚语集成》省卷本的编纂出版正在接近尾声，而曾经主持这项工作的钟敬文、马学良、姜彬等领袖人物却长眠大地，再也看不到这赏心悦目的收获，还有许多民间文艺传人早已作古化春泥，许多“三套集成”工作者从“青青子衿”变成了“白发老翁”。面对这一切，除了继续做好“三套集成”省卷本的后续工作之外，我们还有什么理由能够拒绝编纂出版他们苦苦收集到的民间文学原始资料？

怀着如火燃烧的激情以及对民间文艺事业的忠诚，我们经过两年多的准备，于2004年4月正式启动《中国民间故事全书》专项。那时的杭州，正是“江南草长，落英缤纷，群莺乱飞”，一派明媚的春光。

在实施这项工作的过程中，多少感人的故事就发生在我的身边：中国民间文艺家协会主席冯骥才先生以他作家的情怀与文化领袖的睿智，始终坚持将包括《中国民间故事全书》在内的“中国民间文学全书”编纂出版工作纳入中国民间文化遗产抢救工程，并具体过问它的体例设计、出版、文本审定、封面设计，真正做到了事无巨细、精益求精，自己的文学创作却因此被束之高阁；杨亮才先生是中国民间文艺界的老同志、老领导，他不仅参与了中国民间文化遗产抢救工程的全部策划，而且还主动承担了《中国民间故事全书》的整体设计、并不顾七旬高龄奔走于湖北、云南、山东、河南、河北等地摸底游说，直至回老家部署大理白族自治州12卷示范本的编纂工作；赵寅松是白族文化专家，他任所长的大理白族自治州白族文化研究所并不从属于文联系统，但他在得知中国民间文艺家协会正在主持实施中国民间文化遗产抢救工程后主动请缨，不仅承担了《云南甲马集成》大理部分的编纂工作，而且还以极快的速度、较高的质量完成了《中国民间故事全书》大理白族自治州12卷示范本的编纂工作。他说：“抢救遗产不分内外，保护文化岂等文件经费！”这是他的心声，也是全中国民间文艺工作者的深愿；与赵寅松先生一道为示范本的编纂作出贡献的还有湖北省民协主席傅广典先生及宜昌市民协主席王作栋先生。在他们的主持下，“当阳卷”示范本的编纂亦高速优质，一锤定音。

随着河南信阳文联主席廖永亮、山东枣庄民协主席王善民、内蒙古民协主席那顺、中国民协副主席兼吉林省民协主席曹保明、江苏省徐州市民协负责人殷召义等先后加入到《中国民间故事全书》的编纂工作中来，早日高水平出版这些成果便成为当务之急。也就在这个时刻，经过不断挫折，我们最终与知识产权出版社喜结良缘。该社有胆有识的社长董铁鹰先生与总编欧剑先生、副总编王润贵先生决定投巨资以圆这套“全书”的出版梦。这使我们感到鼓舞，也更使我们坚信中国尚有出版家，而不仅有追逐名利的出版商！促成这段良缘的是一位名叫孙昕的年轻女士。她曾在2002年与2003年两次采访过我，以报道中国民间文化遗产抢救工程在无“红头文件”、无一分钱的背景下组织实施的壮举。那时，她是一名记者。2004年，她从《中国知识产权报》转调到知识产权出版社后的第一件事，就是给我打电话了解这项工程的进展以及有关成果的出版问题。当她了解到我们虽已获中华书局斥资帮助出版《中国木版年画集成》、黑龙江人民出版社出资帮助出版《中国口头与非物质遗产推介丛书》，但《中国民间故事全书》出版维艰之后，决定向本社领导反映抢救工程面临的困难。对此，我心存疑，而被知识产权出版社的出版家们铁肩担大义，断然允诺。

这，都是发生在21世纪春天里的故事。

在这个春天里，我十分荣幸能成为中国民间文艺家协会最高统帅部的一名成员，并奉调协助冯骥才主席主持协会日常工作及中国民间文化遗产抢救工程的组织领导工作。可以说，这四年里，我是与中国民间文艺的梦想一起不断成长的。尽管衣带渐宽、双鬓初霜，我与我的同仁们却无怨无悔，抱诚守贞，一直执著于为祖国文化遗产的保护、传承、创新、发展而努力。这是因为我时刻听到来自田野的呼唤：暂先放下你的寸管，作民间文化遗产的抢救与保护；我亦不断被冯骥才主席对国家文化命运的关切所震撼：暂先离开你的书斋，走到人民群众中去。是的，暂先放下，是为了永远拿起——学术；一时离开，是为了不朽的存在——人民文化。

在这部洋洋3 000卷的《中国民间故事全书》即将问世之际，我觉得有必要对这项工作的缘起与经纬作一些简单的诠释。

关于名称 《中国民间故事全书》名副其实。它之所以以“中国”相冠，表明其中所收作品遍及内地及港、澳、台地区。港、澳、台地区民间故事作品入“全书”是藉台湾中国文化大学教授金荣华先生之力才得以实现的。这在“三套集成”时代是不可能、也是没有做到的；所谓“民间故事”沿用的是《中国民间故事集成》中所使用的广义性概念，它泛指一切散文体民间口头创作，包括神话、故事、传说之属；“全书”之称，因它基本反映了中国民间故事的基本情况而定，它的确在内容、形式、地域、民族、体裁、题材等方面都比较全面、客观。以它的编纂出版为标志，中国民间故事的形象将不再残缺星碎、模糊不清。

关于关系 中国民间文化遗产抢救工程与“中国民间文学三套集成”工作有千丝万缕的联系。我在中国民间文化遗产抢救工程工作会议上的讲话《精心组织实施、全面开拓创新》中即已作过明晰的阐释：“‘抢救工程’与‘中国民间文学三套集成’同是中国民间文艺家协会主持承办的民间文化工程。‘抢救工程’是‘三套集成’工作的一种继承与延续，也是对‘三套集成’工作的一种拓展与深化、发展。两者之间既有联系、又有区别，但其抢救保护民间文化遗产的精神是一致的。在文学意义上，‘抢救工程’是对‘三套集成’的范围扩充，增加了史诗、民间叙事长诗；在艺术意义上，‘抢救工程’增加了民间工艺美术，为‘中国民间文艺十套集成’中缺少的相关部分作了‘补天’；在文化意义上，‘抢救工程’把‘民俗文化’作为重点工作之一，力求一网打尽，理清了民间文学与民间艺术存在基础的关系。在‘抢救工程’实施过程中，还将最终完成‘三套集成’工作的遗留问题，不仅争取出版《中国民间文学集成》，还将对历时20年的‘三套集成’进行总结、评奖，并探讨有关资料的活化与应用问题。”

也就是说，在最初的创意之中，周巍峙主席所主持的“中国民间文艺十套集成”工程之组成部分“中国民间文学三套集成”县卷本是拟在中国民间文化遗产抢救工程中以《中国民间文学全书》的形式加以编纂出版的。后来，由于经费方面的原因，不得不改弦易辙，决定先编纂出版县卷本《中国民间故事全书》，歌谣、谚语、史诗、民间叙事长诗等则留待今后再相机启动编纂出版。显然，《中国民间故事全书》的编纂出版并不是平地起高楼，也不是刻意另起炉灶，它基本属于“三套集成”《中国民间故事集成》县卷本资料的系统编纂出版。

关于原则 在2004年3月26日至28日召开的“中国民间文化遗产抢救工程推动会议”上，我受主席团的委托，作了《用优异的成绩编好〈中国民间故事全书〉》的报告，对编纂出版这部“全书”提出了以下原则：1. 分批实施、推进，用五年左右的时间完成全部编纂出版任务；2. 示范本先行，先编云南大理白族自治州12卷示范本及湖北省当阳卷示范本；3. 对未编过县卷本的地区进行普查并编纂县卷本；4. 对已编纂县卷本但未作过普查的地区进行普查，以补充原有县卷本资料；5. 对已作过普查并编有县卷本的地区进行补充调查，以丰富原有文本；6. 对已有少数民族文字县卷本进行翻译并补充有关资料，以编成汉语文县卷本；7. 制定体例及出版方案，进行统一编纂及集中出版；8. 成立从中央到省、市、县的四级领导小组、工作委员会、专家委员会领导此项工作。虽然进度不一，但一年多来这项工作始终是按此原则实际进行的。

关于动机 我们的最初动机是：1. 中国民间文化遗产抢救当然包括对民间文学的抢救，抢救性保护是一个永恒的话题；2. 大量的信息表明，由于种种原因，从1984年起被搜集到的民间文学资料正面临着各种厄运：或佚失无存，或藏诸私家，或变卖造纸，或鼠啮虫蛀，或风雨侵蚀，必须加大对它们的再抢救；3. 通过《中国民间故事全书》的编纂出版，为日后编纂出版《中国歌谣全书》、《中国谚语全书》、《中国史诗集成》、《中国民间叙事长诗集成》等积累经验，并最终完成“中国民间文学三套集成”各层级卷本的全部编纂出版；4. 为方兴未艾的故事学、传说学、神话学及类型学、母题研究等提供最生动的资料，推动这些学科的发展进步；5. 强化民间故事作品的社会应用，使之在人文精神建设、学术建设、道德建设、和谐社会建设、文艺建设、文化产业建设等过程中发挥应有的作用……

亲爱的朋友，《中国民间故事全书》摆放在您的案头并正一天天增高的今天，也正是全中国民间文艺工作者为您祝福、供您享用的盛大节日。为了这一天，我们付出了我们应该付出的一切；为了这一天，我们为自己的正确抉择、坚定信念、审慎工作而感到自豪。

自豪，来自人民群众的伟大创造！

光荣，展示了精神家园守望者的无私与智慧！

我们确信，春天的故事永远没有结束，她只会延伸为一次又一次秋天的收获。

2005年8月13日酷热中

于北京潘家园寓所

目　　录

故　事

笑话

前　言

在广袤的关东大地上，在辽阔的白山松水间，美丽富饶的东丰县镶嵌其中，鲜活豪放的民间文学蕴涵其中——这是祖先的恩赐，也是后人的造化。

东丰县位于吉林省中南部，海拔400米左右，气候属北温北寒两带之间。由长白山脉分支而来的“分水岭”，从横道河镇荒营村入境，其大势自西南向东北起伏蜿蜒，纵贯于县境。四季分明的气候，塑造了怪石嶙峋的五台山，巅连起伏的寒葱顶子，充满神秘色彩的白云山等百余个大小山、岭。同时，独特的自然风貌孕育了丰富的矿产资源，其中以煤、铁、白灰为最。县内河流很多，有密如蛛网纵横交错的小溪，也有万马奔腾气势磅礴的大河，是县水利资源的重要组成部分。北部的大沙河，中部的梅河、沙河，南部的横道河为县内四支重要水系，流经全县大部分乡镇。在这块2 521.5平方公里的土地上，生活着12个民族40万勤劳质朴的人民。

考古及历史资料表明，在距今五千年左右的古代，就有人类在这块山峦叠嶂、水流充沛、自然秀美的土地上居住、生活和劳动。到了清康熙年间（1662~1722），本县被封为“帝王狩猎，择地讲武，备训（八旗）卒徒”的皇家围场，每年入秋，康熙皇帝率文武朝臣和八旗将领到此行猎习武，代代相袭。嘉庆、道光朝之后，八旗武备松弛，皇帝光顾围场的次数越来越少，朝廷也渐渐对围场疏于管理，大批关内汉人陆续冲破禁区，到这里开荒斩草，建房定居。同治十三年（1874）废除行围。光绪四年（1878）清廷按围边“设兵戍守，并置鹿趟”，“哨鹿以贡于朝”。光绪二十八年（1902）设置县制管理此地。民国初，因本县名与山东省东平县重名，改称“东丰县”。建制前，名为大度川，源出清代“阿木巴拉洪阔，围场”之名；建制后，行政区南北长（最长处105公里），东西宽（最窄处仅3.8公里），形状如胃，故有“大肚子川”之称。

东丰县素以“神州鹿苑”闻名于世。境内群山环抱，山高林密，平原坦荡，水草丰美，很适合梅花鹿繁衍生息。康熙、雍正、乾隆、嘉庆、道光等皇帝都到过大肚子川围场狩猎。乾隆十九年（1754），朝廷对围场的“封禁”政策，使野生动物，尤其是梅花鹿的繁殖更为有利。光绪年间，大肚子川猎户和盛京将军派来的“陵官”捕鹿进贡朝廷。光绪二十一年（1895），朝廷批准人工圈养梅花鹿，并设“鹿鞑”官（相当于七品官）。次年，朝廷拨40名骑兵的军饷，建立皇家“鹿苑”，专司养鹿、贡鹿，并将东北境内的吉林、牡丹江等地猎户所捕之鹿集中于此，实行圈养，从此，开人工驯养梅花鹿之先河，成为亚洲乃至世界最早人工驯养梅花鹿的地方。宣统二年（1910），年仅20岁的养鹿小伙计马兴泰脱颖而出，成为县内第一个炸茸技师。后来，“马记鹿茸”成为名扬中外的驰名品牌。1926年，“万寿堂”药店开业，请名医用鹿产品与人参相配伍，研制“参茸丸”、“鹿胎丸”，获得成功。1928年，又在营口大官塘街开设“永源庆”参茸店，经销鹿茸及参茸丸、鹿胎丸，“不仅畅销内地，而且远销到香港、日本、美国、英国、俄国各地”。伪满时期，日寇侵占我国东北之后，成立了“满蒙天产株式会社”，疯狂掠夺东丰梅花鹿，据小四平养鹿伙计邱长志说“日本鬼子从小四平往日本国调鹿，一次就有一二百头”，使东丰养鹿业备受摧残。1945年9月东丰解放，尤其是新中国成立后，东丰鹿业迅猛发展。1995年5月27日，身居美国夏威夷的张学良将军为东丰书赠“中国梅花鹿之乡”巨幅。

鹿乡文化以龙的图腾积淀着深厚的文化底蕴。我们的祖先在生活、劳动和斗争中不断地进化与进步，创造和积累了丰富的经验和文化遗产，民间故事就是他们历史的记录和智慧的结晶。我县民间故事主要分布在捕鹿时间早、养鹿规模大、人口数量多的西部地区的小四平、杨木林、猴石，中南部地区的大阳、横道河，北部地区的沙河镇等乡镇。与民间故事结伴同行的民间艺术形式，如民间鼓乐、剪纸、音乐、曲艺、秧歌、魔术、石雕、泥塑、书法等遍布县境之内，它们相互借鉴，又各具特色。东丰农民画“以民族传统为根基，以关东民俗为养分，以自身生活为源泉”，历经沧桑，形成了“虚中见实，拙中见美，平中见奇，华中见真”的创作风格和艺术特色，截止到2005年，被国家美术馆收藏107件，获国家级奖励171件，受省级表彰277件，参加省级以上国内外展赛1 106件，省级以上报刊发表1 029件，送联合国和日本、韩国、加拿大、阿根廷等国家展出232件，应邀赴日本、韩国、德国、马来西亚、新加坡等国作商业性展出。1988年，东丰县被文化部命名为“中国现代民间绘画之乡”。

民间文学滋养了一代又一代作家、艺术家的创作躯体。我县作家、艺术家以鹿乡历史和传说为题材出版了专著《解方将军传奇》《神秘的祭祖车队》《皇家鹿苑演义》《皇家鹿苑保镖传奇》《鹿苑逐鹿》等纪实文学、中长篇小说30余部；以鹿乡文化为研究对象发表了论文《东丰养鹿的民俗》《谢论东丰养鹿文化》《试论长白山采参的民俗》《东丰县梅花鹿资源的经济利用与开发》《论农民画的地方特色及其发展趋势》等60余篇；以鹿乡生活为创作源泉发表（出版、展出、演出）了诗集《黑诗人》，散文集《流水的日子》，报告文学《今日皇家鹿苑》，摄影《秋风有意染黄花》，二人转《葡萄姻缘》，歌曲《鹿乡放歌》，年画《鸟语金秋》，农民画《幸福的晚年》《鹿乡春秋》等数千部（件、首），显示了鹿乡文化的巨大魅力和作用。

民间文学属于祖先，属于我们，属于子孙后代，属于全人类。换言之，我们保存、保护好民间文学，就是保护好宗祠，保护好家业，保护好子孙后代精神寄托、科学发展的文化基业，就是对人类文明的重要贡献。有识于此，愿我们与海内外炎黄子孙一道，为记忆文化遗产尽力，为民族文化事业增辉。

传说

神仙传说

吕洞宾出家

吕洞宾小时候，父亲就死了，光靠母亲织布维持生活。

有一回，吕洞宾听老人讲，当和尚能呼风唤雨，飞墙走壁，就想出家，母亲多次劝告洞宾，洞宾一点也不听。

母亲没办法，等吕洞宾十八岁那年，就给儿子说了媳妇。一年后生了个丫头。母亲以为这样，儿子就不会出家了。

吕洞宾可是没死心，他还是非要出家不可。住在同村的堂兄表弟俩听说了，也要出家。

神仙知道洞宾诚心出家，特意来到这个村庄，见洞宾朝这边走来，问道："你就是洞宾吧？要出家，是不？"

洞宾心里琢磨，我与这位先生素不相识，他咋知道我要出家？内里必有来历，不如拜他为师父得了，于是洞宾跪下叩头："师父，收下我吧！"老神仙见他很诚实，就点头答应了。

"师父，请到我家吧！"

"好吧。"老神仙也没客气，就来到了洞宾家。到屋里，见屋地下有只公鸡，便说："给我炖只公鸡，不过，公鸡得我一个人吃。"

吕洞宾出家心切，跟母亲一商量，就杀了这只鸡。

母亲就那么一个孙女，留了只鸡大腿。第二天，杀的那只公鸡，又从鸡架里出来了，少了一条腿。老神仙生气地说："你看，我告诉你们，公鸡都得我吃，你们偏留只腿。"

吕洞宾这回更加相信老神仙了，就和堂兄表弟，跟神仙去了。

走了百八十里路，师父说："咱们就在这里吃饭吧。洞宾你去找个小锅去。”

“那米也得借吧？”堂兄说道。

“不用，咱们光喝水，就能喝饱。”

不大会儿工夫，洞宾拿来了锅，放在立着的三块砖头上，提了些水。等水烧开时，师父就往锅里甩着黄色鼻涕，见锅里的水成糊糊了，饭也就做好了。

吕洞宾和老神仙大吃二喝，满头是汗。堂兄表弟看了有点恶心。堂兄尝了尝，表弟用指头蘸着舔了舔。

又走一程，堂兄表弟饿得没有劲了。师父告诉他俩：“你俩快回去吧，再走一会儿，会饿死的。”说完，师父和吕洞宾腾空而起。

单说堂兄表弟二人见洞宾走了，怨自己没吃鼻涕而伤心落泪。堂兄尝了点鼻涕，能飞一房子高，做了家贼；表弟因用手蘸着舔了点鼻涕，画头一张画，是活画，等画两张往后，再也画不活了。

吕洞宾和师父转眼间，来到了一个山洞子里，师父把屋子布置一番，然后告诉洞宾只准开东西南门观光玩耍，不许开北门。

当他开南门时，见师父和名仙喝酒；开东门，见到花鸟鱼虫；打开西门，看到农民种田、打鱼。心里琢磨：怪事，为什么不让我开北门，里面必有奥妙之处，反正钥匙在我手，不如看看究竟。一天，他顺手打开北门，就见自己的母亲烧火，妻子做饭，女儿玩猫。自己心里一难受，掉下了眼泪。眼泪“唰”地长到眼睛上（按：原文如此），吓得他立刻锁上了门。

师父知道他进了北门，走进屋里，拿一支神枪，一个小口袋，对洞宾说：“你为啥要开北门？心还是不诚，回家去吧。”

“这回，你叫我干啥我干啥！”洞宾苦苦地哀求道。

“那好，你就在地上划个‘十’字，踩着它就回家去，把道上发光的白石头捡着装到口袋里，等你捡满，就到了家了。再把你家门前小河旁的那块石头拿着，放在灶坑里。把口袋里的石子倒进锅里，再用神枪把你母亲、妻子、女儿打死，再把神枪挂在房檐下。”

吕洞宾出家心切，把心一横，按着师父的指点，完事后，便死心塌地当和尚去了。

其实洞宾的母亲、妻子、女儿第二天起来时，啥事都没有，揭开锅一看，全是金银财宝，都够花上几辈子了。一扒灰，见灶坑里有一个狗头金，心里别提有多高兴了。一出门口，可把母亲吓坏了，见儿子挂在墙上，婆媳大哭一场，把洞宾尸身埋掉了。

这回可好了，吕洞宾一心一意练武，十八般兵器样样精通。母亲、妻子、女儿在家里过着安然的生活。

讲述：任维珍　70 岁

记录：张洪民

1983 年 8 月 9 日采录于大阳镇大阳村

“女财神”当娘娘

相传，太上老母在天上没事闲坐，忽然从下界传来了一阵锣鼓的响声。她好奇地往下一看，原来人间在演戏。

太母来了兴头，走下宝座，来到人间，加入戏班里，扮演一个女财神，演得活灵活现。人们为了求吉利，也想发个财，就用铜钱向财神身上打去，说是谁打中她，谁就能发财。

正在这时，云游的神人吕洞宾看见了这出戏，一眼认出了扮演财神的太母。心想：都是凡人，怎么能随便打神人呢？他灵机一动，想出出太母的丑，便顺手从钱褡里拿出了一把铜钱向太母抛去，正好打在太母的脸上。太母痛得一捂脸，睁眼一看是个云游道人，顺嘴说道：“你这个臊仙。”话一出口，仔细一看是真人吕洞宾。她知道事情不妙，可躲又躲不了，逃又逃不掉，这可如何是好？

正在这时，吕洞宾一听太母的话，知道不好，太母封我为臊仙，我也饶不了她，指着太母说：“你说我是臊仙，你这个万人妻，演戏给万人看，真不知羞耻。”

太母一听吕洞宾封自己是万人妻，知道一时没认清吕洞宾，话说错了，可又收不回来。怎么办呢？掐指一算，自己回不了神位了。当时正赶上万历做皇帝，她只好投胎来到人间，给万历做了老婆。

吕洞宾一算，自己也回不了神位了。据说至今他也没有出世，还在山东的斜山修炼呢。“不认真假人”就是从这件事传下来的。

讲述：王保喜
记录：许　芳
1983 年 12 月 13 日采录于四平镇福胜村

姜太公封“神上神”

传说很久以前，姜太公把所有的神仙都封完之后，他的内弟又来找他，让他给封个最大的神。姜太公想来想去，便问内弟：“我封你为‘神上神’，你看可以吗?”他内弟一听“神上神”，就认为一定站在神的上面，于是很高兴，问姜太公：“我是‘神上神’，应该到什么地方去呢?”姜太公说：“你既然是‘神上神’，那就应该在庙的上面。”从此，他内弟就站在庙上，经受着风吹雨淋。据说这是姜太公对他内弟的惩罚。

讲述：刘恒荣

记录：王明兰

1985 年 1 月 9 日采录于拉拉河镇

土地爷

从前，每个村落都在村头上盖一座小庙，庙里供着一位老爷子，一位老婆婆。人们都管老爷子叫“土地爷”，管老婆子叫“土地奶奶”，管那座小庙叫“土地庙”。这土地爷是谁呢？

他呀，就是八仙里头有名的韩湘子的叔叔，叫韩太公。这韩太公是怎样当上土地爷的呢？

传说韩太公自打侄子韩湘子成了仙以后，他是打心眼里羡慕。从那以后，他闭门在家修炼，指望有一天白日飞升，也像侄子那样当神仙。后来这事让韩湘子知道了。有一天，韩湘子来到叔父家，一则是探望一下老叔和老婶，更主要的是想看看叔叔修炼得怎样了。若是功果修成了，他准备帮助叔叔超脱凡界，一块去当神仙。

再说韩太公修炼几年过去了，也没有成仙。他心里正着急，见侄子来了，高兴极了。还没等韩湘子问，他就把他怎么怎么修炼的讲了一遍，末了让侄儿务必把自己带走。韩湘子见叔叔一片诚心，便一口答应下来。

第二天一早，韩湘子对叔父说：“叔叔，趁家里人不知道，咱们走吧，今天我就帮助你成仙。”韩太公一听，心里那个乐就甭提了。韩湘子让叔父闭上眼睛，韩太公刚把眼睛闭上，身子还没离开地皮，猛地又把眼睛睁开了，说：“侄儿，慢着，我在外头有几笔账还没收回来，等我和你婶子说一声，叫她别忘了把钱收回来。”韩湘子听了，微微一笑，说：“好吧，既然叔叔不放心，那就等下次再说吧。”说罢，袍袖一甩腾空走了。

转眼又过了几年，韩湘子又来了。叔侄俩一见面，韩太公就说：“侄儿啊，叔叔这回可没什么挂心的了，你快帮助我成仙吧。”韩湘子又答应了。哪知韩湘子带着叔叔刚离开地面，韩太公又叫起来，他对韩湘子说：“好侄儿，我险些又忘了一件大事，你兄弟今年要赶考，我得好生嘱咐嘱咐，让他千万别贪玩误了功课。”韩湘子无奈，只好又让叔叔留下，自己走了。

说过也快，时间一晃又是几年，韩湘子第三次来到叔父家。这次他怕叔叔尘缘没断，俗念没净，事先再三询问。韩太公前两次没当上神仙，心里也很懊悔，不知侄儿哪时能回来。当他看到韩湘子又来了，喜出望外，口口声声地说："咳，好侄子，你尽管放心好了，我这遭可是实心实意了，再也没有什么牵挂的了。"韩湘子见叔叔说得至诚，这才相信了。同前两次一样，韩湘子嘱咐叔叔闭上眼睛，两个人便腾空而起，直往蓬莱仙岛飞去。叔侄两个在空中正走着，忽然，韩太公大叫一声："啊呀，糟了，我这一走，你婶婶一个人在家里可怎么过呢？"说着两眼一睁，身子忽地从云中掉下来了。韩湘子见了，叹了口气，说道："罢、罢，叔叔你既无缘成仙，就在地上做个神吧。不过你千万要注意，不要落到城外，要落在城里。"

那韩太公正忽悠悠地往下落，耳朵没听清，把"城"听成了"陈"，所以一直落在了陈家庄。

他若是落到了城里就能当城隍，结果落在城外陈家庄，便成了土地神。后来韩太公把老伴接到了一处，他当土地爷，老伴当上了土地奶奶。人们修土地庙的时候也就这么修上了。

讲述：张寿昌　农民

记录：张德才

1987 年 3 月 14 日采录于大兴镇苇芦村 2 组

皇家鹿苑传说

错题“守猎场”

据说在清朝乾隆年间，东丰县境地是朝廷狩猎的场所，被一个姓张的猎主霸占着。张猎主为了讨取朝廷的更多金银财宝，他每年都逼百姓去为他打猎。打回的野兽，他挑选最好的献给朝廷，皇上赏给他的财宝全装进了他自己的仓库，为他打猎的人连一分一文也捞不到。

有一年，乾隆皇帝游玩来到东北，要亲自到猎场来看看，并点名要张猎主为他捕一只梅花鹿带回京都。

地方官把皇帝的圣旨提前告诉了张猎主，这下他可乐坏了，他要在皇上面前现现脸，备不住还能给他提个一官半职的。张猎主于是派了许多猎人去捕打，限他们在三天内捕打一只梅花鹿回来，打不着，就要人头落地。可是三天过去了，出去的猎人走的走，逃的逃，一个也没回来。这下张猎主可坐不住龙霄殿了，如果达不到皇帝的要求，他也害怕性命难保。梅花鹿确实是一种稀有动物，据说这个地方只有两只，一般的猎人都不知道它出没在什么地方。眼看着皇帝到来的日子只有三天了，他正急得团团转的时候，家人来告诉他说，有个叫翁马的老猎人知道梅花鹿住在什么地方。张猎主好像抓到了一根救命的绳子，立即派人去找翁马，可是没过半个时辰，家人只带着翁马的女儿珍妮回来了，翁马在头三天死去了。救命的绳子已断，不禁心急火燎，对家人大发雷霆：“饭桶，带他的女儿有什么用?”

家人挨了一记耳光，捂着下巴说：“大人，也许他的女儿知道……”

"她能知道个屁!"

这时珍妮走进屋来，叩见了张猎主说："小人愿为猎主去捕拿梅花鹿!"

"你?"

"大人，只要给小人一匹猎马，三天内小人一定为你在皇帝面前献上一只梅花鹿，保大人得到重赏。"

张猎主一听这珍妮能在三天内交上梅花鹿，可救了他一条命，立即派人牵来一匹好马给了珍妮，张猎主从前可从来不给猎人马骑的。

珍妮从小跟父亲学得一套过硬的狩猎本领，她不但知道这两只梅花鹿出没的地点和时间，而且完全有把握捕住梅花鹿。

她想，这里的百姓为张猎主打猎被他害苦了，现在她决心要在皇帝面前整治一下张猎主，替百姓报仇。珍妮骑上这匹马向西部山区走去了。

到了第三天，珍妮还没有回来。有人报圣上驾到，张猎主差一点吓得瘫倒在地，家人赶忙扶着他到一里开外去接驾。

乾隆带着一群随员来，张猎主等人跪在路两旁三呼"万岁"。

乾隆在地方官的陪伴下径直来到张猎主的跟前。张猎主豆粒大的汗珠在脸上滚动，脑袋抵在地面上。"为什么不抬起头来?"乾隆问。"小人有罪!""你有何罪?"张猎主按着家人事先安排好的话说："小人接驾来迟了。""好，恕你无罪，前边带路。""谢万岁!"张猎主一看圣上没有提起梅花鹿的事，腿上稍微有点劲，站起身来前边领路，可是他的心还在半空中悬着呢。

乾隆一行人在张猎主及家人的引导下正游得有趣时，珍妮跃马扬鞭，带着一只没有受伤的梅花鹿赶到了，张猎主悬着的心才放了下来。乾隆看着这只梅花鹿更是眉飞色舞，张猎主讨好地说："万岁，我的猎场里女的也会打猎。"

乾隆高兴地点点头，细心地观赏着梅花鹿，问："这个地方叫什么名字呀?"

张猎主讨好的兴致马上来了，说："我们这叫东平猎场，可是同围外的东平县重名，正想请圣上给重题个名呢。”

乾隆是个喜欢题名留字的皇上，这一下更中他的心意。他赶忙叫来文房四宝，拿过笔墨，可是他今天怎么也想不出个好名字。这时一阵风吹来，他爽性借着这个“风”题了几个字，叫“东风守猎场”。

张猎主的家人一看皇上题错了一个字：把“狩”字写成“守”字，可谁也不敢吱声。珍妮正想找机会整治一下张猎主，一看大好的时机已到，于是跪下说：“万岁的题字真是意味深长，笔锋刚劲有力，特别是这个‘守’字，集八家之锋于一字。小人冒死请求，把‘守’赐给小人。”乾隆看了一眼这个“守”字，皱了一下眉头，知道自己写错了，又不好当面更正，于是说：“寡人正想把‘守’字赐给为我打梅花鹿的人。”于是问了一下珍妮的名字，在另一张纸上写道“御赐珍妮守”几字，珍妮双手接过。

乾隆刚走，珍妮便把“御赐珍妮守”几字挂在“东风猎场”的一旁，立时叫全村的乡亲父老来分张猎主的财产。

张猎主一见，怒火冲天地问：“大胆民女，这是为何？”

珍妮指着圣上题的字说：“你没见圣旨吗？难道你不想要这颗头了？”

张猎主为了献一只梅花鹿，不但没有发财，反倒倾家荡产，猎场又归了百姓，只好忍气吞声，没到一年便气死了。

后来人们为了表示“丰盛”的意思，便把“风”字改为“丰”字，最后便成“东丰县”。

讲述：贺文杰　56岁　退休教师
记录：李继发
1984年2月23日采录于大阳镇同兴村

追鹿品寒葱

东丰县是丘陵地带，惟独“寒葱顶子”山上才生长着一种奇异的寒葱。数久隆冬，寒葱翠绿一片。特别奇怪的是，把寒葱用“寒葱顶子”下的灯杆河河水洗净之后，可以长期储存，经久不腐。后来，寒葱成了清朝廷的贡品。这里，有一段美妙的动人传说……

一年冬天，乾隆皇帝率领文武朝臣到“大肚川”围场狩猎，盼望能在梅花鹿的家乡捕获一头口衔灵芝草的宝鹿。据说用这种鹿叼的灵芝草配制成药酒，饮用后可以延年益寿，长生不老。就这样，乾隆率领大队人马一直在围场行猎几个月。一天，当他们行进到阿兰米卜启围[1]时，果然发现一头口衔灵芝草的梅花鹿。乾隆龙颜大悦，一扫多日疲惫之感，带领人马紧追不舍，一直追到一座高山上，可梅花鹿转眼间却不见了。乾隆很是气恼，急忙和众大臣策马四处追寻，可仍然不见鹿的踪影。时近正午，大家又饥又渴，下马歇息。这时，乾隆突然发现，在白雪覆盖的山顶上，一片浓郁墨绿。乾隆忙指给众大臣看，随后策马前往，到近前一瞧：嘿，竟是一簇野葱。苍翠欲滴，迎风斗雪而立。乾隆蹲下身去，小心地拔出一棵，剥了皮，放在嘴里一尝，果然又清甜又脆生。他连声称道：“清爽可口，味道纯正，真乃好葱也！”众大臣也都凑过来一一品尝，赞不绝口。乾隆十分高兴，立即传旨，让大臣们拔些野葱带回围场，并给这种野葱起名叫“寒葱”。以后，清廷年年让“大肚川”围场的戍卒采些寒葱送进宫去供皇族享用。代代沿袭，直到慈禧太后“驾崩”。

讲述：董绍君　56岁　乡政府民政助理
记录：吴强稼
1985年采录于沙河镇

---

[1]阿兰米卜启围：满语，指沙河镇。

鹿鞑官

光绪二十一年（1895），慈禧太后封大肚川的猎户赵允吉为鹿鞑官，并在伏力哈色钦❶建起一座气势恢弘的“皇家鹿苑”，这段故事很少有人知道。

慈禧太后在大肚川设置了四十八家“鹿趟”后，梅花鹿越捕越少，鹿趟总头史庆云很是焦急，召集猎户们开会，商讨对策，一致希望朝廷建“鹿苑”，将梅花鹿圈养起来。因为猎户把“窖”到的梅花鹿放到圈里，留备进贡，有些怀孕的母鹿竟生下了小仔鹿，人们得到启发，认为梅花鹿可以人工圈养繁殖、驯化。可让谁到朝廷去进谏呢？

猎人们默不作声，谁也不敢进京面见“圣颜”，惟恐稍有差错，就会惹来杀身之祸！史庆云环视众人一眼，眉峰皱成一个“川”字，说：“抽签！”

猎人们翻开签牌，一看是“留”字，便喜眉笑眼，沾沾自喜。正当这时，一个人大喊一声：“哎呀！我是‘行’字啊！”

赵允吉，年近四十，中等身材，卧蚕眉，豹子眼，宽额头，他是“鹿趟”的跑信人。

这年白露节后，赵允吉随同盛京守陵的陵官、围场的总管、梅伦、骁骑校尉和传达官一起，押解二十多辆装有梅花鹿的马车，先到逃鹿屯❷，再经开原、盛京❸，然后直奔北京，沿途有各府州县的官员迎送，安排食宿。

到了北京之后，贡品交给了朝廷的“旗务司”，随后，围场总管和赵允吉叩见慈禧太后，陈述在大肚川圈养梅花鹿的事，慈禧坐在金銮殿的皇座上，见跪在地中央的赵允吉相貌堂堂，敦厚淳朴，

---

❶伏力哈色钦：满语指今四平镇。

❷逃鹿屯：今辽宁省西丰县。

❸盛京：今沈阳。

心中大悦，对随身太监说："传旨，可在大肚川建'皇家鹿苑'，封赵允吉为鹿鞑官，官位七品！另赐黄马褂一套、黑红棍两根、虎头牌两块。划伏力哈色钦方圆四十里为鹿鞑官的养鹿官山！"

赵允吉纳头便拜："谢圣母皇太后！"

转过年，即光绪二十二年（1896）的春天，慈禧太后将东北的吉林、宁安、牡丹江等地猎户所捕的鹿，以及四十八家鹿趟的鹿，约有六十多只，集中到大肚川，由赵允吉圈养。

赵允吉用朝廷给的四十名骑兵一年的军饷，在古年村建起了一座能容纳一百多只鹿的圈。

讲述：张振龙　27岁

记录：吴强稼

1982年采录于四平镇

养鹿宫

慈禧到了晚年，派人到处寻找仙丹妙药，想要长生不老。

一年秋天，正是各地向宫廷交纳贡品的时候，慈禧命宫内总管太监李莲英查看关东老家来的长白山特产。不一会儿，李莲英笑容满面地回来了。他双膝跪倒，说：“启禀老佛爷，今年关东送的贡品可不少哇！上好的人参都是七品叶、八品叶；紫貂毛茸茸的泛着亮光；山楂红得像玛瑙；榛子大得像龙眼；软枣甜又面，还有祭祀用的松子儿，年息香……”

“有梅花鹿和鹿茸吗？”慈禧着急地问道。

“没……”李莲英看了一眼慈禧，忙又低下头说:“没看见哪。”

“嗯？”慈禧拉长了脸，“我喝的鹿茸血，吃的鹿茸片早就断捻了，你不知道吗？”

“知道，知道……”李莲英连声说，“老佛爷的事儿，奴才能不上心吗？可是听盛京将军增祺说，长白山的猎户连年捕鹿进贡，梅花鹿越来越少，很难再捕到了，所以……”

“所以什么？”慈禧动了肝火，“速传圣旨，命长白山猎户在一个月之内，送进宫里一头活鹿，逾期不交，格杀勿论！”

“喳！”李莲英答应着退了出去。

再说，圣旨降到长白山一带，可忙坏了猎户们。他们码着塔头甸子，寻找梅花鹿的足迹，在小溪旁挖好陷阱，上面搪好树枝和草皮，不露一点蛛丝马迹。把哨子放在嘴里模仿母鹿发出“呦——呦——”的叫声，把公鹿引出来。然后，带上猎狗，拉网似地围上来，一直把鹿赶进陷阱。可惜，费了九牛二虎的力气，“窖”到的一头大公鹿，跌进陷阱时腿摔瘸了。猎人一个个吓得蚂蚱眼睛——长长了，让谁进京送鹿谁也不敢去。最后，他们想出一个高招——抓阄吧。当时，有一个叫赵振山的青年猎手抓到了送鹿的阄。夜里，他躺在自家马架子里的土炕上怎么也睡不着，想着进京的事。突然，他眼睛一亮，一虎身爬起来，带着弓箭，连夜上长白山了。第二天傍晚，他才回来，采来一棵红褐色的灵芝草。

猎户们把瘸鹿装进木笼子，抬上花轱辘马车，打点赵振山上路了。

赵振山马不停蹄，风餐露宿，一口气赶到京城，在前门外珠市口找了个小客店住下了。然后，他带着灵芝草来到了皇宫内务府，递上销包，掌门太监才把他领到李莲英那儿。赵振山献上灵芝草，说："这灵芝草是鹿嘴里叼来的，能治百病。"

李莲英一听，十分高兴，觉得这是讨老佛爷欢心的好机会，忙问："鹿呢？"

"在客店。只是鹿采这草时把腿摔瘸了。"

"好。"李莲英站起来一甩马蹄袖，拿着灵芝草，乐颠颠地大步流星来到养心殿，叩见慈禧，哪管鹿瘸不瘸："老佛爷，关东家送鹿的来啦。"

慈禧微闭的双眼睁开了。

李莲英双手把灵芝草举过头顶，说："您看这长白山的灵芝草。"他装作很内行地说，"这叫鹿衔草，又叫还阳草，是鹿叼来给鹿治病的……"

慈禧的眼睛一点一点瞪大了，瞅着油汪汪泛光的灵芝草说："呈上来。"

李莲英跪行向前，把灵芝草递给慈禧，笑嘻嘻地说："把灵芝草泡在酒里，再掺点鹿茸血，可以大补元气呀。老佛爷，您喝了能长生不老，玉颜永存，万寿无疆啊！"

慈禧看着灵芝草，听着顺耳的奉承话，乐得脸上的皱纹都舒展了，满身溢着喜气："传旨，让送鹿的进宫。"

"喳！"一眨眼工夫，李莲英把赵振山带来了。

慈禧定睛一瞧：小伙子长得英俊，虎虎有神的大眼睛透着灵气，她又是一喜，说："李莲英，传旨让吏部给他一个六品官，再给他一块虎头牌，从今以后，长白山一带的猎户由他管辖，年年贡鹿，岁岁献灵芝草……"

赵振山穿起紫马褂，戴着顶戴花翎，返回故乡。从此，他把猎户捕到的梅花鹿都圈养起来，繁殖驯化，这一带就成为慈禧太后的养鹿宫了。

讲述：徐金山　70岁　农民
记录：吴强稼
1980年采录于四平镇

鹿趟

光绪四年（1878），慈禧太后在大肚川设“鹿趟”。

为啥慈禧太后要在大肚川设“鹿趟”呢？相传，有一年秋天，慈禧太后的胞妹婉贞带领皇亲贵戚到盛京围场狩猎，寻欢作乐。当人马来到大肚川时，婉贞勒住马缰绳，下马走到小梅河边，捧起一捧清亮亮的河水，吮到嘴里甜丝丝的，连声赞叹：“这水真美！”随后她带人登上冰砬山，看见山楂树上的山楂像一颗颗红玛瑙，鸭梨黄澄澄的，山葡萄真像用水晶和玉石雕刻出来的一样。婉贞迷恋这关东家的水光山色，一连数日就在大肚川狩猎打围。婉贞身穿戎装，肩披大红斗篷，跃马扬鞭，挽起宝雕弓，一只只梅花鹿便射倒在她的雕翎箭下。等到她下山时，各种车辆已经装满梅花鹿和山珍异兽。她们驱车返回京城。

婉贞带着大肚川的山珍和梅花鹿来到皇宫的养心殿，拜见慈禧太后。她把大肚川的风景如何优美，山花、野果、梅花鹿如何繁多，绘声绘色地讲了一番。慈禧听了，眼眸一闪，嘴角挂上一丝淡淡的笑，说：“我要活鹿！”婉贞赶忙说：“大肚川猎人会用陷阱‘窖鹿’，捕到的都是活鹿。”“嗯。”慈禧微微一点头，对身旁的总管太监李莲英说：“传奕䜣！速到关东大肚川勘察捕鹿事宜！”

恭亲王率领八旗兵浩浩荡荡来到大肚川，经过实地勘察，见“鹿窖”已有九百处。他回到皇宫把所见所闻跟慈禧太后一讲，慈禧对奕䜣说：“你速回大肚川，组建‘鹿趟’，我每年要二十只活鹿，吃肉，喝血，熬鹿茸汁！”至此，大肚川就建起了“鹿趟”。

讲述：徐金山　72岁　农民
记录：吴强稼
1982年采录于四平镇

胭粉地

据说清末，慈禧太后在关东横道河子设了“胭粉地”。慈禧为啥要在东丰县横道河子设立“胭粉地”呢？这里还有一段传说哩！

相传有一年秋天，慈禧太后的胞妹带领皇亲贵戚到关外大肚川围场狩猎。当人马来到年牧州❶时，只见风景如画，慈禧胞妹不由得勒住马缰绳，飞身下马，带人登上像烈马奔跑的“马蹄背山”，爬上有五个台阶的“五台山”，攀上长满树木的“城子山”。这一带，漫山遍野山花鲜艳，草药茂密，散发出一股股难以说清楚的香味。慈禧胞妹一连好多天，就在这年牧州狩猎打围，采撷野果，挖掘药材，摘取山花。到她下山时车辆都装满了山珍异兽、奇花药草，然后她们驱车返回北京城。

慈禧胞妹来到皇宫拜见慈禧太后，把大肚川围场绘声绘色地讲了一番。慈禧听了一笑。她照照镜子，觉得应该玉肤常嫩，便对妹妹说：“宫中制作胭粉、香皂，尚缺上好的原料，你说关东家年牧州的药草珍奇，花香扑鼻，何不把那里辟为咱姐妹的胭粉地？”慈禧的妹妹拍手附和。

慈禧太后传下圣旨，在大肚川建“胭粉地”，强差民夫民女，为皇家采集香药花瓣进贡宫廷。

讲述：李德春　63岁　念过私小馆
记录：吴强稼
1989年采录于横道河镇

❶年牧州：满语，指横道河。

笑题“万寿堂”

民国头些年盛夏的一天，奉天省督军兼省长张作霖带领张学良微服坐在一辆枣梨木玻璃马车里，由两排骑兵卫队簇拥着沿着古“贡鹿道”在险峻的冰砬山缝隙里钻进钻出，向大肚川伏力哈色钦清朝皇家鹿苑奔去。

话说张作霖把皇家鹿苑收为奉天督军府管辖之后，原鹿鞑官赵振山每年白露节后，要向督军府进贡鹿茸、鹿鞭、鹿尾、鹿心、鹿肉等鹿产品。

张作霖对梅花鹿茸角一年割一茬，第二年又长出新茸，感觉很神秘。他把一架三杈砍头茸摆放在大青楼老虎厅里，一有闲空就要用手摸摸，仔细瞧上两眼。

这年端午节刚过，赵振山准备在鹿苑建立一个药店和制药作坊，前店后厂加工、销售中成药鹿胎丸、参茸丸。试生产前夕，他发出请柬，邀请富豪乡绅、达官显贵前来庆贺。张作霖接到请柬后，立即带领张学良和侍卫长张占魁赶来了。

张作霖和张学良一下马车，就被皇家鹿苑的风光迷住了。只见群山巅连叠翠，河水九曲十环，鹿鸣悠扬。皇家鹿苑座座建筑古朴典雅，翘角飞檐，雕梁画栋，黄绿琉璃瓦在阳光下熠熠生辉。前来迎接的有赵振山、东丰知事（县长）邢麟章等。赵振山率众施礼，说：“大帅和少帅驾到，有失远迎，万望……”

“妈拉巴子的，别客套啦！”张作霖手一拱，算是还礼，“鹿鞑官，麻溜领我去看看梅花鹿。”

“好，好！”赵振山满口答应。邢麟章满脸堆笑说：“督军，您旅途劳顿，还是先到客厅歇息片刻。然后，再去看……”张作霖绾起藏青色长衫袖子，把黑色礼帽递给张占魁，一拍胸脯：“俺这不是蛮精神嘛，不用歇乏啦，走吧！”

张作霖等人从鹿圈回来，来到药店，看见“洋门脸”雕花缀红，涂粉彩绘，檐牙飞翘，小黑瓦排列齐整。张作霖对赵振山说：

"鹿魁官，药店'洋门脸'为啥不悬挂匾额?"

"大帅，"赵振山谦恭地说，"这匾额已经做好了，只是没有刻字，请大帅留下墨宝。"张作霖用手挠着稀疏焦黄的头发，哈哈笑着说："俺是个粗人，妈拉巴子的，能写出啥好字!"

"大帅写匾文有纪念意义!""大帅给鹿苑留点墨宝吧!"众人笑着，喊着，一片喧哗。

"好吧，我就露一手!"张作霖绾起袖子，把宣纸铺在黑色条案上，提起狼毫毛笔饱蘸香墨，潇潇洒洒地写下了三个大字："万寿堂"。

张学良也龙飞凤舞地书写了一副楹联：

细考鹿茸如林皆隽品；

品尝地精❶似人亦奇珍。

讲述：任岳山　36 岁　干部

记录：吴强稼

1988 年采录于四平镇

❶地精：人参。

醉入“翠花楼”

过去，在东北一提张作霖，老少爷们都知道他是个大土匪头子。伪满时，小日本想独占东北，他和小日本做起对来。为此，日本人动了不少脑筋，最后在奉天的皇姑屯火车站把他炸死了。

然而，对于抽大烟成瘾、滴酒不沾的张作霖，在吉林东丰县大阳崴❶南邻的山城镇酒后误闯妓院的事，却很少有人知晓。

传说一天傍晚，张作霖率领一伙人冷不防攻进当时被誉为“小奉天”的山城镇。进城后，对在深山老林里饿得红了眼的弟兄们，张作霖放宽了规矩，允许手下人喝酒逛窑子。命令一传出，“呼啦”一下手下人都跑没了。张作霖见几个贪杯的没动地方就趴下了，心想：这玩意儿咋那么厉害？说把人放倒就放倒。我来试试。他坐在桌边，倒一杯喝下别说，这玩意儿是辣，喝到肚里热热的，刚才有点冷，现在暖和多了。他一杯接一杯地喝起来，不知喝了多少，只觉得两眼冒金星，天开始转了。他想可能喝多了，怕人笑话，就扶桌子站起来，一步一步往外走。他喊勤务兵没人答应，不知跑哪去了，自己就左拐右拐，总算走到一处灯火辉煌热热闹闹的地方。

“老爷，快进屋，咋才来？”不知谁把他扶进屋。天亮了，他睁开眼，见一个光腚拉叉的窑子姐，正冲自己眉开眼笑呢！张作霖一高蹦到地上想逃跑，这才看见自己也光着身子，就二次蹦回床上。“老爷，陪你一夜，总不能就这么拉倒吧！”他一听，直打嘴巴，后悔昨晚醉酒误入妓院。又一想，毕竟在人家床上待了一夜，自认倒霉，往床上扔了不少大洋，抱着衣服，离开里屋，急忙穿上。等他走出妓院门口，就见窑子老板贱贴贴地说：“老爷，欢迎你来‘翠花楼’，翠花天天等着你！”

张作霖一夜没有回来，手下人都毛了。等他一回来，都问这问

❶大阳崴：大阳镇的俗称。

那。张作霖气哼哼地说：“问我，你们干啥去了？”

晚上，张作霖大烟瘾来了，一摸烟枪，这才发现别在腰上的金烟枪落在了妓院。他这个气呀，又不能去取，于是大骂勤务兵没保护好自己来出气，后来，他给大伙立下新规矩：“不许喝酒，更不许去逛窑子。”

据说，“翠花楼”里的翠花，开始也不知道那天晚上喝酒进屋的是张作霖。后来有人认识她手里的那支金烟枪，于是翠花就到处张扬，把自己捧得在“小奉天”红了起来。当然，这后来发生的一切，聪明的张作霖到死都不知道。

讲述：陈德任　81 岁

记录：于政清

1987 年 10 月采录于大阳镇安乐村

鹿仙姑与还阳草

早先年，长白山脚下有一个村庄，庄里有一个地主姓贾，外号“假善人”，雇了许多长工为他开荒种地。他盘剥长工心狠手毒，非打即骂，天不亮就让长工下地，夜色像黑锅底才收工。

再说，长工房里有一老一少，是从山东闯关东来的爷儿俩。儿子叫大柱。大柱爹又黑又瘦，白天下地干活，夜里还要给假善人喂牛。天长日久劳累，终于有一天躺在炕上起不来了，就跟死过去一样，鼻孔只有一丝游气。大柱见爹病成这样，心里难过得揪成一团，哭成一个泪人。长工叔叔、伯伯们也跟着落泪，就劝大柱到长白山老林子里去采“还阳草”，回来给爹治病。

假善人在上屋听见长工屋里的哭声，便腆着肥胖的大肚子，哈巴哈巴地来到长工房的房檐底下，眨动着绿豆眼从破窗户纸的窟窿往里瞄。在昏暗的油灯下，大柱爹直挺挺地躺着，他想：八成是死了，这回又少了一个吃饭的。

大柱抹干眼泪，拿起索拨棍连夜进山了。到了半山腰老林子，太阳就冒红了。他边用索拨棍拨拉草棵边哭，嘴里不住地叨咕：“还阳草啊，还阳草，快救救俺爹的命吧！”他的哭声不大，山谷却传来无数的回声，好像满座山都在哭泣。这时，他突然发现远方一道金光，一只梅花鹿奔腾着飞来了。眨眼工夫，梅花鹿就变成了一位端庄俊秀的姑娘，手里拿着一把七色羽毛小扇，身上的彩衣闪耀着金光。鹿仙姑含笑问道：“小伙子，你哭啥呀，有什么伤心事吗?”

大柱见鹿变成仙女，感到挺惊奇，眨了眨眼睛，心里合计：这是遇到仙人啦。于是，他边抹眼泪，边把爹怎么累病，马上就要咽气，他来采还阳草给爹治病的事，对鹿仙姑说了。

“这好办，你坐在我扇子上，闭上眼睛，就能采到开红花的还阳草啦。”鹿仙姑将小扇扔在地上，“千万要记住，要尽快找到还阳草，但不要等到天黑。”她边说边往后退了几步，一闪身又变成了一只梅花鹿，闪着金光飞走了。

大柱好生纳闷，半信半疑地捡起七色羽毛小扇。说来也怪，小扇在大柱手中越来越大，直到碾盘那么大。大柱拿着索拨棍坐在扇子上，刚闭上眼睛，就觉得扇子起空，飘悠飘悠地飞走了，耳边的风声呼呼的。

足有一袋烟工夫，扇子落在一个山头不动了。大柱睁开眼睛一看，这座山挺高，山顶挺平坦，四周立陡的石崖，山顶一片青草，盛开着各种颜色的鲜花，散发出一阵阵清香，把大柱眼睛都看花了。他麻溜走到花丛中，弯腰摘下一朵粉红色的花，仔细一看，这哪是什么鲜花呀，是玉石刻成的花，跟真花一样，也溢出一股香味。大柱再细瞧，这些花都是用黄金、白银、美玉、珍珠、水晶、玛瑙雕刻的，泛着亮光。大柱哪有心思看这些珍宝，一心想找到还阳草给爹治病，就蹲在草棵里用索拨棍仔细寻找还阳草。走出不远，突然看见一朵鲜红鲜红的花落了一只蜜蜂。他眼睛一亮，走到近前一看，果然是一朵真花，花蕊上还有几粒晶莹的露珠。他麻溜取出鹿骨钎，小心翼翼地挖出这苗足有八两重人形的还阳草，又剥下一块松树皮，薅了一把青草，打成一个小包揣在怀里，然后，他坐在扇子上腾空而起，飘回老林子。

大柱从扇子上刚下来，扇子就变小飞走了。他跪在地上向东方拜了三拜，就急匆匆赶回村庄。长工们帮助大柱将还阳草熬成汤，给大柱爹灌下去了。过了一会儿，大柱爹脸色由黑变黄，又由黄变红，慢慢睁开双眼坐了起来。

长工们看见还阳草治好了大柱爹的病，都满心欢喜，让大柱讲讲采还阳草的事。大柱是“土命人心眼实”，就把进山遇到鹿仙姑，坐扇子采药看见无数金银财宝的事，一五一十地跟长工们叨咕了一遍。

俗话说，隔墙有耳啊。这件事让假善人的狗腿子李三坏在长工房窗户底下听见了。他赶忙溜进上屋凑近假善人耳朵，把大柱采还阳草遇到鹿仙姑的事说了。

假善人坐在太师椅上微眯双眼，捋着山羊胡子一琢磨：要是能得到那么多金银财宝，可发大财啦。他绿豆眼珠一转，想出一个馊巴主意。他推开李三坏，猛地站起来，走进大老婆屋里如此这般地一说。大老婆听完，立时乐得嘴丫子都咧到耳根了，赶紧缝制大口袋。

假善人手拎大棒子踅踅摸摸地来到他老爹的屋外，从门缝往里一瞅，老地主正手拿念珠，冲着西山墙的佛像跪着念经哪。他蔫拉巴登地打开屋门，悄悄地进屋，举起大棒子，对准老地主脑袋狠狠砸了一棒子。老地主哼的一声，脑浆子就淌出来了。假善人假装悲伤，大嘴一咧干号起来。老地主全家老小听见哭声跑过来，一看老地主翻着白眼根子死在地上，都像报庙似的号啕大哭。

“别哭啦！”假善人大喝一声，冲着大老婆喊：“快拿大口袋，我去装金银财宝！”

假善人换了一身破衣裳，挟着大口袋，拿根棍子，急忙蹴哒蹴哒向长白山上爬去。

他来到老林子，边用棍子拨拉草棵，边哭边叨咕：“还阳草啊，还阳草，快救救俺爹的命吧！”哭声也使山谷传来回声。工夫不大，天边一亮，一只梅花鹿闪着金光飞跃而来，变成了一位手拿七色羽毛扇的仙姑，问道：“你哭啥呀，有什么伤心事吗？”

假善人见眼前的情景跟李三坏说得一模一样，就假装难过地抽搭着说：“俺爹死了，挖棵还阳草救俺爹的命。”

“死了不能再救活。”仙姑边说边往后退，“你回去吧！”

假善人“扑通”跪在地上，磕头如捣蒜，鼻涕一把眼泪一把地说：“谁都知道俺是个大孝子，仙姑救救俺爹吧！”

鹿仙姑心一软，说：“起来吧。你坐在我的扇子上，闭上眼睛，就能采到开红花的还阳草啦。记住，找到还阳草快走，千万不要等到天黑。”说完，撇下扇子，身子一扭，金光闪闪，变成一只梅花鹿跳跃着飞走了。

假善人捡起扇子，扇子也变成碾盘大，载着他飞到了高山顶。他一瞅，可乐坏了：满地鲜花，闪闪烁烁，飘着芳香。他蹲下用手一摸，这花果真是金银、美玉、珍珠、水晶、玛瑙做的。他麻利地打开大口袋，瞪大眼睛，一朵又一朵地往下摘……

太阳慢慢地从山尖落下去了。假善人一拎大口袋，只有半袋。他心里一高兴，就忘了鹿仙姑跟他说的话，光顾闷头摘起金银财宝来。

天黑透了，星星出来了。只听“咔嚓”一声巨响，地动山摇，狂风大作，飞沙走石，转眼间，金银财宝、奇花异草都没了，满山碗口粗的毒蛇到处乱爬。小扇也不知到哪里去了。假善人吓得真魂出窍，抱着脑袋就跑。这时，九条毒蛇追来，将他缠得紧紧的，一直把他的血吸干了。

讲述：马兴泰　炸鹿茸技师
记录：吴洋　吴强稼
1981年采录于四平镇

金鹿

早先年，老白山[1]的老林子里有一只小梅花鹿，头上顶着美丽的“二杠”[2]茸角。每当傍晚，西天边一片火烧云，它站在石头砬子顶上头朝天鸣叫，身上就会放出道道金光。人们说，那是只金鹿，谁要逮住它，要啥有啥。

再说，老白山脚下住着两个兄弟，老大叫来福，老二叫来喜，哥俩以打猎为生。哥哥又懒又馋，整天猫在地窨子[3]里等弟弟给弄来吃的、穿的。弟弟老实巴交的，特别勤快，枪法又好，常到深山老林里打猎，打回豹啦、熊啦……就剥了皮，到船厂乌喇街卖给皮货商，再买些布匹、粮食、油盐酱醋等东西带回来。

有一天，来喜进山打猎，转悠了大半天，连只野兔也没打着。他又渴又饿，摘下挂在桦树上的鹿皮口袋一瞧，呵！饽饽没了，他琢磨：八成是让野牲口吃了。他坐在大树下歇了一会儿，就垂头丧气地蹽哒蹽哒下山回家了。第二天，来喜在山上把装饽饽的口袋嘴用麻绳绑牢，又压了块石头，这才寻踪码迹去打猎。该吃饭了，他回到原来的地方一瞅，口袋嘴开了，饽饽又没了。他挺纳闷，心里直划魂：是叫啥样野兽吃的呢？第三天，来喜把饽饽口袋撂在树下就上树了。工夫不大，远处一道亮光，一只金色的梅花鹿跑来了，到大树下用蹄子扒着口袋，又想吃饽饽。来喜看得真切，心说：“就是你让我饿了两天肚子！”“嗖”地从树上跳下来，一把抱住金鹿的脖子。

金鹿脖一扬，说：“你松开手，我让你得到一个漂亮的媳妇。”

这鹿怎么还会说话呢？来喜一愣神，把手松开了。

金鹿摆动着两只茸嘟嘟的角，说：“两天后，天上有七个仙女

[1]老白山：长白山的俗称。

[2]二杠：三年生的鹿茸角叫二杠。

[3]地窨子：半地下的房舍。

要到圆池里洗澡，你看中哪个，就把她的衣裳抱走，她就会给你做媳妇啦！”它说完，轻悠悠地跑了。

来喜心里直翻个：这能是真事吗？不是真事，鹿怎么还会说话？我可能是遇到鹿仙啦！来喜半信半疑地回家了。到了那天，来喜跑到圆池附近，在树林里躲起来。一袋烟的工夫，天空飞来七朵祥云，七位仙女甩着长袖子，飘飘悠悠地降落在圆池岸边，说笑着脱下衣服，跳进水里洗澡。来喜看得眼花缭乱，蔫拉巴叽地从林子里走出来，抱起一件粉红色的仙衣，磨身就跑。刚跑出不远，一位仙女撵上来，害羞地喊：“别跑啦！金鹿跟我说了，知道你人品好，老实厚道，我愿意嫁给你！”来喜把仙女的衣裳还给仙女。仙女穿好衣裳，拉着来喜的手回到了家里。

来福见弟弟领回一个俊俏端庄的姑娘，眼睛直勾勾地看，把弟弟扯到一旁问：“你从哪里领来的姑娘啊？”来喜就把经过一五一十地告诉了哥哥。来福一听，来了兴头：“有这样美事！赶明儿个我也去碰碰运气。”

打那以后，来福天天到圆池边的树林里等候仙女来洗澡。一直等了七七四十九天，真看见天空飘来了祥云，云端里站着六位仙女。他心里美滋滋的：“这回我也弄一个！”六位仙女降落云头，脱巴脱巴，有说有笑地下水了。来福看得心里直发痒，急不可耐地从树林里蹿出来，拿起一件鹅黄色的仙衣就跑。刚跑两步又站住了，心想：干脆这六个仙女我都要啦！他磨身抱起六件仙衣拔腿就跑。他刚到林子边，六位仙女就追过来了，把他围住，连挠带打。来福成了乌眼青，跪在地上抱着脑袋喊：“仙姑饶命！”六位仙女驾起祥云，飞远了……

讲述：马兴泰
记录：吴强稼
1987 年 5 月 7 日采录于东丰镇

六仙女与梅花鹿

传说很早以前，关东的白头山❶没有积雪，一年到头总是树木成林，草儿青青，花儿鲜艳。群山之间还有一个圆池，圆池水清亮亮的能看见底，天上玉皇大帝的七个姑娘，常来洗澡。因为这个，又叫“仙女浴躬池”。那个龙潭，就是由于黑龙将军在里面住得名的，现在叫“天池”。

白头山上生长着一种长寿草❷，开的花通红通红的，漫山遍野，到处都是。这草能治百病，延年益寿。玉帝让太上老君管白头山，种植长寿草，炼长生不老药。玉帝害怕长寿草被凡人偷去，让黑龙将军守护着。

有一年秋天，白头山这拉溜❸发生了瘟疫，村子里病死许多人。哭声震天动地的，传出挺远。这个节骨眼❹，正赶上七个仙女在圆池里洗澡。她们听见哭声觉得挺纳闷，老百姓有啥伤心事儿，哭得这么厉害？就这么的，七个仙女驾起了七彩祥云，摆动着长袖子，飘飘悠悠来到村子上空。她们往下一瞧：哎呀！可了不得啦！家家烟筒不冒烟了，一具具尸体在院子里。妻子哭丈夫，儿女哭爹娘，哭号声一阵比一阵大，这个惨哪！仙女中的六妹妹见到这个情景，心里酸溜溜的，眼泪在眼圈里含着，对姐妹们说：“咱们快到山上挖点长寿草，给百姓治病吧！”

众姐妹忙阻拦说：“不行啊！挖仙草，父王要降罪的！”

“救人要紧，我不怕治罪！”六仙女一赌气，头也不回地飘向山顶。她降落云头，悄悄地挖着长寿草。

黑龙将军巡察各山头回来，看见有人偷挖长寿草，气得浑身发抖，浓密的胡子直撅达。他按落黑云，跳下来，双手舞动银锤，大

---

❶白头山：长白山的俗称。

❷长寿草：人参。

❸这拉溜：方言，这地方。

❹节骨眼：方言，即“时候”。

声喝问："谁在那偷挖仙草？"

六仙女听见喊声，见是黑龙将军，忙说："将军，我是玉帝的六姑娘啊。"

黑龙擦擦眼睛，认出是六仙女，慌忙扔下银锤，跪倒说："不知仙姑驾到，有失远迎！"

六仙女说："将军，山下百姓生病，死了好些人，我来取些长寿草给他们治病。"

黑龙问："不知仙姑可有玉帝的圣旨？"

"没有。"

"那可不行，玉帝知道会发怒的，我担当不起呀！"黑龙见六仙女没有圣旨，冷笑一声站起来说："仙姑请回吧！"

六仙女见黑龙态度突然变了，脚一跺说："挖仙草，救百姓，我铁心啦！"

"那好啦，我押送你回天宫，一起去见玉帝！"黑龙说着，举起银锤向六仙女头上砸来。

六仙女右手一伸，一道金光闪过，变出两把寒光闪闪的宝剑。她杏眼圆睁，柳眉倒竖，挥动宝剑交叉一架，"咣当当"剑锤相碰，火星四溅。就这样，锤来剑往，黑云翻卷，好一场厮杀。黑龙使出浑身的道行，也不能把六仙女降服。他急忙现出原形，张牙舞爪地飞往天宫，向玉帝报信去了。

六仙女挖了七七四十九棵长寿草，装扮成村姑模样，来到村子里，教人把长寿草用水熬成汤。病人喝了仙汤，顿时轻快多了，添了许多力气，慢慢地恢复了元气。村民们扶老携幼，纷纷前来向六仙女道谢。

再说，黑龙气喘吁吁来到天宫凌霄宝殿，把六仙女偷挖仙草给百姓治病的事儿，告诉了玉帝。玉帝听后大怒，立刻派两名大力神下界，捉拿六仙女。

六仙女被大力神押回天宫，玉帝恶叨叨地说："你胆子不小哇！竟敢违犯天规，私挖仙草，贬你到凡间变成鹿吧！"

天宫的各路神仙听说了，都来向玉帝求情，齐刷刷跪在大殿里，请求玉帝把六仙女从轻发落。玉帝不理不睬，袖子一甩，磨身回寝宫去了。

六仙女被大力神押出南天门，抛到层层云雾里。她落到白头山老林子里，变成了一只头顶茸角的梅花鹿。

咱们再说，天宫里银龙大王的二太子。这小伙子心眼好使，憨厚善良，常常私到凡间游玩，看见哪疙块[1]干旱，小苗缺雨，就行云降雨，滋润田地。可是，没多久就让玉帝知道了。玉帝发怒，也将二太子贬到白头山变成梅花鹿，头顶着一对茸角。

从这以后，六仙女和二太子就跟随在童颜鹤发的太上老君左右，形影不离。后来，六仙女头上的茸角没了，二太子头上的茸角也被一年割一茬。这是咋回事呢？

原来，又是一年秋天，白头山脚下的村子里又发生了瘟疫，贫苦百姓被折磨得死去活来。由于缺医少药，许多人眼睁睁地死去了，村外添了许多新坟。六仙女和二太子站在山顶向村里张望，心里像刀绞一样难过。他俩去央求老君熬药救救百姓。老君挺为难，这事儿一旦让玉帝知道就要被惩处。可老君又架不住他俩苦苦哀求，心就软了。老君一狠心，架起大锅烧水，又领着六仙女和二太子采来九九八十一种草药，挖了九九八十一棵万寿草，倒进锅里，用温火慢煨。

汤药一直熬了三天三夜，老君这才慢悠悠地说："这药要想药劲大，还缺一副鹿茸角，你们两个谁肯把自个儿的茸角摘下来呀？"

"这……"二太子在小溪旁照了照自个儿美丽的茸角，心中有点打怵[2]。

"摘我的吧！"六仙女凑到老君身旁，脆快地说："为了救百姓，我什么都舍得！"她说着，用眼角剜了一下二太子。

老君慈爱地抚摸着六仙女头上的茸角，心痛地说："仙姑，摘

---

[1]疙块：方言，地方。
[2]打怵：方言，害怕。

角很痛苦，你能受得了吗？”

“能！”六仙女果断地说，“老君快动手吧！”

老君取来太极剑，手颤抖着，刺向六仙女的头皮，左右一剜，六仙女痛得“啊”的一声惨叫，鲜血淌出来，昏过去了。二太子见状，惊呆了。随后，他用胳膊弯托起六仙女的头伤心地痛哭。老君取下连着头皮的茸角，又赶紧拿来两棵长寿草捣碎，敷在六仙女头上，再从宝葫芦里倒出一颗红丸，给六仙女灌下去。工夫不大，六仙女就醒过来了，头上的伤口也愈合了，微笑着依偎在二太子的怀里。老君提起血淋淋的茸角放进药锅里，茸角一点一点地融化了，药汁变得越来越浓，药色深红。

药熬好了，老君取来坛坛罐罐，把药汁舀进去。六仙女和二太子变幻成人形，提着罐子到村子里给生病的村民分药。病人喝了药汁，病很快就好了。村子里人欢马叫，男耕女织，又有了生气。

就这样，平平安安过了两年。有一年秋天，瘟疫又降临了，百姓重染疾病。老君知道后，马上领着六仙女和二太子采药、挖长寿草，架锅熬药。药快熬好了，老君说：“这剂药还需要一副茸角，怎么办吧？”

“摘我的吧！”二太子说。

“不行啊！”老君摇摇头，“你这副茸角用完了，还怎么办呢？”他在地上来回踱着步，皱着眉头。突然，他眼睛一亮，说：“我想出一个办法，不知你俩可否赞成？”

“能治好百姓的病，豁出命也不怕！”六仙女和二太子异口同声地说。

“好哇！”老君被感动了，磨身取来太极剑，轻轻握住二太子头上的茸角，飞快地一削，一道寒光闪过，茸角就下来了。二太子痛得一咧嘴，头上的茸角根渗出了鲜血。老君拿起两棵长寿草捣碎，敷在二太子头上，血马上就止住了。

“这，这回该取你俩的胆啦！”老君吞吞吐吐地问，“不，不怕吗？”

六仙女和二太子一愣，互相看了一眼，问：“老君，不知取胆作啥用?”

老君说:“取出雌雄两个鹿胆,安在二太子头上茸角根,就可以长出两个新的茸角。”

老君用太极剑划破他俩的肚子,取出两个胆来。随后又赶忙捣碎两棵长寿草给他俩敷上伤口止血。取出宝葫芦里的药丸,让他俩吞下。待伤口愈合了,老君这才把两个鹿胆分左右安在二太子头上的茸角根上。真神奇,二太子头上的茸角就像庄稼拔节一样,嘎巴嘎巴响了一阵,长出两个分四个杈的、茸嘟嘟的漂亮茸角。二太子乐屁了,麻利地跑到溪水边照了又照。

这一年,村子里病人喝了鹿茸、长寿草和其他草药熬成的汤,病又很快就好了。

可是,这个事儿,又让黑龙将军发现啦!起先,黑龙看见老君领着六仙女和二太子挖长寿草、采草药,还寻思是给玉帝炼长生不老药呢。后来看见六仙女和二太子提着药罐往村子里去了,才知道老君是给凡人熬药。黑龙恨得直咬牙:“大胆的老君,我要告你的御状!”他知道自个儿的道行斗不过老君,急忙又现出黑龙原形,卷起黑云飞往天宫,向玉帝告状去了。

黑龙来到凌霄宝殿,添油加醋地这么一白话,玉帝大怒,立刻传旨,命托塔天王李靖带领五百天兵天将,到白头山捉拿太上老君。

李靖接旨,不敢怠慢,马上点起天兵天将,驾起云头,浩浩荡荡来到白头山的上空。老君望见云端里的李靖,知道要大祸临头啦!他赶忙对六仙女和二太子嘱咐一番:“我这回一去就回不来啦!留下太极剑,你俩继续割茸熬药给百姓治病吧!茸角[1]割完了还会长出来。”老君说着,两颗泪珠挂上了腮边。

“记住啦!”六仙女和二太子泪滚满面地跪在老君面前,“你放

[1]梅花鹿系无胆囊的珍贵动物。母鹿头上无角,公鹿头上的茸角由主干、眉枝、分枝等组成,外表覆盖着赤褐色天鹅绒状的茸皮。小公鹿一岁后就开始长茸角,两岁就可以割茸。一年割一茬,第二年又继续生长。两年生的茸角叫初生茸,三年生的茸角叫二杠,四年生的茸角叫三杈,五年共分四个杈就不再分杈了。

心地去吧！”

老君用手擦去脸上的泪珠，磨身腾空，迎着李靖他们飞过去……

老君刚被押走，玉帝又派观音大士和风神、雪婆来到白头山，观音抛出万宝袋，装走了山上的草；风神、雪婆刮风降雪，眨眼工夫，白头山就变成了一座雪山。

打那以后，白头山就长年有积雪，长寿草也很难找到了。

可是，六仙女和二太子每年秋天，总还要翻山越岭，历尽千辛万苦，去寻找长在边边拉拉的长寿草，割下二太子头上的茸角，熬成汤药给百姓治病。这个美丽、动人的故事，也一辈接一辈地在白头山一带流传下来了。

讲述：马兴泰　张祝祥

记录：吴强稼

1984 年 7 月采录于四平镇、东丰镇

鹿 妹

很久以前，在虎顶山下住着一个靠打柴为生的小伙子，他叫金锁，孤儿一个，父母有病过早地去世了。

一天，金锁打完了一担柴，正准备走，突然一只小鹿出现在眼前。小鹿围着他来回转，吧嗒吧嗒掉着眼泪。金锁看到这儿，一愣，怪呀，往常见到鹿，鹿都老远躲着，今天……金锁正看得出神，就听树林里有人说话了："它跑不了，腿让我用枪打伤了。"原来是两个持枪的猎人向这边走来。金锁看了看猎人，又瞅了瞅跟前的小鹿，发现小鹿的前腿流了血，疼得直哆嗦。他可怜它，就把自己的褂子给它盖上。小鹿很懂事，一动也不动。

两个猎人从金锁的身旁走过去了。金锁看猎人已经走远，就把褂子从鹿的身上揭开，鹿憋了一身汗。"逃命吧！"金锁摸着小鹿。小鹿听到这话，"扑通"一下前肢跪在地上不走了。"你不能走，那我就抱你回家先养伤吧。"小鹿点了点头。金锁肩挑着一担柴，用褂子裹着受伤的小鹿向家走去。

金锁回到家，给鹿上了草药，包扎了伤口。他把自己乐意吃的一大碗黏豆包送给小鹿。小鹿起初晃着头不吃，后来经金锁再三让，也就吃了。穷人毕竟还是穷，如果一天不干活，全家就得挨饿。金锁三天没有打柴，一直护理小鹿，等到了第四天头，家里一点吃的也没有了。他决定打点柴卖了换点米，一是抚养小鹿，二是给自己吃。主意已定，一大早金锁就起程了。这天上午还挺好，可是到了下午天就变了。起初天变阴，接着就是一个雷一个闪的。正在打柴的金锁，这下可急坏了。他急忙捆好柴火，正准备要走，瓢泼大雨下了起来。

"活该挨浇。"金锁认定了。这时一把雨伞从身后放在他的头上。金锁回头，只见一位十八九岁的姑娘站在身后。这姑娘长着一双水汪汪的大眼睛，鼻是鼻，嘴是嘴。"走，回家吧？"姑娘脸一红。"你认错人了。"金锁吃惊地说。"没认错，你就叫金锁嘛，四天之前是你救了我，我叫鹿妹。”“什么?”金锁向后退了几步，“你是那只小鹿，现在变人了?”“变人又怎么样，我又不吃人，怕什么!”“你是怎么出来的? 我把你锁在屋里了。”“能变人就不能开门了?”“那你那天怎么让猎人打伤了?”“我被酒灌……哎呀，一会儿下大了。”鹿妹笑着用手扯了一下金锁的衣襟。金锁挑着柴，鹿妹身后打着伞，两个人向家走去。

山沟里要是来个生人，消息传得可快啦! 你看金锁家来了个姑娘，下午到，第二天一早整个村子全知道了。

单说村里有个财主，叫瞎老李，六十多了，是个色狼。他有四个老婆，全是穷人家还不起债用自家姑娘顶的。这不，他听说金锁家里来了个漂亮姑娘，就唤来狗腿子。他叫狗腿子把金锁找来，说是金锁娘死的时候欠了他家的棺材本钱。

清早，金锁和鹿妹在家吃饭，狗腿子拿着账本走了进来。

“东家说了，你娘死的时候欠四两银子是棺材本钱。”金锁一听急忙对狗腿子说：“我都还钱了。”“谁说的? 不信你看账本。”狗腿子把账本翻开让金锁看。金锁哪认识字啊，一天书也没念。他只好憋着气去找财主。金锁来到财主家，他瞪着眼睛气着问：“我不是还钱了吗?”财主听到这话，哈哈一笑，“是还了，可是你还欠棺材本钱。”金锁气得干张嘴说不出话来。“没钱不要紧，你家不是有个姑娘嘛，让她来顶，我就不要钱了。”金锁一听这话，气炸了肺：“欠钱还钱，凭啥要人!”“对，对!”财主点着头，装着和气的样子说：“你不给人，三天之内就把四两银子送来吧!”金锁讲不过财主，只好怎么来又怎么回去。

他回到家，低着头吧嗒吧嗒掉泪。“金锁哥，是我伤了你的心?”鹿妹走到金锁跟前。“不，不!”“那你哭啥?”“财主要债了。”“什么债?”“娘死的时候买棺材钱没还够。”“多钱?”“四两白银。”“啊，这好办，我还。”鹿妹说着从兜里掏出四两白银递给金锁，“去吧!”金锁不走，硬是被鹿妹推出门外。钱是够了。可是财主的心怎能罢休呢? 他看中了鹿妹。

一天，财主趁金锁上山打柴的工夫率领几个狗腿子闯进金锁家。“开门!”一个狗腿子吼着。鹿妹正在屋里洗头，听到有人叫门，把门打开，狗腿子一齐冲进来。“跟我走吧。”财主奸笑道，像恶狼朝鹿妹扑来。鹿妹机灵一闪，财主一头撞在门框上，顿时头破血流。几个狗腿子见财主流了血，急忙护理。鹿妹趁此机会逃跑了。鹿妹来到山上，在大树林里找到了金锁。她趴在金锁身上大哭。“别哭了，你一哭我心里该有多难受，我也没办法呀!”金锁搂着鹿妹。“金锁哥，我们结婚吧，这样财主再也不会……”为了不使鹿妹伤心，金锁抱着鹿妹点头同意了。财主被门框撞了之后，昏迷不醒，没过几天就一命呜呼了。村里人真高兴啊!

单说财主家有个狗腿子，外号叫“独眼龙”。他强占了财主的家业，还把财主的四个老婆霸占了，他也看中了鹿妹。他想把鹿妹当第五房，于是产生杀死金锁的恶念。

一天晚上，他派人把金锁找来，做了酒菜。“金锁你说我对你咋样?”金锁听了独眼龙的话，心想，自从老财主死后，狗腿子对我没有出什么难题，虽然从前坏过我，但都是老财主的主意。他想到这，答道：“还好。”“那你就把这杯酒喝了，咱们交个朋友吧!”狗腿子双手把酒杯递给金锁。金锁接过酒杯刚想喝，就听门外“叭”一声，他放下了酒杯。原来端碟子的女佣人，发现独眼龙在酒里放了毒药，正替金锁担心，发现金锁端杯要喝，就将碟子掉到了地上。金锁猛地想起鹿妹叫自己不许饮酒的话。金锁向独眼龙摆了摆手，“我不会喝酒。”说完就告辞了。他加快脚步。正在这时从路旁蹿出四个大汉。金锁还没弄清是怎么一回事，四个大汉持刀向他刺来，金锁连声也没吭就倒在了路上。

鹿妹在家一等金锁不回来，二等不见金锁的影子，心想一定出了什么事，于是出门去迎金锁。当鹿妹走到村子拐角处时，发现了倒在路上的金锁，顿时一切都明白了。她没有哭，把金锁抱在路边，用几捆柴火盖上，然后咬着牙向独眼龙家走去。她来到独眼龙家窗外，往里一看，四个大汉正和狗腿子喝酒呢，唠得挺有劲。“明天晚上我们就去抢金锁家的姑娘。”“金锁一死什么都好办了。”“对，对。”鹿妹一听这话什么都明白了，她决心要报仇。渐渐屋里话声消失了。鹿妹扒窗户一看，他们喝得像死狗东倒西歪。鹿妹把门顶上，然后放了一把火。四个大汉和独眼龙都被烧死了。

第二天，鹿妹埋葬了金锁，就要走了。村里的老少送她，没有一个不落泪的。鹿妹见送自己的人不停步，就说："乡亲们，不要送了。"她说完在地上打了一个滚，变成了一只梅花鹿向送行的人们轻轻点了几下头，就向树林奔去……

讲述：于国春　67 岁
记录：于政清
1983 年夏采录于大阳镇同兴村 4 组

鹿妈妈

很久以前，“母鹿梁子”本是无名山，山下只有几户打猎的贫苦人家。每年这里都有两三次山洪暴发，幸存下来的只有几户人家。靠山底下住着一个陈老汉，老汉本来有一个女儿，几天前山洪暴发丧了命。

这天，老汉提着猎枪上山了，整整一上午，他连一个猎物也没看到。他转来转去，来到这座山下。这时，一只梅花鹿从这山梁上下来，向一条深沟走去。陈老汉顿时来了精神，怎奈，灵敏、警惕性很高的梅花鹿一听到响声就跑了。陈老汉穷追不舍，霎时间，它便跑得无影无踪了。

陈老汉垂头丧气回到村里，人们见他疲劳的样子都来安慰他，他把山上看见梅花鹿的事说了一遍。一听说有梅花鹿，人们个个喜上眉梢。这一宿，人们谁也没有睡好。天刚蒙蒙亮，陈老汉领着几个人直奔山脚，没过多久，果然看到一只梅花鹿从山上下来了。他们拉开了架势。还是这只梅花鹿，既不躲，也不怕，更没有跑的意思，它直奔陈老汉过来。老汉一见这情景也手足无措了。正在这时就听有人说：“爹爹，女儿回来了。”这亲切的声音，陈老汉是多么熟悉呀，可他多少天没有听到了。他心“咚咚”直跳，看了半天也没看到是谁在说话。他惊奇地望着大伙，大伙也愣了，不知道这是怎么回事，只是把目光死死盯着眼前的梅花鹿。“啊——”它哭了。众人看见梅花鹿的眼角滚动着晶莹的泪珠，见它动了动嘴说话了：“爹爹，我是您的女儿小璐呀，怎么叔叔、大爷也听不出我的声音啦？”陈老汉心如刀割，再揉了揉眼睛，定神一看，眼前确确实实是只梅花鹿。

“璐儿，你不是淹死了吗，怎么变成了梅花鹿？”陈老汉抚摸着这只梅花鹿的头，泪水夺眶而出。

“爹爹，您应该高兴才对。告诉您，我不是淹死的。”

“那你……”

“那天涨大水的时候，我已经站在这山梁上了。后来我听说有一种药，姑娘用了就能变成一只母鹿，只有母鹿才能不叫山泉里的水上涨。女儿我就去寻找这药去了。我走了一程又一程，有一天遇上了一只奄奄一息的母鹿，我跑过去，抱住它的肚子说：‘母鹿呀，母鹿，你要是知道我的心事，会说话该有多好哇，你会告诉我那种让人能变成鹿的药吗?’忽然母鹿说话了，声音很小：‘小璐，我无能为力了，把这东西托给你了。’说完顺手摘下自己的鹿角，送给了我，我拿在手中，不知该怎么办。那母鹿又时断时续地说：‘你——不后悔的——话，就……戴在……头上。’还没说完就咽了气。我照办了，第二天，我果然变成了一只梅花鹿，找到了泉水上涨的源地，我每天都要来喝水。”

人们一听明白了，马上跪在地上，“善良的小璐姑娘，我们太感谢你了。”“不要谢我，我情愿这样做。”说完小鹿头也不回地走了。

从此，人们每天都看到这只母鹿到这山梁上喝水，人们很爱它，保护它。以后就把这山梁叫“母鹿梁子”。

讲述：王　清　82 岁　敬老院老人

记录：刘先梅

1987 年 12 月 3 日采录于杨木林镇敬老院

放 鹿

传说有家姓王的猎户，一家四口人，老两口领着两个儿子，大儿子名叫守仁，小儿子叫守义，一家人靠打猎糊口。老两口都已年过七旬，又加上老病复发，几个月后相继离开人世。从此哥俩提起祖传猎枪，在这里生活着。老大守仁长得黑瘦，既勤劳，又勇敢，聪明伶俐平易近人。他的弟弟守义却哪样都好，就是懒，爱睡觉，不愿吃苦。有一次他倒在山坡上睡着了，守仁便背起猎枪，拿着绳子，领着猎狗到附近山下山上追寻狍子、山鸡、野兔……忽然发现一只小白兔，便飞快地追去。追着追着小兔不见了，这时他跑渴了，想去找水喝，当他走到泉眼附近，抬头一看，一只小鹿正“嗤儿嗤儿”地喝着泉水。他取出绳子，向小鹿甩去，恰巧套在小鹿的脖子上，他把小鹿抱在怀中，一看弟弟还没有醒，就叫醒了他。守义揉了揉半睁开的眼睛，见哥哥守仁怀里抱着一只小鹿，急忙起来，问哥哥在哪里捉到的。守仁把经过说了一遍，弟弟高兴得不得了。两人商量把它养活起来，便用树枝给小鹿垒了一个窝，解开绳子把小鹿放进去，圈了起来，又采来了鲜嫩的树叶给它吃。以后守仁去打猎，守义就在家精心饲养这只可爱的小鹿。守义自从有了这只小鹿，再也不睡懒觉了。后来又有几户人家迁居到这里，把捕获的鹿放在一起圈养起来。

这一年，皇帝派兵看守围场，派人前来征税，逼着他们将鹿献给皇帝。人们不愿把鹿献给皇帝，不忍心小鹿让他们给弄死。猎户们在王家兄弟的带动下，把饲养的鹿全放跑了。王家兄弟为了避难，也离开了这里。从此，人们把这座山叫“鹿圈山”。

讲述： 张继武　农民
记录： 季　平

1981 年 11 月采录于那丹伯镇那丹伯村

熊 貂

相传，在清朝乾隆年间，关东长白山脚下那尔轰一带的崇山密林里，从山东来了一伙打猎的，共有十多个人，由把头张云福老汉带领着，一年四季住在山上。猎手们打围行猎，和和气气，不论打到啥珍贵的飞禽走兽，都放一堆，然后由张云福老汉带人到船厂卖掉，换回钱来大家分，置办生活用品。眼见着，山上一青一黄又一白，时令一暖一冷又一寒，一年一年就这样过去了。

这一年又到了年关，腊月三十这天，猎手们烀上了各种各样的野味，搬出自己酿的山葡萄酒。太阳刚卡山，他们就吆五喝六地端起粗瓷大碗，一边喝着酒，一边吃着手扒肉。三碗酒下肚，猎手们便玄天二地地讲起自己打猎的本事来，还有的哼着小调……直到三星挂上树梢时，他们才一个个东倒西歪，睡在熊皮褥子上。

猎手中有一个叫杜长顺的小伙子可没睡着。他这年才二十一二岁，长得像块芥菜疙瘩，闷闷地不愿吱声。刚才在酒桌上听大伙说，怎么在南山打个虎，在北山打个豹，越听心里越不是滋味。他勉强喝了两口酒，就蔫巴登地回到自己的床铺上，装上一袋蛤蟆烟，抽起来。也难怪，这一年，他在山上转悠了一年，连个野鸡、山猫也没打着，更不用说未婚妻给岳父要的那条熊皮褥子了。说枪法，杜长顺是夜打香头、昼打铜钱的手；论本领，他是下套挖阱、寻踪码迹，样样精通的人。可今年，从打下头场雪到现在，啥也没打着，他明明是瞄准了猎物，可是一搂火，眼前就有一条黑影。枪响了，黑影也散了，眼前连个野兽毛也没落，把他气得直骂。想到大年初五，哥们就要下山卖皮货去了，可是他……嗨，白拿人家卖皮货的钱，回去和那没过门的媳妇说个啥呀？

破马架里，猎手们鼾声如雷，木头拢起的火也着落了。杜长顺的脸埋在浓浓的烟雾里，无精打采的。忽然，他听见窗户外边有个瓮声瓮气的声音在喊他的小名：“小顺子，小顺子……”他一激灵爬起来，对着窗户问：“谁呀？”外面没人回答，只听林涛呼呼的吼叫声，一股股冷风把破窗户纸刮得哗哗直响。杜长顺走过去，从破窗户眼往外一瞧，黑乎乎的像锅底，啥也看不清。他转身嘟囔着："真怪呀，哪有人哪！"

他又重新装上一袋烟，刚要擦火，就听外面的声音又在说："老弟……我赶路……走得累了，想抽口烟，解解乏。"那声音好像是个半语子，舌头不会打弯。

杜长顺急忙问："你是谁呀？快进屋暖和暖和吧！"外面呼哧呼哧喘着粗气，又像说："老弟，我……着急赶路，就不进屋了，你把……烟袋从窗户眼递……递过来，我……抽两口烟，就……就走！"

杜长顺听他说得挺急促，好像有什么要紧事，马上说："你等着，我把烟递过去！"说着，他把刚才新装上的那袋烟，擦火点着，又扯着前衣襟把黄铜烟嘴擦了擦，从窗户眼伸了出去，只见烟袋锅一撅，"咯噔"一下，外面叼住了烟袋嘴。"吱啦"一声，烟袋锅里通红通红亮了一会儿，就暗了，变成了烟灰。杜长顺看着烟袋锅发呆了，心里琢磨：我这烟是有名的关东烟蛤蟆头哇，冲得蝎虎，就我这样能抽冲烟的也得抽上十多口，他怎么能一口就抽了呢？

"老弟，你的烟……真好抽，再给我装……装一袋！"外面那声音似乎又说起来。

杜长顺赶忙又装了一袋，点着烟，从窗户眼伸了出去。"吱啦"又一声，满满的一袋烟又变成了烟灰。杜长顺看到这情景，心里犯了嘀咕："从前，听老辈人说，长白山里有一个山神爷，经常下山跟人要烟抽，这能是……？"想到这儿，他觉得头皮发炸，后脊背发凉。

"哈哈……哦……哈哈"，外面一阵狂笑。这笑，把杜长顺吓得浑身筛糠，手也哆嗦起来。"老弟，再……来一袋！"外面仿佛又嚷上了。

杜长顺定了定神，心里合计：管他是什么东西，你就是山神，今年和我过不去，让我挨冷受冻白挨累，也别怪我无情。他狠了狠心，一回手，取下挂在墙上的老“土枪”，对外边说：“你等着，我给你装袋烟！”“好，好哇！”外面高兴得一边喘着粗气，一边答应着。杜长顺匆匆忙忙装好火药和炮子，还拿一个铁蛋子装进了枪筒。然后麻利地把枪筒从窗户眼伸出去大声说：“你叼住哇！”“好啦！”只听“砰”的一声，外面应声“扑通”一下，像推倒一口袋粮食，接着噼里扑通地响了一阵，就没有动静了。

杜长顺胆突地摸到外屋，在木头垛找了一个大松树明子点着，来到窗户底下一看，只见窗户台上有摊血迹，地上半尺厚的雪被扑腾了一大片，一行似熊非熊的脚印往沟外去了，脚印旁还有滴滴拉拉的血滴。杜长顺急忙回屋，操起猎枪，装好药，也顾不得和猎手们打招呼，一个人码着血印就撵过去了。

将近半夜子时，醉眼朦胧的猎手把头张云福老汉，招呼大家起来接“财神”。一时间，青年猎手们点上香，供上兽肉，点燃了松树明子做起祷告来。张把头屋里屋外转了一圈，发现杜长顺不见了，大声喊起来：“谁看见小顺子啦？……”大伙纷纷回答说没看见，走到他的床铺一看，一尺多长的烟袋，搁在窗台上。张把头一拍大腿说：“坏了，小顺子可能让神接去了！咱们快去找找！”

他刚要领着大伙去找，屋门“吱扭”一声开了，在暗夜中，只见影影绰绰地走进来一个胖胖的黑脸老头，穿着棕色缎子棉袄，棕色缎子棉裤，脖子上围着一条黑围巾，两只眼珠溜圆雪亮，骨骨碌碌乱转，一进门就用半语子声音呜啦呜啦地说：“一张嘴成两张嘴，又抽烟又喝水。”一连念叨了两遍，一屁股坐在杜长顺的床铺上，拿起烟袋，在烟荷包里挖了一袋烟，擦着火，点着烟，抽起来，一口一袋，嘴里抽烟，后脖梗子冒烟，真怪！这一下可把猎手们闹愣了，目光都集中在张把头脸上。

张把头使个眼色，不让大伙吱声，问道：“你喝酒不？”“不喝！”黑老头瓮声瓮气摇摇头。张把头又问：“接神的酒喝不？”“喝！”张把头打开一坛山葡萄酒，端了过去。黑老头用手拉了拉围巾，一弯腰，抱起了酒坛子，咕咚咕咚地喝了起来。

再说，杜长顺背着猎枪，点着松树明子，码着血印追了一阵，看见那条血印绕了一圈又回到破马架来了。他看见木头火烧得红彤彤，可一点声音也没有。他觉得奇怪，扒着破窗户眼，往屋里一看，地当间大伙围着一个黑老头。这时，黑老头把一坛酒喝剩下一半，放下坛子，呜啦呜啦又说："漫山遍野走，又抽烟，又喝酒。"说完抓起酒坛子，又咕咚咕咚喝起来。这一切，杜长顺看得真真亮亮，心里明白了七八分。

他蹑手蹑脚打开房门，从箱子里掏出一包红矾，随手放进一坛启封的酒里。

黑老头把一坛酒喝个精光。"还能来一坛吗？""别说一坛，再……再来十坛，我也能喝！"张把头走到外屋，正要搬酒坛，突然发现了杜长顺，吓了一跳，刚想说话，杜长顺摆摆手，指了指放红矾的酒坛子，张把头会意，捧起药酒坛子就进了屋。"来，来，来，再喝一坛！"张把头说着把坛子递了过去。黑老头抹抹嘴巴上的血，抱起坛子，一仰脖咕咚咕咚喝起来。不大一会儿，一坛药酒下了肚，一头栽倒在地上，嘴里淌出了哈喇子，两腿两脚还蹬搭了几下。

大家凑过去，点起松树明子细看，哪是黑老头啊，原来还不知道是什么兽，有牛犊子一般大，像貂不是貂，像熊不是熊，一身棕黑色短毛绒嘟嘟，油汪汪，脖梗子出了一个大窟窿。大伙急忙围上来，有的说耗子精，有的说是貂精……七嘴八舌乱嚷嚷。张把头捋着胡子说："听我爷爷讲过，早先年，这长白山一共有两只'貂精'，通人情，说人话，都是几百年的山宝了。可这个能不能是呢？我也说不准。赶明个儿，下山到皮货市场，肯定有识货的。"大家听张把头说得在理，就不再争讲了，赶忙动手，把这怪物的皮剥下来，钉在墙上。

一晃，过了破五。太阳刚见红，张把头就招呼猎手们装爬犁，准备下山。大家纷纷把一年里猎获的兽皮从屋里往外捣弄，张把头说："把小顺子得的这张皮子，放在最下边，别让它丢了，来的可不容易呀！"不一会儿，四辆大狗爬犁车就装得满满登登的。张把头和杜长顺坐在一个爬犁上，一声吆喝，一辆辆狗爬犁箭射的一样，顺着树林子里的雪地跑起来，朝船厂赶去。

到船厂这天，天上飘着鹅毛大雪。说来也怪，三辆狗爬犁都落满了积雪，惟独张把头和杜长顺坐的这辆，一片雪花也没落。你看吧，大雪一落到离爬犁一人来高，就好像有气给吹跑了。咦，真怪呀！猎手们又惊又喜又纳闷。

爬犁赶到皮货市场停下来，大伙准备到客栈里歇歇脚，打打尖。这时，从商行里走出一群穿大氅的皮货商，有汉人、蒙古人、色目人，还有俄国人。他们在爬犁周围转了一圈，然后目光都集中在杜长顺这辆爬犁上。一个嘴里叼着雪茄烟的黄胡子俄国人，蓝眼珠一转，操着生硬的汉话说："爬犁上的，什么货？"杜长顺厌恶地信口说："什么货，山货！""把货全都卸下来！"黄胡子动手翻了翻爬犁上的皮子。一个汉人翻译凑过来说："他让你们把这个爬犁上的皮子都卸下来，他想买，这可是个好机会呀！俄国人手里的钱老鼻子啦！""谁稀罕他的臭钱！我们还饿着肚子，得吃饭去！"杜长顺把鞭子插在爬犁上，抬腿就往客栈里走。

一个汉族皮货商急忙拦住了杜长顺，说："您先把这皮货卸下来，我们看看。一会儿吃饭，我请客，我请客！"张把头看商人们都诚心诚意要看皮货，就叫杜长顺把虎皮、豹皮、熊皮一张一张往下扔，最后露出那张怪物皮。

黄胡子一见，伸手抢过去，连声说："哈拉少，哈拉少！"（好，好！）他回头对翻译哇啦哇啦讲了一通。翻译说："俄国人愿意出大价钱买这张皮子。"

这时，汉族皮货商也凑了过来，抖开皮子看了看，倒吸了一口凉气，眼珠子盯住不动了，心里想：这是稀世珍宝哇！我要买到手，献给乾隆皇帝的亲家、当朝军机大臣和珅，定会升官发财……想到这，他急忙说："这皮子我买了，我买了！"说完，他赶忙跑进客栈，让客栈主人准备酒席。

黄胡子拿着怪物皮，追问杜长顺："你要多少钱？"

杜长顺心想，这张皮子能值多少钱呢？这个价钱也真不好定。他一把从俄国人手中夺回皮子，和张把头向客栈走去。

汉族皮货商从客栈走出来，说："各位请吧，酒席已摆好啦！"张把头说："我们喜欢吃大煎饼，老豆腐！"转而又一想，恭敬不如从命，他是奔咱皮子下茬子，先看看他识不识货！"伙计们，入席吧！"猎手们呼呼拉拉把圆桌围个溜溜严。桌上山珍海味，鸡鸭鱼肉摆个溜满。酒过三巡，菜过五味，张把头问他："那货怎么样？"汉族皮货商说道："你们猎获的这张皮子委实珍贵，不知要多少钱？"张把头用筷子指指杜长顺道："小顺子，你看要多少钱？"这下可难坏了杜长顺，他站起来，在地上走来走去，愁得一拍巴掌，"唉"一声。汉族皮货商是个乖巧人，精通买卖经，忙说："要十万两银子？"杜长顺一听，吓了一跳，一屁股坐在椅子上，伸直了两腿。"要十万八千两？"皮货商又喊起来，"好，好，咱们就一言为定，一言为定！"

这时，黄胡子领着翻译走了进来，听说要十万八千两白银，他瞪起蓝眼珠，说："我给你二十万两白银！"说着，从大氅兜里拿出一张画，上面画着一个野兽，正和杜长顺捕获的怪物一个模样。黄胡子说："画上是熊貂，亚历山大皇帝要。"他的话音刚落，汉族皮货商也拿出一幅画，上面也画着熊貂，他说："我们大清皇帝也要，这是国宝！"

张云福老汉听到这，他想起来了：哎呀，老辈人说过，这熊貂是无价之宝呀！"你们都不用争了，我们不卖了！"张老汉说，"既然是国宝，我们就分文不要，献给朝廷！伙计们，明天进京献宝！"黄胡子和汉族皮货商听了这番话，都目瞪口呆。

后来，猎手们既没进京，也没献宝，他们卖完了皮货，换回了油盐酱醋，带上那张价值连城的稀世珍宝熊貂皮，赶着狗爬犁，又回到了白雪茫茫的长白山深山老林去了。

讲述：张　富　69岁　满族　农民
记录：吴强稼　张亚波　李晓峰
1986年采录于东丰镇

棒槌哥

相传在很早以前，东丰县杨木林一带，有个恶霸地主韩瘸子，百姓叫他“韩绝后”。一次，放牛娃山喜赶牛到棒槌山南麓，忽听一只小鸟在说话：“棒槌哥，棒槌哥，不在南坡在北坡……”说了几遍，都是这几句话。山喜顺着小鸟说话的地方一看，小鸟嘴里还衔着一颗放金光的小宝贝，不知是啥，山喜急得直打磨磨，向四处撒目了一阵儿，没人到此地，只好放他的牛。他发现一头牛正站在山下吃一朵鲜红色的花瓣，吃过后，便上下点着头，好像是在拜谢这棵草呢。山喜顺着山坡一看，呀！满山万紫千红，金光四射，山喜挖了一棵，舐了一口，顿时满身轻快，觉得不饥不渴了，才知道这是宝草，便挖了一兜。太阳落山了，山喜拴好了牛，回到了长工屋，在吃饭的时候，把白天发生的事儿一五一十告诉了大家，又把人参掏给大家看，这下可把大家惊呆了。山喜以为惹了祸，便把人参扔到地下。可是，落到地下的并不是人参，而是一大堆金子，这些金子把屋子照得通亮，每人分得几十两，大家都很高兴。

这些长工里，有个爱拍马屁的人，姓吴。有一回，姓吴的交谷子，韩瘸子少要他三斤，就把他乐坏了。今天发生的事，他免不了跑一趟腿，假装拉屎，跑到韩瘸子家去了。韩瘸子一听乐坏了。命令丫环端来酒菜，两人边吃边喝。韩瘸子问：“小吴啊！此事当真吗？”“四爷，我敢撒一句谎，都天打雷轰。”第二天，韩瘸子带领家兵来到棒槌山下。这时，山崩地裂，顶峰越来越小，他们这些人惊恐地抱在一起，变成一块岩石。这块岩石，正是一只人参的脑袋，现在，痕迹还依稀可见呢。这几棵棒槌至今还在这山上，有人发现过，可始终没采到。如果您有福气的话，不妨去找一找吧。

讲述： 李长荣　74 岁　农民

记录： 潘士禄

1981 年 9 月采录于杨木林镇四合村 3 组

红姑娘

很久以前，有位八十出头的放山老人，姓张，他没有老伴，自己孤身一个住在山中。由于他是个心慈面软的人，山下左邻右舍的百姓有缺粮少米的，他宁可自己不吃，也少不了帮上几把，所以人们都管他叫“张善人”。一来二去，这个绰号也就传开了。

年复一年，老善人住在山中胡子也白了。这一天，老善人进山里挖了一苗棒槌，为防止被风吹干，就用青苔裹上，外面用树皮包好，然后准备第二天拿到集市上卖掉，换点盐米。老善人背起棒槌刚从山里往马架走，忽然听到后面有喊声：“老人家，等一等！”回头一看，原来是一位七八岁的小姑娘，她穿着一套红衣裤。老善人忙止住脚步，问小姑娘有什么事。只见小姑娘忽闪着两只水灵灵的大眼睛说：“我看你老人家挺累的，我帮你背一会东西吧！”老善人一听，高兴地说：“那好吧！”小姑娘背起人参，一阵轻风来到马架里。放下人参转身要走，老善人忙拦她歇一会，她说了一声：“明天还来！”就头也不回地走远了。

第二天，小姑娘果真来了，进马架里就说：“老人家，俺帮你到市上卖山货好吗？”“好！好！……”老善人连连点头。到了集市，小姑娘很快就帮老善人卖了这苗山参。老善人给她买东西吃，她也不要。临分手时，小姑娘让老善人去串门，老善人这才想起问她姓啥，家住在哪。小姑娘说：“我就住在你老人家南山的东边沟里，俺家门口有两块大石头，那里棒槌有的是，眼下正是红榔头市（指参籽成熟了），你老人家明天可去喊山货。不过，你老人家到那必须先找我，大声呼喊‘红姑娘’的名字，喊完三遍，你老就可以拾山货。但我还要告诉你老人家，门前有两苗最大的棒槌你老千万不能挖……”小姑娘说完，告辞老善人。老善人这才明白小姑娘原来是个棒槌精。

老善人对这山里最熟悉，按照小姑娘的指点，第二天他直接到南山，很快找到这个沟。进了沟里，见一棵大桦树下面果真有两块稀有的大石头。再往两旁一看，嗬！淡紫色的鲜花开得特别艳丽。中间有两棵山参长得格外显眼。老善人想，这大概就是红姑娘说的那两苗棒槌精吧？老善人想起姑娘嘱咐他的话，没去动它。他连喊了三遍“红姑娘”的名字，便取出棒槌针、快当绳、快当刀、快当锯、快当斧等挖参工具，伏在地上，用绳把旁边两苗棒槌拴上，然后用棒槌针在地面上轻轻拨开了土皮……没多大工夫，两苗八两重的六品叶挖出来了。老善人想：“七两为参，八两为宝。这回得了两苗宝参，也就够山下乡亲们过一阵子了。剩下的，以后再来挖吧……”想到这，他背着山货高兴地回去，第二天就到市上卖了。老汉真是善人，他卖了棒槌钱自己没舍得用，把它分给了穷苦百姓。

这事给村头一位外号叫“坏水”的老财知道了，便起了贪心，也想发笔洋财。这一天，他让家丁上山把老善人请到家里，假献殷勤，嬉皮笑脸，又是端茶，又是敬烟，让老善人告诉他人参是在哪挖的。老善人早知道“坏水”心狠手辣，没安好心，没搭理他，借口有事，抬腿走了。老财主见软的一招不成，又生一计。他在家丁身边小声嘀咕几句，便带上镢头、铁锹，亲自领着家丁暗中监视老善人。老善人走到哪，他们就偷偷跟到哪。跟来跟去，终于来到了那天挖参的地方，只见老善人拿了一条两头拴铜钱的红绳，拴在了一棵人参的脖子上（据说这样做人参就不能逃走），便慢慢挖起来。老财主躲在暗中看得真真切切，眼睛都圆了，瞅得直发呆。他暗想：这些棒槌要都归我，够我享一辈子清福了！这老家伙真傻，明摆着两苗真货不挖，偏挖那几苗小的。哼！待这老家伙挖出来，我非把他整死不可。到时他手里这苗棒槌也归我了……想到这，老财主心里暗暗高兴。他打定了主意，给左右家丁使了个眼色，几个家丁立刻恶狼一般扑向老善人。老善人这么大年纪了，哪是他们的对手，不大工夫让他们七手八脚绑在了那棵大桦树上。这工夫，老财主已向那两苗真货动手了。第一苗棒槌挖了出来，老财主赶紧抱在怀里，很怕跑了；第二苗棒槌挖出来，老财主又抢先搂进怀里。他乐得眼睛眯成一条缝，简直要蹦起来！哪知，他高兴得太早了，仔细一瞧，怀里抱着的竟是两苗空壳人参。气得老财主火冒三丈，七窍生烟。他使劲把两苗人参摔在地上。不料，两苗人参立刻变成一对巨蟒，向老财主扑来，老财主躲闪不及，不一会就一命呜呼哀哉了。这工夫，红姑娘来到老善人面前，麻利地解下绳子，便消失了。

讲述：初 伟 30岁 教师

记录：郭树仁

1983年4月5日采录于南屯基镇红石村2组

申三草

从前，有这么一家姓王的夫妻俩领着弟弟过日子。哥哥叫玉柱，弟弟叫栓柱，勤劳朴素，忠厚老实。每天太阳不露脸就下地干活，日头不落山不回家。可是，嫂子太刁，就是看不上小叔子，不给饱饭吃。

一年夏天的晌午，栓柱从田野铲地回来，连累带饿四肢无力，见嫂子在灶前摊煎饼，放下锄头向嫂子要煎饼，谁知狠心的嫂子，不但不给，反而骂他是“饿死鬼托生的”。栓柱心里一酸，想起死去的爹妈在世时对自己的关心和爱护，便痛哭起来，一狠心离开家门远走高飞了。他走了三七二十一天，来到白山脚下，当太阳落山的时候，见前面有一座村庄，可是想走饿得走不动了。他就爬呀爬，爬到一家姓张的高墙大院的门口，就倒下起不来了。

傍晚擦黑时，张员外家人出来关大门，发现门外躺着一个人。他以为是死倒，壮着胆子走上前，用手一摸心口还有气，身子挺热乎，急忙转身跑回上房，禀告给员外。张员外来到大门外一看，立即命家人把他背进伙房。栓柱在伙房住了几天，吃上饱饭，身上有劲能走动了，就主动去帮小猪倌挑水、熬食、喂猪。张员外看栓柱这孩子挺勤快，就把他收下在家中做零活打杂。栓柱成天一声不响，手脚不闲，院子常扫，马圈勤起，挑水抱柴哪用哪到，派出办事又挺讲信用，张员外收栓柱做了义子。

张员外年过花甲，膝下只有一女。这天张小姐领着丫环从院里经过，栓柱正扫院子。他见到小姐头不抬、眼不睁地照样干活。小姐就问丫环：“这小伙子是哪来的？”丫环说：“他是咱家员外新认的义子，名叫王栓柱，他可好了！”小姐听完，就停住脚步，站在那里仔细打量栓柱，见他五官端正，长副团团脸，大眼睛重眉毛，细拉高挑的身材，干活还挺卖力。小姐一看就相中栓柱了。她想接近栓柱，唠几句嗑，又觉得挺大个姑娘和个小伙子说话怪不好意思的。这时只见栓柱累得满脸流汗，也不擦，她便顺手从腰中掏出丝织手绢让丫环送过去。丫环接过手绢一愣神儿，不知小姐什么意思，还以为手绢是递给自己的呢！这时，小姐一脸羞涩地说："傻妮子。"说完，面对栓柱一努嘴巴。丫环这才会意，拿着手绢来到栓柱面前说："王哥！我家小姐看你干活累了，给你一条手绢擦擦脸吧！"栓柱一听，停下手中的扫帚，看了丫环一眼，向后退了两步，很腼腆地说："不！不！"干说不字，就是不敢伸手接。丫环催促说："快拿着！"栓柱脸上羞得通红，也不吱声，还是不接。小姐在一旁看着，见栓柱不肯接她的手绢，心里可着急了，直劲向丫环递眼色，又拱嘴。任凭丫环站在栓柱面前，这边不接，那边让给，弄得十分尴尬，又一次催促栓柱说："小傻瓜！这么不知道好歹！给的东西还不要？"栓柱不接，看丫环又不走，由于情面难却，只好胆突突地接过手绢，朝半拉脸抹了一把，就把手绢还给了丫环，然后头也不回就朝大门口走去。

小姐自从见到栓柱，每天总像有件事悬挂在心中。白天领着丫环，故意到院子里游玩，想再见栓柱一面，说上几句知心话，有时偶尔遇上，没等到跟前，栓柱就绕过去了。尽管栓柱对她不搭理，她还是不死心。她为了表达对栓柱的钟爱之情，这些日子，她茶饭懒进，晚间失眠就独自一人掌上明灯，用金丝红线给栓柱绣鸳鸯戏水的兜口。绣好以后，偷偷让丫环给栓柱送到伙房。栓柱一见，就知道小姐对他有了情意，心想，我是个穷孩子，穷得两只肩膀扛个嘴，自己连衣食都挣不下来。现在有家难回，背井离乡，哪有闲心要媳妇呢？再说，人家是员外的姑娘，我是员外的义子，怎能嫁给我这个穷小子呢？在哪方面都说不下去。他想到这里，对丫环说："大姐，这个物件我不能收，你拿回去吧！替我谢谢小姐的一片好心。我要是收下，一旦员外知道，我饭碗子就没了。"小丫环说："不怕！就是员外知道了，也不会怪你。你和小姐是姊妹关系，做件兜兜也是应该的呀。你何必多心呢？"尽管丫环再三解劝，栓柱就是不收。丫环无奈，将兜兜抛在炕上转身就跑了。栓柱有心去追赶，恐怕老员外在外边看见，误会自己调戏丫环，只好急忙收起来，放在自己的小包袱里。

转眼到了秋天，庄稼上场。员外打发十几名长工伙计去深山采参。临行前，栓柱也要跟去，就去找员外请求。员外想：他是我的义子，去就去吧，让他给我当个耳目，避免伙计们从中闹私，于是，给他几两银子，栓柱跟随这帮人就进山了。进山后修地窨子时，栓柱可能干了。因为他不怕吃苦，分伙进山时都愿和他在一起。每天不管奔走多少山头，都是他背着一切用具和干粮。可是每天晚间回来，别的伙计都能采到点参，只有和栓柱一伙的人，就连一棵小草参也采不着，每天是空去空回。于是就有人背地议论，都说王栓柱命薄福浅，不走运气，给他送个外号叫“倒霉鬼”！这么一哄扬出来，哪伙人都不要他。他只好啥也不说，自己独身上山去采，由于他缺少采参的知识和经验，仍然是啥也采不着。这一年，时光白白丢掉，最后，空手拉脚地跟人家回家来了。头一年栓柱进山采参，员外和小姐对他抱着很大希望，满以为能出人头地采几棵值钱的人参。特别是小姐，比她父亲抱的希望更大。从打栓柱走后，她在灯前月下，背着他人，常对苍天祷告，保佑栓柱采到宝参，一来可使栓柱由穷变富；二来可实现自己的夙愿，与他结成美满姻缘。栓柱到家那天，小姐特意跑到大门外去迎接栓柱。别的伙计肩上都背着沉甸甸的包袋，惟有栓柱肩上背个小小行李卷，手提一把铁锹，小姐一看，不由心里凉了半截。

第二年秋天，伙计们又要进山挖参，栓柱又要跟去，员外不同意，对栓柱说：“孩子，别白搭工夫了！挖不来人参再叫老虎把你吞掉。去年你没挖到人参，人家都说咸道淡，你今年去再挖不到参，一旦被老虎吃了，我可吃罪不起。”栓柱说：“庄稼不收年年种。去年倒运没挖到，今年我学会了挖参的方法，保管能挖到好参。”张员外见他执意要去，又给拿出盘费银子，他又随大帮进山了。第二年仍是啥也没采到。第三年他又要去采参，尽管栓柱恳切相求，老员外执意不肯让他去。后来被小姐知道了，暗中让丫环给他送去银两，这才追随大伙又进山了。

这次进山，还是没人跟他结伙，他只好一个人，走南山，越北岭，终日奔波。这一年他走遍大小山沟，还是一个参也没挖到。那天晚上，由于他爬山越岭疲劳过度，躺在地窨子里，一觉就睡到东方大亮。他急忙爬起来，看到地窨里人影皆无。原来和他同来的伙计在天亮之前便悄悄下山回家了。只将他一个抛在老白山里。他起身下地一看，口袋里只剩下半升米，急忙点火，把米全下进锅里，一顿吃光。然后拿条绳子，走到一棵松树下，哽咽着说："我王栓柱生来命穷福薄，时运不济，从小父母双亡，跟随哥哥长大。在家受嫂子虐待，一狠心，背井离乡，寄人篱下，曾随别人家两次进山，本想挖几棵人参回去，尝到一点人间的饱暖，开创家业，送走贫寒，不幸身临绝境。我已无脸下山，去见张员外一家老少。今天，我已走投无路，决心死在树下。"说完，他放声大哭起来。他举起绝命的绳子搭在树丫上边，随手系一个圈套，刚要一死了之，就听那边有人喊叫："不能死呀！"栓柱放下绳子撒眼四下一瞧，毫无人影，他又把脖子放进套里，身边又有招呼的声音："莫寻短见！莫寻短见！"他二番抬头一看，身边站着穿绿衣裙袄的大姑娘，长得如花似玉，美如天仙。她一把就把绳子夺过去了，面对栓柱笑眯眯地说："小哥哥，你有什么难解难脱的愁事，今天在这儿寻此短见了？"栓柱见问，不禁打了一个咳声，然后慢吞吞地说："你问我这个有啥用？也不能搭救我的难处。"姑娘说："咳！我既然不让你死，心里自然有不让你死的好招。"栓柱一听姑娘有好招，心想：她可能不是凡人，不然，这老山老峪哪里能飞来这么个大姑娘呢？他就把自己三次进山采参的经过，一五一十地对姑娘述说一遍。姑娘听完哏哏地笑了，说："你想要挖参，这山里有的是，还值得你寻死。今天你答应我一件大事，我就送你一匹骡子，让你满载而归，满满驮回两口袋。"栓柱一听，心里立刻亮堂起来，高兴地问："什么事？那你就说吧！我能做的，就是要我性命，我也能舍得出去！"姑娘说："我不要求你别的，就让你收下我为妻。"姑娘说完，又哏哏地乐了。

栓柱说："咱俩素不相识，我不知你家住哪里，姓甚名谁，怎能收你为妻呢？"姑娘说："我家住在白山嘴，我本姓申，一母所生姐妹三人，我排行老三，小名叫'申三草'，今年十九岁。"栓柱说："我十分贫穷，连个住的地方都没有，手无一文钱，身无一粒米，聘娶你哪有彩礼钱？再者说，你与我成婚上哪去住呀？"姑娘说："穷不可怕。天地间，穷能变富，富也能变穷。你和我成亲，让你要啥有啥！"

姑娘虽然说的是实言，可是栓柱还是半信半疑。姑娘看栓柱不肯说痛快话，假意翻脸申斥栓柱说："你也太不识恭敬了。常言说，救命之恩难以报答，我今天特意赶来，一是解救你的性命，二来答应给你人参，让你发财，问问天底下人世上还有比这两宗恩深义重的事情吗？世上人都挖空心思削着脑袋往里钻，却都求之不得，今天送到你的身边掌上，你却不受，真是一个十足的大傻瓜，你要与我成就婚姻，今后还有比这事更美的呢！"栓柱追问："还有什么美事？"姑娘说："这个我不能讲了，以后你会知道的。"栓柱暗想：行！我先应下她的婚事，得不到人参我再悔婚那也不晚。他拿定主意后，就对姑娘说："好吧！既然你救了我一命，答应帮助我采参，我就收下你为妻。"姑娘这才告诉栓柱说："你从这往南走过三个山头，再往东拐不远，周围一圈儿是树，当腰有一平川地尽是人参。中间方圆五尺之地，你千万不能挖它，四外的地方，你能挖多少就挖多少。我在窨子里等你。"说完，姑娘转身就走了。

栓柱按姑娘的指点，带上工具和口袋向那个方向走去。果然，有这么一块地方。他一口气就挖满两口袋，都是有头有脑有胳臂有腿的全参，他高兴极了！唱着山歌，用绳子将口袋嘴接连扎起，搭到身上就回来了。来到地窨子，姑娘正在那里等待他呢，见栓柱扛着两只口袋，累得满脸汗水，心疼地说："我让你受累了。"说着话，将栓柱扶在土炕上，便亲昵了一番。栓柱含羞带愧，百般用力地推却，然而，自己的身体却已不由自主了。当晚，二人插草为香，面对一轮明月，三拜九叩算是拜堂成亲了。

成婚以后，第二天，栓柱就着急下山。三草却恋恋不舍，执意挽留。第三天，栓柱还是要走，三草仍是不放。一而再，再而三，一直在地窨子住了十天，三草这才打发栓柱下山。临行时，三草牵来一匹骡子，又交给栓柱一个小匣，嘱咐栓柱说：“当你想念我时，把小匣打开，叫我三声‘三草’，我必赶到。”栓柱接过小匣，带上人参，骑上骡子起身了。三草送他到老白山下，眼望栓柱，直到背影看不见时，才转回深山老林。

栓柱骑着骡子，好似腾云驾雾，不多时就来到张员外家。他悄悄走进小耳房，放下口袋，转身欲将骡子送进马棚喂养，真怪！骡子却变成了一根榆木桩子。他回到耳房，人不知，鬼不觉，倒在炕上睡起大觉来。过了好几天，与他同伙进山的人才赶回家中。

这天，官府闻讯特意赶来收参。那些人采回来的竟是些四蹄甲、六品叶、登台子等，没有一棵值钱的好参。收参的官府人员，仍不关闭参箱子，说：“不忙，还有好参没到呢！”栓柱见他们全都交完，这才从耳房扛出一袋全参，官员一见，非常惊奇，连赞：“好参，好参！”这一口袋就价值十万两银子。

栓柱不贪图财产，把那袋全参无偿地都交给了张员外和小姐。张小姐见栓柱发了大财，更加求婚迫切。一天夜里，不顾大家闺女的身份，闯进耳房，跪在地下要求与栓柱成婚。栓柱告诉她：“我在山中已与三草姑娘成亲了。”尽管栓柱忠诚老实地告诉她，然而小姐就是不信。最后，栓柱把她请出门外，闩上门栓。小姐站在门外，委屈地哭了一场。

小姐走后，栓柱想念三草，打开小匣叫三声，她果然来了。二人见面恩恩爱爱，甜言蜜语，话像扯不断的蚕丝那样又细又长。三草住在张家，被小姐发现这来历不明的媳妇，知是情敌，就疾恶如仇，一天她面对栓柱说：“她是个妖精，你把她劈死。不然，你会被她吃掉的。”栓柱怎能忍心杀害三草，照样对三草相爱如故。过了几天，小姐见栓柱还和三草难舍难离，自己便痛下狠心，拿起劈柴大斧，直奔耳房走去，进屋见三草和栓柱并肩坐着唠嗑，不容分说，照准三草脑袋狠狠劈下去。只见三草一溜火光腾起身子，告诉栓柱说：“你想我仍去深山地窨子找我。”然后，用手一指，院内房屋立即升起通天的大火，将张员外和小姐一家全烧死了！惟独栓柱住的那间小耳房保全下来。

栓柱在这儿住了一年，倍感孤独凄凉，他把一万两银子送给哥哥，又返回深山去找三草。到了地窨子，他见三草已生个白胖小儿。三草指着栓柱对孩子说："这是你的父亲，你亲亲他吧！"小孩听妈妈这么一说，就爬到栓柱怀里，亲着爸爸的脸蛋，然后又爬到妈妈怀里，用一只小手指指嘴巴，又拍打自己的心口，但不会说话。三草对孩子说："你长这么大，你爸没给你留下柴和米，你饿什么呀?"说完，就下地烧火。水烧开了，抱起孩子就放进锅里煮上了！煮熟后，三草吃去半截身子，喝了半锅汤，飘飘摇摇就上了天。栓柱一看，这孩子是人参果，把剩下的一半全吞进肚里，也成仙升天了。

讲述：焦艳琴　69 岁
记录：李广源　黄英梅
1984 年 8 月 6 日采录于横道河镇敬老院

寒葱

东丰县城北，有座连接东丰、伊通两县的山，叫寒葱岭。据传说，在很久以前，寒葱岭并不叫这个名，因山上布满沙石，草木不生，人们都管它叫北大砬子山。山下有一条没有名的小河，雨季，河水横冲直撞，平时，河底裂纹条条。那时，周围几十里没有人家，只有一个小村落，村子里有二十几户人家。村里有一户财主，姓邓，他为人阴险、刻薄，人们都管他叫“瞪眼狗”。瞪眼狗没儿子，只有一个女儿叫邓桂娥。

一年一年过去了，瞪眼狗为女儿的亲事发了愁。一天晚上，他躺在太师椅上，嘴上叼着一个水烟袋，一边“咕噜咕噜”地抽着，一边想：给女儿找个门当户对的吧，这个村就我一家富户，嫁个穷小子吧，那成什么体统？干脆，在外地找一个富女婿算了。想到这，他把三姨太太叫过来，说：“你是桂娥的亲妈，姑娘大了，也该找个主儿，我想……”如此这般地说了一遍。话音刚落，一个人破门而入，只见她身着浅蓝色绸衫，脚穿红绒球绣鞋，两道弯眉下一双大眼睛，瓜子脸上一副生气的样。她进得屋来，直奔瞪眼狗扑去，边哭边喊：“我不出这个村，我不出这个村！呜呜……”

来人正是邓桂娥，她怎么这样巧，听到瞪眼狗说的这番话呢？原来瞪眼狗人虽老，但不“着调”，家里有六个老婆，又和村西头的一个寡妇扯上了。这个寡妇也真能耐，把个瞪眼狗摆弄得像根面条似的，她说一是一，说二是二。今天瞪眼狗又上寡妇家去调情，可是寡妇一张口就要五十两银子，还说，要是不给呀，不让他近前不说，还要上衙门告他去。瞪眼狗心里想，她告我嘛，倒不可怕，也不可能，可不让我靠前，摸不到她的小脸蛋儿……他一狠心，一跺脚，回到家里，从大老婆箱子里偷出来五十两银子，他怕露了馅，就让桂娥给送去。桂娥本来不想去，可又一想，寡妇的邻居是长工韩纯朴，也就同意了。

韩纯朴三岁无父，十一岁丧母，十二岁那年进了邓家当半拉子。从小，桂娥就跟他相处得很好。冬天，纯朴趿拉个有底没帮的鞋头，小桂娥就找双棉鞋给他；夏天，纯朴光个膀子下地干活，小桂娥又用布头给他做件汗衫穿。一年长似一年，从十二到十五，从十五到十八，两个人比着长，一个长成身强力壮的棒小伙，一个长成模样俊俏的大姑娘。两个人心里都有意，就是嘴不说。姑娘怕羞，小伙不敢。一个穷光蛋，做梦也不敢攀邓桂娥呀！日复一日，星走月移，两个人的感情越来越好，姑娘一心爱上这个小长工。

桂娥借到寡妇家送银子的机会，也想看看韩纯朴。韩纯朴住在一间小破茅草棚里，一铺小南炕，屋里黑乎乎的，还有一股烟熏火燎的味儿。他俩唠了一通热乎嗑，就分手了。哪料想，桂娥刚要开门进屋，就听到瞪眼狗要给她找婆家的话。她急忙跑进屋，又哭又闹，吵得全家不安。瞪眼狗拿她也没办法，只好把这件事拖了下来。

俗话说，哪有不透风的墙。也不知道瞪眼狗从哪打听到邓桂娥和韩纯朴的事，便变着法地要把韩纯朴弄走。

转眼到了秋天。瞪眼狗说要盖十间房子，就打发韩纯朴一个人带着家什进山打石头。大砬山上有的是石头，一个人一天也能捡它十车八车的。可瞪眼狗不要大石头，偏要凿子凿一块一块的方石。一个人得弄到哪年哪月啊？韩纯朴渴了喝口山泉水，饿了吃口菜团团。秋天过去了，到了冬天，还是没有凿够方石。财主发了狠，不给他送棉衣，也不给送热饭。韩纯朴冻得抗不了，就在夜间也干起活来。就这样，一天一天，连冻带饿，韩纯朴就倒在山上，临死的时候，身上还穿着邓桂娥给他做的那件汗衫。

自从韩纯朴上了山，邓桂娥也被看了起来，不准出屋。瞪眼狗求了个媒人准备把桂娥嫁到五十多里外的一个财主家。邓桂娥死活不干，等她听到韩纯朴死了，更是伤心，整天寻死上吊。后来，她一琢磨，就答应出嫁了。

出嫁那天，坐轿子来到北大砬子山下那条小河边，桂娥非要下轿不可。家人拿她没办法，只好答应了。邓桂娥下了轿，眼望山顶，泪如雨下，大喊一声：“纯朴哥呀，桂娥随你去了！”便一头扎到河里。突然，河水猛涨，翻卷的水花，像珍珠，像灯笼。人们为了纪念这个忠实爱情的姑娘，称这条河为“灯笼河”。

韩纯朴和邓桂娥死后的第一年春天，遇上了大旱，饥饿的人们跑到山上，寻草找食。不料想，山上到处长满了一种谁也叫不上名的草，根白、叶绿。大家一把一把地薅着吃，竟和家里栽的葱是一个味儿。又因它能在冬季里生长，人们给它起了名，叫寒葱。这座山，也就叫寒葱岭了。说来也怪，把干巴的寒葱放进山下的灯笼河里蘸一蘸，寒葱竟和原来一样鲜嫩。

讲述：张德仁　67岁　私塾二年

记录：李凤春　刘丰年

1981年9月采录于沙河镇盈仓村2组

【附录】寒葱为什么不蔫巴

东丰县沙河镇北面有座山，叫寒葱岭。岭下有三座庙，人们叫它“三座老爷庙”。庙前有一条大河，人们叫它“撩河”。提起这三座庙和这条河来，还有一段故事哩。

从前，寒葱岭下有二十几户人家，这里十分干旱，百姓用水夏天靠接雨，冬天靠化雪，生活挺艰难。

屯子里住着哥俩，年过半百，心眼儿倒挺好。一辈子没成家，人们都管他们叫“好哥俩”。

一天晚上，老大对老二说：“兄弟，咱们都是快入土的人了，活着应该干点好事儿，好给后人留下个‘念想’。”❶“我也这么寻思，依我看，咱这儿没有水，咱们就找个泉眼吧。”老大一听，正合心意。第二天，天刚蒙蒙亮，哥俩吃完了饭，带着干粮，扛着锹、镐就走了。他们走过稀拉巴登的柳毛甸子❷，一走走了七七四十九天，跑遍了山脚下的每一个地方，就是没找到泉眼。老哥俩连

❶念想：美好的回忆。

❷柳毛甸子：指郊外低凹处成片的柳林。

累带饿，坐在一块大石板上睡着了。

朦胧中，走来一位白发长须的老人，饿得直打晃。老哥俩一看，忙把剩下的饽饽递给了他。老人把饽饽接在手，放在唇边深深地吸了口气，又长长地吹了口气，然后还给老哥俩说："我不饿，你们吃吧。听说你们要找泉眼，我可以助你们一臂之力。"说着，从地上拿起了那锹、镐，闭上眼睛，口里念念有词。不一会儿，老哥俩只觉得锹镐金光刺眼，老人抡起大镐，朝石板上一砸，老哥俩不觉一震，"哎呀"一声，醒了，原来是一场梦。

他俩找到锹镐，果然像金铸的一样！由于太饿，俩人都拿不动一把镐。老大说："兄弟，还有半个饽饽，你吃了吧。"老二说："哥，还是你吃吧。"哥俩推来让去，最后没法儿，两人只好轮着吃。老二先咬一口，却不料咬完的缺口又长满了。老大再咬一口，也是这样。哥俩大喜，你一口我一口，吃了个饱。再看石板，七裂八半，在石板缝里，往外冒着清水。老哥俩这个高兴啊！使足了力气，把石板掀到一边，动手挖了三天三夜，终于挖出一眼清亮亮的泉水。可水并不太旺，只在泉眼里，不往外淌。老哥俩正在商量，忽然，那锹、镐像长了腿儿似的掉进了泉眼里，够又够不着，捞也捞不上来，最后想出个办法，换班用手撩水。他俩又撩了七天七夜，才捞出锹和镐来。老哥俩累了，坐在石头上，抬头一看，乐坏了。原来，他俩撩出的水已经撩成了一条大河，泉眼里的水"咕嘟咕嘟"地往上冒。以后，他们就在河边盖了三间房，一间是供给金甲老人住的，老哥俩一人一间。他们死后，人们就在他们原来的住址上，建了三座庙，中间是白发老人，左右是老大老二，称为三座老爷庙。那条河就叫撩河。由于多年河水冲刷，撩河里的沙子特别多，如今，人们又叫它沙河。

讲述：于忠新　农民

记录：刘丰年　李凤春

1981年9月采录于沙河镇庆余村

地方风物传说

猴石

现今猴石这个地方，早先年不叫这个名。叫什么说不清了。据传说，这个名字是因一尊石猴而起的。

相传很久以前，这块地方山上的林子密密实实，山下的蒿草长得茂茂腾腾，地里的黑土抓一把能攥出油。时不时有从山西、山东逃荒逃难的人看中这块黑土地，便在这落脚，靠种地、打猎、砍柴养家糊口。

有一年打春前后，山沟里来了个三十多岁的壮汉，长得像张飞似的。让人纳闷的是，他单身一人，什么东西也没带，却领着一只猴子。听他说话是山西口音，自个儿说姓侯，究竟是从哪来的，干什么的，为啥领个猴子，谁也不知道。你要问他，他只是一笑拉倒。处长了人们发现别看他长得吓人，可心眼好使，谁家有个大事小情的，他都能帮上忙。特别是力气大得吓人。盖房子的梁柁扛起来就走，两百斤的袋子一手抓一个。他还会看病，不论什么病，他给你弄点山果、草叶吃了就好。那只猴子特别通人气，懂人语。有时候大汉给人看病，说："猴儿，去弄两个山梨蛋子。"不一会儿，猴子就从山上摘两个山梨来。他和那猴处得像兄弟又像爷儿俩。

侯大汉来到这儿第二年的三伏里，有一天，白天天上响晴响晴的，可是到了后半夜"虎巴"地打了个大雷，接着就下起了雨，那雨下得像穿箭儿似的。第二天早晨雨过天晴了，侯大汉却没了影，就在人们寻找时，那只猴子开了口："我的主人不姓侯，他是天上二郎神的兵卒，因为犯了天条，偷偷地跑到人间。我本来是花果山水帘洞的猴孙，被耍猴的抓了去，吃尽了苦头。主人来凡间花钱买下了我，带着我来到这里隐居。也不知道二郎神怎么发现了主人藏在这里，昨天晚上派天兵捉走了他，他临走时让我把实情告诉你们。”从此，猴儿就蹲在屯子头小山的半山坡上，眼泪流到了山下的小河里。后来，猴儿死在了这个山坡上，变成了一尊石猴，人们管这块猴状的石头叫猴石。

讲述：刘延令
记录：刘玉文
1986年10月采录于猴石镇

姑娘岭

从前，岭下有二十几户人家，住着一个年轻的寡妇，叫陈氏，带着不满五岁的儿子，靠租种地主的五亩薄地过日子。村中间的三合院里，住着这个村的大地主杨老二。他听说陈氏的丈夫劳累过度吐血死了，就动了邪心。

一天，杨老二把陈氏请到内宅，没说上三句话，动起手来。陈氏一见，怒从心头起，使劲给杨老二一拳头。杨老二躲闪不及，被打了个乌眼青，他气急眼了，举起一个茶碗朝跑到门口的陈氏打来，说也真巧，茶碗正落进陈氏被杨老二撕破的夹袄里。

陈氏回到家，抱起儿子哭了起来。天黑以后，儿子睡了，她闭着双眼，靠在墙上叹息。

半夜了，陈氏听到有人叫："大姐!"她瞅了瞅，没看见什么。"大姐，我在你的夹袄里，快把我放出来。"陈氏从被撕破的夹袄里拿出那个茶碗，碗上画着一个非常好看的少女。这时，只见屋里一片金光，金光中站着一位漂亮的姑娘。她走近陈氏，拉起她的手说："大姐，我在杨家呆了五年，看他为人凶狠，人面兽心；你人品好，心眼正，以后咱俩就在一起生活吧。"陈氏听了，心里十分高兴。

吃过早饭，姑娘跟陈氏领着孩子去岭上铲地。到了岭上，姑娘说："大姐，我兜里有一把果树籽，咱们种上吧!"两个人一个刨坑，一个撒种，孩子培土。刚刚种完，陈氏回头一看，只见岭上枝繁叶茂，果实飘香。姑娘说："大姐，你和孩子快吃吧!""不，我去招呼全屯人都来吃!"说着，陈氏一溜烟跑进屯子里……

杨老二听说陈氏家里有个能显圣的漂亮姑娘，就领着几个家丁来到陈氏家。只见岭上果树成行，果实累累，果树中，站着两个女人，一个小孩，杨老二走了过去："姑娘，我是本村杨二爷，家中虽然窄小，却有家财万贯，如蒙不弃，愿与姑娘结百年之好……""呸!不要脸的狗东西!""别不识抬举，来人哪，把她给我绑回去!”主人一声叫喊，奴才们蜂拥而上，姑娘面向陈氏，说声：“好好保重!”便朝一棵果树跑去。等村里人赶来，姑娘已经化做一道金光朝西北飞去。

杨老二一阵狂笑，顺手从树上摘了个大苹果，一口咬下一半。刚说声“这么苦”，只见苹果瓤里有个姑娘，面容愤怒，头发直立，怒眼圆睁。杨老二顿时吓得昏倒在地，过了不几天就死了。

人们为了纪念这位美丽善良的姑娘，便把这座岭取名叫“姑娘岭”。

讲述：张振龙

记录：刘丰年

1981年9月6日采录于四平镇

【附录】古年岭

哪朝哪代就说不清了，反正是很久很久以前，在现今东丰县西南有一条岭，叫分水岭。岭西是现在辽宁辖区叫西流水，岭东是现在的吉林辖区叫东流水。岭上有条路，是连接在东流水和西流水之间的交通要道。西流水有一李姓大户，东流水住着年姓富户，两家交往甚密。有一次，李家老爷应岭东年家老爷之约前来吃酒，见年夫人身怀六甲，就说：“年兄，我见嫂夫人有喜，弟之拙荆也有孕在身，你我两家都添人进口，岂不是一大喜事!”年老爷道：“李老弟夫人也身怀有孕，真是可喜可贺。”李老爷说：“你我两家不如友上加友，若日后生产是同性则结为兄弟或姊妹，若为异性便结为伉俪，不知年兄意下如何?”年老爷应道：“甚好，甚好。”二人借着酒兴立下了文书。

不久，李家夫人生下一男孩，取名李虎。年夫人生了个千金，单名一个芳字。这样一来，先前的文书自然成了指腹为婚的婚约，两家少不了相互道喜祝贺，吃“十二日”(旧时，初生儿满十二天吃喜酒)，吃“满月酒”，关系比以前更加密切，互相走动得更加频繁。两个孩子长到冒话时，年芳细皮嫩肉，口齿伶俐，李虎却目光呆滞，见人傻笑，一副先天痴呆的样子。

长到十八岁时，李虎口歪眼斜，整天流口水，年芳却出落得貌似天仙，琴、棋、书、画样样精通。该论嫁了，年老爷和夫人只得把十八年前指腹为婚的事告诉年芳。年芳见了白纸黑字的文书，那真是“晴天霹雳碎芳心，痛撕肝肠欲断魂”。

年老爷是个吐口唾沫是钉的人，根本做不出悔婚的事。坐花轿、入洞房本该是人生的一大喜事，可这一天年芳却泪雨涟涟上了花轿。当花轿抬到分水岭时，年芳说要小解，花轿只好停下。年芳下了花轿，回头看了看养育她十八年的深宅大院，转过身来，头也不回地走进山林。迎亲的人们等了足有半个时辰也不见新娘子回来，就到林中寻找，发现年芳已经吊死在树上，手里攥着写给父母的绝笔遗书。上写“宁死不嫁傻郎君，欲遁空门庙无门。唢呐伴我黄泉去，来世再报养育恩”。

如花似玉的年芳走了。人们念其刚烈，以死与包办婚姻抗争，就把她自缢的这条岭叫“姑娘岭”。后来，有人取其谐音，再加上年姑娘自缢在古树上，就叫成了“古年岭”。

讲述：李大爷

记录：刘玉文　朱其文

2000年采录于猴石镇

马尾顶子

很久以前，这个山沟里只有几户贫苦人家。他们合养了一匹母马，靠它拉犁耕种，骑它上山打猎，用它驮回山珍，再套它拉车上集，卖点皮张、药材和其他山货，换回盐、布和生活用品，日子还算过得去。每当日子稍稍抬头，就常下大雨，由于山高、沟深，雨水说下就下，人们防不胜防。再加上雨水涨得快，每下一场雨，这几家就遭一次灾难。

有一年，母马下驹了。这马驹说来也怪，生下几个月，便长成一匹雄壮的高头大马。它有个怪脾气，有时闹，连蹬带刨，仰天长啸，嘶鸣不已。起初，人们闹不清是怎么回事，每当它闹腾，便都守候在它身旁，担心出什么事。时间长了，人们摸清了马叫的规律。它每次叫完，保证下雨，十拿九准，人们都管这马驹叫宝马驹。

不料，这消息传到了在沟外住的大地主王扒皮的耳朵里，他想买下这匹宝马驹。交涉几次，沟里的几户人家说什么也不肯，最后，他想出了一个鬼主意。

一个漆黑的夜晚，王扒皮带着一伙打手，摸到了沟里，在宝马驹的圈边埋伏下来。约摸三更的光景，王扒皮一根火柴把牲口棚点着了，几个打手一拥而上，把宝马驹牵起就走。不料，宝马大声嘶叫起来，这一下把沉睡的人们惊醒了。人们发现牲口棚子通红，就都拿着救火的家什赶来了。可是，已经晚了，棚子烧落架了，宝马驹也失踪了。

王扒皮把宝马驹带到家里如获至宝。把从山里抢来的人参和各种药材放心地摆到院里晒着。可是不几天下了一场大暴雨，把这些名贵的药材全都冲跑了，宝马驹也没叫一声。这下可把王扒皮气坏了，叫打手们用鞭子、杠子抽打宝马驹，宝马驹没哼一声。最后，经过三天三夜连打带饿就死了。

王扒皮吩咐打手们，把宝马驹抬出去扔了。等沟里的人们听到这消息时，宝马驹已经死了三天了。沟里的人们四处寻找宝马驹的尸体，最后在一个山洼里找到了。几个年轻力壮的小伙子含泪把死马抬到山上埋了。从此，山上便长出一种像马尾一样的草来。每逢下雨前，山顶上便响起了宝马驹的叫声，比它生前的声音更加深沉、更加粗犷了。从此，人们管这种草就叫“马尾草”，这座山叫“马尾顶子”。

讲述：张继海　57岁　农民

记录：李凤春

1981年11月采录于沙河镇沙河村4组

分水岭

很早以前，在罗圈崴子沟里住着一户姓于的人家。祖孙三代，一年到头起五更爬半夜地干，还是三根肠子闲着两根半。这里十年九旱，水贵如油。

这年，爷爷盼水盼瞎了双眼，就给十一岁的孙子改了名字，叫“盼水”。

小盼水哭了三天三宿，第四天一大早，沟里来了一个过路的看病先生，他看了看爷爷的眼睛，说：“要是能剜下没出血的龙眼珠，用龙血点在瞎了的眼睛上，马上就会重见光明的。”第二天，太阳刚一冒红，小盼水右肩斜挎着一把弓箭，告别了爷爷和爹爹，就上路了。路上他不住地念叨：一定要给爷爷找到活龙眼睛，一定要给这沟沟岔岔的乡亲们找回甜水喝。

小盼水走哇走哇，土豆吃光了，就挖婆婆丁、大脑瓜菜，摘几个生梨蛋子吃；鞋磨破了，就光着脚片儿；困了，就躺在窝风向阳的地方睡一觉，起来继续走。

这一天，他走着道就睡着了，一下子撞在树上，脑瓜门儿撞得生疼，他揉了揉，睁眼一看，啊！树荫下不知谁放好了一堆干草，他只觉得两腿像灌了铅，趴在干草上睡着了。

影影绰绰从南边来了一个白胡子老头，穿着又肥又大的长袍，脑门亮光光的，手拄着一根蒺藜拐杖，来到盼水身边，伸手摸着他的脑袋说：“小盼水呀，你人小志不小，找水心诚啊！我给你把倚天宝剑，你双手举着它，向西走上百步，那里有条恶龙，你把它拦腰斩断，你的家乡就会五谷茂盛，万代兴旺！”小盼水揉了揉眼睛，想仔细地看看，突然老人不见了。

盼水睁开眼坐起来，才知道是个梦。一回头，奇怪！在他脑瓜枕过的地方，果然有一把银光闪闪的宝剑，在剑把上还嵌着七颗亮晶晶的金星。这时，他忘记了困倦，忘记了饥渴，不知从哪来了劲头，双手举起宝剑向西奔去。一步、两步、五步、十步、二十步、五十步、九十步、九十九步。这时，眼前出现了水帘洞的水帘，他用宝剑挑开水帘，一看，一条黑得可怕的巨龙龇牙咧嘴，它在河上一会弓起，一会卧下，正在绞水，把水全都绞向西方。盼水两眼顿时窜出火星，双手举起宝剑，正要劈去，龙睁开了眼睛。一看到龙眼，盼水想起了爷爷的双眼，若是用箭射龙，立即剜下龙眼，爷爷就能看见我啦。这时龙摇头摆尾，眼看就要腾空而起。盼水一想：不把龙斩断，家乡多咱能有水呀！想到这，盼水把心一横，运足浑身力气，双手高举倚天剑，猛蹿一步，“啪”一声，被斩成两截的恶龙挣扎着抽搐了几下，便僵死了。于是这河水一半向东淌来，一半向西流去。

原来这里向东十年九旱，向西十年九涝。这回，除了恶龙，这水不偏不倚，东流西淌，向东流往东丰，向西流往西丰。

恶龙死后，年深月久，这里形成了一条山脉，这地上河便成了这山脚下的山泉。人们为了纪念盼水，把这座岭叫做“盼水岭”。后来有人提议说，盼水的爷爷为了“盼水”，失去了眼睛，应把“盼”字改为分字。这个岭是分水线，就叫它“分水岭”。盼水断龙的地方，便是现在人们常走的过岭大道。

讲述：孔显令　68岁　敬老院五保户

记录：郑松林

1981年10月采录于横道河镇敬老院

琵琶嘴子

东丰县横道河镇西北部有座山，琵琶形。春天一到，山上四条小河的水往下流淌，像四根琵琶弦，叮咚作响。

传说在很早以前，有一年秋天，老百姓正在喜庆丰收、比歌赛舞的时候，一个姑娘来到人们面前。她面庞清秀，身形苗条，彩裙束身，手里托着一把琵琶。她弹的琵琶声一会儿像溪水流动，一会儿像金玉相击。

人们正在听这美妙的乐曲，忽见一朵乌云从天上飞了过来。转眼之间，乌云变成一个魔鬼，面目丑恶，双目圆睁，闪着蓝光，它咧开长着獠牙的血盆大口，叫道："大胆小女，这里乃我天地！到此作乐，违我章法，看我砸了你的琵琶！"说着，伸出黑毛大手便抢姑娘的琵琶，姑娘转身一躲，腾空而起，道："吾乃天宫歌女，汝敢妄动，治汝重罪！"

魔鬼恶狠狠地指着姑娘，大叫道："你偷到凡间，违犯天规！吾砸你琵琶是正理！"说着张开双手，冲向姑娘，姑娘见无法与他讲理，护着琵琶左躲右闪不及，被魔鬼扯住了裙带。它奸笑道："快将琵琶交出来，不然撕破你的衣裙！"姑娘愤怒了，脸变得苍白。她扭头怒视着魔鬼："可恶的丑鬼，放开我！"

魔鬼不但不松手，反倒伸出另一只手扯姑娘的衣襟。姑娘气得浑身发抖，抡起琵琶向魔鬼砸去，魔鬼抬手迎挡，只听"嘎叭"一声脆响，琵琶在魔鬼举起的胳膊上折断。魔鬼嚎叫了一声，同琵琶一起倒在地上。姑娘用手一指，琵琶立刻变成了一座压着魔鬼的大山，姑娘也不见了……

百姓为纪念这位善良的仙女，便把这地方叫"琵琶嘴子"。

讲述：刘太荣　农民

记录：邓　亮

1981 年 10 月采录于横道河镇合力村

孤山子

很早以前，梅河北岸住着一个姓古的大嫂，丈夫不幸故去，上有老下有小的九口之家，全靠古嫂一人照料。

古嫂过日子十分节俭，她每次做饭都要省出一把米。到古嫂年近六十的时候，她家的大粮仓已经是满满的了。古嫂是个善心人，有要饭的来叫门，她都热情招待。穷人一传十、十传百，都说梅河岸边出了个“菩萨”。

有一年秋天，锥子雨一连下了七天七夜，一场山洪把梅河两岸变成一片汪洋。洪水一退人们发现，在南岸多了一座小山包，跑去一看，原来是古嫂装粮食的粮仓。虽然仓壁和仓盖全没有了，粮食却没被洪水冲跑。古嫂虽然没了，但穷人来了依然可以靠古嫂的米山活命。奇怪的是，这座米山干吃不见少，还越吃越高。

人们传说，古嫂没有死。还有很多人看见她，说她有二百来岁了，头发雪白雪白了，拄着铁梨杆的龙头拐杖，每次做饭她还留一把米。

于是百姓就把这座山叫“谷山子”。后来，看到这座山不和别的山相连，也就叫成“孤山子”了。

讲述：刘锡武　68岁　农民

记录：贺万里　于政清

1981年9月采录于大阳镇同兴村

七星连珠岭

东丰县西南有一座山，它由七个小山连在一起，人们称它“七星连珠岭”。

那是很久以前，这块地方有一个水泡子。泡子里有七个泉眼，成天成宿咕嘟咕嘟冒清水，人们靠它做饭、洗菜、涮衣服；年轻姑娘们把它当作镜子来梳洗打扮。话说有一年秋天，泡子里突然来了一条恶龙。这条恶龙可邪性啦！它看见男人挑水，就张开血盆大口，倒吸一口气，把来人吸到口中，吞到腹内；看见姑娘来洗菜、照“镜子”，便首尾相连，将姑娘围在其中，纠缠不休，直到姑娘连吓带怕，昏死在地，方才罢休。从此，附近的人谁也不敢再到这里来了。三天不来，生活还算“将就”；五天不来，还能勉强度日；十天八天不来，上哪弄水去呢？全屯男女老少都犯愁。这件事，传到了屯东头赵猎户的耳朵里。这个年轻的小伙子听了大怒：“我祖孙世代在此，男耕女织，安居乐业，不想有此妖龙，抢男霸女，胡作非为！”说罢提剑便走。来到泡子边，只见泡子里浑水翻滚，霎时间，一条恶龙飞出水面，咧开鳞鳃，张开血口。赵猎户心想，我何不将计就计。刚把剑藏在衣内，便觉耳边一阵风响，随之两脚离地，腾空而起，待坐下一看，周围漆黑一片，他想：这里一定是恶龙的五脏六腑了。他半卧半立，抽出剑，上下乱刺。恶龙疼痛难忍，上滚下翻。赵猎户一时头晕眼花，他咬了咬牙，一剑刺破恶龙的腹部，恶龙一时觉得腹内空空，低头一瞧，见一人影，便用龙尾一扫，将赵猎户衣服大襟下的两个扣疙瘩打掉。赵猎户一看恶龙没死，一转身，潜入恶龙身下，照准它的咽喉猛地一刀，恶龙遭刺，猛一抬头，正咬住了赵猎户的胳膊，赵猎户强忍疼痛，右手用力挥舞着。不大一会儿，恶龙便一命呜呼了。等到屯子里的人们都赶到这里的时候，只见恶龙的毒汁已传遍了赵猎户的全身。他斜卧在恶龙的身上，穿着的那件带大襟的衣服还剩下七颗扣疙瘩。大家含着眼泪，每人捧一把土盖在赵猎户身上。说来也怪，第二天早晨，人们来到这里挑水、洗菜、照“镜子”的时候，却找不到水泡子，竟在这里出现一座小山。人们登到山的高处，向远望去，只见七个小山一脉相连，形如弧状。山上长满了七种茂盛的果树：有红光耀眼的苹果，黄中带绿的鸭梨，晶莹圆润的山楂，香气四溢的山枣，丰满结实的山核桃，鲜美艳丽的山里红，还有嘀里嘟噜的山葡萄，瞧那水灵灵的模样，真像一颗颗珍珠。难怪人们说，“扣眼”流出的涓涓细水，出自原来泡子里的七个泉眼。从此，人们就管这条山脉叫“七星连珠岭”。

讲述： 张振龙

记录： 刘丰年

1982 年 2 月 9 日采录于四平镇

东箭山

很早以前有这么一座山，山下住着个单身董猎户。董猎户在山上遇到了一只腿受伤的天鹅。董猎户把带的治伤药给天鹅敷上，天鹅向董猎户点了点头便飞走了。从此以后，董猎户每天上山打猎都是满载而归。时间长了，他发现每天都有一只天鹅盘旋在上空。他这才明白是自己救过的那只天鹅在给他帮忙。有时天鹅落到地上跟在董猎户的身前身后，他们成了朋友。

本地有个财主“笑面虎”。一天，笑面虎带着一大帮人呀、狗呀上山围猎，与董猎户相遇。笑面虎早就听说董猎户有一只大天鹅朋友，可是几次想见都没见着。这回遇上了，凭着自己人多势大，非要把它弄到手不可。笑面虎吩咐随从追上去，可是还没等他们追上，天鹅把头伸到董猎户的胯下，一展翅飞了起来。笑面虎大叫：“射箭！”一支支利箭射向天鹅，天鹅双翅一展，箭便掉在了地上。笑面虎只好回去了。

从此以后董猎户再也没回来。可是穷苦的农民在这山上经常捡到野兔或山鸡等，这些猎物都带着“董猎户”的箭头。人们说：“董猎户和天鹅还在这个山上。”为了纪念他，人们把这些箭头集中起来埋在这座山上，叫它“箭头山”。因为这座山在安乐村东面，人们就叫它“东箭山”了。

讲述：夏德珍　女　51 岁
记录：于政清　刘玉文
1981 年 11 月采录于大阳镇安乐村

珍珠岭

很久很久以前，东丰县有一座小山，相传山下有个自称家有万贯财富的大财主，复姓东方。

东方家有个长工叫阿青，阿青家几代给东方家扛活。在阿青八岁那年，父亲因为交不起东方家的租子，被抓去活活地饿死在水牢里。妈妈听到丈夫怪死的消息，一病不起，不久也离开了人世。东方把八岁的阿青也抓去，给他当了放羊娃。

转眼十年过去了，阿青不再放羊了，每天上山给东方家打柴。

一天早上，阿青带着柴刀、绳子，来到山上，坐在一块大石头上，吹起了短笛。

他正吹着，就听身后有人说话："小伙子，吹得不错呀。"阿青一愣，忙站起身，见身后一个老头正冲他笑呢。阿青忙上前打招呼："老大爷，你是——"老头冲他摆了摆手说："啊，小伙子，你不必问了。我问你，你叫阿青吧？""您怎么知道我的名字？"老头一笑："哈哈，小伙子，我看你是个诚实人，我给你一颗珍珠，今天是八月十四，晚上，你就带着这颗珍珠和你的短笛，到东方府的荷花池边吹你刚才吹的那支曲子，笛声会引来一个和你一样诚实、善良的姑娘，那时你就把这颗珍珠送给她。"说着老头从袖筒里掏出一颗闪闪发光的珍珠。阿青接过珍珠，好不欢喜，刚想说谢谢，可抬头一看，老头不见了。阿青很奇怪，莫非这是梦？再看看手里的珍珠，仍然闪闪发光。小伙子心里想：这老头一定是神仙，我就依着他的话去试试。

太阳很快就落下山了。阿青带着珍珠和笛子来到荷花池旁。他倚在池栏上，望着眼前的荷花池，轻轻地吹起了笛子。他正吹着，忽然"啪"的一声响，阿青忙问："谁？"这时从树后走出一人，来到阿青跟前，笑着说："是我，阿青哥。"阿青一看，原来是东方家小姐的贴身丫环白姑娘。阿青问："你到这儿干什么？"白姑娘一笑："小姐今晚心闷，我陪她出来散散心，不想遇到了你，你笛子吹得太好了，小姐都听得入了迷。”说着她冲身后喊了一声：“小姐，过来吧，是阿青。”这时，小姐从树后走过来，她高挽的发鬓两旁各戴着一朵小花，圆圆的大眼睛长着长长的睫毛，上宽下窄的瓜子脸白里透红。小姐来到跟前道了个万福，阿青赶忙还礼，然后麻溜回家了。

阿青躺在炕上，怎么也睡不着，小姐的俏模样在他眼前来回跳动。忽然，他猛地坐起来：“我怎么把老头的话忘了呢？莫非这善良的姑娘就是东方小姐？”

第二天晚上，月亮刚刚升起，阿青就来到荷花池边，远远看见一个人凭栏观望，阿青心里不由一喜：是小姐。他急步走到小姐跟前，深施一礼：“小姐晚安，阿青有礼了。”小姐回过头，笑着说：“阿青哥，你的笛子吹得真好，你再吹一支吧。”于是他便吹了起来。

阿青刚一停下来，小姐从头上摘下一朵花，递到阿青的手里。阿青接过花，从衣兜里掏出珍珠说：“这是我唯一的宝物，就送给你吧。”小姐接过闪闪发光的珍珠，很是爱惜。两个年轻人在荷花池旁订下终身，发誓结百年之好，永远相爱。

常言道：“纸里包不住火”，“没有不透风的墙”。阿青和小姐私订终身的事被东方财主知道了。他气得暴跳如雷，命人把小姐叫了去说：“你是个小姐，怎么能嫁给一个长工？以后不许你和他来往。”小姐跪在地上请求着：“爹爹，您不能这样，我喜欢阿青哥……”“不许你说下去！”东方财主真火了，大声喊起来。小姐哪受过这个，呜呜地哭了起来。

女儿一哭，老头子也没了主意，只好找来管家侯三商量。侯三眼珠转了半天，很为难地说：“哎呀，这可不太好办，不过——”他站了起来，把嘴凑到老爷的耳边，耳语了好一阵子，东方财主听了哈哈大笑，拍着他的肩膀说：“侯管家，事成之后绝不亏待你。”

第二天一早，东方财主把阿青叫了去，拍着他的肩膀说：“阿青啊，听说南山里有一种草药能治百病，你去采些回来，我就让你和小姐成亲。”这时小姐从后屋走出来，急声说：“爹爹，南山虎狼甚多，此去凶多吉少，不能让阿青哥去送死。”东方财主阴险地一笑说：“女儿，这可是为了你们哪。”

阿青看了小姐一眼，“妹妹，让我去一趟吧。”说完便大步朝南山走去。

阿青一走就是三个月，小姐天天到门前的小山上向南遥望，盼望阿青早日回来。

一天，小姐正在对南眺望，忽听山下一声巨响，当她回头看时，整个村庄被大水吞没了。小姐吓得不知所措。这时就听空中有人说：“东方小姐，这是北海龙王三太子在凡间寻事，现在只要你把阿青送给你的珍珠举过头顶，就可以降服逆龙。”

小姐望着山下的大水，看看在水中挣扎的众乡亲，她哭了，手捧着闪闪的珍珠，对着南山仰天哭述：“阿青哥，为了众乡亲，我先走了！”说完，她站起身，擦干眼泪，慢慢地把珍珠举过头顶，就听得轰的一声，小姐变成了一座大山，阻住了洪水，把逆龙压在脚下。

这天，阿青从南山采药回来，当他得知小姐的一切时，一路哭着来到山下：“小姐，让我来和你一道治服逆龙吧。”话音刚落，就听轰的一声，阿青也变成了一座大山，紧挨在小姐的身边。

从此，人们就给这座山起名为“珍珠岭”。

讲述：张素芳　女　72岁

记录：徐中庆

1983年12月10日采录于南屯基镇红榔头村9组

柞木岗

从前，东丰县哑巴岭下有个姓郝的老太太。一天她领着孙子小柱，到山坡上开荒。

刚进山，就听西边有人哼哼。老太太不顾腰酸腿疼，急忙奔西边走去。往下一瞅，沟帮立陡石崖，见一人半身是血，躺在沟底，想起起不来，那人旁边是一支土枪。老太太立刻明白：这是打猎的摔伤了！她急忙绕到沟底，把受伤的猎人搀到自己家里。

老太太一匙水、一碗汤地侍候。过了一个月零七天，受伤人伤势见好，能下地走路了。问起小柱的爹妈，老太太含着眼泪告诉他：这里水少土薄，想要养活家口，就得广种薄收。儿子从十二岁开始干活，也是他年轻，干活太虎，整天是起早贪黑，春使石镐，夏使石锄，秋使石镰，冬打石磙，到了二十二岁整整十年，各种石制的家什，把他累成痨病，死去了。刚过门两年的媳妇，一股火得了“快当行”，连跑带吐，干治也不好，也死了，撇下一个小柱。老太太眼泪巴嚓地说：“我这么大岁数儿啦，活不活倒没啥意思，可我一想到郝家的后人，我得把孙子拉扯大，要不，怎能对得住我那死去的老头子、儿子和儿媳呢？我这样长年累月地干，可我有一件最担心的事……”受伤人急切地问：“什么最担心的事？您老说出来，兴许我能帮您的忙。”老太太叹了一口气，说：“就是我这孙子长大了，这石器活缠在身上，能不能像我儿那样？若是娶了媳妇再像我儿媳那样可咋整？”受伤人说：“大娘，您老不必担心，我的伤已经好了，没什么报答您老，我把从老家带来的树籽送您。我走后，您和孙子种上它。这种树木，做家什比石头轻巧多了，比别的树都结实，有了它，再不用石条做家什了，您的孙子再不会累成您儿子那样了，他会越长越灵巧。至于‘快当行’，谁要得了这种病，您刮下这种树的树皮，熬水喝，马上就会止泻止吐的。明年，我再来，带给您几把蚕，这种树还能放蚕，那时您的日子就会越过越红火。”

猎人走后，老太太和孙子小柱撒下了这包种子。第二年，这里的整个山冈，长出了一种奇特的树木，这种树树皮发亮，叶肥大，木质柔韧、坚硬。

后人便管这座山叫“柞木岗”。

讲述：佟长江　81岁　农民

记录：郑松林　刘振翔

1981年9月6日采录于横道河镇合力村

老虎顶子

东丰县大阳镇有座大山，名叫老虎顶子。提起老虎顶子，还和老虎有挺大的关系呢。

小时候听我的姥爷讲：家北面那座大山，因为山顶上青石砬子多，人们就管它叫青石山。后来出现了两只吊睛白额的老虎，它们不管黑天白日，总在青石砬子顶上趴着，一见行人，就跑下山来拦路伤人。暴事传百里，这里老虎害人的事像插上翅膀一样，很快飞进五梁十八沟，从此人们就把青石山称做老虎顶子。

提起这老虎顶子，本没有白云山高，可这座山下蒿草茂密，山腰古树参天，山顶怪石矗立。常言道：山大野牲口多。但自从这里有了老虎，獐狍犴鹿闻声远逃了。村里小孩子采菜摘果不敢往这山爬，大人们寻药打猎也不敢往这里钻了。只有后山那些屯子里的人来山前办事，或山前堡子里的人想到山后串亲家，遇有急事才硬着头皮壮着胆，攀着小道，穿过老林子，翻过青石砬子跑一趟。

却说五月里的一天，从这青石山背面上来了三个置地的老百姓。他们准备买六方地，每人钱褡子里背两块金元宝。三个人边走边闲谈着，不觉爬上山顶，忽听得一声吼叫，震得耳鸣山谷响，吓得毛发倒竖，浑身颤抖，几乎瘫软在地上。说时迟那时快，就见从青石砬子跳下两只老虎。这两只老虎一大一小，大的如黄牛，小的像大牛犊子。它们一前一后，箭打的一般，带着冷风寒气，张开血盆大口，恶狠狠地向这三人追赶过来。不大工夫，这三个人就被这母虎领着的小虎撕扯得血肉模糊，肢离肉碎。这两只凶残的野兽，饱餐一顿后，只扔下死者的六块元宝和衣物，连吃剩下那死者的两只大腿和一只胳膊，也叼回青石砬子，留着下顿充饥解馋去了。就这样接二连三不到一个月的时间，又有几伙前来买地的人，无一幸免。这样一来，谁还有胆量过山去置地呢。

这消息很快传到“打地”官吏的耳朵里，他们一看山后买地人的元宝一块也没捞到手，心里急得火烧火燎，忙派出雇来的两个侍卫炮手，限他们三天内捕获或打死青石砬子上的两条吃人的恶虎。最后说：做好了本官有奖，超期当以重罚。

这两个炮手是亲兄弟：大炮手叫李大炮，二的叫李二炮。

第二天一早，李家兄弟吃饱喝足，擦好枪筒，带足弹药，商量妥打虎的步骤和方法，就直奔青石山而来。

他们刚刚爬上山腰，忽听老虎吼声震动山谷，还没等他们哥俩喘匀气，就看见一大一小两只老虎狂奔冲下山崖来。

李大炮本是身经百猎的名手：关东打过熊，关里擒过豹，死在他枪口的飞禽走兽，加在一堆，就是三十三个人搬运也得抬上九十九天啊。这个人长得浓眉大眼，膀阔腰圆，往山冈一站，赶上个黑铁塔，说话瓮声瓮气。他不光胆大包天，还枪响见物。二炮手常向人们夸奖他大哥说："不是吹大牛，我大哥那枪法呀，准着呐！单说打它的黑眼仁，准打不着白眼珠。"且说李大炮眼见那大老虎离他们只有几十丈远了，连张牙舞爪的凶样，都看得真真切切，他仍是那么沉着从容，神态冷静，对他弟弟二炮手说："不要慌，往前面那只大虎脑门上王字中间打！"这二炮手不光枪法欠功夫，气魄也不大，一见老虎离自己这么近，早吓得心慌意乱了，急声急气地说："快点，大哥！我不行——手发抖，眼睛冒金花，你打吧！"大炮手心里想：二弟头一次遇见虎，还是让他借这个机会练练枪法。古语说得好：一辈子不出马，还是个小驹。于是斩钉截铁地说："你打头枪，我帮你补枪！"他催促地说："憋口气打！"二炮手拗不过哥哥，使足劲搂了火，只听"当"的一声响，赶忙睁开眯缝的左眼，以为老虎准被自己打倒了，透过枪口飘散的硝烟，瞟见他射击的那老虎，活蹦乱跳地往前扑来。二炮手傻了眼，惊呼道："哥——坏菜了！"

大炮手气不长出，面不改色，真不愧是个饱经风霜的老猎手。他瞪圆右眼，端平长筒猎枪，稳稳当当地瞄着踩得飞沙走石的猎物，迅速扳动枪机。随着火枪的巨响，眼见那中弹的老虎，冷丁来个前滚翻，然后挺着粗脖颈，不住地抖甩着柳罐大的虎头，一股鲜红的血液，从耳根后边如喷泉般向绿草上溅去。再说紧追大虎后面的那只小虎，见此惨状，吓得立刻煞住前脚，围着母虎打起转转来。二炮手忙说："那个小虎崽子我包了它！"忙把枪管靠牢在一旁的柞树干上，正要打那伤虎旁的小虎，忽听天崩地裂般的一声怒吼，那只已被打倒在地的母虎，从半尺多深的草里腾起一丈多高，居高临下向猎手袭来。

大炮手见势不妙，刚想顺过枪筒，再打一枪，那头受重伤的老虎的两只前爪，早已抓住大炮手的脑袋瓜，一挠扯——活生生的大活人，被揪拧得脑浆迸裂，变成碎糟糟的血豆腐了。你说这只老虎也真够动作快，心狠力又大，把人头抓个稀巴烂还觉得不够劲，前脚略一着地，又急速掀起左胯照准大炮手前身往旁一蹬——大炮手的五脏六腑，全被它的利爪掏出来了。

二炮手眼巴巴地瞅着他的一奶同胞的兄长，连句话都来不及嘱咐就断气了，哪还顾得放枪打那只小虎了，忙没命地向身旁大柞树上紧爬。谁想到那小老虎看它的妈妈对猎手进行报复后，终因枪伤后流血过多，打个扑拉，双腿往后一抻也死在大炮手的尸首旁边。它忽地暴跳如雷，狂啸一声，向爬到树半腰的二炮手蹿上来。也许它忧怒过盛，一连纵跃两次，都差半尺来远没够到二炮手。小老虎围着大柞树绕了三大圈，运足力气，大吼一声，两条后腿从卧牛石上猛地弹跳起来。二炮手见此一招，早吓得魂不附体，心想：大哥哟，我追你来了。在他闭眼待死之际，突然听见当的一声枪响——臂上挎着的火枪往后一顿，险些没把他臂膀撕下来。他朝地下一瞧，哪里有什么救命恩人前来，糟糕了——那老虎准是回山搬兵去了。

这枪声怎么回事呢？原来那阵，他装上弹药，因为紧张过度，惊慌失措，竟忘记扳枪机了。方才，那小老虎第三次虽然没扑到二炮手，却抓住了他挎在胳膊肘上的枪筒，就势往下一拽，差点没把枪和人一齐拖下地来。因树枝挂走了火，才空响了一枪。大家都知道，老虎一向有三招不中大伤元气的脾气，又加这小老虎听到树上响起枪声，它怎么还敢恋战，只好扔下母虎逃之夭夭了。

"打地"官吏和乡民们，听见枪声间隔着响了三次，又过了两个多时辰，还不见猎手回来，纷纷进青石山来探望个究竟。

当他们收拾完大炮手和老虎的尸首后，末了从大柞树上找到二炮手时，他的真魂早已吓飞到九霄云外去了。他死定定地搂着大树，呲着一口小芝麻牙，一句完整的话也吐不出来。直到人们爬上柞树杈子，慢慢地把他抠进树皮里的手指一个个拔出来，并再三劝告他：大老虎早已死了，小老虎也早跑没影了。若不然就是再困再饿再冷，他也不敢回到地上来了。

大家在老虎伤人的地方，前前后后共寻拣到一十四块金锞子，有的元宝也被虎牙啃得坑坑包包。若问一共死伤多少过往行人，那可是无从查考了。

从山上下来回屯后，“打地”官吏把十四块元宝私藏起来，又假情假意地问二炮手有什么要求。二炮手说：“打死的这只老虎应当归我们李家，因为这是我哥哥用命换来的；我还要高粱沟那几方地，将来好养活嫂子和侄男侄女们。”不想丧尽天良的“打地”官吏，仅仅答应把高粱沟那五方地免费划给李家，而那只死虎，他们早连夜差人送进京城进贡请赏去了。

二炮手把惨死的哥哥埋葬在高粱沟选好的坟茔地后，给嫂子和侄儿们盖了房屋，后来自己也娶了妻子，生儿育女，居家过日子去了。

村民们为了纪念大炮手为民除害、舍生忘死打虎的英雄气概，从此就把青石山改名叫“老虎顶子”了。

讲述：周永才　74 岁　龙头水库离休干部
记录：赵高山
1984 年 8 月采录于龙头水库

【附录】虎顶山

据说在大唐年间，一座大山下，有一人姓勤名匡，父母都在。勤匡幼年就和本村林将的女儿定亲，专等长大结为夫妻。

勤匡十二岁就不肯读书，好使枪弄棒，学得一身好武艺。一回他和伙伴一起来到山上打猎，走到山腰，看见一只黄斑老虎落在陷阱中，勤匡拉弓装箭，就要射虎。这时，从树后走出一位老人，拄杖上前道："人说：'人不害虎，虎不伤人。'况虎乃百兽之王，杀之，将必有祸也。何不高抬贵手，救一生灵？"勤匡闻言醒悟，收箭跳阱，救出老虎。

由于勤匡不务正业，渐渐地一家三口食不饱腹。这时正赶上朝廷招兵，平定安史之乱。勤匡瞒过爹娘，充军了去。他中途捎回信来，可吓坏了他的父亲。老婆道："出了什么事，你吓成这个样子？""说出来只怕急坏了你，匡儿充军去啦！""哎呀，我寻思啥事呢，明天捎个信叫他回来就得了呗！""你个该死的，懂个屁！充军四海为家，身无定居，往哪捎信儿？再说，此去刀枪无情，凶多吉少，万一做了沙场之鬼，我们老两口可咋活呀？"

光阴似箭，一晃三年过去，勤匡音信皆无。林将放心不下自己的女儿。这一天，他来到勤家，说明欲将女儿另嫁他人。勤老头说："不肖之子，有误令爱芳年。但事已到此，烦亲家再等三年，若再不还，任凭亲家安置。"林将一听，可也在理，也就别无他言。

秋去冬尽，不觉又是三年。林将又去和亲家商量，要女儿另嫁，可是小女说啥不从。林将无奈，忽然心生一计。

一天，林将从外地回来对女儿说："孩儿，你知道勤匡为啥没有音信，原来三年前他就死在疆场了。"女儿闻言，调转身去，声泪俱下。过些日子，林将又提女儿定亲之事。女儿说："爹把我从小许配给勤郎，一女不吃两家饭。勤郎在儿是他的妻；勤郎死，儿是他的鬼，岂有再嫁他人之理？"林将说："我儿不要这样。爹只你一人，并无弟兄。你若嫁着个人，爹也有半身之托。况且没过门的媳妇，守节也是虚名。"女儿拗爹不过，心生一计，对爹说："爹爹主张，孩儿怎敢有违，只是一件，勤郎一死，就另嫁他人，于心不忍，容孩儿守节三年以尽夫妻之情，那时爹爹做主，孩子别无他怨。"

九年已到，勤匡还是不回。林将做主，将女儿嫁人。一天，一顶轿子抬到林家，娶亲的人鼓乐喧天，林家女只得上轿，当轿子走到一段陡峭山路时，林家女冲轿而出，向崖下跳了下去。这一下可吓坏了所有娶亲的人。

却说就在她将要落到崖底时，一只黄斑老虎拦腰接住，把她顶在头顶，向山尖飞奔而去。这时，正好有一支朝廷的队伍从山顶路过，老虎跑到一位将军马前，放下姑娘，长啸一声朝山下跑去。将军看到虎把顶着的人放到他跟前，翻身下马，扶起那人，一看，浑身无伤，只是面容憔悴。将军叫一个士兵给她灌下汤药，她慢慢地睁开眼睛，将军细问来历后高叫一声："我的娘子，你受苦了！"然后把她扶上马，朝老虎去的方向拜了三拜，跃身上马，队伍继续前进。

原来这位将军就是勤匡。九年来，在疆场上屡立战功，荣升带兵将军。那只黄斑老虎就是九年前他救过的那只虎。后来在这座山下传颂着老虎不负恩的佳话。人们把这座山起名叫"救虎人山"，以后又改做"虎顶人山"，以后不知什么时候人们就叫它"虎顶山"了。

讲述：贺文杰

记录：李继发

1981年9月采录于大阳镇同兴村

哑巴岭

传说从前这个岭上面是原始森林，岭的深处，小溪淙淙，獐狍野鹿，狼熊虎豹，结伙搭帮，到处乱窜。顶峰处，有一座寺庙。

单说有一天夜深人静，只有庙里正堂香案上的香火一明一暗。大和尚慧觉叫醒了小和尚慧净，二人借着月光，摸索着到了东屋。他们悄悄地打开了屋门，慧觉手持利刃，凶狠地刺在熟睡的长老心窝上。长老连哼都没哼，便一命归天了。慧觉见长老已死，壮起胆子，把灯点亮，把长老值钱的东西搜刮干净又伪造了现场。一切完毕，这才和小和尚回到西屋放心地睡起觉来。

原来，这大和尚是长老第一受戒弟子。他早先名叫那二。当时长老初到山刹，念他父亲早亡，母又改嫁，孤苦伶仃，把他收养了。其后又收了几个弟子，但都不如那二聪明、伶俐，会办事，因此深得长老的喜爱。这庙是皇上打猎必经的场所，也是岭西、岭东互相交换猎物和农副产品的地方。每逢阴雨下雪，它就成了客旅们的歇脚之地。他们不拿宿钱，只交一些汤水钱。那二没出过庙门，乐意听客旅天南海北地瞎扯。

一天，他给客人烧好汤水，坐在一对客人的身边，听他们聊天。一个客商说过一会闲话后，转身夸奖了那二几句："小伙子，挺机灵，只可惜在这深山野岭之中，不然到外面见识见识一定是前途无量……"另一个客商接着说："如果想发财，我看这地就蛮不错。全岭只有一处殿堂，依路临水，四通八达。如果把它改为客店或者改为赌场，不出几年，几个和尚还不腰缠万贯哪。"这那二听到这儿不觉触动私情。看人家穿着绫罗绸缎，花钱如流水一般，而自己却身披麻布袈裟，每日担水劈柴，枯坐打禅，这样，一生还谈何"富贵"二字？想到此处，他深恨自己误落佛门。

一天早晨，雨后天晴，那二到堂后溪水里挑水，正见长老散步回来。最近长老寝食不安，心事重重，总为殿堂旅居的人日胜一日而担忧，寺庙房小、粮少，客商们又每聚一处，南朝北国，谈天论地，往往半夜才睡，连长老诵经也受到干扰。那二似乎猜到长老的心思，便上前道：“师父，我看近日来客商渐多，而我们堂小粮少，仅靠别人的施舍过日子，终非是长久之计，我看不如把殿堂改为客店，设些赌场。这样我们收些住宿费用，再从赌局中抽红得利，加上人们烧香钱，我们的手头就宽绰了，那时再盖三间房，不知师父尊意如何?”长老听罢，气得嘴唇直抖，他把手高高举起，狠狠地打了那二两个耳光。这一打，反激起那二“占山为王”的野心。他想一不做二不休，反正都是苦，何不先杀了你再作计较?他当下找到小和尚慧净，说：“我只求你给我望一下风，将来钱财对半分。不然，休怪我不讲情面!”小和尚经不住利诱，终于答应了。

且说二人计议妥当。第二天一早，慧净叫醒那二：“师兄，快起来，师父被杀害了。”那二听罢，故作吃惊地问道：“什么，师父被害?”他起身披上衣服光着脚，便奔东屋跑去。这时，各位师弟早已集齐在门口。大家一筹莫展。他推门一看，只见师父身体扭曲，一把钢刀直刺胸膛。

“这一定是客商干的，他们见到师父有钱，便生不良之心，图财害命。”那二故意煽动着。大家这时才注意到血泊中有客商的鞋子，还有外堂上人们仓惶逃跑时落下的包袱和手杖等。大家准备报官，可那些客商早已起身到山下去了。人走鸟飞，哪里寻呢?大家只好厚敛了长老，诵了半月经，做了半月道场，这事也就不了了之了。

那二做了宝刹的长老不久，便对手下的师弟们狠毒起来，非打即骂，大家背后叫他“那二棍”。

春去秋来，由于那二会要手段，弄神装鬼，倒把殿堂治理得比以往红火。四处烧香磕头、求神问卜的都到这里来。有的路远，就宿在店堂，第二天再赶路回家。这那二先是小设赌局从中渔利，他怕这事传出被官府和人们所知，有损佛寺声誉断了财源。后来渐渐胆子大了。一天，他召集大家，装成诚心实意的样子：“如今，我们五戒，动弹不得。你看那些客商，走遍天下名胜，享尽天下富贵，我们何不也学他们做些买卖，挣些钱，一来孝敬父母，二来娶妻生子，也享受享受天伦之乐。”大家默默地同意了。

从此，寺庙很少听到金钟木鱼声了。但是，这里并没因为烧香上供的少了而显得冷清。相反，这里每天从早到晚都响着“么打么呀，两五呀，六六呀，撇四么”的赌注声。一些商人刚贩完山货或农货喜气洋洋进到里面，不长时间，便无精打采地走了。有一些农民和猎人，经不住引诱，也去押宝，结果“押”得家破人亡。有些人得到钱，便抽大烟喝酒嫖女人。人们厌恶这个岭上的庙，管它叫“押宝岭”。

有一年夏天，一天夜里，那二在东殿抽红得了不少钱。他准备把钱拿到县城，换成金子好私存起来。屋里灯光昏暗，灯芯忽大忽小，屋外不时有狼的嚎叫声，忽然，从屋外传来沙沙的脚步声，接着响起了推门声，随即进来一个黑影，两个黑影……说时迟，那时快，等那二抬头时，那黑影的棒子已经打在他的头上。他大叫一声，便脑瓜破裂死去了。西屋的和尚听到惨叫声，出门看时，又被棒子打倒，其余的和尚见势不妙，都跳窗逃跑了。这些神秘的人手拿火把，把寺庙点着，然后又悄悄地跑了。

人们厌恶“押宝岭”的名字，就改名为“哑巴岭”，意思是“押宝”声“哑巴”了。

讲述：韩英发　74 岁　退休工人

记录：张　帆

1982 年 2 月 6 日采录于东丰镇

高乐山

据老人们讲，在老老年，高乐山并不叫这个名字，因为它高大，又在西边，人们习惯称它为大西山。大西山下人烟稀少，只有五户人家。人们便把那个小小村落，称为“五间房”。在五间房这个地方住着高家哥俩，高老大和高老二。他俩为人忠厚老实，心地善良，常为五间房的人们做好事，这里的人们都很喜欢他们。他们在这里共同开荒种地，没有财主，日子过得挺可心。渐渐地向这里迁移的人多了，由原来的五间房增加成几十户人家，人们和睦相处，互相体贴。

可是有件事，使五间房的人提心吊胆。高乐山上有一只花脸老狼，常常下山来祸害人和牲畜。三天两头就有丢小孩的，家家常常有呜咽声，人们不得安生。

高老大和高老二，一心想为村民除害，他俩种完地没事了，就拿着家什到森林里转悠，要除掉恶狼。一连多少天过去了，花脸狼好像知道他们的意思似的，总也不露面。这一天，小哥俩又分头上山了。老二在山上转悠了一上午，也没看见花脸狼的影子，他很扫兴地往回走。刚来到村边的山脚下，就听见小河沟那边传来了小孩的哭叫声，不是好动静。老二浑身一激灵，撒丫子[1]就向小河边跑去，只见花脸狼正向小孩扑去，那小童吓得蜷缩成一团。高老二急抡棍棒就向花脸狼打去。花脸狼恶狠狠地转向老二扑来，一下咬住了高老二的左脚脖子，高老二右脚向花脸狼的嘴上一踹，花脸狼的嘴松开了。高老二由于用力过猛，栽倒在地。花脸狼照着高老二脖子就是一口。高老二挣扎了一下，便死在恶狼的嘴下。

再说高老大没有找到花脸狼，正四处寻找老二。忽然听到小河沟边有小孩的喊叫声，很瘆人，又听见恶狼的吼叫声，知道坏事了，三步并成两步就窜到小河旁，看见离小孩几步远的地方，一个

[1]撒丫子：快跑。

人长拖拖地躺在地上，花脸狼正在吃他身上的肉。老大跑过去一看是弟弟老二，即刻操起棒就向正在低头吃人的恶狼打去。恶狼挨了一棒，转身就逃，高老大跟上又是一棒，恶狼被扫倒在地，高老大就势骑在它的身上，双手死死地抠着恶狼的嗓葫芦[1]，花脸狼直挺挺地死了。

高老大发狂地大笑起来，捡起小孩抓鱼用的铜盆敲打起来。村子里的人听说花脸狼被高老大打死了，无不拍手叫好。男女老幼吹吹打打足足庆贺了三天三夜。以后，人们根据大西山高，又因高家兄弟打死了花脸狼，人们欢乐了一场，就把打死狼的山叫“高乐山”了。

讲述：姜富春　65 岁　农民

记录：孟丽蓉

1982 年 6 月采录于猴石镇高龙村 5 组

---

[1] 嗓葫芦：咽喉。

蚂蚁顶子

东丰沙河镇西有一座山，人们都叫它“蚂蚁顶子”。

传说很久以前，在这个山顶的岩石处有一个窟窿。石窟窿里有一只金黄色的大蚂蚁。人们很害怕，不知是神、是妖，还是真正的蚂蚁？山下有一个小屯子，屯子里的财主姓隋，外号叫隋大麻子，这里的山山水水几乎全被他霸占了。提起隋大麻子，屯里的人无不咬牙切齿，恨之入骨。一天早上，隋大麻子和他儿子上山打猎游玩，谁知连一只小鸟都没有猎到。他激怒了，认为是大黄蚂蚁作怪，便捉起大蚂蚁来。当追到石窟窿时，突然不见了，他断定大蚂蚁钻到里面去了。两人回家后想了个鬼主意，被刚刚放羊回来的唐玉儿听见了。唐玉儿的父母都被隋大麻子害死的，想到往事，更激起了他的报仇之心。下午，唐玉儿赶着羊群来到山顶岩石窟窿，对着里面喊了起来：“大蚂蚁——赶快出来逃命吧！有人要害你啦！”大蚂蚁钻出来说：“好兄弟，你救了我的命，谢你啦！以后没钱花就到石窟窿里来拣吧。”大蚂蚁说完就走了。不一会儿，隋大麻子爷儿俩领着家丁挑着水筲来到石窟窿前，只见岩石窟窿里金光闪闪，全是金元宝。爱财如命的隋大麻子领着家丁就钻了进去，拣了满桶元宝回了家。到家一看，元宝竟变成了大石头。而唐玉儿和乡亲们去拣却是金光闪闪的大金元宝。不久，隋大麻子被活活气死了。人们传说金元宝是大黄蚂蚁变的，是报恩的。

打那以后，人们感激大黄蚂蚁，把这座山叫做“蚂蚁顶子”。

讲述： 张凤祥　60岁　农民

记录： 杨占国

1983年3月采录于东辽县宴平乡安北村4组

朱家岭

人们说："长城年久故事多，块块石头有传说。"我们村的老人也常说在古时候，东丰县以西大约六十里有一个小村子，村子里住着一户姓朱的人家，老朱家四口人，老两口领着一双十七八岁的儿女苦度岁月，日子过得挺穷。

话说有这么一年，眼瞅着到年根儿底了，朱虎和朱兰看见别人家杀猪宰羊，买鞭买炮热热闹闹地准备过年，自己家却连下锅米都没有，心里很难受。他二人心想自己年轻轻的受点罪倒也没什么，可是二位老人都要入土了，还不能享点福，做儿女的于心怎么能下得去？兄妹二人核计了一下，准备出去讨点饭给老人过年吃，顺便再上西岭拣点柞树叶子，过年时点着，"辟哩叭拉"的响，也能当鞭炮用，好让爹妈高兴高兴。就这么二人上路了，要了一天饭，又搂了一口袋柞树叶子，回来后点着了，那柞树叶子"嘎叭、嘎叭"地响了好一阵，可热闹了。忽然间，朱虎发现树叶灰烬里有一块东西闪闪发光，拿起一看，是一块金子。他高兴地拿回屋去。第二天拿到市上换了些米，全家人吃了几顿年饭。从那以后，兄妹二人经常上西岭的山坡上开荒种地，准备在西岭这个出金子的地方多打些粮食，孝敬父母。

一天，两人正刨地，忽然发现有一块光溜溜的石头板。掀开石板，下面有个只能容纳一两个人的洞口，他俩好奇地进了洞子，发现洞里有个小石匣。石匣上写着一行字："石匣、石匣开，单等朱虎朱兰来。"朱虎在石匣上轻轻地拍了三下，口中说道："石匣你快开，朱虎朱兰来了。"他的话音刚落，石匣"叭"一声开了，只见石匣里装满了金银财宝。朱虎和妹妹拿了一些，回到家里。他们买房、买粮，还分给村子里的穷人花。花光了，朱虎和朱兰再上西岭的小山洞里去取，接济乡亲们，乡亲们非常感谢他们。石匣里的东西咋拿也不见少。全村人有了这个石匣，小日子也一天比一天富裕起来。

再说，这个村子里有个大财主，人称“胎里坏”。“胎里坏”见村子里的穷小子们都过上了好日子，心里很纳闷。后来他从一个小孩子的嘴里知道了事情的原委，便起了歹心。

这一天，他见朱虎上山了，便悄悄地跟在后面，等朱虎进洞，取走了金银之后，“胎里坏”急不可耐地进了洞，对着石匣，打也打不开，搬也搬不动，小石匣像长在地上似的。他气急败坏，随后去追朱虎，非让朱虎回去给打开不可。小石匣是穷人的命根子，朱虎哪里肯去。“胎里坏”像个癞狗似的死缠住不放。朱虎心想：村东头张大伯等着银子治病呢，先给他两块银子，打发了“胎里坏”走吧，自己也好脱身。朱虎从口袋里拿了两块银子递给了他，“胎里坏”见钱眼开，连忙把银子接了过去。心想：有了这两块银子也算没白来，等日后找两个有力气的把石匣搬走，看你穷小子还花啥？他觉得裤腿里软绵绵的，有个东西在爬，还不时咬他的腿，钻心地疼，吓得他一身冷汗，脱下一看是两条花蛇。他“妈呀”一声，拎起裤子就往家跑，到家里一摸兜里的银子不见了。“胎里坏”知道银子已经变成了花蛇，他以为这是朱虎有意整治他，气得咬牙切齿，带着家丁就把朱虎绑走了。“胎里坏”把朱虎带到了西岭的山洞前，让朱虎把石匣打开，要不就把朱虎打死。朱虎为了全村的穷百姓能过上好日子，说啥也不答应。“胎里坏”恼羞成怒，把朱虎吊在大树上，硬是给打死了。

朱虎死了，村里的父老乡亲泣不成声，朱兰更是悲痛欲绝，她决心替哥哥报仇。

再说“胎里坏”打死了朱虎，又惦念上了朱兰。他见朱兰出落得如花似玉，早就垂涎三尺，他想把朱兰弄到手，以后那石匣就能毫不费力地成了自己的了。朱兰早就看出了“胎里坏”的坏主意，装作不知。

一天，朱兰手挎着篮子又上了西岭取金银。路过“胎里坏”的门口时，朱兰故意停住了脚步，满面笑容地向院里张望。“胎里坏”一搭眼看是朱兰，忙向朱兰打招呼，朱兰朝他妩媚地一笑便走了。朱兰这一笑，把“胎里坏”笑得魂不附体了，他像个馋猫似的跟在朱兰后面。朱兰见鱼上钩了，便在西岭的一棵歪脖老榆树下坐下，装作歇脚，见“胎里坏”赶上来了，便亲热地招呼他。这可把“胎里坏”乐得嘴都闭不上了，他嬉皮笑脸凑到朱兰跟前坐下，假惺惺地和朱兰套近乎。朱兰和颜悦色的哼哼哈哈地和他唠嗑，唠了一会，朱兰说：“哎，你看后面谁来了？”“胎里坏”信以为真，回头一看，说时迟，那时快，朱兰从袖子里抽出了菜刀向“胎里坏”侧面砍去。“胎里坏”哎呀一声怪叫，险些栽倒，他龇牙咧嘴地从侧背中拔出菜刀，恶狠狠地向朱兰砍去，朱兰躲闪不及，胸脯被砍了一刀，她两眼喷火，咬紧牙关，夺下菜刀照“胎里坏”身上砍去，“胎里坏”倒在地上，再也爬不起来了，朱兰也倒在地上死了。

从那以后，当地老百姓便把西岭改为“朱家岭”。

讲述：郑百川　65岁　农民
记录：孟丽蓉
1983年2月采录于猴石镇高龙村

太阳顶子

提起“太阳顶子”，还真有一段故事呢。

据说，在盘古的时候，玉皇大帝派太阳公公带着九个女儿给人间造福。

早上，太阳公公领着九个女儿把夜里纺好的金丝线撒到大地上，晚上，只让一个姑娘在西天边收回金丝线，再把它揉成一团，捏成亮晶晶的星星，撒在天上。隔十天八天，还要把发黄的不太亮的星星摘下来，做成金黄的月亮。

这一年冬天的一个晚上，轮到第九个姑娘收线了。在她刚刚把金线缠完的时候，就看见大地上灰蒙蒙的，风刮得很猛，一条条雪龙在地上打着滚，把村子里的小草屋撞得直晃荡，粗大的树枝摇着头，摇得呜呜直哭。九姑娘有些后悔了。忽然间，九姑娘看见风雪中有一个小伙子，他跪在雪地上，嘴里念叨着：“太阳太阳别落山，穷人身上穿得单，茫茫黑夜快亮天，借点阳光挡挡寒。”九姑娘不忍心再看了，把捏完的金星扔上了天，急急忙忙回到太阳宫和八个姐姐纺金线去了。

这天晚上纺金线，数九姑娘纺得最多。最后，手也累肿了，腰也累酸了，乏得眼皮也撩不开了，她还不住手。八个姐姐感到纳闷，九妹怎么了？便问她：“纺金线干啥呀？”九姑娘把自己的想法一五一十地告诉了姐姐们。姐姐们都被九妹的好心感动了，也帮她纺了起来。金线纺够了，九个姑娘做了盏漂亮的西瓜灯。

以后，九个姐妹约好，轮到谁收金线时，都要把西瓜灯带上，悄悄地放在离村子不远的山顶上，这灯一闪一闪的像个小太阳，照得山下亮堂堂的。这一下，不但赶跑了雪龙，连三尺厚的冰雪也融化了，过了几天，绿草从地下钻了出来。这一年庄稼丰收了。

粮食虽然丰收了，可是，乡亲们个个面黄肌瘦，还是那么穷。原来粮食全交了牛财主的租子，乡亲们还是吃不饱饭，穿不上衣，他们常年在地里当牛马，连个猫冬的时候也没有了。九姑娘看到这一切，心想：让乡亲们暖烘烘地干活，我应到人间去帮助他们。从此，西瓜灯不见了，村子里却多了一个穿一身红衣服的小姑娘。原来，九姑娘投胎到了那个跪在雪地上的年轻的长工家。这小伙的妻子怀胎三个月，这天只见一道金线射在炕上。肚子还没疼，就生下一个红西瓜灯似的怪胎。怪胎一落地又蹦又跳，从炕头滚到炕梢。忽然红灯裂开了，从里面蹦出一个穿红衣服的小姑娘，能有半尺高，脑门点了一块痣，一会儿抻抻腰，长了一截，一会儿又抻抻腰，又长了一截，三抻两抻能有炕沿高了，小姑娘也不长了，这可把小两口吓呆了。忽然，小姑娘说话了："别怕，爹爹，我叫火丫。""别怕，娘，我叫火丫。"小两口一听小姑娘说的话好听极了。

火丫的爹种的是牛财主家的地，这一年没交够租子，牛财主便把火丫爹抓了去，吊在牛棚里，要他交出火丫顶租。火丫娘听了，赶紧把火丫藏了起来。牛财主一看火丫爹不答应，就领着狗腿子们去抢，他们搜了一天一夜，就是找不见火丫。牛财主一气之下，回到家里，朝着火丫爹瞪起了牛眼睛："打，往死里打！"正在这当口，火丫从外边跑了进来，站在院当心，大声喊："快把我爹放了！"牛财主一看，可乐坏了。他叫狗腿子放了火丫爹，牛财主伸手去抓火丫，刚碰到那红布衫，十个手指立刻烧起了大泡。牛财主甩着两只手，在院里直跺脚，嘴咧得像个瓢似的。"快，快，打死她！"这时候火丫身上的红布衫闪着金星星，狗腿子被烧得像一根根火燎杆，死在院子里。火丫脱下红布衫扔到牛家的房上，红布衫变成一把大火，烧得牛家片瓦无存，牛财主也被烧死了。火丫脚踩着腾空的火焰，手扯一把金线，一直向太阳公公飞去了。

从此，这个村西南的大山上，每到后半夜天快亮的时候，就能看到一个西瓜似的灯笼挂在那儿。人们都说那是火丫挂的，所以，管这座山叫"太阳顶子"。

讲述：刘明河　65 岁　农民

记录：李晓丰

1983 年 1 月采录于四平镇

老爷庙山

很早以前，在范家堡子一带有一桩怪事，一到铲完地的时候就不下雨了，河也干了，地也干了。等到青苗死得差不多了，才星星点点下点儿雨，年年如此。这里的人只能靠上山采些山货，勉强度日。

有一年春天，刚铲完头遍地的时候，就开始闹旱灾，而且比哪一年都严重，一连气就是半个月没有雨。天气又热，庄稼苗都打卷了，用手一搓，哗哗直响。人们眼看着这一年的庄稼就要瞎透了，哪个不上火呢？整天也见不到人们脸上有点笑模样。

村里有一个叫范子川的小伙子，单身一人，二十来岁。有一身的好本事，善用一口钢刀，为民除害，人称“神刀太岁”。他和本村赵大爷的女儿珍珠订了婚，准备到秋后娶亲。谁知偏赶上这么个年头，这些日子大伙盼雨快把眼睛盼红了，再有两天不下雨，今年又算白搭，连种子都收不回来，全村二三百人吃什么呢？

这一天，刚吃完晌饭，范子川把人们找到一起正商量着搬家的事，忽然听到山上有人高诵佛号：“无量——佛！”大伙寻声望去，只见山上走下来一个道人。没等人们说话，老道就开腔说：“敢问众位施主为何愁眉不展？”范子川赶紧上前还礼说明了原因。“无量佛，众位乡亲有所不知，此地乃卧龙之地，久后必有善果。但此山位犯七煞，须在山前盖庙镇之，方可风调雨顺。”

从此人们在山前盖起了一座庙，又找匠人塑了关老爷的金身，便将此庙称为“老爷庙”。然后又把老道请进庙里，大家轮流送柴送米供养他，这座山便叫“老爷庙山”。

有天晚上，刚交三更，一条黑影从范子川家的窗前闪过。咦？这是谁？他赶紧穿好衣服悄悄地跟随着。见那人手提宝剑直奔赵大伯家走去。赵大伯夫妻五十多岁了，家里只有一个女儿，这姑娘出落得非常漂亮，绣得一手好花，村里人没一个不喜欢她的。老两口更是爱如掌上明珠，所以取名叫“珍珠”。

那人来到院外纵身跃过矮墙，一点响声也没有。范子川随后跳进去，躲在一边暗暗地盯着那人。只见那人来到窗前，听了一下没有动静，然后用舌头在窗户纸上舔了个洞，从腰中解下葫芦，打开盖子，用手一拍，只见一股白烟喷进屋里，不一会屋里传出了不同的打喷嚏的声音。见那人用剑拨开门闩，闪身入内，将珍珠姑娘用被一裹，背在身上，返身出门，直奔庙里走去。范子川气得浑身颤抖，两眼冒火，可怎么办？他见那人进了屋，范子川一见是老道，就用手在窗纸上捅了个小洞。老道将珍珠放在炕上用凉水喷醒，姑娘手脚被捆住，嘴里塞着一块布，老道三把两把将姑娘的衣服扯下要行无礼之事。怎奈姑娘誓死不从，老道凶相毕露，举剑吓唬姑娘。范子川一拳将窗户打开，拔出短刀，对准老道猛地一扬手，老道没注意，只听一声响，说声"不好！"身子一歪，这一刀正扎在胳膊上，老道"哎呀"一声，差点摔倒。他急忙伸手将灯打灭，一脚踢开房门，抓来椅子往外一扔，只听得"咔嚓"一声，门外的范子川一棍子把椅子砸碎，老道随后窜到院子里举剑劈来。范子川大喝一声，以棍迎战，没想到只几个回合就把老道打得七窍流血，一命呜呼了。

这时，天大亮了，乡亲们来到庙里，听说此事，气得把老道的尸体剁个稀巴烂，扔到了庙前的水坑里，一股臭气从坑里冒出来，臭不可闻。从此，山前的水坑，众人做了粪坑，一年年用坑里泥土上庄稼，至今水坑还是个积肥场。

讲述：范振华　76岁　农民
记录：潘儆龙
1982年7月采录于横道河镇双合村

半拉瓢山

早年间，半拉瓢山一带人家不多，穷人给地主老财王三爷像牛一样干活，可年复一年，总有拉不完的犁，还不完的债。

山沟里有户人家，老汉叫李双喜，有个老婆，身边还有个十八岁的姑娘。

老汉是种葫芦好手，他一手种下的葫芦，保准又成又大，把它劈成瓢，卖了钱，周济穷苦人家。

老汉在生这个姑娘的时候，做了一个奇怪的梦，一个鹤发童颜的土老道告诉他：

葫芦十八天上花，
堪折不折携回家。
金玉缘为妙女生，
横山竖衣谨防他。

老道未道破玄机，老汉也弄不明白其中奥妙，是福是祸也只好听之任之。姑娘落地后，就起个名叫“瓢”，反正葫芦是开瓢的。

瓢姑娘长到十八岁，出落得格外漂亮，她种的一手葫芦更绝，老汉都佩服她。姑娘种葫芦得的钱，全分给了穷人。村里的穷人，受姑娘接济的不少。姑娘想：用什么办法才能使穷人有钱，再不受老财的气呢？

这一年，瓢姑娘种的葫芦里，有一根藤直上云霄，上面只开了一朵白花。这朵花很别致，没有完全开放，像睡莲一样。老汉也上了年岁，稀里糊涂就把这朵花摘了下来。

等姑娘知道已经晚了。姑娘哭啊哭，哭肿了双眼，泪水湿透了花瓣。

姑娘昏昏沉沉，好像做了一个梦，梦见一个鹤发童颜的老人俯耳告诉他：善良的姑娘莫要悲伤，花虽未完全开放，也能成半个金瓢，天数该当如此。但要对它这般说：“半拉瓢，穷人要财宝！就什么都会有了。”

姑娘一梦醒来，身边的花没了，果然有一个金色的瓢，只是半块，闪动金辉，耀眼夺目。姑娘连忙把半块金瓢搂在怀里：“半拉瓢，穷人要财宝！”噢，只见瓢中尽出金银财宝。姑娘乐坏了，把金银财宝分给了穷人。王三爷气坏了，他发狂要抢财宝。

王三爷仗势抢走了半拉瓢，绑走了姑娘。姑娘被打得皮开肉绽，至死也不说出秘密。人们含悲忍泪，埋了善良的姑娘。

一天，王三爷六十大寿，想吃鸡蛋，便拿来半拉瓢，冲着锅里喊：“我说半拉瓢，老爷要蛋吃！”嘿，只见锅里翻滚上来一层鸡粪蛋。王三爷鼻子都气歪了，顺手把金色的半拉瓢抛了出去。

却说那半拉瓢被王三爷撇出之后，旋转在天空，一个霹雳打死了王三爷这个大恶霸。半拉瓢一头就栽在姑娘的坟上，立刻长出了一坐高高的大山，形状正如半块瓢。

讲述：孙家果　67 岁　农民

记录：孙连邦

1982 年 7 月采录于黄河镇双庙村

影壁山

相传在很早很早以前，影壁山这个地方荒无人烟。从辽阳过来的一些逃难的人路过这里，发现这里山清水秀，草木繁茂，地上的土踩一脚喧乎乎的，抓一把油汪汪的，逃难的人再也不想走了。他们在这里搭起了窝棚、马架，开荒垦田定居了下来。虽然是刀耕火种，但因不受官府的管制又没有老财的剥削，日子倒也过得下去。

岁月流逝，年复一年。多少年后，人口逐渐增多，原来的窝棚、马架逐渐地变成了房子，这里形成了一个大屯堡。为了纪念开荒斩草的人们，后人给这个屯取名叫“辽阳屯”。

后来屯子里搬来了一个外号叫王大麻子的人，他不耕地不种田，靠买粮食外卖，再贩回布匹、食盐挣钱。几年功夫，王大麻子便成了屯子里的财主。他利用种种手段霸占了辽阳屯的大部分土地，成了这里有钱有势的一霸。辽阳屯的农民从此套上了枷锁，过着糠菜半年粮半年的艰难日子。

这一年天气大旱。春天种子下地就没够上潮乎土，只有个别低洼地块才能见到点小苗，可是小苗刚出土就旱死了，连地里的野草都没发出芽来。心比毒蛇还狠的王大麻子硬逼着人们借种子补种，还放出话来，不管咋样，到秋地租一粒不能少。这可难坏了王家的佃户。借种子吧，明知王家往外借粮是驴打滚的利。借了种子补种上，就算老天爷长眼照顾穷人，到秋打点粮食，除掉地租，再还种子的本利也是所剩无几；不借吧，眼看地里一棵苗没有，庄稼人拖家带口的不种地怎么活呀？

屯子里有个穷人姓侯，前几年死了媳妇，家里只有他领着一个十三岁的儿子。本来就穷，再加死了媳妇，他又当爹又当娘，日子过得就更难了。屯里人都管他叫侯大穷棒子。别看侯大穷棒子人穷，可为人正直、热心，又有心计。他家里熬一锅野菜汤，也要分给连野菜汤也没有的人家。所以大伙都很佩服他，有个大事小情的都愿意让他拿个主意。眼下大伙为了难，老侯也觉得不好办。可琢磨来琢磨去，除了借种子补种也没别的办法。老侯跟大伙说：“我看还是把地先补种上，天老爷真就这么不开面，真的要饿死咱这一方人？再说你就是不补种，王大麻子就不要租子了吗？咱们要是没有夹板怕给套上，现在已经套着夹板还怕啥？”人们觉得老侯说得在理，再说也没有别的办法，只有这一条路。

补种以后，天老爷还真算开了天恩，这一年风调雨顺，到秋收成真不坏。可是丰收对于辽阳屯的人们并不是什么喜事。因为王大麻子看着长势良好的庄稼，早都把各家的租子、种子的本利算好了。秋天粮食一上场，他就准备收粮了。

这一天，王大麻子领着狗腿子们来到侯大穷棒子家。一见面他就皮笑肉不笑地开了腔：“我说姓侯的，今年收成不赖呀！”“收成好不好都是一样。收成好了，你家的粮仓更肥更大了，我们种地的还不是赚个白忙活。”老侯不软不硬地答了一句。“人可得讲良心哪！”王大麻子又念起了他的经：“你种我的地，交租子，这是从古以来的规矩。你春天借的种子，咱们讲借讲还，这也是天经地义的。”老侯说：“你不就是收粮吗，看着拿吧。”王大麻子叫狗腿子称粮。所有的粮食都称完了还差两升。王大麻子说：“欠这两升怎么办哪？”老侯说：“粮食是你们称的，你也都看到了，我家里再也没有粮食了。”王大麻子把眼珠子转了转，落到了侯家十三岁的孩子身上。“这样吧老侯，咱们一个屯住着，实在没有我也不能难为你，让你儿子到我家干点零活吧。”老侯一听急了：“不，我欠你粮还你粮，不能拿儿子顶债。”“那就拿粮食吧！”“拿粮食你也得让我想想办法呀！”“我今天就要，今天给不上粮食就把这小崽子拉走。”王大麻子说完，狗腿子过来就拉孩子。侯大穷棒子一看就火了，顺手操起了一根扁担：“我看谁敢动我儿子。”王大麻子嘴里说着：“你看这是干啥，咱们有话好说，千万别伤和气。”却偷偷地给狗腿子递个眼色，狗腿子们呼拉一下围住了老侯，夺下了扁担，一顿拳打脚踢，当时就把老侯打倒了。老侯的儿子一看他爹挨打了，跑过去一头把王大麻子撞个仰面朝天。王大麻子从地上爬起来，照着小孩的小肚子就是一脚，就听孩子“啊”的一声倒下去了。打倒了侯家爷儿俩，王大麻子领着狗腿子走了。等乡亲们赶来时，孩子已经死了。老侯当时还有点气，苏醒过来一听孩子死了，刚喊了一声“我的儿子”也就咽了气。乡亲们看着这场面都声泪俱下。大伙凑了点钱，把侯家爷儿俩埋在了辽阳屯南面两座山的向阳坡下。

转眼一冬过去了。第二年春天，人们才发现不知什么时候侯家父子的坟不见了，在原来埋坟的地方却多出了一座小山。王大麻子听了这件事可吓坏了，他总觉得侯家父子就在新长的那座山上，不多日子就病倒了。东请医生，西找大夫，又跳神又讨药，还是啥事不顶。他一闭上眼睛就听见侯家父子说：“麻子王，麻子王，杀人要偿命，早晚见阎王。”

这一天晚上，王家突然起火了。春天天干，再加上王麻子平时作恶太多，人们光喊救火不伸手，不大功夫烧了个片瓦不留，王大麻子也活活地被烧死了。

王家打更的老头说，着火的那天晚上，他亲眼看见从那两座山后面的小山上飞来一道火光直奔王家的院里。人们说这是侯家父子报仇来了。

辽阳屯的两座山为侯家父子报仇起了隐蔽作用，所以人们给这两座山起名叫“隐蔽山”。不知是那朝那代，人们取其谐音把“隐蔽山”改名叫“影壁山”了。

讲述：张国华

记录：刘玉文　于政清

1982年4月采录于大阳镇影壁山村2组

一步岭

相传在开荒占草时，东丰县有座岭，岭下住着一位六十多岁的老人，他以卖柴为生。这一带的山山水水、草草木木，他都了如指掌，闭上眼睛也能把你领到你要去的地方。由于他常为行人引路，因此人们都称他"引路人"。

一天，刚过晌午，引路人正在岭下砍柴，不知从哪来了一伙打猎的，一个个横眉怒目，满脸杀气，为首的是个长满络腮胡子、骑着高头大马的人。他向老人喝着："老头儿，过来，有事问你。"老人毫无反应，继续默默地砍柴。

"老东西，你是聋子，还是哑巴？来人哪！把他带过来！"头目的话音刚落，两个背箭、持枪的猎手向引路老人奔去。

"走！我们老爷叫你。"一个猎手说道，另一个猎手夺去老人手中的斧头，两人连推带搡地把人弄到头目面前。

"老头儿，我们听说在这块儿有一群鹿，找了几天，也没见个影，知道你熟悉这疙瘩，你就引个路吧。"老汉心想：这帮人，蛮横无理，肯定不是好人，这群鹿是百姓的财富，不能让他们随便猎走。于是对头目说道："我每天在这打柴，没听说有鹿群哪！也许你信了谎言吧！"

"老东西！你不要撒谎了，人们都说你是最熟悉这地方的人，叫你引路就引路，别敬酒不吃吃罚酒。"头目说着，两眼直瞅着引路人。

老人不但没搭理他们，反而蹲在地上"叭嗒叭嗒"地抽起烟来，心里琢磨应付的办法。这下可把头目惹怒了，他两眼一瞪，胡子撅得老高，从腰里抽出马鞭，刚要动手，突然一个喽啰跑来报告说，发现一只鹿顺前面的小路奔岭上跑去。老人一听，坏了，这鹿群离这儿不远，让他们发现就毁了。头目脸上露出了奸笑："哈哈……"没等他说话，老人便说道："头人，不是老汉我不带路，只是山路太不好走，怕你们受不了啊！再说一天不砍柴，我就挨一天饿呀。既然要我带路，你也不能亏待我……”头目听了忙说：“对，对，对，不会亏待。”

引路老人边带路边寻思怎样把他们引开。小路很窄，并肩只能走两个人，快到岭顶端才有一个小岔道，老人心想，唯一的希望就是走岔道了。

约摸两袋烟的工夫，眼前出现了小岔道，只是一步之分，向左一步就是通往鹿群的道，向右一步就是通往“老虎顶子”的道。引路老人笑呵呵地对头目说：“头人，翻过这道岭，再走一轱辘儿就到了。”老人一边说一边指指老虎顶子。

“好吧，加快点步子！”头目急不可待地说道。

众人向岭上奔去……

据说，老人把这帮猎队领出离鹿群十里之外的地方，他们在山里转来转去，直到天黑了，连鹿的影子也没看到。头目知道上当了，气急败坏，一箭把老人射死了。

后来，人们为了纪念引路老人，就把差一步就能看见鹿群的这座山岭叫“一步岭”。当地的人说：现在饲养的鹿，就是当时引路老人保护下来的鹿群后代。

讲述：梁永芳　女　65岁

记录：赵程翔　于政清

1983年2月采录于大阳镇同兴村4组

横道河

从前，在一个偏僻的山沟里，住着一户姓朴的人家，家里三口人，老两口和一个姑娘，姑娘名叫朴月花，那年十九岁。

这一年夏天，一天，朴月花背着一筐刚刨的“和尚头”❶，肩扛铁镐，慌慌张张地顺着山路往家跑，筐里的“和尚头”一个没剩。原来在姑娘身后不远，一只大灰狼，正在死死地跟踪。姑娘好歹拐过一个大弯，可算喘口气，谁知“哗啦——”一声从前边草丛里又窜出两只草黄色长嘴巴狼。姑娘进退不得，眼看三只恶狼，两前一后，同时扑向姑娘。这时忽听得“嗖、嗖、嗖”，三只恶狼扑通一声都栽倒在路旁。姑娘正在发愣，一匹枣红马飞到眼前。

姑娘一看，马上是一位俊美的小伙子。小伙跃下马来，左手搭着一张轻弓，腰间挎着箭袋，姑娘看得出，这是一位矫健精干的小猎人。小伙儿和蔼地问：“小妹妹，受惊了吧？”姑娘忙跪在地，叫了一声：“恩人！”两眼涌出了泪珠。

小伙子帮她拣回跑丢的“和尚头”，送她回家。小伙子牵着马，姑娘背着药，两人慢慢地走着，快到家门口了，小伙子停住了脚，姑娘红着脸说：“哥哥，到屋喝碗水吧。”“不啦，我还要到山上去！”“你家住在哪儿？”小伙子用手一指，姑娘看见，在南山密林东边有个小马架子。

汉族小伙子天天上山打猎，朝鲜族姑娘天天挖药，两人经常遇到一起，心里别提多高兴了。后来，姑娘把这心事告诉了妈妈爸爸，爸爸说：“我早就跟你妈说过，要把你嫁给最善良、最勇敢的人。”听了这话，月花像吃了蜂蜜，心里总是甜滋滋的，脸上总是笑盈盈的。

转眼快到中秋。八月十四晚上，天上的月亮不时被一片片乌云

❶和尚头：一种中草药。

遮掩，山沟忽明忽暗。明天，小伙子就要和月花拜堂了。

小伙子那小小的马架子外边，晃动着三十多个人影。他们从四周向小房围来，有的两手端着长枪，有的腰里别着短刀，恶狼扑食般奔向小房。

原来，离这十里远的地方有个小寨主，外号“金大胖子”。前些天打猎游玩，看见了月花姑娘，便垂涎三尺，起了歹意。又听说这一带有个小猎人要和她成亲，听说这个猎人还会个三招两手，怕先娶走月花，便使出了这顶损❶的一招，领人来抢朴月花。

小伙子打猎回来，把屋外打扫得干干净净，炕上地下收拾得利利正正❷。新打的一对野鸡舍不得吃，留着明天和月花一起吃。小伙子褪完鸡毛，开完鸡膛便躺下了。刚躺下不一会儿，外边的马一阵惊叫，他手持扎枪，奔出门外，绕马兜了一圈，没发现什么野兽，又回到房门口，在他面前，突然出现三个人。小伙子喝问：“你们是什么人?”中间最矮最胖的家伙指着小伙子说：“我的，高丽城寨主金英魁，你的，要娶朴月花姑娘？真是大胆混账！今晚，我就看看你这小伙的，有多大的能耐！”

话音未落，另外那两个小子就窜上来了，一人抱一只大腿。小伙子迅速向金胖子投去手里的扎枪，金胖子一低头，没刺着。小伙子紧攥双拳，两肘向下一振，那两个小子“妈呀”一声滚下山坡。这时，草里又钻出三个小子，一拥而上，小伙子一个扫堂腿，将他们撂倒。哪知，身后又冲上六七个，像蜂子似的一拥而上。小伙子拳打脚踢，左右开弓，打得他们啃泥的、吐血的、捂肚子的、叫爹娘的，连滚带爬躺了一地。这时，又上来一帮，黑压压的看不清个数。

俗话说，好虎架不住一群狼。小伙子拼了小半夜，再加上一天跑山没有吃饭，已是筋疲力尽，眼冒金花，眼看就要支持不住了。猛然间，他想起了师傅传授的一个绝招：仰卧镇妖法。这一招，不

---

❶顶损：最阴狠、毒辣。

❷利利正正：干净、整洁。

到万不得已，不是为了最亲的人，绝不能用的。他想：如不治服这群恶魔，特别是金大胖子，他的月花就会惨遭不幸。于是他横下心，用上这一招！只见他，全身运气，手指变粗，胳膊变粗，腿变粗，腰变粗，身体变大，小伙子仰天长啸，只听一声响，金大胖子和他的三十多个狗腿子全被压在小伙子身底下。一个个腰不能直，气不能喘，眼珠子都不会转转了，简直成了泥人木头人。

再说月花在家里翻来覆去睡不着，心里烦躁，躺也躺不住，起身出门散散心。看看三星已经西坠，过一会天就要亮了。这时，一匹马闯进院里。借着月光，月花认出这是小伙子的枣红马，马用嘴巴轻轻地摩擦着姑娘的手臂，姑娘感到可能是出事了，跃上马背，直奔小马架。

来到马架子，姑娘不见小伙子，心中不安，便四处寻找起来。东方放亮了，猛抬头，发现这座山比以前高了，她疾步登上去，发现了小伙子的纽袢❶，那是她前天用绿丝绸给他缝缀的。这山，这样大，竟成了一个个小山包。再往前走，又一个，接连五个纽袢，竟成了五个山包！“啊？哥哥，你咋变成这座大山呢？”姑娘贴着第二个纽袢（小伙子的心脏），放声大哭，边哭边说：“哥哥，我活着不能与你成婚，可我们，死也永不分离。”话音落地，姑娘向小伙拜了三拜，

然后变成一条大河，那河水绕山拐了三个同样大的河湾，山脉向东河水也跟着向东，每隔三里拐一个大弯，这是月花回头瞻望的地方。

因为这五个纽袢形成五个山峰，而这五个山峰一脉相承，一个比一个高，西高东低，形成五个台阶，后来，人们就称这座山为“五台山”。

这五台山下的河，不是顺流直下，而是隔不远拐个弯，河水放横，人们就叫它“横道河”。因河水放横，河道宽，也有人称它“恒道河”。

---

❶纽袢：用布条缝制的扣眼和纽扣，合称为“纽袢”。

五台山和横道河成了不解之缘，山有意，水有情，山水相依，山清水秀。人们说，这就是朴月花和她的情人忠贞的爱情。

讲述： 齐继宽 72 岁 农民

记录： 郑松林

1982 年 7 月采录于横道河镇三合村

桦树河

这个小山村叫桦树泊子，地处半山区，前后都是山丘。山上长满了瓦白瓦白的桦树，山下是一马平川的大沟筒子。桦树泊子里的人家就住在这白树环绕着的沟筒子里。泊子的正中有一条弯弯曲曲的河——桦树河。

就在这泊子里，流传着一个桦树老人的故事。

很久很久以前，这里是一片林地。山上长满了多年的野生树木，有桦树、柞树、松树、柳树和杨树。山下的沟筒子里，野草丛生，有三梗草[1]、塔头草[2]、靰鞡草和老标梭[3]。

开荒占草以来，许多关内逃荒来的穷人开始在这儿开荒种地。这里土质肥沃，风调雨顺，泊子里的人和睦相处，有谦有让，日子过得如同一盆火。

这年春天，泊子里突然来了一帮骑马的人。为首的个头不高，长得黄皮拉瘦，小脑袋，大下巴，一脸麻子。人称周三麻子，是城里周大粮户的儿子。

周三麻子来到这里，周游一遭，硬说这方圆五里的地盘是他家的围场，不许穷人随便开荒，并把泊子里的年轻人抓起来，每天上山给他伐树，质量好的留下来修宅院，差一点的运到城里卖掉。不到半年工夫，山上的树被砍光了，只留下一截一截的死桩子。

就在这一年，风灾、水灾、天灾、人祸一齐降来。秋风刮得天昏地暗，房屋被吹塌了，庄稼被刮断了，柴草被卷走了。秋雨连绵不断，一连下了七七四十九天。山坡被冲刷出一道道水沟，山下的黑土层被水冲走了，山上的碎石被水冲下来。坡地露了骨，平地尽是沙土，长出来的庄稼又黄又细。连年灾荒，连年歉收，穷人只好

---

[1]三梗草：系水生草本植物，叶呈三棱形，喜在水中生长。

[2]塔头草：系水生草本植物，叶窄而软，倒伏在地，聚而成墩，喜在低洼地块生长。

[3]老标梭：系水生草本植物，叶宽，喜在水中生长。

背井离乡，另寻生路。不到二年，泊子里的人几乎全走光了。

只有一个人，始终留在泊子里。这人姓华名坚，当年被周三麻子罚过苦役，连年灾荒夺去了二位老人的性命，如今他一个人生活在这里，多少人劝他离开这儿，都被他拒绝了。他深信，总有一天这里还会富起来。

这个刚强的小伙子，在给周三麻子伐树的时候，在怀里揣回一包成熟的桦树籽，偷偷地撒到自己的那块土地里。每天晚上，他一个人悄悄地看看。不久，只见地头上生出一棵棵紫红色的小树苗。于是华坚天天到很远的泉水河里去挑水，回来给小树苗浇上，再培上一点土。

两年后，小树苗长成了一棵棵又粗又壮的大白桦树。

一天，他铲完地，又习惯地到桦树跟前，突然觉得又饿又累，坐在树下就睡着了。

忽然，他觉得眼前一亮，一条大道出现在眼前。他顺着大道往前走，越走越高，走着走着，只觉脚下生风，好像驾云一般，飘飘悠悠地来到一座深山老林。山上长满了一搂多粗的白桦树。树林深处传来阵阵悦耳的琴声。

华坚顺着琴声走去，只见祥云笼罩着一座素白色的宫殿，宫殿正中的大堂上坐着一位白发银须的老人。两旁并排站着两行银袍小将，一个个银盔甲素罗袍，显得十分雅素、英俊。银须老人一见华坚，急忙走下大堂，迎了上来。

鼓乐声中，华坚被请到一间华丽的客厅，客厅里摆满了丰盛的宴席。

酒过三巡，菜过五味。一位白发苍苍的老夫人引进一位俊秀大方、身材苗条、衣着素淡的女子。此刻半醉的银须老汉，一手扯过女子，一手拉起华坚，强迫他二人结拜成亲。华坚执意不肯，一再推辞。老人扯起他的袖子往前托，他使劲往后挣，只听“嚓”地一声，衣服拽破了。

华坚一惊，从睡梦中醒来，睁眼一看衣服袖被桦树枝刮了个三角口子，树上有一只美丽的苏雀在欢快地鸣叫着。

天近黄昏，华坚一个人心事重重地回到家，草草吃过晚饭，久久不能入睡，朦胧中只见梦中那位衣着素淡的漂亮女子，坐在灯下为自己缝补衣服。

华坚觉得奇怪，一骨碌坐起来："谁？"那女子并不惊慌，向华坚抿嘴一笑，用牙咬断了剩下的线头说："相公，刚拜罢天地，就把我忘了不成？"

华坚半信半疑："你到底是哪家的女子？"

"奴家是桦树老人的女儿，名叫素娟。老爹爹见你为人善良，勤劳能干，将女儿的终身许配与你。从现在起，奴家便是相公的妻子啦。"华坚见素娟话语诚恳，心地善良，慢声细语，不像是歹人，便信以为真。从此，夫妻二人男耕女织，恩恩爱爱，过起了美满的日子。

谁知好景不长，周三麻子见素娟年轻美貌，便心生歹意，想要娶她为妾。于是他勾结官府将华坚抓起来，害死在狱中。

自从华坚被抓走后，素娟在家终日忧伤，茶饭不进，孤单单的一人病卧在凉冰冰的土炕上。

忽然，一阵凉风吹开房门，卷进茅屋，素娟只觉得浑身发凉，她打了一个寒战，抬起眼皮一看，周三麻子贱哧哧地向炕边走来。她欠了欠身子，想起没起来。这时他像饿狼一样扑了上来，她拼命挣扎，可是终因体弱多病，被周三麻子糟蹋了。

深更半夜，冷风四起。周三麻子走后，素娟爬到房门口，含恨悬梁自尽了。她死后，又化做一只美丽的苏雀向老桦树飞去。

素娟死后，周三麻子并不死心，他想起华坚当年做梦的事，就来到了老桦树底下，铺上一张兽皮，躺在树下，闭上眼睛，张着嘴，打起鼾声假装睡觉。

不一会儿，周三麻子只觉得一样东西掉进嘴里，他急忙坐起来，往外呕吐，原来是块雀粪，可把他恶心坏了。抬头一看，老桦树上有一只苏雀正在叽叽喳喳地骂他呢。于是他恼羞成怒，拣起石头子向苏雀打去。机灵的苏雀从这个树枝飞到另一个树枝，任凭周三麻子怎么打也打不着。苏雀也不远飞，就在树枝上跳来跳去，唧唧喳喳地戏弄他。周三麻子可气坏了，回到家吩咐家丁把树锯掉。

谁知，白天把树锯掉了，一夜间又长成和原来一样大的树。周三麻子火啦，命令家丁："给我连根挖掉!"

老桦树有一根最长的主根，一直延伸到周三麻子的宅前。周三麻子的家丁们顺着这条主根挖下去，挖出了一条又深又长的大沟。

这件事惹恼了土地神。土地神一状告到天宫，玉皇大帝命令北海龙王下了七天七夜的大雨，只下得泊子里沟满壕平。大水顺着家丁们挖出的沟往下淌，一直从周三麻子的宅院穿过，宅院被冲倒了。周三麻子和家丁们也被淹死了。

雨停了，水过了，那条沟变成了一条宽窄不一的河套[1]，这便是现在的桦树河。

水灾过后，苏雀在泊子里飞来飞去。每天它从早到晚忙个不停，把老桦树散落在地下的一粒粒饱满的种子啄起来，撒在方圆五六里长的山坡上。

几年后，这里长起一片片白花花的桦树林。

穷人又渐渐地回来啦，继续开荒种地，谁也舍不得伤害一棵桦树苗。为了纪念华坚、素娟和桦树老人，人们把泊子取名叫"桦树泊子"，管泊子里的那条河叫"桦树河"。

讲述：刘本兴　农民

记录：张引索

1983年2月采录于大兴镇桦树村3组

---

[1] 河套：河床。

悲 河

说不清是哪代的事了。那时候，影壁山一带没河，只有一条除了夏季之外一年三季干枯的小沟。离沟不远，住着一户人家。这家姓齐，家中只有孤儿寡母两口人相依为命。这一年儿子齐俊长到十二岁，为了生活，母亲含着眼泪把他送到财主家去放羊。

一天，天刚过午，本来响晴的天忽然下起雨来。小齐俊急忙把羊群赶到了山坡上的树林里避雨。齐俊找了块石头刚坐下，隐隐听到林子里好像有个小孩的哭声。他顺着哭声找到林子深处，看见一个四五岁的小女孩在树下啼哭。齐俊费了好大劲才问清小女孩是在找娘。至于她娘是谁？到哪去了……就弄不清了。齐俊看她哭得怪可怜的，就对她说："小妹妹，你别哭，我带你去找娘。"小姑娘一听这位大哥哥能帮她找娘，就不哭了。雨停了，小齐俊背着小姑娘，赶着羊群下山了。小姑娘被齐俊背到家里，齐俊娘到处托人打听，想要帮助小姑娘找到家人，可是一点消息也没有。过了些日子，娘对齐俊说："俊儿，我看这小姑娘又聪明又伶俐，就让她叫你哥哥，给她起个名叫玲儿吧。"齐俊高兴得跳了起来："哈哈，我也有妹妹啦！"从此，小姑娘就成了齐家的人。齐俊特别喜欢玲儿，每天放羊回来，不是给玲儿抓几只雀，就是给掏几个雀蛋，再累再乏也要哄玲儿玩一会儿，玲儿也特别愿意跟小哥哥一起玩。娘看到两个孩子真像亲兄妹一样亲，也常常乐得合不拢嘴。玲儿长到八岁时，天天跟着齐俊一起放羊，两个苦命的孩子谁也离不开谁。小玲儿有时在梦里还喊着哥哥。

一晃几年时间，玲儿十六岁了。姑娘长得水灵灵的，就像一棵出水的芙蓉，人们都说齐俊和玲儿是天生的一对。两个孩子长大成人了，可是劳累了大半生的娘却一天天衰老了。一天晚上，娘把齐俊和玲儿叫到身边，看看齐俊又看看玲儿。两人都被娘看糊涂了，但又马上明白了娘要说啥。聪明的玲儿红着脸问："娘你有事吗？"娘对玲儿说："玲儿，娘有句话不知该不该说。"齐俊和玲儿几乎同声："娘，你说吧。""你们俩从小就在一起，玲儿要是不嫌弃俊儿，你们俩就成亲吧。"娘说完，齐俊急忙说："娘，我……不能……"玲儿低下头腼腆地说："娘，你老不说我也……"娘一听玲儿同意了，便说："这样我就是死也能闭上眼睛了。"

穷人的好事总是难成。第二天财主领着衙门里当差的来到了齐家，说是齐俊拐骗妇女，硬把齐俊抓走了。体弱的娘一气之下，当晚含着悲愤离开了人世。玲儿哭得死去活来，她哭一声娘，哭一声俊哥。没隔几天，财主来到齐家，假惺惺地对玲儿说："你娘死了，人死也哭不活，你那个俊哥嘛，也回不来了，我看你一个人怪可怜的，我这个人就是心软，我看你就到我家去吧。"财主说到这，玲儿明白了，家里飞来的横祸是这个老色鬼做的扣[1]，他是在打我的主意。玲儿对财主说："我家里的人都没有了，我该怎么办，我自己还没去想。我要等到我娘烧过七七再说。"老财主以为玲儿是不好意思答应他，乐呵呵地说："那行，也就是四十九天呗。"说完，贪婪地看了玲儿一眼就走了。财主走后，玲儿想娘像待亲生女儿一样把自己待大，教自己做人，俊哥待自己比亲哥还亲，要是没有他们娘儿俩我也活不到今天。现在娘死了，俊哥也不知被送到了哪里。既然老财主打我的主意，就指定不能让俊哥活着回来，我活着还有什么意思，不如一死图个清白。主意拿定，玲儿来到娘的坟上，面对着干枯的小河沟放声大哭，足足哭了三天三夜。第四天头上，干枯了的小河淌满了玲儿的眼泪，第五天泪流成河，玲儿面对苍天叫声娘，喊一声俊哥，便一头扎进了河里。

人们说这条河的水是玲儿的眼泪，就叫这河"悲河"。"悲"和"北"音近，河又在茶碗沟北面，这河就叫成了"北河"。

讲述：梁淑芹　女　55岁　农民

记录：于政清　刘玉文

1982年12月采录于大阳镇同兴村

---

[1]做的扣：计谋、手段，贬义。

晓盈河

相传，那还是清朝乾隆年间的事。有一年夏天，不知是哪位大臣向乾隆皇帝呈上奏折，说什么用梅花鹿叼来的灵芝草配成药酒，喝了以后可以延年益寿，长生不老。乾隆皇帝看完奏折，十分高兴，便率领文武大臣到"盛京围场"来狩猎，希望能获得一头嘴叼灵芝草的梅花鹿。

那鹿叼灵芝草是为了给病鹿治病的，人们轻易是看不见的，而叼在鹿嘴里的灵芝草更是罕见之物。

说来也巧，在大疙瘩[1]境内，乾隆皇帝还真发现了一头嘴叼灵芝草的梅花鹿，他带领群臣扬鞭催马，紧追不舍。梅花鹿朝大肚川境内跑去了。乾隆皇帝他们爬山越岭，历尽辛苦，眼看就要追上了。当追到晓盈河附近时，这头鹿转眼就不见了。乾隆皇帝很是气恼，急忙命众大臣沿河追寻，仍不见踪影。时近中午，大家又饥又渴，累得再也跑不动了，下马歇息。这时草丛中突然"扑愣愣——"一阵响声，飞起一只形体非常大的老鹞鹰。把乾隆皇帝吓了一大跳，他抹了一把额头上沁出来的汗水，嘴里喃喃地说："好大个鹞鹰啊！"

他回头问身后的大臣："这条河叫什么名字？"乾隆皇帝用手指了指身旁的大河。

"回禀吾主，此河没有名。"一个大臣赶忙跪在草地上说。

"那……就叫鹞鹰河吧！"乾隆皇帝微笑着说。

打那以后，这条不知名的小河就叫起"鹞鹰河"了（满语是"阿兰野"）。

据说，清朝末年，有一个姓张的举人，骑着一头青色的毛驴，由他的大舅子王三爷陪伴着，来到大肚川境内勘测山川河流、地形地貌。他听当地的百姓说这条河叫鹞鹰河，把脑袋摇得像拨浪鼓，

---

[1] 大疙瘩：辽源市的俗称。

连声说："太俗气，太俗气，叫谐音'绕盈河'吧！"。就这样，他把"鹞鹰河"改成"绕盈河"，写进了他的大肚川地形勘测图。

在旧社会，每到夏秋之交的发水季节，绕盈河水经常泛滥成灾，冲毁庄稼和农舍。后来天地变了，绕盈河两岸人们对河道进行治理，沿岸植树种草修堤架桥。从此，这一带的人们过上了丰衣足食的好日子，人们管绕盈河叫"晓盈河"，意思是生活开始有盈余啦！

讲述：宋俊恒　工人

记录：吴强稼　王天毅

1982 年 10 月采录于东丰镇

黄泥河

很早很早以前，黄泥河这个地方，天连水，水连天，天是黄的，地是白的，渐渐的地上有人呀、鱼呀、虫呀等等的。住在九层天上的玉皇大帝，瞧见地上出现奇怪的生灵，大发雷霆，要把所有的生物统统收回天上。于是他叫雷神、风神、雹神、雨神，向地上猛烈地刮起狂风，洒下暴雨、冰雹，派守东海的龙王，打开水眼，洪水从天上灌下来，一连三百六十个日夜，遍地大水，白浪滔天。人呀、鸟呀，全混在一起漂流，在黑暗中号叫，挣扎着。

玉皇大帝有个女儿，长得美丽、聪明，玉皇大帝让她掌管天上的聚宝宫。

这天，玉皇大帝的女儿想给父亲摘几朵玛瑙云，裁剪梅花宝帐，忽然传来喳喳喳喜鹊和各种鸟的叫声，闹得她心烦意乱。她摘了几朵红云彩，剪了条宝船，跳上去想看个究竟。她划呀划，一边划一边往下张望，下面是白亮亮的一片汪洋，一帮花脖喜鹊扑棱着湿翅膀，挣扎着飞来飞去，向青天哀叫着，累得眼看要掉到大浪里啦！她看见这情景忙呼喊喜鹊和各种鸟类，叫它们快上船。

鸟儿滴着眼泪说："你真善良，玉皇大帝要毁掉地上的一切，你快救救我们吧！我们没有吃的，没有住的，连块站爪子的地方都没有。"

玉皇大帝的女儿很生气，她从船上扔下了几根树枝，在大水里一下变成千万棵巨树。人抱住漂在水上的树木逃命，虫呀、兽呀爬到木头上，漂到远处藏身。

玉皇大帝的女儿回到天宫，还不放心。心想：光扔几根小树枝咋行呢？得想个法子收住洪水，地上的一切才能得救。她想呀想，想到掌管在自己手中的万宝匣。可是开宝匣，违犯家法天规，威严的父亲是绝不会饶恕的。为了救地上的万物，她狠狠心，决定甘愿负罪，也要搭救地上的生灵。又一转念，万宝匣锁在聚宝宫里，没有父亲的开宫钥匙，怎么办？她眼珠一转，有了，等到晌午，父亲睡觉我就去取！她等呀，盼呀，可算到了晌午，悄悄地来到父亲的寝宫。玉皇大帝鼾声像瀑布那么响，众神谁想贴近都会被震死。他女儿有个镇耳球，可以平安地来到她父亲身边，轻轻地解开钥匙。她头一回私进聚宝宫，望了望，找了找，愣住了。原来宝匣一排排有三千三百六十多个！她愁了，究竟打开哪个宝匣子才能收净地上的水呢？她怕父亲醒了追来，又急又慌，突然她发现前面有两个匣子，打开看了看，是一个金黄色的，一个黑色的，都干刷刷的直耀眼。她心想，水怕土囤，快把这两匣子土撒下去，不要再误时辰。她抱起万宝匣跑出聚宝宫，乘上宝船，望着地上的洪水先打开一匣，只听“呼隆”一声，可是地上的水不见消，又把黄色的土也“哗啦哗啦”扬到天下，嗯，这一下大地可变了样，白亮亮的水全挤进沟壑里，慢慢地成了泡子和河。

由于玉皇大帝的女儿心慌，一下子把剩下的土全倒了下来，这回地上有了山丘和高低不平的洼地。

后来人们知道了这件事，都很感谢玉皇大帝的女儿，就把这条黄土多的河叫做“黄土河”，后来人们又叫它“黄泥河”。

讲述：李桂珍　女　51 岁　农民

记录：牟兆英

1983 年 1 月采录于大阳镇大阳村

蛤蟆泉眼

说是在很早以前，二龙山这一带并不叫蛤蟆泉眼，叫“韭菜沟”。韭菜沟的上头住着一户姓王的人家，家中只有娘俩相依为命。王寡妇孤苦伶仃地守着年仅十八岁的儿子锁柱度日，娘俩以种韭菜为生，每天用卖韭菜的钱换点油盐酱醋，日子还算过得去。

有一年，地旱得裂开了指头宽的缝子，庄稼打蔫，草儿枯死，井干涸了，就连锁柱种的韭菜也黄了梢子，贴在地皮上，硬是❶不长。锁柱愁得整天围着韭菜地转来转去，眉头皱起一个大疙瘩。这事放在谁身上，谁能不急？娘俩度日就指望这点韭菜了，要是把韭菜旱死了，拿什么换粮换盐？自己年纪轻轻的倒也没啥，抗折腾，可是年老的母亲也跟着受罪，做小的实在不忍啊。他越想心里越不是滋味，坐在地头上鼻子一酸，“噗嗒噗嗒”掉起了眼泪。

也不知过了几个时辰，锁柱哭着哭着便忽忽悠悠地睡着了。朦胧中，锁柱感到嗓子眼渴得直冒烟，喘不过气来，想找点水喝，可是又找不到，急得直跺脚。猛然间锁柱看见一缕月光射在刚才掉眼泪的地方，不一会儿，掉眼泪的地方便冒出来一个清亮亮的泉眼，往外“哗哗”地流水。锁柱喜欢得不得了，站起身，从泉眼里往韭菜地里撩水，也不知撩了多长时间，自己家的韭菜立刻变得绿油油鲜亮亮的。

撩着撩着，突然间一道星光在泉眼里一闪，从里面蹦出一只蛤蟆，只见它三蹦两跳地变成一位俊俏的大姑娘。看那姑娘长得像天仙一般，锁柱一见可慌了神，撒腿就想跑，哪曾想，一把被大姑娘给拽住了。锁柱一惊，一愣神醒了，揉揉眼睛，晃晃脑袋，也不知道这是做梦还是真事。说是做梦吧，那位大姑娘真的还在拽着他的手，眼前的韭菜地也变得绿油油水灵灵的。说是真事吧，他还是刚从梦中醒来。

---

❶硬是：就是。

他正在心里犯嘀咕，这时姑娘说话了：“锁柱，别害怕，我不是妖怪，我看你哭得怪可怜的，见你们娘俩日子过得凄苦，你这个人心眼也挺好使的，我来侍候你的老娘和你。”

见姑娘说得诚恳，锁柱乐得嘴都合不上了，忙点头称是，问：“大姐，你叫啥名字?”

“你叫俺田姐就行了。”说着两个人一前一后往家走去。田姐边走边对锁柱说：“锁柱，这个泉眼，我的身世和咱俩的亲事，你不准对外人说，外人要知道了，用了泉眼的水，咱俩就变成蛤蟆了，扔下你的老娘就没有人侍候了。”锁柱点点头。

两个人唠着唠着，就到了家。田姐见过婆婆，便在外间收拾碗筷。婆婆见儿子领回了媳妇，本来就够高兴的了，又见她长得小脸蛋粉嘟噜的，大眼睛水灵灵的，心里更是喜上几分，逢人就夸儿媳能干，有福气，一到家里就有吃有喝，韭菜也长得喜人，吃一口美鲜美鲜的。

锁柱一家有救了，小夫妻俩恩恩爱爱，那个甜蜜就甭说了，小日子过得可美满了。但邻居们可还是过着干渴难熬的时光。一个个面黄肌瘦，昏的昏，死的死，弄得家家户户妻离子散，家破人亡。看到这般情景，锁柱这热心肠的小伙子，再也忍不下去了。他和妻子核计了一阵，又征得娘的同意，就把还有一点力气的人召集到一起，把这个泉眼的来历和媳妇的来历，含着眼泪对乡亲们说了。最后说：“父老乡亲，请看在我的面上，我走后，把我的老娘照顾好，我也就没有什么挂念的了。”说罢向乡亲们拜了拜，又跑到母亲的面前，双膝跪下，小两口眼泪巴巴地说：“娘，俺俩走了，您要多保重。”接着锁柱又说：“娘，您的养育之恩，为儿怕是报答不上了。”

一席话说的老母亲心如刀割，泪如雨下，母子三人顿时抱成一团，痛哭一场。

哭了一会儿，小两口领着父老乡亲向泉眼走去。来到泉眼跟前，拿掉盖在它上面的草棵，清粼粼的泉水露在人们的眼前。人们光顾着盼望已久的泉水，没发现小两口已经变成了蛤蟆，两只蛤蟆双双蹲在草棵里“呱呱”叫上几声，便跳到别处去了。大家心里一阵难过，都落下泪来。

早已渴得难受的人，喝了泉眼水，死里逃生。回去后，都十分孝敬锁柱老母。

花开两朵表一枝。单说天庭上有两条青龙犯了天规，被打发下界，到了凡界，仍然为非作歹。这一天，它俩也干渴得难熬，听说韭菜沟有一眼泉眼，人们都不受大旱的威胁，它俩腾云驾雾来到这里。见这里的人们个个精神，挑着泉水浇地，禾苗茁壮，绿油油的，很眼气，便想霸占泉眼，一则可以解掉自己的干渴之困，二则可以显显自己的本领，让穷百姓向它求拜，让他们整天整夜地在干渴中熬煎。

这天，人们正在泉眼旁祭奠锁柱夫妇，突然从西南方向来了一股铺天盖地的大旋风，直刮得天昏地暗，树叶、树枝满天横飞，几家房舍也险些刮倒，旋风之中露出俩龙头。大伙跟头把式地逃回了家，等风一停，再一看泉眼没有了，人们又过上了以前那种滴水不见的日子。

再说，锁柱夫妻俩见那泉眼被龙霸占之后，人们在受难，实在不忍心，他们俩又使开了自己的能耐，白天黑夜地从地上钻到地下，又从地下钻到地上，又不知过了多少天，终于倒出来了一个泉眼，亮晶晶的泉水又流出来了。人们知道这个消息后，手里拿着香，到泉眼前烧，丝丝缕缕的香烟在泉眼四周升腾。不一会，泉眼里蹦出了两只蛤蟆，直向大伙点头。不用说，大伙都知道这是锁柱夫妇。

再说那两条大龙，一听到沟头又出来一个泉眼，就恨得直咬牙，作恶的本性使它们狂叫起来，张开血盆大口，杀气腾腾地向泉眼奔来，又把泉眼死死地守住，不准任何人动。谁也不敢靠前，一靠前，不是被恶龙咬伤，就是咬死。两只蛤蟆可犯了愁，不知道怎样才能斗过恶龙。

想了二九一十八天，也没想出个好招，只好再凭着力气倒泉眼。它们俩钻啊钻，钻出一个被恶龙霸占一个，钻两个被恶龙霸占一双。结果，蛤蟆钻出的泉眼，全被龙尾巴甩来泥土盖上了。今天的那个山帽，便是龙尾扫来泥土堆成的。

这对夫妇一看，自己累死累活拼命干，也没啥用，正在无计可施的时候，倒泉眼为人们造福的事，感动了土地神，土地神送给他们两把降龙锁，教给他们几句咒语。他俩谢过土地神，各去一方，又开始钻洞，当泉水流出来的时候，恶龙又要去霸占，一人抛出一把锁，口中念道："金锁银锁降龙锁，锁住恶龙是好锁，好锁好锁是神仙，快叫恶龙变成山。"只听"咔嚓"一声，两条龙果然被锁住了，变成两座大山，分布在两个泉眼的两侧。

从此，人们不再受干旱的威胁。为了纪念好心的锁柱夫妇，便把这两个泉眼叫做"东蛤蟆泉眼""西蛤蟆泉眼"，又把泉眼两侧的山合称"二龙山"。

讲述：王素兰　女　农民

记录：纪连生　孟丽蓉

1983年10月采录于猴石镇长龙村3组

千斤庙

相传古代有个书生姓陈，在家十年寒窗苦读圣贤书。这一年正赶上大比之年，陈书生离家上路前往京城应试。

这一天，陈书生走在路上，只见路旁山高林密，别有一番景致。陈书生正观赏这路旁美景，忽听前面有人高喊“救命”。他停住脚步抬头一看，只见一个年轻女子慌慌张张地迎面跑来，后面有两个穿长褂的公子模样的人正在追赶。这件事要让别人遇上还真不一定敢管，只因陈书生自幼练得一身好本领，又有一副好心肠，从来都是路见不平拔刀相助的，今日之事岂能不管？他急忙迎上前去，让过年轻女子，路中站定，大喊一声：“青天白日，休得无礼！”两个穿长褂的追得正起劲，眼看美人就要到手，不想半路杀出个程咬金来，心中恼恨，其中一个开口道：“哎，你是干什么的？狗咬耗子多管闲事。”

陈书生说：“我倒要问问你们，为啥追赶这一女子？”另一个露着一口大黄牙嘿嘿一笑：“老子看上她了，想要找她解解闷，你管得着吗？”陈书生一听火冒三丈：“大胆！你们光天化日之下，追赶良家女子，我岂能不管！”那两个家伙一递眼色，就向陈书生扑来，陈书生接架相还。只几个回合，那两个家伙就被打倒在地。这两个家伙一看不是对手，连忙跪地求饶：“我们有眼无珠，多有冒犯，请相公饶命，今后再也不敢了。”陈书生将说完一个“滚”字，这两个家伙便连滚带爬地跑了。

这时，得了救的年轻女子跪在陈书生的面前说：“相公，多亏您救了我。”陈书生急忙把她扶起来说：“区区小事，不成一谢，你回家去吧。”年轻女子一听到“家”字，两行眼泪夺眶而出：“我没有家了，父亲在我出生不久就累死了，母亲在两个月前也病死了，我孤身一人住在邻居家。刚才这两个一个叫张五，一个叫李六，是本地两个财主的儿子。这两个混蛋专干拈花恋草的事，也不知有多少良家女子被他们糟蹋了。这些天，他们俩总是缠着我，刚才要不是你……”陈书生说：“那你打算咋办哪？”年轻女子说：“我也不知道。”这下陈书生可为难了。年轻女子一看陈书生为了难，急忙说：“相公，您救人救到底，您带我走吧？”陈书生说：“我是去京城赶考，怎么能带你呀？”年轻女子“扑通”一声跪在了地上：“相公，我看出来你是好人，你要不嫌弃的话就收下我吧，我愿意侍候你一辈子，报答你的救命之恩。”陈书生说：“今日之事，我是路见不平挺身相助。救你并不是为了你的任何报答，我要是收下你岂不被世人耻笑？”年轻女子听到这话，站起身来说：“大哥，你真是个大好人。可是你不收我，我孤身一个女子无依无靠，你一走那两个混蛋还欺负我，我也就只有一死了。”陈书生见她说得既恳切又可怜，而且句句是实情，不按她说的办也真没有别的办法，便说：“我刚才路过一座尼姑庙，我看你去到庙里暂避一时，待我赶考回来，到庙中看你。”年轻女子破涕为笑，说：“你要考上了状元可别把我忘了。”陈书生说：“我要是考不中哪？”“我把自己许配给你，一是看你心好，二为报答你的相救之恩，我不管什么状元不状元。”“咱们一言为定，海枯石烂不变心。”二人海誓山盟，说说笑笑。陈书生带着姑娘来到尼姑庙，安置好了之后便赶路奔京城去了。

陈书生走后，姑娘每天都站在庙门前一块四尺多长的青石头上眺望，盼着陈书生归来。一百多天以后，陈书生金榜题名，考中头名状元，带着凤冠霞帔，领着人马来接姑娘。可是姑娘已经不在了。老尼姑告诉陈书生：“你走后两个月的一天上午，张五、李六来到庙里把姑娘给糟蹋了。他们走后，姑娘叫着你的名字，说了一声‘我对不起你！’便一头撞死在庙前的青石上。”

陈书生听了老尼姑的哭诉，强忍悲痛，派人把张五和李六抓来，就在姑娘坟前处决了这两个坏蛋，并用自己的中指血在青石上写了“千斤庙”三个大字。姑娘住过的尼姑庙就这样以“千斤庙”的名字被人们叫开了。青石上血写的字，年深日久，风吹雨淋，已经不存在了。可是这块青石，现在还完整无缺地卧在大阳镇境内石场沟的南山上。

讲述：赵宝春　朱士元

记录：于政清　刘玉文

1981年12月采录于大阳镇同兴村

钱园子

东丰县沙河镇东面有个土地肥沃的小山沟。春天别人刚插犁，这儿的苗儿都拱土了。所以这里很富裕，人们称它是“钱园子”。提起这个名字，还真有点来历呢。

很久以前这里叫“小南沟”，沟里只住着一户人家。家里三口人，老伴去世了，老头领着两个儿子过活。爹爹和老大天不亮就下地，老二总是磨磨蹭蹭，等他揉着眼睛爬起来的时候，爷俩已经铲了几条垅了。一天，老二懒洋洋地锄地，忽然，锄头好像碰上了什么东西，他好奇地用手挖了起来，一捧土、两捧土、三捧土……竟挖出一个小坛坛。他小心地捧出坛坛，打开一看，里边装着满满的一坛银子！他抱上银子就跑了。

从此他带着银子，吃喝玩乐，赌耍宿娼。一年过去了，他囊空袋净。他又到地里不管三七二十一地挖了起来，把爹爹、哥哥精心莳弄的庄稼都毁坏了。他挖啊挖，总希望再挖出一坛银子来。一天又一天，他从自己家的园子挖到园外，从园外又挖到山上，把能翻的地都翻了一个个儿。重新补种的庄稼都长高了，他也没能挖出第二个银坛来。他爹爹、哥哥心里都纳闷儿。老爹爹看到二儿子翻过的荒地，露出了黑油油的肥土，他就把翻过的地都种上了庄稼。

老二什么也没挖着，连累带上火竟病倒了。在炕上躺了四五个月，等他病好，出去一看，自己挖过的地方，变成一片金黄。他明白了，乐呵呵地和爹爹、哥哥一起去收拾庄稼。这一年，他家的粮食多得没处放。留下自己家吃的，剩下的粮食，爷三个背到集上卖了，换回了能装几个坛坛的银子，老二开心地笑了。

讲述： 杨玉森　农民
记录： 李凤春

1981 年 10 月采录于沙河镇永丰 1 组

茶碗沟

据说在汉武帝时，有个武将为了讨好汉武帝，决定用稀奇的猎物进贡。一天，他率领一千人马出外打猎，到了太阳偏西的时候，连一只兔子也没打着。这个武将就命令兵士扎营。他气呼呼地走出营寨闯进山下的一个屯子里，当他路过一家茶碗店时，突然看见一位泼水的漂亮姑娘，于是兽性发作，一边狂笑，一边朝姑娘扑去。姑娘和老妈妈虽然拼死搏斗，终因体弱力薄，老妈妈被武将踢死，姑娘被武将糟蹋了。

第二天一大早，姑娘掩埋好妈妈的尸体，回到茶碗店，又为过路人沏了两大缸茶水。姑娘从缸里舀出一碗，走到井边，一口气喝下半碗茶水，然后把碗放在井台上便投井自尽了。后来，人们为了纪念这位惨遭不幸的好心姑娘，便把这个地方称为“茶碗沟”。这个传说，一直流传至今。

讲述：中国山　农民

记录：于政清

1982 年 1 月采录于大阳镇茶碗沟

碾子沟

那是在开荒占草的时候，碾子沟里先后搬来了几户人家，形成一个小小的村落。他们没有农具，就刀耕火种；没有房子，就搭地窨子。这都不算啥，惟独在粮食收下来的时候，人们却添了一股愁肠：没有碾子没有磨呢！总不能带皮吃吧？有的人实在无奈，只得用石杵捣米，用鞋底搓，煮出来的饭呀，直扎嘴。

地主刘大晃见此情景，心里暗暗欢喜。他家有一盘碾子呀，他开起了碾房，碾一斗米得交一升。尽管加工费高得惊人，乡亲们也忍痛去碾。就这样，只一年的工夫，刘大晃就白白赚了两仓粮食。

碾房的长工叫“站住”，他一边推着碾子一边想：早晚有一天要让这些穷哥们使上自己的碾子。心里暗暗地骂刘大晃狠毒。他推着推着推不动了，坐在一边抽着烟，想着心事。这时刘大晃摇摇晃晃地走了进来，他见“站住”坐在那里，牛眼珠子一瞪：“你他妈的偷懒，快干！”上去一脚，踢在“站住”的胸口，“站住”顿时昏了过去。乡亲们闻讯赶来，七手八脚把“站住”抬了出去。这下可犯了众怒，乡亲们约定好，谁也不到刘家碾米了。

“站住”爷爷老李头看见乡亲们请医的请医，送药的送药，又把孙子给救过来了，感动得老泪横流，他颤抖地向众乡亲作了个揖：“别看我年过八十，耳聋眼花，拿不动锤子。我早年当过石匠，我一定要给众乡亲凿一盘好碾子。”说罢领几个小伙子上山选石料去了。

他们满山地转呀转，九个山包都跑遍了，也没挑上一块像样的石头，全是风化石。李石匠失望地回到家中，闷闷不乐地抱起了石杵。

财主刘大晃听到这信儿，连后脑勺都乐开了花：“这些穷鬼还想使碾子？哼！做梦吧！”他假惺惺地提了两包点心，来到“站住”家，阴阳怪气地说：“上回是我失了手，打了长工，以后我再也不打长工了，希望大伙还用我的碾子吧。”乡亲们你瞅瞅我，我看看你，都咬住嘴唇不吭声。“站住”“啪”地把石锤使劲一捣：“俺们就是连皮吃，也不用你刘家的碾子啦！”

从此以后，刘大晃的碾房布满了蜘蛛网儿，再也挣不到昧心钱了。

转眼到了十五，银亮亮的月光洒满大地，“冬冬冬，梆梆梆”，劳累了一天的人们坐在月光里，埋头捣米。忽然，好似一条金线断了一样，一条火花划破夜空。“站住”大喊了一声：“星星！快看，星星！”话音还没落，人们只觉大地一颠，轰的一声巨响，一块大石头从天而降，砸在不远的山坡上，砸进土里半截子。乡亲们一拥而上，围住了这块大石头，详察细看。

“快看，这还有字哪。”李石匠惊叫起来，只见在平板石面上镌刻着二八一十六个大字：“民家无碾，上苍有灵，落此宝石，石碾可成。”人们纷纷跪下叩头，好像玉皇大帝驾到一般。

刘大晃听见这桩怪事，也顾不得慢慢晃晃，三步并做两步，分开众人，两手搂住石头：“这是我家的！”好像拣了个金元宝。

“怎么，这也是你的？山是你的，天上掉一块石头也是你的？”大家七嘴八舌地嚷着。“落在我的地上，就是我的。”刘大晃要开了无赖。

乡亲们哈哈大笑起来：“刘大爷你来看，这上面有字，你敢违背天意？”刘大晃伸长脖子一看，顿时像一瓢凉水浇下来，只见大石头上仍是十六个字，不过意思变了：“施福民间，万民所用，心怀叵测，五雷轰顶。”哎，这偈语还会变，大家都丈二和尚，摸不着头脑。

李石匠要凿石碾了。这石头真硬呀，凿一下，一串火星，凿两下，两条白沟。不知凿秃了多少把凿子，整整凿了七七四十九天，到底凿成了。一头是十六个字的天偈，一头是太阳和月亮。乡亲们对石碾拜了四拜，欢欢喜喜地把石碾安上，碾起米来。

真怪，偌大个碾子，少说也有千斤重，可是用起来，根本不用驴马拉，也不用推，只要把粮食一放到碾盘上，就会有一阵阵微风徐徐刮来，碾子就轻轻地转了起来。糠、皮被风儿吹掉，露出白刷刷金灿灿的米粒。放进锅里煮上，香味便四下飘散。

人人都欢喜，可差点没气破刘大晃的肚皮。他不敢霸占神碾，他怕五雷轰顶。有一天，他摇摇晃晃来到碾子房。“站住”看碾谷子。啊？怎么回事，碾子上全是金沙子。明明倒上去的是谷子嘛！莫不是眼花了。刘大晃揉了揉狗眼，抓起了一把又仔细看看，真是金沙呀，黄登登直耀眼。他看了看，心痒痒起来。

“小‘站住’，这金沙给我一把吧？”

“哎，那可不行，我妈妈还等我回去煮饭呢。”

刘大晃咽了一口唾沫，两手搓了又搓，眼睛都直了。

“哎，小‘站住’啊，这么吧，我用一斗谷子换你一把小米行不行？”“站住”点点头。刘大晃跟头把式地回了家，叫长工扛来一面袋谷子倒在小“站住”的布袋里，抓起了一把金沙又觉得不够本，用两手捧了一把，哎呀！这把金沙能买多少谷子呀！刘大晃乐懵了头，叫管家贴了告示：凡是在神碾上碾的米，一把都可以和他换一斗米。很快的刘大晃开碾房赚下的两仓粮食又回到乡亲们手中。刘大晃换回了半袋金沙，半袋银沙。

刘大晃发财了。他兴冲冲地背上金子和银子来到街上，想要买下五间房、三套马车和一方地，待讲好了价钱，他抓出一把金沙。咦，这哪是金沙，这不是黄土粒子嘛！刘大晃傻了眼，天在旋，地在转。天哪，这是咋的啦？

刘大晃趔趔趄趄回到了家，到碾盘上一看，这哪是什么金子、银子，全都是五谷杂粮嘛？刘大晃一头栽在炕上，一病不起，不久就一命呜呼了。

原来立碾子的地方，现在是村里的磨米机房，人们忘不了这碾子的故事，就把这儿叫“碾子沟”。

讲述： 赵学义　农民

记录： 李晓丰

1982年7月采录于沙河镇乡盈仓村2组

三家窝棚

从前，有一伙闯关东的人，领头的叫许庆山，和另外两家一块来到东丰县的一个地方落了脚。许庆山为人正直，一副热心肠，有谁欺负了穷哥们儿，便路见不平，拔刀相助，乡亲们有什么事也都找他合计。这次到东北来，就是许庆山的主意。春天小麦歉收，人们吃红薯秧充饥，可财主们还借灾年，变本加厉地敲榨穷苦百姓，把多年陈积的霉小麦当好麦子借给人们，新麦一割要三顶一地还他的债。新麦子是播下去了，可一连十几天没下雨，那小苗用火柴都能点着，眼看吃饭的希望又落空了，加上人们又欠下了一笔阎王债，怎么办？许庆山和大家一商量，把那个坏得透顶的地主家，一把火烧了个精光，连夜出走了。

他们在这里落脚了。许庆山带着小伙子们到山上砍了些木头，在草地上盖了三间土房，这三户人家就这样安下身来。

可是，天下乌鸦一般黑，哪里都有两条腿的野兽。没过多久，这三家组成的小屯落，便被本地的一个坏小子田七发现了。这田七在本地方圆百里也算一霸，专门儿勾结地痞，欺压穷人。这一天，他带着一群喽啰出来打猎，忽然发现这里不知是什么时候，多了一个小屯落！唔，好久没进山了，进山就有发现！你看那缕缕炊烟，鸡唱鹅鸣，一排排绿色的树墙。再看那新开垦的土地上，小苗长得绿油油的，把他气得什么似的！“哼，这不行？没有我田七爷的准许，谁敢到这里来安家？一定想办法治治这群胆大包天的人。”

他带着喽啰走下山来，吆三喝四，把许庆山他们三家人，从屋里赶了出来，逼着他们扒房子。说那山上木头都姓田，没经他允许一棵也不准动！否则，就把他们赶出去。其实，就是不把他们赶出去，扒了房子又上哪里去住呢？许庆山心里一合计，扒就扒，把木头还给他，再想别的办法。

把房木扒下来，那狠毒的田七一把火烧了个干净。临走，还恶狠狠地说：“你们要再动山上的一根木头，我就连你们一起烧死。

不动木头，咱啥说的没有！”

许庆山当天晚上和乡亲们从河套边割来了柳条子，一把一把地捆在一起，又一捆一捆地用牤牛卡架式地支起了三座小窝棚，顶上抹一层泥，苫点青草。就这样，没用一根木头，盖成了三家窝棚。

打那以后，田七又来了几次，看着这三家奇怪的住房，因为有言在先，气得他一句话也说不出来。

以后，这里水肥、土肥，搬来的人逐渐多了起来，形成了一个自然的村落。田七怕人多势众，再也没敢来找茬儿。三家窝棚这个地名一直叫到现在。

讲述：赵吉祥　农民

记录：李凤春

1982年2月采录于沙河镇庆余村3组

金家沟

在老些年以前，这里还是一片大沟，沟的两旁长满了鲜花野草。沟里住着几十户人家，靠租种地主王老三的土地维持生活。

地主王老三，五十多岁，圆脸、高鼻梁、小黑胡。家里虽有大小老婆五个，可谁家有个好姑娘，他还是想方设法把她弄到手。

单说这一年，老天爷从五月端阳开始下大雨，一直下到八月中秋。这一年，百姓们一粒也没收，可王老三逼债一点儿也不含糊。

屯里住着一户姓金的老头，家里三口人，老夫妻和一个姑娘。姑娘这年二九一十八岁，瓜子脸，柳叶眉，大眼睛，小口薄嘴唇，俊俏聪明伶俐。王老三几次托人上门求婚，都被金家拒绝。

这一天，王老三带一伙家人到了金家收租。管家大算盘一拨拉，三年一共欠债少租一百两白银和三十万石粮食。金老汉一听欠了这么多，只好再说一次小话。王老三小三角眼一眯说："金老爷子还不起债不要紧，把你女儿送进我家，就算顶债交租，你看如何呀?"金老汉摇了摇头。王老三说："不同意吗？好吧，限你三日之内把全部欠债租税还清，不然的话，哼!"说着走出了屋子。

王老三走远了，姑娘和金老太忙跑出来问起收租的事儿，金老汉一五一十地一说，姑娘一听眼泪可就下来了。姑娘趴在炕上越哭声越小，哭着哭着睡着了。朦胧中，仿佛打外边走进一老者，鹤发童颜，腰系葫芦，右手拄着龙头拐杖，左手从葫芦里掏出一个手帕，递给姑娘说："姑娘，你不必愁。手帕上画着条蛇，这条蛇能给百姓除害，给小姐解难！手帕里包着五十两白银是分给众乡亲们的。"说罢金光一闪，老者不见了。姑娘猛然惊醒，发现手里果然有条画着蛇的手帕，手帕里面包着五十两白银。姑娘觉得非常奇怪，急忙对二老说明刚才梦中的经过。二老又惊又喜。三人把手帕里的白银当夜分给了众乡亲。

第三天，王老三果真带一伙人抬着轿来了，一进院就指着账单子对金老汉说："怎么样？拿姑娘顶债吧。"说着把手一招，众人把姑娘拖到轿上。

回到家，拜完了天地，入了洞房。由于姑娘心里着急，刚进洞房就把兜里的手帕拿出来一抖搂，跑出了一条毒蛇直奔王老三。王老三只觉得一股冷气奔自己的面门窜来，还没有等弄清是怎么回事呢，前胸就被蛇重重地咬了一口，霎时乌血流了出来，不一会儿就没命了。

这时，王二带一伙人进来了。姑娘知道王二是王老三的走狗，他看到这种情景一定折磨自己，自己又打不过他，无奈一头撞在了墙上。王二一看主人已经死了，便偷偷地逃走了。全屯的人们为了纪念姑娘为百姓除害，叫后人都知道这个故事，便一辈传一辈地传下来，并把这趟沟取名叫“金家沟”。

讲述：谭大伯　68岁　农民

记录：张引索

1986年3月采录于大兴镇安胜村6组

牛鼻子沟

东丰四平镇境内，哑巴岭下有条沟，叫“牛鼻子沟”。当人们走进这条沟时，就能看见正梁上的山帽呈牛鼻子形。

很久以前，有一座大山，名叫“富山”。富山屯住着几十户人家。这里山富土肥，家家户户日子都过得比较富裕，那时方圆多少里，只有一口能出水的井。屯里有个姓陈的财主，为人凶狠刁猾，曾经拜过师，学过艺，会一些魔法，为此屯里的人都挺怕他。他就仗着这一手，霸占了整个山村土地，穷人成了他家的长工。

单说在佃户中有一个十一二岁的小孩，父母都被陈财主给逼死了，不到六岁就被拉来给陈家放牛顶债。屯里的人们管他叫“苦娃子”。一天陈财主对苦娃子说：“你今天不用放牛了，到外边去给我找水去，找不到水，就别回来吃饭。”苦娃子顶着北风，忍着饥饿，来到了深山。到哪去找水呢？他不知走了多少路，爬了多少岭，连饿加累，一下子昏倒了。“苦娃子，苦娃子！”在昏迷中，他好像听到有人在喊他。

他睁开了眼，看到一朵小白花，十分好看。他勉强站起来，再看那小花，没有了，却站着一个十六七岁的姑娘。姑娘美丽动人，手里提着一个篮子，装着香喷喷的白米饭。她来到苦娃身边，对苦娃说：“小弟弟，快吃吧。”苦娃子望了一眼姑娘，眼里的泪水不知不觉地流了出来。待他擦干眼泪，一抬头，发现姑娘没了，旁边的小草上插着一张纸条。他急忙拿起，只听纸上发出了声音：“我叫山泉花，家住红石下，有事要找我，请到我的家。”

苦娃听完，如梦方醒，原来是山泉仙子来帮助他了。于是他顾不上吃饭，翻山越岭，找啊找，终于发现了那块红石。他用力揭开红石，一股清凉的山泉从石下流了出来。他高兴地唱呀跳啊，然后跪在地上向山泉仙子说：“山泉姐，你真好！苦娃不要金和银，只求米饭给一担。”说完就见从泉水中浮出一副木桶，桶里装满了白米饭。苦娃一见十分高兴，挑着担子回了屯。从此，苦娃每天都来给乡亲们取饭和水。时间一长，哪有不透风的墙！一天，苦娃刚把饭桶挑起来，只见陈财主站在面前，他冷笑一声，一巴掌把苦娃打倒，抢过了饭担说："山是我的山，原来你在我的山上偷饭吃呀。"苦娃一听，愤怒地冲到财主面前同他相拼。可财主的心都是狼心，小苦娃终因身小体弱，被财主活活打死了。

财主一看苦娃死了，得意地一晃脑袋，走到泉边，揭开红石，对着山泉说道："好山泉，山泉好，什么米饭我不要，只要金银和财宝，仙子出世更是好。"刚说完，一座金山涌出山泉，财主一见就冲上去了。这时只听一声怒吼："住手！"财主定睛一看是美丽的山泉仙子，他的鬼主意又冒了出来，只听他"嘿！嘿！嘿！"一笑，上前就想抓仙子，可是怎么也抓不住，他又去抓金山，仙子用手一指说道："你听着，你欺压百姓，无恶不作，今天就是你的末日！金山是属于那些自食其力的人的，不是你的！"

陈财主一听，生怕金山跑了，使出了魔法，摇身变成了一头青牛，妄想把泉水全喝干。这时仙子用手一指金山，说声："变！"金山就变成了大山，把财主压在了泉上。仙子一看泉水不流了，又说声："流！"泉水竟从牛鼻子里流了出来，冲出了两道沟，顺着沟流下了山，汇成一条大水溪。苦娃子生前的愿望实现了，人们又过上了好日子。这个沟就叫"牛鼻子沟"。

讲述：周福生　农民

记录：许　芳

1985 年 11 月采录于四平镇

太平沟

东丰县城西，有个大山沟子，沟里沟外灌木丛生。从前这里总闹事，大伙都叫它“闹事沟”。

在沟的深处住着两户人家，一家姓王，一家姓崔。王家老两口子领着个儿子过日子，因为老两口子都向往着过太平日子，就给儿子起名叫王太平。崔家是一位四十来岁的母亲领一个十七八岁的姑娘过日子。母女俩相依为命。那姑娘取了一个好名字，叫“参花”。两家住得很近，放个屁的工夫就能打几个来回。两家住得近，处得更近。有时崔家有啥重活参花就找太平帮做，一来二去，太平也就主动去了，两个年轻人渐渐有了感情。

太平爹是个出名的猎手，飞禽走兽不知叫他打了多少。这一年秋天，王太平跟他爹上山打死了一只老虎，把老虎弄回来后，按老规矩分给乡亲们吃，只剩下了一张虎皮。

太平说：“把这张虎皮给俺大婶家用吧。”妈妈赞同道：“对，给他们吧，省得挨冷受冻的。”就这样，虎皮给了崔家母女俩。

王家打死了虎，没几天的工夫传出了五十里，谁知这件事却引来一场大祸。这天深夜，参花母女早已熟睡。突然房门“当”的一声响，三个大汉，举着大刀闯进屋里。母女俩吓得不知所措。参花妈定神一看，为首的是无恶不作的土匪头子，外号叫“大铁青”。这里的妇女只要一冲孩子说“大铁青”来了，准把不听话的孩子吓得老老实实。

“把虎皮拿出来。”参花妈硬着头皮拿出来。参花哪能舍得给啊？那是谁给的呀！她转过头来瞅了妈一眼。妈妈也不管姑娘是不是同意，反正就这么做了。当姑娘转过脸时，大铁青一眼看到了参花美丽的小脸，不由得兽性发作：“来，小姑娘！”说着话一高窜上了炕。“啊——！”参花惊叫着，挣扎着，但往哪儿躲啊？

这时候，就听“轰轰”两声响，守门的两个家伙应声倒下，接着一个人抱着猎枪奔大铁青冲去，大铁青一看不好，松开参花，和来人打在一起。参花一看正是太平哥。

原来，太平也正在梦中，一声门响把他惊醒。他刚穿好衣服，就听“啊”的一声惨叫。太平知道不好，从墙上摘下猎枪，悄悄地奔崔家去了。不等走近就发现有两个人往屋里瞅，他断定是土匪，就给他们一人一枪。王太平和大铁青打在一起，大铁青身高力大，武艺又高，王太平才十八岁，哪是他的对手啊！没几个回合，大铁青把太平打翻在地，鬼头刀向太平的脑袋砍去，太平把头往回一缩，砍下了一块头皮，昏死过去。大铁青举刀再砍，正在这时，参花在大铁青的背后举起一个罐子朝他脑袋猛砸过去。大铁青只觉得脑袋一热，鬼头刀一收砍死了参花姑娘。大铁青拿起虎皮，窜进了密林深山。等太平爹赶来时，大铁青早已无影无踪了。参花妈受到惊吓再也没有醒过来。

太平醒过来了，哭着要去追大铁青报仇。尽管乡亲们劝说，他还是配上一口刀，扛着猎枪追去了。他穿过一片片树林，翻过一道道岗，在一块大石上坐了下来，石上有一汪清水，就捧了几捧喝。他太累了，不一会儿似乎睡着了。他梦见一位白胡子老人，老人说：“小太平，你能打过大铁青吗？咋不学武艺，再报深仇呢？”说完老人不见了。王太平醒后，仔细一想，很有道理，于是决定去学武艺。

三年后，王太平回来了。到了家才知道，爹在他走不久就死了。母亲也盼儿盼瞎了双眼。太平含着泪对妈妈说：“妈，孩儿回来啦。”妈妈抚摸着儿子的头痛哭了一场。太平又到参花的坟前哭道：“妹妹，哥回来了，就要为你报仇了。”

王太平回来后，都传说他在外地发了大财。话没长腿，跑得可快，没几天工夫就传到大铁青耳朵里了。一天夜里，王太平的房门又被砸开，一下子冲进五六个拿刀的家伙。这帮家伙一见屋里没人，正想撤，突然在门后有人高喊一声：“哪里逃！”王太平看得清楚，为首的正是杀了参花、抢走虎皮的土匪头子大铁青。仇人相见，分外眼红。太平抛出几把飞刀，几个土匪便都应声倒下。大铁青一看惟独自己没伤着，举刀就砍。王太平并不躲闪，刀下窜出一串串火星子，震得大铁青的双手发麻，鬼头刀落在地上。大铁青刚想逃，王太平绳子一甩，大铁青被结结实实地捆上了。天亮了，乡亲们纷纷赶来。王太平拖着大铁青来到参花坟前，对着姑娘的坟说：“妹妹，你看吧，哥哥为你报仇了！”说完，太平将大铁青的头砍了下来。

从此，这条沟就平安了。人们又把“闹事沟”改为“太平沟”。

讲述：廖兴国　59 岁　农民

记录：孙凤歧

1985 年 10 月采录于猴石镇光明村 5 组

黑鱼沟

不知是多少年以前，沙河镇一带人家不多。有一条小河，河南沿儿有一户人家，河北沿儿有两户人家。靠山吃山，靠水吃水。山上有用不完的山珍，水里有尺把长的大鱼。家家富裕，户户和睦，户与户之间礼尚往来，喜事相庆，丧事相吊，过着丰衣足食的生活。

河南沿儿这家姓吴。家中老两口，只有一女，名叫玉花，年方一十八岁，长得俊俏，心地也好。玉花父母体弱多病，全靠玉花家里外头忙活。几年过去了，玉花对父亲、母亲的照顾无微不至，端屎端尿，从来不发一句怨言。父亲腿脚不好，挑水、打柴全靠玉花一个人。几个提亲的，都夸玉花的孝敬劲。可小伙一打听，玉花的条件是要男方到玉花家侍奉老人，便皱着眉头叹息着走开了。只有河北沿儿的张忠厚真心爱着玉花。张忠厚一年到头，有空就到玉花家帮着打柴、挑水、侍弄庄稼。天长日久，两人真心相爱起来。

这年夏天，从铲头遍地开始，小雨就下个不停。等地喝饱了以后，又连下了几天暴雨，地里的庄稼全淹死了。

玉花家在河南沿，地势低洼，水上得快，两间草房泡在水里，张忠厚心急火燎。

晚上，张忠厚躺在床上翻来覆去睡不着，心里惦记着玉花，更惦记着玉花父母。一骨碌爬起来，趟过了齐腰深的小河，来到了玉花家，见玉花正准备背母亲走，可父亲的腿病又犯了，连抬腿都费劲。玉花急得团团转，见忠厚来了，喜出望外，叫忠厚背着母亲，她扶着父亲，走出房门。可是已经晚了，只见房门外黑乎乎的一片，向小房压来，怎么办？玉花急中生智，忙把父亲和母亲放在两扇门板上。

说来也怪，这水在院外呼啸着冲过去，就是不进院。

天渐渐亮了，水也渐渐消了。

这时，河北沿的人也都赶来了。等他们来到一看，不禁愣住了，只见玉花家房子周围净是鱼，那鱼也奇怪，全是清一色的大黑鱼棒子，一个压一个，一个挨一个，组成了一道鱼墙。说来也神，那水就是淹不到房子，原来是这群不知从那里冲来的大黑鱼救了玉花家。大家都说这是玉花孝敬父母，才得到的好报应。

从此，这些大黑鱼便在这小河沟里安了家，这河叫成了黑鱼沟。这三户人家，自从发生了这段奇事以后，在河沟里捉出黑鱼立刻放掉，不忍心吃它们。

又一年，天大旱，河床被太阳晒得干裂，那黑鱼都被晒死在河床上。玉花和大家一起把这干死的鱼收拾起来，在河北沿儿的一个小山坡上埋了座黑鱼坟。每逢年节，来到坟上烧香上供，奉若神明。不知过了多长时间，那埋鱼的地方石头都变成了黑色。这黑色鱼坟也像长满了黑鱼鳞，变成了一块黑石头。从那以后，这小河没水了，更没有鱼了，可黑鱼沟这地方的人们还这样叫它，河北沿儿有黑石头的地方就叫成黑鱼石了。

讲述：史耀太　72岁　农民

记录：李凤春

1983年2月采录于沙河镇乡友好村

红石砬子洞

红石砬子洞，宽三丈，深两丈。要提起这个洞来，还有一段传说呢。

距今三百多年前，这座山下有一个村庄。这个村子里的乡亲都是以打猎为生。猎户们有一条规矩：不许打梅花鹿。他们把梅花鹿看成是吉祥之兽，谁要是犯了这条规矩，猎户们就要扯坏他的弓箭，不许他再打猎了。

这里的猎手中有一个叫张彪的，因他独自一人劈过三百斤的一头野猪，被猎手们推举为头。

有一年，山沟里开进一队清兵。他们在沟口扎下营盘，贴出了告示：不准猎手们再上山打猎了，这一带是皇帝的围场。这一下可苦了猎人，他们含着眼泪离开了林子，到山下种地去了。

这一年，八月中秋到了，张彪想给乡亲们打点野味过节，便一个人上了山。他在山上转悠了大半天，才打着一只狍子。他正向挣扎的狍子跑去，忽然顺着山风听见一片人喊马嘶声。“噢！又是清兵来围猎了，不好，不快跑连我也被围住了。”狍子见他一愣神的工夫，一瘸一拐地跑开了。正当他哈下腰，准备钻进那片密不透风的荒草时，只见不远的地方有一只肥大的梅花鹿，拖着大肚子，一瘸一拐地跑了过来。鹿腿上还扎着明晃晃的龙头金箭，箭根下血一滴一滴地淌着。鹿跑到离他不远的白桦树下就趴下了，瞅着张彪“啾哇，啾哇”地叫唤，眼角淌出了泪水。张彪一个箭步跳到鹿的身旁，拔下金箭，把鹿驮在肩上，钻进了山林。顺着陡坡，向山上爬去。快到山顶了，一根野藤垂下来。他拽住藤蔓一使劲，野藤断了，张彪和鹿一起轱辘到了山腰。张彪爬了起来，又去背那头母鹿，只见母鹿肚子一阵乱颤，四蹄抓挠几下，一头小鹿生下来了。他想要不赶快翻过去，叫清兵的人马追上，人和鹿全都性命难保哇！正在这当儿，一阵大风刮来，张彪身旁的一排野藤悠荡了一下，露出了一个黑幽幽的洞口。张彪眼睛一亮，撩起野藤帘子一看，喝！好大个洞啊。急忙抽刀断了鹿脐带，将仔鹿抱进洞里，又出去抱回了母鹿。他一哈腰的时候，从口袋里掉出来了一块白白的石头来，那是火石，准备打火做饭或晚间生火防野兽的。他正拣火石，只见母鹿卧倒的那一片草上，离离拉拉全是血。再看来的道上草叶上也沾上了血。他看了看风向，又看看刚拣起的火石，想起了一个主意。他飞似地窜下沟底，拣了一抱干树枝，扯了一把黄草叶，打着了火石。不一会儿，浓烟滚滚，火越烧越大，借着山风，刮向清兵围猎队。到手的鹿他们没逮着，叫大火烧了个乌眼青，非常扫兴地收兵了。

傍晚，天空飘来一片乌云，瓢泼大雨浇了下来，火熄灭了。山上的石头吱吱啦啦乱响，一团团乳白色的烟雾罩住了山头。等烟雾散开，哈！石头都像窑里烧出的砖，变成红色了。从此，人们就管这个洞叫“红石砬子洞”。

讲述：刘明河　65 岁　农民

记录：李晓峰

1983 年 2 月采录于四平镇

豪举峰与鬼子茔

在早，在这梅河北边的葫芦川里，住着四十几户人家，大部分是满汉两族的猎户。头人姓张，名豪举，年九十有二。因他主持公道，十分豪侠，被人们推举为长。

一年春天，沙俄侵略军向村里烧杀过来。豪举老人发现后，立即让村里老小妇幼进山藏起来，自已手提大刀，守在村口桥边。

两个敌兵驱马要过桥，豪举老人愤怒地挥起了大刀，敌兵跌在马下。后面一群敌兵咿哩哇啦扑上来，老人挥起大刀七嗤咔嚓，几个敌兵又倒了下去。一个敌军官在马上“咿哩哇啦”喊了一通，接着砰砰几枪，豪举老人身子一歪，倒在血泊中。众猎户听到枪声知道事情不妙，丢下鹿群飞马回村，只见几个敌兵正抓鸡抢东西，又见豪举老人倒在血泊中。大家怒火满腔，挥刀向敌兵扑去，他们手中大刀上下翻飞，一颗颗敌兵的脑袋滚落在地，敌军官一看事情不好，率兵逃走了。当人们把豪举老人扶起时，他已气绝身亡。人们为了永远怀念这位英雄的老人，把他安葬在这里最高的一座山上，取名“豪举峰”；人们把堆积敌兵尸体的烂泥塘，称为“鬼子茔”。

讲述：董玉喜　王老七

记录：张振龙

1986年7月26日采录于四平镇孤山村

动植物传说

布谷鸟

传说在老老年前，有个山崴子，崴子里住着十几户人家。村西头一家有个七八岁的小姑娘，长得俊俏瘦小，齿白唇红。因家境贫寒，身上穿着一件破烂衣衫，一双没有袜子的小脚，套在一双布鞋里。平日她默默无语，很少和邻居的孩子打交道。她单单和后院的姑姑好，就是遇到了愁事姑姑一来，她会立刻破涕为笑。她的姑姑也非常喜欢她。一年春天，小女孩和姑姑到地里挖野菜，忽然一阵狂风过后，小女孩从地上爬起来一看，四周空荡荡的，姑姑被风卷得无影无踪了。家里人听说小女孩的姑姑被狂风卷走了，便四处去寻找，找了两个多月也没找到。从此，小女孩饭也不吃，觉也不睡，每天哭，日夜思念姑姑。一来二去，小女孩的身体越来越消瘦，渐渐地两个小眼窝陷进去了，不久便离开了人世。小女孩思念姑姑，死后变成了一只布谷鸟，在南山北坡飞来飞去，寻找姑姑，但一直没有找到。从此，每年一到春天，布谷鸟便“咕咕（姑姑）——登登（等等）——”地叫，意思是让她姑姑等一等。

讲述：郭林氏　女　45 岁　农民
记录：郭树仁

1981 年 9 月采录于南屯基镇山青村 3 组

杜鹃鸟

传说，在一个偏僻的山村里，有个名叫杜鹃的姑娘。她家里很穷，一年到头，全靠父母为财主耕田度日。杜鹃十三岁的时候，父母贫病交加，欠下了很多债，撇下杜鹃去世了。狠心的财主把小杜鹃抢回家做了童养媳顶债。财主家里和地狱没两样，几岁的丈夫，连吃饭都要人喂。财主家有个和杜鹃同样大的丑姑娘，又馋又凶。当地人同情杜鹃，都骂丑姑娘，丑姑娘把杜鹃看成眼中钉，肉中刺，想坏主意陷害杜鹃。春天到了，该播种了。婆婆吩咐杜鹃和丑姑娘一起下地种黄豆。丑姑娘偷偷把杜鹃的黄豆蒸熟了。第二天，丑姑娘故意在母亲面前风言风语地说："杜鹃是个败家鬼，什么事都做不好，不如不去种豆！"财主婆狠狠地骂道："哼，不下地干活，还叫她坐家里享清福吗？种不成豆子她就别想活了！"杜鹃去种豆了。几天后别人种的豆都长出芽来。只有她种的没发芽。丑姑娘幸灾乐祸，财主婆把杜鹃狠狠地打了一顿，说要把这个败家鬼卖给人贩子。半夜时，杜鹃逃出了财主家，她来到父母的坟前放声大哭，以后可怎么活啊！她失魂落魄地走，不知不觉走到豆田边，心里更是委屈，可怜的杜鹃就在田边树上上吊了。从此，山村里有了一种鸟，每当二三月种黄豆时节，便飞了回来，日夜不停地啼叫："回去！回去！回哪去？"这凄厉的叫声好像在诉说人间不平。所以人们称它为杜鹃鸟。

讲述：田大伯　65岁　农民
记录：聂印波
1983年7月采录于四平镇

丑姑姑

俺这一带的农民大多把布谷鸟叫成“丑姑姑”。

据说在很久以前，布谷鸟一家住在树林里，过着安心如意的生活。

一天，布谷鸟的女儿到远处办事，路上被雉鸡看见了。雉鸡想，布谷鸟的衣服真美呀，要是让我穿上该有多么好啊！于是雉鸡借着与布谷鸟交朋友的机会，用酒把布谷鸟灌醉了，把布谷鸟的衣服扒下，穿在自己身上，然后又把自己的丑衣服给布谷鸟换上飞走了。

布谷鸟醒酒后，见自己穿着雉鸡的衣服，一切都明白了。于是她到处寻找雉鸡，一连找了几天也没有找到，最后只好飞回家里。

父母听说布谷鸟在路上被雉鸡骗走了衣服，很是生气。他们努着嘴、眯着眼不理女儿。单说布谷鸟有个小侄女，见姑姑穿着一件丑衣服，就凑到跟前说：“丑姑、丑姑。”布谷鸟被骗去衣服就够委屈的了，再加上父母不搭理自己，气不打一处来，这会儿小侄女又火上加油，她能受得了吗？她狠狠地打了侄女一巴掌。这下打得不要紧，小侄女没有提防，一下子给吓傻了。从此，小侄女就会说一句话：丑姑。

后来小侄女找了婆家，嫁给了南方一个布谷鸟。临嫁前，布谷鸟对侄女说：“平时不要回来，一年只许你春天回来一次。”由于侄女被丑姑姑打怕了，真的照姑姑的话去办了。于是在每年春天的时候，她才能带着儿女回来串门。这时农家就说：“丑姑姑回来了，地该种了，再不播种就晚了。”

现在布谷鸟还是这样，春天飞回北方，秋天飞回南方。

讲述： 刘国生　47 岁　农民

记录： 于政清

1983 年 12 月采录于大阳镇影壁山村 2 组

鹊桥

很早以前，喜鹊同孔雀差不多，它不光长得漂亮，还是有名的唱歌能手。

有一天，喜鹊在一片森林里同黄莺、孔雀、百灵等一起唱歌，唱得正高兴，忽然，一只鸿雁飞来告诉它："织女被王母抓走了，牛郎也挑着儿女追去了，王母看事不好，就用头簪画了一道天河，把他俩隔开了。织女被抓回天宫受尽了严刑拷打，可是，她宁死也不变心，说什么也要同牛郎一块儿过日子。玉帝看实在拗不过她，就允许她每年七月七日同牛郎见一面。可是天河又宽又深，他们可怎么过呀？喜鹊妹妹，你快想个办法呀！"于是，喜鹊们就七嘴八舌地议论开了，有的主张把织女抢回来，有的主张找玉帝说理，叫他放织女回来，可这些办法又都不行，最后决定到天河去搭桥。

到了七月七日这天，喜鹊一群一帮地飞到天河边去。等它们都到齐了，一只老喜鹊说："兄弟姐妹们，你们都来了，咱们快搭桥吧！待时间长了，让玉帝知道就不好办了。""对，快搭吧！"

转眼间天河上面就架起了一座五颜六色的彩桥，牛郎、织女在桥上见面了。他们看着喜鹊冒着生命危险为他们搭桥，感动得哭了起来。

喜鹊搭桥的事到底叫玉帝知道了，可把他气坏了："这还了得，竟敢偷着搭桥！去呀——把喜鹊给我捉来！""是！"天兵天将一声答应。不多时，喜鹊全被抓到灵霄殿。

玉帝恶狠狠地对喜鹊说："大胆的喜鹊！没有我的旨意，竟敢私自搭桥！无视天规，该当何罪？"

喜鹊齐声说："把人家恩爱的夫妻给拆散了，这又该当何罪？"

玉帝恼羞成怒："给我打！""是！"天兵天将拿起鞭子打了起来，边打边问："还搭不搭桥了？"从日落打到深夜，喜鹊从日落直叫到深夜："搭，搭！"

玉帝气得浑身颤抖，两眼冒着凶光，叫着："给我用针扎它们！"

天兵天将拿起织女的绣花针就扎了起来。一针针扎得喜鹊皮开肉绽，一滴滴的鲜血顺着针眼流了出来。

喜鹊恨极了，眼里喷射着仇恨的怒火。

从那以后，喜鹊那美丽的羽毛不见了，变成现在的样子。从那时起，人们听不到它那动人的歌声了。它的嗓子哑了，成天"唧唧喳喳"地叫着，在向人们诉说着牛郎、织女悲惨的遭遇和玉帝的残忍。据说到现在它们每年七月七日还到天河去为牛郎织女搭桥呢！

讲述：孙元芹　女　68岁　农民
记录：张德祥
1982年7月2日采录于四平镇钢铁村4组

过河不打滚

毛驴是最爱打滚的。它无论在什么地方，只要要起驴来，就地打滚。可它，走在河里的时候，却不打滚。要说这是咋个事儿？相传，还有这样一段故事哩。

很早以前，交通运输没有什么车辆，仅靠毛驴驮运。

一天，一个商人买了二百斤盐，把盐装成两袋，搭在驴背上，便哼起小曲，赶上毛驴，高高兴兴地往家走。

走到半道，遇到一条河，河水不深不浅，商人想：这河刚刚开化，河边还带冰碴呢，我要是趟水而过，冻个好歹的，抓两服汤药，还抵不住倒腾盐赚的几吊子。想到这，他叫住毛驴，把盐袋子向后串了串，一偏胯，骑在了毛驴的前胛绊上，他骑在毛驴身上，看着对岸，心里美个滋儿的。毛驴走到河心，水深流急，下面的石子直硌蹄子，毛驴的腰渐渐下塌。在这上面压、下面硌、中间冲的难受之时，毛驴寻思：你为了挣钱，叫我受苦，这倒可以，可来不来的，你还上来了，去你的吧！毛驴就势打个滚。这一滚不要紧，商人倒在河里造了个呱呱响透，忙爬起来拽驴。驴拽起来了，又趔趔巴巴把盐搭到驴背上，这两袋盐哗哗直淌水。

商人顾不上再骑，驱赶毛驴往家走。他看着袋子里的盐不断溜地顺水淌去，心里埋怨自己，不该骑驴过河。可毛驴越走越冲，越走脖子扬得越高，盐因流失了越来越少，它就越轻快。

第二天，商人又买了二百斤盐，过河时他没敢骑，在后面赶着走，走到河当间，毛驴就地卧倒来了个滚。上岸后同头一天一样，越走越轻快。第三天，商人牵着毛驴过过河，到河心，毛驴一耸绳，又是一个滚。弄得商人无可奈何。

这一天，商人买了两包棉花，他搭在驴背两侧，来到河当间，毛驴仍然使出他的“窍门”就地打个滚，起来后，心里舒服多了，浑身也觉得凉快了许多。登岸后，继续赶路，可越走越觉得身上的东西发粘，贴在身上发紧。路远无轻载，棉花浸了水，分量大增，加上路远，毛驴累屁了，可它还是想快点走，早到家，早卸载，后来，简直跑起来了。没跑几步，浑身发皱，腰杆发板，蹄如铅灌，张开大嘴呕出一摊血，一头扎在地上，再也起不来了。

与它共同赶路的毛驴，看到这情景，都为这头毛驴的死而悲伤，又为这头毛驴的奸猾而痛恨。它们都吸取了这个教训，并把它传给后世，所以，直到现在，毛驴过河不打滚了。

讲述：刘玉珠　53 岁　农民

记录：郑松林

1983 年 7 月采录于横道河镇合力村 3 组

驴的名字

从前，有一个姓杜的财主，他有一个亲家。亲家家虽不算富裕，可也算过得上溜，种几亩地，有一匹骒马。

有一天，杜财主来亲家串门，正赶上亲家邻居家有一伙耍钱的，他就去玩上了，耍完一算账，他输了一百多元。可他兜里又没有钱，他想要耍赖，局东要砍他手，他磕头如捣蒜地要去借，局东只得同意。杜财主哭丧个脸去找亲家，亲家无奈，替他还了这笔钱。

这事过后杜财主半字不提，好像没有那回事。亲家虽然没说什么，可姑娘就去问爹，杜财主却说："谁说我借了亲家的钱？我要是借了，死了来生脱成动物让亲家骑！"姑娘无奈，回家告诉了公公，公公却说："不给就拉倒吧，咱们不差那几个钱。"

事过不久，杜财主得了个暴病就死了，可巧，亲家家的骒马下了个崽，这个马崽和马大不相同，毛灰色，耳朵长。人们都说是杜财主托生的。

这匹马长大后，一喊杜亲家，它就来。可亲家老这么叫，天长日久，儿媳妇觉得不好听，就回娘家把这件事说了。后来老杜家就把这头牲口买了去，重新起个名字——驴！可骑它喊别的它不走，只好喊"得（杜）——驾（家）"它才走。后来驴就繁衍开了，一直至今。

讲述：张自更
记录：钱　飞
1983年2月11日采录于杨木林镇蛤蟆河村

狗为啥恨猫

相传在很早很早以前，有一个李员外，养了一只大花猫和一条大黄狗。

大花猫和大黄狗相处得很好，对主人也非常忠诚，李员外很是喜欢它们。

一天，李员外家里的夜明珠丢了，他很心疼，整天唉声叹气，愁眉不展，渐渐地饭不想吃，水不愿喝，身子日益消瘦，像得了一场大病似的。大花猫和大黄狗见他瘦成这样，心里很难受，偷偷地商量要到小偷家里把夜明珠给主人偷回来。它们俩核计好了，就偷偷上路了。一路上，大黄狗出了不少力，每过一条大河它都要背着猫过去，每翻一座山它也要背着猫翻过，大黄狗带着猫翻山越岭吃尽了千辛万苦，终于来到了小偷家。狗在外面等着猫，猫进了屋见小偷家里没人就抓了只老鼠，从老鼠嘴里问出了夜明珠藏在小偷家的衣柜里。猫看柜是锁着的它进不去，就威胁老鼠说："你到柜后倒个洞我好进去，要不然我就把你吃了。"老鼠怕死，赶忙到柜后倒个大洞，花猫钻进了柜里，找到了夜明珠，把它含在嘴里就出来了。狗见猫把夜明珠偷了出来，很高兴，干脆一步也不让猫走了，一路上全是狗驮着猫走。当他们来到一条大河时，狗嘱咐猫把夜明珠含住别掉了，便驮着猫过河，谁知猫坐在狗的背上，往下一瞧，见河水很大，吓得"喵"地叫了一声，夜明珠一下子掉进了河里。大黄狗见了可着了急，急忙就去捞，好不容易才捞了上来，累得狗满身大汗，浑身湿淋淋的。猫见了很是过意不去，它对狗说："狗大哥，为了偷回夜明珠，你吃得苦头比我大，回去后我一定向主人好好报报你的功劳。"

回到家里，猫把夜明珠吐给了李员外，并向主人夸耀了自己为偷回夜明珠使出了多大本领，受了多少苦，只是一个字也没提到大黄狗。李员外见猫把夜明珠偷了回来，心里十分高兴，吩咐家人给猫端来了好饭菜吃。猫见到好吃的东西就红了眼，它趴在炕上大口大口地吃了起来，连让也不让趴在地上的大黄狗一下。狗什么也没吃着，很生气，非常恨猫不讲义气。从此以后，狗和猫就结了仇。也就是从那时候起，人们都说“猫是奸臣，狗是忠臣”。

讲述：王国良　52岁　农民
记录：孟丽蓉
采录于猴石镇

狗撒尿抬后腿

很早以前，有个狠心的财主，他对长工非常刻薄，长工对他恨之入骨。

有一天，长工们都在地里干活，长工头一见财主又来了，就火冒三丈，组织起长工们把财主腿给砍断了一只扔在地里，疼得财主坐在地上不住地哭叫。长工头一看，把过路的老狗腿砍下一只，给他安上了。

狗腿被割下来一只，躺在地上“汪汪”直叫。长工头一见狗疼的样子，就用泥做条狗腿安上。为了撒尿浇不着泥腿，从此，狗撒尿时就把后腿抬起来了。

讲述：张志林　35 岁　初中文化
记录：张德才
1986 年 1 月 18 日采录于大兴镇

猫鼠成仇

有人不明白：为什么十二生肖中没有猫啊？这就是老鼠做的好戏了，要不，猫怎么会跟它势不两立呢？

很久很久以前，玉皇大帝举行百兽大选，在没排生肖之前，猫与老鼠还是一对挺不错的朋友。老鼠是个夜猫子，白天睡大觉，夜晚来精神。这一天，猫打外面回来，叫醒了正蒙头大睡的老鼠，把玉皇大帝要安排生肖的消息告诉给老鼠，并嘱咐老鼠，天不亮就叫醒它，免得耽误了路程。

老鼠本来答应得一妥百妥，猫也就垫高了枕头，无忧无虑地睡下了。可谁知老鼠奸诈得很，它想：猫比我跑得快呀，我要叫醒它，我不就落在了它的后头！所以，它根本不管猫醒不醒，自己整理好行装就赶去大选了。还别说，老鼠果然弄上了第一名。

那么猫呢？醒来的时候啊，十二生肖已经排完，没有它的份了。

当老鼠乐颠颠、喜滋滋地唱着歌回来的时候，猫的火气就再也压不住了，它责问老鼠为什么没叫它？老鼠支支吾吾递不上票，直把猫气得吹涨起一脸的胡子，一口就把老鼠咬死了。

以后，猫与老鼠就成了冤家。老鼠不是喜欢夜里出洞吗？猫就专门练出一双夜眼，在夜间捕捉它们。

讲述：李凤春

记录：孙连邦

1984年5月6日采录于黄河镇

耗子告猫

耗子净受猫的气。为了争这口气，耗子们写好了状子，来到了阎王殿。它们给阎王爷磕了几个头，呈上了状子。阎王看后，大发雷霆，气愤地说：“看来猫也太凶恶了，欺下怕上。”赶忙叫解差把猫押上来。解差把猫押上阎罗殿，十殿阎王大声斥问：“你为什么欺侮耗子呢？口说无凭，自己看吧！”说着扔下来状子。

猫看完以后，喵喵地笑了：“阎王老爷，你被耗子骗了。它们咬人家的箱柜，偷吃粮食，撕人家的新衣，有时到寺庙里偷吃供品，这样的恶贼，谁能同情它们呢？”

阎王听罢，赶忙传耗子出来对质。可是，耗子早就钻进墙窟窿里去了。阎王发怒了，对猫说：“我错怪你了，今儿个起，我就赏给你‘半个碗’，享受世人一半的待遇，回去捕捉这些贼东西吧！”

从此以后，人们都用破碗来给猫做食碗。

讲述：吴班氏　女　84 岁

记录：潘士禄

采录于杨木林镇四合村 3 组

打呼噜

从前，猫和老鼠是好朋友，白天一同出去找食物，夜晚老鼠钻进地洞里过夜，猫就在干草堆上蜷曲起身子睡觉。老鼠出去打食，总是把吃剩下的食物，像鸟蛋啦、咬死的鸟崽啦，还有五谷杂粮，搬回洞里储存起来，防备天气变坏，打不着食物时再吃。可是猫呢，把吃剩的东西一丢，就伸着懒腰去玩啦！

有一年冬天，接连下了两天两夜的大雪，到处是白茫茫的，猫没处打食，肚子饿得“咕噜咕噜”直叫。它摇摇晃晃地在野地里走着，走着，看见老鼠了，它赶忙凑过去说：“老鼠兄弟，我饿坏了，你快找些吃的给我吧！”

“好吧，你跟我来。”老鼠答应着，迈动着小腿朝自己的洞口走去。猫紧跟在后面，边走边“喵喵”地呻吟着。

老鼠走到洞口，说：“猫哥哥，我的房舍窄小，你也进不来，就请在洞口稍候，我取回吃的就出来。”

“你可要快点，我饿得实在挺不住啦！”猫说完就蹲在洞口实心实意地等待老鼠取吃的东西。

老鼠钻进洞里，小眼珠一转，心中暗自盘算：我攒的这点吃的，如果给了猫，我吃什么哪？这大雪还不知哪天才能停下来，干脆，我不出去了，让猫在那傻等吧！老鼠想到这，“嘻嘻”一笑，就躲到洞角干草上睡起觉来。

再说猫在洞口等啊，等啊，从中午一直等到天黑，从天黑等到半夜，也不见老鼠的踪影。猫身上落满了雪花，冻得直哆嗦，气得忿忿的，把眼睛瞪溜圆，胡子一根一根全竖起来了，大声喊：“老鼠兄弟，你快出来呀！”

老鼠听见喊声，翻了个身，吱了吱尖尖的门牙，小声嘀咕：“饿死活该，谁让你晴天不准备吃的！找我讨吃的，没那么便宜！”说完，又小眼睛一眯睡起来，任凭猫怎么喊叫，老鼠就是不出去。猫一想，喊破嗓子也没用，无精打采地走了。走到半路，猫越想越生气，自言自语：等天亮，我一定找这个无情无义的老鼠算账，他竟敢唬我，唬我……这样，猫又返回来了，在洞口附近躲起来了。

天亮了，洞里的老鼠伸了个懒腰，打了个哈欠，心里核计：这一夜，猫是连冻带饿，准死了，我出去看看。老鼠喜滋滋地从洞口钻了出来，往周围一撒眸，“咦，猫哪去了?”老鼠挺纳闷。这时，猫大吼一声，恶狠狠地扑上来，一把抓住了老鼠的脊梁骨，牙紧紧地咬住了老鼠的喉咙，不停地说：“你唬我，唬我，唬我……”老鼠被猫尖利的爪子一抓，锋利的牙齿一咬，“吱”地一声蹬腿了。猫一看老鼠死了，心里想：我把它吃了吧，先填饱肚子再说。就这样，猫大口大口地吃起老鼠来，嘴里不住地叨咕：“唬我，唬我，唬我……”

打这以后，猫见到老鼠就气呼呼地扑上去，连撕带咬，一个劲地说：“唬我，唬我，唬我……”猫在睡觉的时候还不忘老鼠欺骗自己这件事，一闭上眼睛就念叨：“唬我，唬我，唬我……”人们听见，好像是在打呼噜。

讲述：吴世福　工人　无文化

记录：吴强稼

1987 年 5 月 6 日采录于东丰镇

喝水望天

人们看到过鸡喝一口水，抬头向上看看，它为啥要望天呢？

说是有那么一年，天下干旱无雨，很多动物都渴死了。

一只小鸡也有很长时间没有喝到一口水，眼看着要渴死了。忽然，它发现一个马蹄窝大的小坑里有点水，便赶忙跑了过去。可偏偏在这个小坑里有条泥鳅鱼，它知道自己不是鸡的对手，心里非常害怕，于是对鸡说："鸡哥，这里的水你万万喝不得呀，这是天老爷赐给我的，你要喝一口，天老爷就会打雷击死你。"

小鸡听罢特别害怕，可是渴得都忍受不了啦！鸡鼓起勇气喝了一口，马上抬头望望天上打没打雷，可是喝足了水也没打一个雷。

从那里起，鸡喝一口水都要望望天。

讲述：李长荣

记录：潘士禄

1983年7月8日采录于杨木林镇四合村3组

不吃黑豆

听老人讲，在老老年以前，有一个小姑娘名叫“婉红”。婉红的父母下世得早，她从小就跟着哥哥嫂嫂在一起生活。哥哥、嫂嫂都认为婉红没有爹妈，因此对她非常好，什么吃呀穿呀，从来都缺不着她的，每天哥哥和嫂嫂都在地里干活，让婉红在家做饭。

婉红平日里很爱吃小米饭，家中没有小米了，她就用箩到邻居瞎大娘家去借，每当婉红来借小米，她都用手摸摸，如果箩上面一摸平乎乎的，她就知道箩是满的。婉红是个小心眼又爱占小便宜的人，趁哥哥嫂嫂不在家时去还瞎大娘的米。她把箩倒扣过来，把小米装在箩底上，瞎大娘用手一摸是平口，以为满箩了，就让她把小米倒进缸里。婉红一箩一箩地还完了米，瞎大娘用手一摸才半缸米。瞎大娘虽然眼神不好，可她的心里有数，她想，我春天借她一缸半，这时怎么才还半缸？她找到了婉红的哥哥、嫂嫂，把这件事告诉了他们，哥、嫂听了很生气，把婉红叫到跟前，说一了顿。婉红说死也不承认，大哭了一场。第二天就跑到舅舅家告状去了，说哥哥、嫂嫂怎么虐待她，如何让她干重活，又怎样骂她、打她。舅舅听了，心里很难过，心想，婉红这孩子爹妈死得早，你们当哥哥、嫂嫂的怎么能这样对待她？不图吃好的，喝好的，也不能挨打受骂呀？舅舅一气之下，领着婉红来找她的哥哥和嫂嫂算账来了。哥哥、嫂嫂见多年不上门的舅舅来了，热情地招待他。谁知舅舅一进门，就把他们臭骂一顿，哥哥、嫂嫂知道舅舅偏听了妹妹的话，就把妹妹如何少还了瞎大娘米的事说了一遍。舅舅听了，说啥也不相信外甥女能干这事，婉红也一口咬定她没少还米。就这样，四个人争争吵吵相持不下。说也碰巧，正在这个时候，有一个老道从门前路过，他们找老道评理。老道想了想，说：“这样吧！如果小姑子说了谎，就让她变成蛋蛋，舅舅变成黑豆；如果小姑子没说谎，就让嫂嫂变成蛋蛋，哥哥变成黑豆。”四个人都同意老道的意见。老道的话刚说完，妹妹真的变成了蛋蛋，舅舅变成了黑豆。嫂子见妹妹真的变成了蛋蛋很心疼，舍不得把蛋蛋扔了，就把它放在针线笸箩里。久而久之，从鸡蛋里蹦出一个小鸡崽。嫂子知道是妹妹变的，很是喜欢它，知道妹妹生前爱吃小米，就拿来小米喂它，小鸡果真很爱吃。小孩子不知道就拿黑豆去喂它，小鸡说什么也不肯吃。嫂子见了，告诉孩子们说："这小鸡是你姑变的，你要唤它姑姑，喂它小米；黑豆是她舅舅变的，它不能吃黑豆。"

讲述： 黄大奎　50岁　农民

记录： 孟丽蓉

采录于猴石镇

公鸡啼鸣

相传很早以前，昆仑山有个瑶池，瑶池那地方住着个神仙王母娘娘。离瑶池不远的地方长着很大很大的一片桃林，这就是传说中的“蟠桃林”。每逢蟠桃熟了的时候，王母娘娘都要举行一次盛大的宴会，这个会就是有名的“蟠桃会”。

这一年，眼看着蟠桃又要熟了，王母娘娘为了讨玉帝的欢心，决定把蟠桃会办得更隆重一些，于是命令天下的飞禽走兽在那天务必到场，并说要在这个会上为他们评美封王。命令传出后，可把飞禽走兽们乐坏了，一个个手舞足蹈，想：参加蟠桃会还能得到评美封王的资格，这可是千载难逢的好机会，万万不能错过。还得好好打扮打扮，真要是个好运，兴许还能弄个飞禽走兽王当当。由于都是这么想的，在打扮时也都十分用心。

你看鸳鸯在水中游来游去，把浑身洗了一遍又一遍；孔雀一个劲地抖擞着漂亮的羽毛，生怕沾一丁点灰尘。噢，就连丑不可言的老鼠也拚死地揉搓那双又小又脏的小红眼儿，捋梳着两撇小胡，专巴望着评美封王呐！

蟠桃会的那天早晨，各路“英雄”不惜起五更爬半夜，云集昆仑，真是热闹非凡。瑶池这座平常很少有人的殿堂，这时挤得满满的，就连殿外也黑压压地排成一溜。

太阳快一竿子高了，王母娘娘还没有来。这可把一大早赶来的“英雄”们急坏了，跟火燎屁股似的坐不稳站不牢。突然，殿堂的一角传来一阵吵闹声，只听得一个尖细的声音说：“呸！瞧你那副熊样，黑巴粗溜地还跟我比，真不知寒碜……”话没说完，就听得一个憨声憨气地回道：“屁！说我黑巴粗溜的，你也不拿镜子照照自己那份德性……”

原来，早在头半夜就赶来的猪和乌鸦，私下里论起各自的美处来，由论说自己的美转到揭发对方的短处。这一闹不打紧，不由得触发了大伙儿的一件共同心事。什么心事？评美封王呗！

要说道眼最多的要数老龙了。只见他急忙挤到一个高处，扯开破锣似的嗓子高叫道："各位兄弟，各位——以我之见，以我之见，大家不妨先排个号，然后按号到殿前走一趟，让大家来评，你们看好不好？"不一会工夫，号排完了，登台表演开始了。一、二、三……十……百……轮到老龙了，只见它挺挺胸脯，用手擦了一下脸，耸了耸细长的佝偻腰，上台表演。不知大家是怕它，还是讨好，都说："不错，挺好！"最后上场的轮到公鸡了。上百双眼睛落在它的身上，只见它浑身的羽毛五光十色，红红的冠子随着步子一颤一颤，显得十分神气，尤其是头上那对银光闪闪的宝角更为漂亮。公鸡没走上几步就听到殿外一片叫好声。孔雀的脸羞红了；鸳鸯低下了头；老龙看得痴痴呆呆，张大的嘴流出一条老长老长的哈喇子。公鸡表演结束了，老龙又气又根，可它毕竟心眼快，主意多，眉头一皱，花花点子又来了。他走到公鸡面前笑嘻嘻地奉承道："公鸡老弟，你真是太美了！不怪……啊，不怪大家都为你叫好，尤其是你的那只……那对宝角，真是天上难找，地下难寻呀！如……如果小弟肯赏脸借给大哥我戴一戴，那可真是太好了……"说着，便不停地摸索公鸡的宝角。公鸡见老龙对它的宝角这么喜欢，就借给了他。

老龙恭敬地接过公鸡的宝角，一把扣到头上，跑到殿堂外高叫道："各位兄弟！你们看我怎么样？"话刚说完，就听得满堂一片喝彩声。老龙耳朵听着，心里就甭提有多美了。心想："宝角呀，宝角！你终于到我头上了，从今以后你就姓龙不姓鸡了，哈……哈哈……"

过了好一阵，公鸡对老龙说："龙大哥，时间不早了，把宝角还我吧！"老龙见公鸡向他讨角，嬉皮笑脸地说："还你，还你什么？这宝角是我的，你让我还谁呀？""你……你……"就在这时只听得静鞭三响，后堂门帘卷起处走出丫环："王母驾到——"话音一落，满堂众口仿佛一口馍馍没咽下登时卡壳，一个个伸脖瞪眼连大气都不敢出。帘内人影晃处走来了王母娘娘。王母娘娘见大家都木头桩子似的立着，说："现在就开始评美封王吧。"

盼望已久的评美开始了，只见你上我下，像走马灯似的。最后一个上场的是老龙，没等老龙下场，王母娘娘就道了声好。下场后，王母问：“龙子，你这双角是从哪得来的，以前我怎么没见到过呀？”“啊，啊，不瞒娘娘说，我……我这角是从我娘的肚子里带来的，啊，是我娘肚子里。”“好吧，那我就封你为百禽百兽的大王。”

公鸡听了老龙的话，气得浑身颤抖，它挺着精神走上一步说：“娘娘，这角是……”“是什么，难道是你的不成？你是不是看他封了王你眼气呀？”“不……不是的，不……”“好吧，今天就这样吧，我该休息了。”说着，王母娘娘走进后殿。这时，公鸡再也说不出话了。

从瑶池回来以后，公鸡的嗓子哭哑了，眼泪哭干了。为了吐出心里的愤怒和委屈，它每天醒来都要对着苍天叫上几遍，“龙公公还我的角，可耻的龙啊还我的角……”

就这样一代传一代，它们一直叫到今天。

后来，人们就把公鸡这呼喊声称为“啼鸣”。

讲述：姜　氏　女　79岁　家务

记录：范有君

1987年11月4日采录于东丰镇

母鸡打鸣

从前的鸡下完蛋以后，并不打鸣，它不会在主人面前显示自己，可现在的鸡下完蛋之后为什么总是打鸣呢？它是在主人面前显示自己吗？据说它并不是这个意思，这里有一段奇妙的故事。

从前有一个叫古大的财主，他养了很多鹅和鸡。他把鹅子圈在鸡的下边，就像现在的鸡架一样，现在的鸡架就是古大留下的根。这样鸡排出的粪便都屙在鹅子身上。鹅子对这件事很不满意，它非常嫉恨鸡。那时的鹅子就像现在的鸭子一样，脖子很短，它为了报这个仇，就向玉皇大帝祈祷，这样玉皇大帝给鹅子想了个办法，把它的脖子变得像现在这样长。当鸡的屎一掉在它身上，便伸开它的长脖子来扭鸡，但它总觉得还有些恶心，就一个劲地叫恶心，一直叫到现在。当你细心听鹅子叫时，总带有“恶心”这个意思。可是，尽管鹅子怎样扭鸡，但鸡还是往它身上屙屎。它一气之下，鸡刚下完蛋，鹅子就用它长长的脖子从鸡窝里把蛋够下来喝掉。这样一来，古大发现鸡下得蛋特别少，就严厉地处罚了鸡的食量，每顿只能让鸡吃个半饱。而鹅子因为它的蛋大，总是吃个老满。这样，鸡非常难过，但也说不出。正好有一天，孙悟空保护着师父唐僧路过此地，鸡便向孙悟空乞求。于是，孙悟空又给鸡想了个办法，把师父头上的一个像现在鸡嘴一样的东西掰了下来，安在了鸡嘴上，使它能发出声音，能啄东西。这样，鹅子再去吃它下的蛋时，它就向着古大喊道：“快，快，快，古大。”也就是现在鸡下蛋的叫声。这样，鹅子再也不敢去吃鸡蛋了。现在如果你注意，鸡下完蛋时旁边的鹅子总歪着头，斜眼瞅着鸡蛋，不敢喝。

鸡再不受苦了，而且一天一个蛋。待遇也一天天高了。鹅子怕坏它的蛋，蛋皮变得厚实了，谁也坏不了谁了。

讲述：王大爷　农民　无文化

记录：王传强

1984年6月17日采录于杨木林镇

鸡的传说

相传，很早以前有一家人，爹妈死了，只剩下兄妹二人过生活。后来哥哥娶了嫂嫂，又生了一个孩子，哥哥逐渐对妹妹的态度就不好了。但嫂嫂与哥哥不同，仍像从前那样疼爱妹妹。

有一天，哥哥赶集回来，买了不少吃的东西，全是给孩子吃的。妹妹很想吃，但当哥哥的面又不敢吃。等哥哥不在时，便偷吃了。哥哥发觉后，就毒打了一顿，妹妹被打得哭声不止，嫂嫂急忙赶来解了围。妹妹虽然年幼，但心里明白，这事要是传出去，该有多丢人，况且哥哥又不疼自己，活着还有什么意思呢？于是就对哥哥说："我吃了你买的东西，没啥还你，我死后变成家禽报答你！"从此，小妹绝食五天便死去了，死后被埋在村后的柳树林里。

过了一个月，嫂嫂想起妹妹活着时，时常帮自己洗衣做饭，现在全靠自己一个人操劳，况且妹妹又死得这般可怜，便带着孩子拿些供品，到妹妹坟前祭扫。忽然，从坟缝里钻出一只小禽来，望着嫂嫂点头，嫂嫂猛然间想起妹妹临死说的话，忙叫孩子唤姑姑。小孩一喊姑姑，小禽便跑到他跟前，嫂嫂把她抱回了家。从此，小孩唤它姑姑，别人也跟着这样叫，又因为她是绝食饿死的，所以哥哥喊它为"饿饥（鸡）"。

小鸡长大了，为了实现生前诺言，就开始下蛋了。为了让嫂嫂来取蛋，想起生前一喊"哥打"嫂嫂就来了，于是就连声喊"哥打！哥哥打！"嫂嫂听是妹妹的声音，就来了，见蛋方知是妹妹的报答，心中十分感激。从此，鸡每次下完蛋总是喊"哥打！"直到现在，人们还是"姑姑姑"地唤鸡，鸡下了蛋也总是"咯嗒咯嗒"地叫。

讲述：李　伟　农民
记录：孟丽蓉
1982 年 1 月采录于猴石镇高龙村

公鸭“傻”叫

从前，有一户人家养了一只公鸡和一只公鸭。一天，主人说：“今天来客人，好好准备准备，把公鸡杀了，买几条大鱼，再炒十个八个菜就行了。”说完就忙开了。主人说的这些话都被公鸭听见了，它急忙跑去告诉公鸡说：“哎呀，公鸡大哥，可不好了，主人明天要杀你，你快想个办法吧！”公鸡若无其事地说：“啊，公鸭弟弟，不要紧，你快进屋休息吧，谢谢你对我的关心。”

第二天天亮了，主人刚打开鸡门，公鸡一步窜出去。没抓到公鸡，拿什么给客人吃呢？主人急得团团转。这时，只见公鸭 一步四晃地进院了，嗳，有了就来它吧！主人把鸭子抓了起来。鸭子这才明白过来，心想：“我多傻呀，你看人家公鸡……唉……”于是，委屈地叫起来：“傻、傻……”从此公鸭就“傻傻”地叫开了。

讲述：宁佩梅

记录：聂小波

采录于四平镇

蝼蛄脖子

当你抓到一只蝼蛄，拽掉脑袋时，你就会发现蝼蛄的脖子是用草棍串着的。为什么这样呢？

在老鼻子年以前，一个皇帝被朝廷反贼撵得无处安身时，忽然发现前面不远处有一个柴火堆，就顾头不顾腚地钻了进去。这时，他由于疲乏，就迷迷糊糊地睡着了。不大工夫，他被什么东西咬醒了，睁眼一看，竟是一只大蝼蛄。他气坏了，一把抓了过来，把脑袋揪掉了，扔到一边。皇帝正想出去时，外边反贼正在搜索。皇帝大吃一惊，这不差点被逮着了吗？他又一次缩回去藏了起来，这才保住了性命。他想，这是蝼蛄救了自己的命啊！他拣起一根草棍，拿起了蝼蛄的头和身子，用草棍串了起来，使蝼蛄又复活了。从此以后，蝼蛄的脖子就用草棍连着了。

讲述：王士芳　女　60岁　农民
记录：刘春英
1982年6月采录于拉拉河镇安福村1组

蚯蚓怕太阳

据老年人讲，太阳公公有九个女儿，各个如花似玉。那时蚯蚓是天上的开门大帅。一天，蚯蚓闲游巧遇太阳公公的九公主，它上前就拉住公主的衣袖，公主吓得急急忙忙地跑开了。这事被太阳公公知道了，他一气之下，就把蚯蚓贬到了地下。后来，杨二郎赶山压太阳公公时，太阳公公躲在一个菜园里，恰巧，被蚯蚓发现了，它想到前仇，于是就喊：“太阳在这儿，太阳在这儿。”从此，太阳就更加恨透了蚯蚓，恨不得晒死它。直到现在，蚯蚓连头也不敢伸出来，大概是害怕太阳晒死吧！

讲述：王　氏　87 岁

记录：刘春英

1984 年 9 月采录于拉拉河镇福安村

蛤蟆的故事

从前有一个皇帝，共有三个儿子，他们都二十上下，还没有成亲。

这一天，皇帝说："你们三个都站在离海边不远的地方射箭，射中哪家，就取他家的小姐做媳妇。"老大拿起弓箭射了出去，箭落到一个小姐的绣楼上。老二拿起弓箭，箭也落到一个小姐的绣楼上。老三箭射了出去，箭落到了大海里，正巧从海里蹦出来一只蛤蟆，老大老二把小姐领回了家，而老三只好把蛤蟆领了回来。

话说这一天，皇帝看老三领回来一个蛤蟆，非常看不上，就想难为老三。他让每个儿媳给他做一件龙袍玉带，谁做得最好就穿谁的。大媳妇二媳妇都成天坐在炕上给父王绣龙袍玉带。三媳妇是个蛤蟆，每天只是在柜底下呱呱直叫，她什么事情也不知道。见丈夫坐在炕上唉声叹气，就蹦到老三面前说："呱呱你愁啥?"老三说："父王明天就要我们绣的龙袍玉带了，大嫂二嫂都已经做好了，就剩下咱们还没动手呢，明天父王要我给什么呢?"蛤蟆又说："呱呱你别愁，明天早晨就能有。"老三听了也不相信，还是带着愁意睡了。等到第二天一早醒来，他发现墙上挂着一件龙袍玉带，做得非常漂亮，绣的龙都发出闪耀的光。父王要龙袍了。大儿子二儿子把龙袍玉带献给了父王。轮到老三的时候，老三就把那件龙袍玉带献了上来。父王一见大吃一惊，这三件龙袍玉带就数老三的好，于是，他就把三媳妇做的穿在了身上。从那以后皇帝一向她们要什么，都难不住三媳妇。老三对她也非常尊敬了。

有一次父王过生日了，三个儿子和儿媳都来给父王拜寿。老三媳妇也摇身一变，变成了一个美貌的女子。他们吃的是天鹅肉。三媳妇一边吃一边把天鹅骨头往袖筒里装，吃完之后，父王让她们跳个舞，大媳妇和二媳妇都让三媳妇先跳，三媳妇也没推辞，就在父王面前跳了起来，优美的舞姿使在场的人无不赞叹。这时，只见三媳妇左胳膊一甩，一片大海，右胳膊一甩，一群天鹅，在蔚蓝的大海上飞翔，把人们都带到了另一个世界。轮到大媳妇二媳妇跳了，她俩在一起跳，舞姿也很优美。因为她们看见三媳妇袖筒里装的天鹅骨头甩出了大海和天鹅，她们也把天鹅骨头装到了袖筒里，左胳膊一甩，甩了一地，右胳膊一甩，谁知一块骨头正甩到父王的脑盖上，把脑袋打了一个大包。父王这下可气极了，他看不上三媳妇，就说："都是你开的头，不然能吗？蛤蟆皮在哪呢？给我剁了。"于是人们七手八脚地把蛤蟆皮剁个粉碎。三媳妇一见就哭了起来，她让自己的丈夫打来一盆清水，自己把剁碎的皮放到水盆里又都连在了一起，然后自己变成了一只蛤蟆，朝丈夫叫了几声，就头也不回地蹦到了大海里，从此再也没有回来。

讲述：刘素荣　女　47岁　农民
记录：王明兰
1983年11月采录于拉拉河镇福安村

青蛙的由来

传说古时候有家老两口，男的叫云龙，女的叫仙凤。他们一心想成仙，整天烧香拜佛，老子给他们攒的家产，全部被他们卖掉换香烧了。也不知烧了多少香，光积攒的香灰就有三麻袋，虽然这样，也没成仙。因此两口子很生气，决定去西天找活佛算账。

这年春天，云龙从邻居家借了一辆小车，带了一些饭食和仙凤一起推着香灰去西天找活佛。走了几天，来到一条林中路上。羊肠小道，密麻的枝叶，挡住了他俩的视线，一时间分不清东西南北。正在他们不知所措的时候，忽然隐隐约约看见前边好像有什么东西在晃动。云龙以为是什么怪物呢，叫仙凤死死守住香灰，自己摆出了一个准备迎战的架式。不料一个人从林间钻出朝他们这边走来。这是个公子，身材魁梧，长得俊秀。他看见云龙这个架式不由得“扑哧”一声笑了。云龙一看是人，便缩回了手。小伙子忙走上前施礼道：“长辈，你们哪里去，车上推的是甚物？”云龙听完此话，再看眼前的公子，估计他不是坏人，便说了实话：“俺俩一心想成仙，光香灰就烧这么些，可至今也没成仙，想去西天问问活佛。”公子听完：“是呀，我也是这样，那咱们就一起走吧，我来帮你们推香灰。”他拉过车柄和云龙、仙凤一起赶路了。

第二天，他们走进一个树木很密的大山里。云龙有些累，就急挠挠[1]地对他俩说：“活佛咋这么难见，走了这么多天还没有找到，说不上还得走多远呢，干脆回去得了。”公子听了，眉头蹙成一团：“看你说的，既然已经出来，就得想办法找到他，因为咱们都是怀着赤诚的心。像你这种想法，要让活佛知道了，就不会让咱们成仙了。一点苦都不能吃，想干啥也难啊！”云龙闻听公子一片忠言，似乎有些道理：“那咱们先歇歇脚，吃点干粮，解解乏再赶路。”仙凤没有吱声，三人并排坐下，掏出干粮袋，大概是饿了，

---

[1] 急挠挠：方言，即着急又不耐烦的样子。

他们各自拿出一个饽饽大口大口地吃上了。连嘴娇喉咙细的仙凤也狼吞虎咽地造[1]上了，吃完，又去沟里找点水喝。仙凤这时有了精神："咱们费这么大劲找活佛，若是找不到或是成不了仙那就白费劲了，到时，我看你老头子怎么办？"她还埋怨上了。公子一听这话不顺耳，就说："只要咱们心诚，那就一定会找到的。"云龙在一旁听得耳朵快要起茧子了，不耐烦地对老伴说："要你去，你就去得了，何必操这份心？不成咱们再回来，那费什么事？"公子在中间左也不是右也不是，没办法只好说："咱们还是快走路吧！说什么也没用。"

他们又走了几十天，翻过了十座大山，行走数百里。这些天，他们不知流了多少汗，累了在地上趴一会儿，渴了喝口山沟里的水。

"喂，你们到哪里去？"

忽然，听得有人喊，这时，谁也分不清是男是女，三个人只好四处寻找。他们发现，在前边不远处站着一个老者，看样子年过花甲，但手里没有拄棍，身体甭提该有多硬朗了。他没有戴帽子，鬓发雪白，眉毛胡子如霜，两只眼深深塌陷，但特别有神，鼻尖向下耷拉，嘴角下弯，走起路来飘飘悠悠，轻如白云。三个人见是个长者，便都跪倒叩头。"我们一心想成仙，但多年无成，想找活佛问问。"长者一听便知事由，原来，这老头就是活佛。他没事时经常到林子里来散步，呼吸林中新鲜空气，没承想今个遇到他们。可云龙他们不知道他是谁。

"那你们跟我来吧。"老者说完，就领着三个人来到一条小路上，路面都是用玉石镶成的，据说这是专门给活佛修的。穿林越木，他们很快来到一座庙宇前。老者推开第一层门，走进一个四周围墙的寺院，他让三个人在院中石凳上坐着，自己便走进庙堂。三个环视四周，这哪像个寺院，简直是一个花香四溢的乐园。他们的眼睛不由自主地东瞧西看。片刻，活佛从里面出来，手里提着什么

[1]造：方言，吃。

东西，黑乎乎的，近处一看，方知是三个铁茄子。那位说，他拿这干啥？别着急，咱慢慢讲。老者说：“这三个铁茄子，给你们一人一个，拿回去放到锅里烀，烀烀晒晒，到时候就会开花的。谁让茄子开了花，谁就会成仙，到那时，你们来找我，我领你们去找活佛。”说完转回屋了。

且说云龙等来到一座满是树木的大山里，找了个适当的地点，支上锅灶，老两口子在那守着铁茄子烀，公子上山去砍柴。

转眼间，春去冬来，云龙和仙凤翻动着茄子，雪花飘飘洒洒地落下来。这处树木已被公子砍光，铁茄子依然如故地躺在那，二人的脸上露出了愁容。忽然云龙腾地站起来，眼珠叽里咕噜转了两圈，对仙凤说：“唉，那老头说铁茄子得烀烀晒晒，咱们在家烀土豆都是一火成，揭锅时，土豆净是开花的。我约摸咱们的茄子夹生了，山上的柴火都没有了，趁他不在，把他的铁茄子拿出来，光烀咱俩的还能快点，你说呢？”仙凤一听：“哎呀，老家伙，还是你有道眼，就这么办。”说着就拿出公子的铁茄子放到锅盖上，然后便大把大把地架起火来。几天几夜，他俩一个眼也没眨。柴火也剩不多了，实在太困了，就躺在锅前迷迷糊糊地睡着了。

这一天的清晨，太阳刚刚冒红，公子背着一大捆柴火轻悠漫步地回到山上，初升的太阳把他的脸照得通红，他乐颠颠地来到灶前，放下柴捆。这时发现锅盖上放着的茄子开了花，细细一看，这不是自己的吗？他高兴得要跳起来了。云龙和仙凤仍在沉睡之中，他急忙叫醒云龙和仙凤，他俩一睁眼就直奔锅上，看见锅盖上的茄子已经开花了。他俩像疯子似地揭开锅盖，哟，自己的茄子依然如故地趴在锅里。这些暂且不说，先表表公子，他拿着自己的茄子去找活佛。山上并没有路，只有砍过的树茬。他的心里别提有多高兴哩！他越走越快，自己也不觉得孤独。他低着头美滋滋地寻思着见到活佛该怎样说话。忽然，看见一个道人。这人问：“公子来这有何要事？”他忙上前施礼，然后把事情的经过告诉了道人。“原来如此，我就是来接你的。”道人说罢便把公子领到一座庙里，让他住下，并告诉他过几天活佛就会来这里，让他耐心地等待。

好几天过去了，却不见活佛的影，公子在里面待得实在难受，就请求到外面散步，散散心。他刚走出寺院，见那老两口子也来了。各人手里提着没有开花的铁茄子，哭丧着脸，看起来又争吵了。公子见他们来了，没有继续往外走，跟他们一同到庙中。不多时，那银发老头也来到这里。前面已经讲过，这老头不是别人，他就是活佛。

云龙和仙凤一前一后来到老头面前齐声问："你不是说领我们去找活佛吗？我们要问问他，茄子为何不开花？"老头听罢："哈哈哈……今天算你们找到了，那活佛不是别人，就是本人。你们的铁茄子总在锅里烀，不拿出来晒，还把人家的拿到外面，你们的心还不诚，不能成仙，成仙也不是好仙。"云龙、仙凤一听，顿时像皮球挨了一锥子泄了气。再一看公子，坐在一朵鲜艳的莲花上，成了荷花仙。云龙和仙凤见此情景气得肚子鼓得老大。活佛告诉他俩说："你们也成了仙，是青蛙，以后，不许你们干别的事，干脆在这片树林里给我抓害虫。"从此，森林里就经常听见"怨你呀——怨你呀——"的叫声，据说这是云龙和仙凤互相埋怨的声音。如果不相信，等到了夏天，不妨到池塘边或林子里听听就知道了。

讲述：李永合　68 岁　农民

记录：张孝杰

1982 年 7 月采录于南屯基镇红椰头村 1 组

泥鳅与水蛇

听老人讲，从前没有泥鳅，就是有这么一年的春天，在一个宽大的沼泽地里，无数只水蛇从四面八方赶到这里，准备迎接一年一度的相会。在这些水蛇中间，有一条十分美丽的母蛇，它细嫩的皮肤上长着无数个七色俱全的光斑花点，脖子上长着一条鲜红耀眼的红杠，头上长着葱绿的顶子。大家都称它是美丽的“水蛇公主”。

相会开始以后，水蛇哥哥靠近它求爱。水蛇公主厉声斥责道：“你可真不害臊，没看看你那个损样！黑乎乎的，粗嘟嘟的，我一看就恶心！”水蛇弟弟去求爱，也被斥责回来说：“水蛇公主说了，这穷湖恶水她住够了，人家要到大江大海去，准备在那里找个志同道合的情侣……”

经过好长时间奔波，这天水蛇公主终于来到了大海。当鱼儿发现了它，都感到十分惊讶，匆匆忙忙地向它们的头子老刀鱼报告。凶狠的老刀鱼听到这个消息后，气得张牙舞爪。它把锋利的牙齿放在礁石上狠狠地磨了一气，然后来到水蛇公主面前一看，心里不觉一惊，全身的怒气早已飞到了九霄云外。它张开长长的嘴巴，笑嘻嘻地问道：“嘿嘿，小美神儿，你是打哪来呀！到这干什么呀？”水蛇公主一看老刀鱼这副凶样，心中十分害怕，它急忙回答：“我，我是从遥远的沼泽湖来，只因那个地方我住腻了，想来大海……来逛逛……”老刀鱼凑到它跟前，笑嘻嘻地说：“小美神儿，我实话和你说了吧！我们这个大海是一块神圣的宝地，要啥有啥，只要你能和我成婚配，我叫你有享不尽的荣华富贵。你想吃肥的咱有蟹，你想吃瘦的咱有虾。这生活，就是玉皇大帝也比不上呀！玉帝要想吃啥还得派天兵天将现去掏弄，咱们是手到擒来。嘿、嘿，小美神儿，你看我说的是不是？”水蛇公主听到这里，早已气炸了肺，它狂喊着：“我不同意！我不同意！”老刀鱼一听气不打一处来，它吩咐左右：“别听它的，你们马上回去准备，明天为我完婚。”

第二天，老刀鱼与水蛇公主婚礼刚刚结束，便出去度蜜月了。

由于水蛇公主意不从心，再加上老刀鱼的无礼糟蹋，它天天泪水不干。这天，水蛇公主又在呜呜地哭泣，却被一条巨大的老鲨鱼看见了。当它得知了这里的情况后，气愤地一个直冲，上去就把老刀鱼叼在嘴里，连嚼都没嚼，就吞了下去。然后老鲨鱼转过身来，对水蛇公主说道："你以后可别再想入非非，怎么连'故土难离'都记不住呢？成天总认为自己美，你看看你自己，身上黑乎乎的，美在哪里？"水蛇公主听完老鲨鱼的话，回过头来朝身上一看，顿时大吃一惊，美丽的外衣，早已被咸咸的海水浸烂得无影无踪，身上只剩下了一层黑乎乎的外皮。水蛇公主伤心地痛哭起来。

老鲨鱼走后，海水渐渐平静下来，水蛇公主稳定了一下情绪，便向海岸游去。刚刚上岸，水蛇公主感到肚子疼，"可能是怀孕了。"想到这里，水蛇公主更加着急了，它拖着沉重的身子，忙顺着来时的小道往回急赶。最后终于用了五五二十五天的时间，赶回了原来的沼泽地。这时劳累了一路的水蛇公主还没顾上休息，就临产了。它没有生出水蛇，也没有生出刀鱼，而是生出了一些鱼不似鱼、蛇不似蛇的怪胎来。水蛇公主看到这些怪胎后，心中十分伤心，它说："我走后，白天你们必须藏在泥里，千万不能出来，如果出来就会丧命的。"

水蛇公主走后，孩子们按着它的嘱咐去做，白天钻到稀泥里，老老实实地等待妈妈回来，只有夜晚才出来戏水玩耍，实在饿急了，它们就啃口稀泥来充饥。天长日久，人们便给它们起了个名字叫"泥鳅"。

再说水蛇公主，它并没有去给孩子们打食，而是悄悄地逃到了山上。为了不让同伴们知道自己的下落，到山上以后，它便更名换姓，再也不叫水蛇公主，而叫"大青蛇"了。

讲述： 杨清贵　67岁　无文化　农民
记录： 宫春林

1983年7月9日采录于四平镇钢铁村

百合花

话说武则天在位时，她对手下的百花仙子们非常刁难。仙子们都恨她，但又都怕她，只能敢怒不敢言。

有一年腊月，武则天心血来潮，即使在冰冷的冬天，她也命令百花仙子连夜开花，否则就发配她们。仙子们听了，有的哭，有的愁，有的暗自咒骂武则天，有的准备逃走，只有梅花仙子们第二天开放了。百合仙子对其他仙子们说："姐妹们，我们就要分别了。我们应该自己去寻找欢心和幸福，何必过着寄人篱下的生活。希望咱们各奔前程，去享受属于我们自己的山川宝地。我们的种子随着时令季节自由地开放。"百花仙子们听了，都决定逃出这个遭人蹂躏的地方。荷花、莲花仙子说："我们喜欢水，以后就永远地生活在水中。"黄花等万种花仙也为将来的生活做了准备，一一说出了将要去的地方。

再说百合仙子飞呀飞，从腊月到春天，终于飞到了东北。夏天了，百合花迎着烈日次第开放了。东北人民为了纪念百合仙子从关里来到东北三省，又给她起了个新名"山东花"。现在，辽宁、黑龙江、吉林的人们还是这么个叫法！

据说，百合仙子还在长白山上，您若不信，就到长白山里去找吧。

讲述：李长荣　于桂珍

记录：潘士禄

1985年春采录于杨木林镇四合村

映山红

相传很久以前，映山红还是一种无名花。她开的花儿不像现在这样红，只是白白的花朵上微微透出几丝嫩红，再加上有翠绿的叶片衬托，使她显得十分美丽漂亮。每当人们见她开放的时候，免不了都要夸赞一番，映山红心里喜滋滋的，渐渐地自高自大起来。平日里她瞧不起百花之中的其他姐妹，为了抬高自己，她给自己取名叫“冠军花”。不久姐妹们把消息告诉了蜜蜂，蜜蜂听后十分惊讶。蜜蜂来到冠军花面前劝道：“美是多种多样的，每年冰雪刚刚化尽，冰郎花、二月兰，就向人们献出了自己的美，在这方面你不如他们，你怎么敢称自己是花中之冠呢？照说你都不如娇小的猫骨朵花……”“好！你说我连猫骨朵花都不如吗？那好，你去告诉她，明年春天我要和她比赛，看谁长得美，先开花……”

第二年阳春三月，猫骨朵花很早就起床了，它把自己苗条身段打扮了一番，梳了头，洗了脸，葱绿衣裙穿在身，悄悄拱出泥土。

“冠军花”睡得正香，忽听蜜蜂在嗡嗡直叫，她冷丁想起了比赛，揉了揉眼睛，只听蜜蜂在喊：“懒丫头，还不起来，人家猫骨朵花早来了！”“冠军花”头也没梳，脸也没洗，连裙子也没穿，匆匆从土里钻出来，抬头一看，猫骨朵花正朝着她笑呢！

冠军花觉得脸发烧，再看看自己光溜溜的身子，顿时粉白小脸羞得通红。在阳光照射下，把石砬子都映红了。因此姐妹们嘲笑它叫“映山红”了。

讲述：刘桂兰　女　59岁　农民
记录：宫春林
1983年10月采录于四平镇钢铁村

节骨草

节骨草在民间又叫猪牙草。提起节骨草还有一段来历呢。

再说草王爷把野草种子撒下人间以后，野草都请求草王爷下来封寿。草王爷一想也对，只要不超过自己的寿命就行，便在春暖花开的时候来到了人间，换样地给千万种草封了寿。都封完了寿之后，节骨草才强巴火地从地里头拱出来。草王爷一看节骨草来得这么晚，很不高兴。节骨草看出了草王爷的心思，忙解释道："草王，我来晚了，因为我只有在这个季节才能出土。论正理我得最晚出土，可听说您来封寿，我就日夜不停地打着雨伞走着。所以，请求草王给封个长寿的寿命。"

草王爷一查《寿典》，知道长寿的都封出去了，剩下最后一个也就是寿短的性命了，只好说："太对不起了，长寿的都已经给那些来得早的花草树木了，以后，你在入伏的时候就要进入下一个轮回了。不过，我封你每年最后出土，这样不也挺好嘛！"

节骨草谢过草王爷，很伤心地走了。

从那天起，节骨草每年春天都早早地拱出土来，一出土就哭，不管天多干，地多旱，节骨草总是泪水湿满身。

讲述：李长荣

记录：潘士禄

1985 年 8 月采录于杨木林镇

蜇麻

蜇麻，就是荨麻。它生长在山坡、林边、沟沿，茎和叶都长着密密麻麻的倒枪刺一样的细毛，一旦人和动物触动了它，它就会像尖锐的矛把刺儿刺进皮肉里，又疼又痒，十天半月不见好。到了秋天，蜇麻成熟了，刈下来，扒下皮来打绳套，比线麻还抗磨耐烂。

假如你想动手拔掉它，你得念一首民谣："蜇麻子你别蜇我，你妈养汉不是我。"念叨三遍，再拔它，它就不会蜇你了。

说起这些，还有一段不知流传了多少年的故事呢！

说是在很早很早的时候，长白山下的一个小屯子里住着一家姓王的，只因丈夫积劳成疾过早去世，剩下孤儿寡母苦熬时光。

王小一年小两年大，转眼到了懂事的年龄，让老娘辞去给财主李巴眼浆洗的活计，自个去给李巴眼放猪。只顶个半拉子数，很难维持娘儿俩的温饱。

街坊住着一个老张头，为人正直善良，眼瞅着王家过得艰难，很想贴帮一下，但又因王家孤儿寡母，怕闲言碎语是非多，只好背地帮着干点。

有一天，王小放猪回来，正碰上李巴眼从王家大门走出来。李巴眼斜眼看着王小，"嘿嘿"一笑说："回来这么早，放饱了吗?"王小见李巴眼一反往常的那种阴森劲，心里觉得恶心，随口答道："放饱了。"

等王小进了里屋，老娘正脸朝炕里用袖口抹眼擦泪呢，然后用手捋着纷乱的头发问："儿呀，你咋回来得这么早?"王小说："娘，今天我是在北大洼放的，猪吃饱了，我就赶了回来。刚才李巴眼来干什么?"娘上言不搭下语地说："来，来要债。"王小说："娘，你别太伤心了，等我再过几年，长大了，那债就能还上。"老娘听了，哭得更厉害了。

转眼又过了半年有余，王小娘由于整天精神不振，一个人背着儿子掉眼泪，唉声叹气，身体渐渐消瘦下去。王小觉得奇怪，有一天问娘："娘，你要是哪不舒服就吱声，咱手里没钱，借也得给你请郎中。你要是有个三长两短的，我可怎么活呀！"娘摸着王小的头说："儿呀，娘没病。你长大了，我要是有不行的那天，你可得记着是谁逼得咱家破人亡呀！"王小点着头说："娘，我记着呐。"

等到第二天，王小放猪回来，见娘不在屋，便去房前屋后的菜园子里去找，仍不见娘的踪影。他想：娘是从来不串门的，莫不是去邻居家借什么家什了？想着便去邻居老张头家去问。老张头说："刚才你娘是来过。她说：等你回来时就不要去找她了，她说她去亲戚家。我问去哪个亲戚家，她没有吱声就走了。"王小眉头一皱，说："我也没听说有什么亲戚家呀。能上哪去呢？"老张头又说："没有亲戚？呀！她来时脸色不对，是不是出了什么事？"

经老张头这么一提醒，两人都急了，走东舍串西邻地找开了。全村及附近的村子都找遍了也没见一个人影。不少乡亲也帮着找，找东山，寻西岗，一下子在西岗的一棵老歪脖树上找到了。等从树上卸下来已经没有一点气儿了。王小见状，扑上去便哭。

在人们给王小娘净身穿衣服时，发现王小娘已怀了孕——肚子大了。于是，人们七嘴八舌地说开了："这寡妇到底没守住，失了贞节，这是没脸见人了……""这肯定是和那老张头不清白。"

王小已是老大不小的人了，听了这些埋汰老娘的话，气得脸色通红，怒气冲冲地去找老张头。老张头正在张罗给王小娘做棺材，见王小一脸怒气便迎了出来。王小兜头就是一句："是你害死了我娘，我要你偿命！"老张头愣住了，经别人一说，他才明白是怎么一回事，就说："你还记得李巴眼去你家要账的事吧？那天是他欺辱了你娘。你娘当时找我，让我往后多照顾你。我说：'你可寻不得短见呀，孩子没爹又没了娘那日子可怎么过呀？你就忍心两眼一闭就走了吗？'唉，谁知……"

王小听了，再一联想，李巴眼来要债和娘总躲着掉眼泪的情景，一下子怒火冲天，提着放猪鞭子就直奔李巴眼家。老张头拦也拦不住。

到了李巴眼家，李巴眼正坐在太师椅上抽大烟呢。王小道：

“老东西，还我老娘!”抡起鞭子就抽，李巴眼一愣神的工夫，右边那只巴拉眼被抽冒了，疼得他“嗷嗷”直叫，抱着脑袋喊：“来人呀，小猪倌反了！来人……”狗腿子们听到喊，直扑过来。一个还很细嫩的孩子哪能敌过这帮豺狼，一顿棒棍拳脚，王小被活活打死，扯腿给扔到了后山沟里。

老张头紧赶慢赶已不见王小的尸首，只见地上有一摊乌黑的血。老张头坐在地头伤心地哭了。

老头正哭到伤心处，李巴眼捂着受伤的眼睛来到了后沟，他是想看看王小到底死没死，怕活过来再来报仇。刚走到那摊血的跟前，猛地，从地下钻出一丛丛青草来，那草浑身长刺，直把李巴眼蜇得“嗷嗷”叫，一下子就坐在地上。这一坐不要紧，李巴眼的屁股、大腿被蜇个遍，疼得他连滚带爬地跑了回去。

老张头见那丛水灵灵的青草蜇得李巴眼望风而逃，乐了，心里直说：“王小有灵呀。”说着用手去抚摸，这一摸不要紧，又把他给蜇了。老张头以为王小还记着他，便哭丧着脸说：“王小王小别蜇我。”说着又去抚摸，果真不蜇了，他就坐在地上，看着那丛青草发愣。不一会儿，便见王小走了出来，对老头说：“大叔，我有一事相求，等到了秋后，你把这丛草刈下来搓成麻绳，只要放在李巴眼的炕头上，到了晚上就会自动勒死他。”说罢，磕了三个响头不见了。老张头揉揉眼睛，知道是做了一个梦。

到了秋天，老张头照王小的话做了。果然，第二天一早就听说李巴眼被勒死了。

后来，人们见这种草蜇人，又能打草绳，就管它叫蜇麻。那句“王小王小别蜇我”的民谣变成了“蜇麻蜇麻别蜇我，你娘养汉不是我。”

讲述：王春荣　56岁　农民

记录：纪连生

1985年6月12日采录于大阳镇六家村

核　桃

话说孙悟空、沙和尚、猪八戒三人保护唐僧，历尽千辛万苦去西天取回真经。回到东土大唐寺院，悟空恳求师父取下紧箍咒。唐僧心想，悟空在取经的路上降妖捉怪，功劳不小，便取下了紧箍咒。哪知道，孙悟空对师父念紧箍咒一直怀恨在心，奸笑着说："师父，徒儿对你无理了。因为你善恶不分，真假不辨，害得我脑袋险些掉进你的嘴里，今天该你入阴曹地府了！"说完，一棒将唐僧打死，随后大闹唐府，屈杀无辜，犯了杀戒之罪。

王母娘娘闻声赶来治降悟空，但悟空一概不理，上前交战。直战得狂风四起，天昏地暗。两人罢手，悟空进寺院里吃斋饭，王母娘娘去请如来佛主前来捉降悟空。

孙悟空吃饱玩够以后，又回到了花果山，传艺于猴儿们。"悟空，你可认识我吗？"孙悟空一看便破口大骂："如来老儿，你害得我好苦啊！我正要找你算账呢，今天你倒送上门来了，孩儿们，杀啊！"如来佛主不慌不忙地劝着悟空："悟空，我希望你修成正果，造化成佛，造福人间，何必自找苦吃呢？""如来老儿，你少废话，我非打死你不可！"孙悟空举起金箍棒向如来佛主打来。如来用手一接攥在了手里。孙悟空见势不妙，摇身化成一股青烟飞到一山顶上，变成一棵大树，可脑袋没有地方搁，想来想去便放在枝干上，顺手掐来一些芭蕉叶子盖在脑袋上。如来手指树干说："悟空，我成全你了！"话音刚落，孙悟空真的变成了一棵无名大树。

"悟空啊悟空，我要让你的果实皮苦核硬肉香，让人们都吃你才能不会忘记你。给你这个淘气淘得没边的猴子起个名字，就叫'猴淘'吧！"不知又过了多少年，人们对猴淘的核挺感兴趣儿，也不知是哪位老者说："猴淘好吃，但这么叫常了，猴子们一定会恨我们，我们以后就管它叫'核桃'吧"。

讲述：李长荣

记录：潘士禄

1985 年 8 月采录于杨木林镇

苞米

相传在很早以前，俺们这个地方的人吃的都是草、树皮和一点兽肉，一个个面黄肌瘦，活不到三十岁就死掉了。所以，这么大个地方只剩下十来户人家。

在孤山子村住着个姓赵名米的孤儿。他聪明、善良、勇敢。他看到乡亲们很年轻就死掉了，很是发愁，决心想法来救他们。

有一天，他把村里岁数最大的赵爷爷找来，问他怎样才能救村里的兄弟姐妹，老爷爷叹口气说："听说在很远很远的地方，有一座雪塔山。山上住着个妖精，黄发、黄眉、黄胡须，甚是厉害，他那有一种可吃的草种子。"赵米一听，就说："爷爷，我去一趟吧？"爷爷急忙说："使不得，使不得，想到那个山，得翻九十九座山，得过九十九条河，得遇九十九个妖精，危险啊危险，万万使不得。"赵米急忙说："爷爷，我去，一定得去，为了父老乡亲，死了也心甘情愿。"老爷爷一看，他非去不可了，就为他准备了些兽肉和一些用品。

第二天，赵米上路了，走啊走，翻过了九十九座山，渡过了九十九条河，杀死了九十九个妖精，这一天终于来到了雪塔山。山非常高，非常陡，非常滑。他的脚破了，就爬着上山，费了老些劲，好歹算爬到半山腰。忽然从山上下来两只猛虎，直向赵米奔来，赵米一看不好，立刻往旁边一闪，两只猛虎来势太凶猛了，想收步呀，来不及了，一下撞在大石头上，脑浆迸裂，死了。赵米近前一看，是两个大馒头，香喷喷的，他实在饿极了，也不管三七二十一，拿起就吃。呀！说也奇怪，吃了之后浑身哪也不疼了。他继续往山上爬去。快到山顶的时候，突然从半空中来了两条大长蛇，那个大呀，赵米从来都没见过。两条蛇，气势汹汹地向他扑来，赵米往山顶一跳，这两条蛇，叭的一下全都落了地。赵米回头一看，是两把寒光闪闪的宝剑。他立刻拿起宝剑，耍了一通，挺随手，就把宝剑挂在身上。他往四周一看，平坦坦的，只是中间有一块大方石，石上写着：“进来”。说也奇怪，赵米看完，大方石立刻消失了，一个黑咕隆咚的大洞口出现在眼前。

赵米想这可能是妖精住的地方，于是他就进了洞。洞里漆黑一团，什么也看不见。他慢慢地摸着往里走，走啊走，渐渐有了点光亮，看见了石头、凳子、桌子、床。床的上面铺着兽皮。除了这些，别的什么也没有。他想也许妖精出门了，我该怎么办呢？我还是躲躲，看看动静，于是他就躲到石桌子下面。约摸能有一顿饭的工夫，妖精果然回来了。他长得太吓人呢！黄发、黄眉、黄胡须，黄面、黄牙、黄外身。赵米心想：这是个什么怪物？腰间有一个鼓鼓的皮袋子。老妖进屋倒头就睡了。赵米想：如果斗不过，得不到宝草，那怎么能行呢？想到这，他就悄悄地来到它的身边，轻轻地用剑划，用事先准备好的皮袋接住。刚刚把袋接满，老妖翻个身，好像听见了什么动静，赵米急忙躲到石床下面。老妖向四周看看，没发现什么，就又倒下睡了。赵米想：老妖呀，我看你往哪跑？他刚想出来砍，突然耳边出现了一种声音：“赵米，快走，你是斗不过他的。”赵米心想，这也许是神仙点化，起身便往外跑。可是一不小心，跌在洞门口。老妖被惊醒了，一看腰间的皮袋瘪了，爬起来向外面追去。赵米回头一看，老妖追来了，他也忘了老神仙的话，把皮袋往腰间一系，就和老妖打了起来，好一顿厮杀，从天明打到天黑，赵米渐渐地不行了。老妖一看哈哈大笑，“你跑不了了，给你点厉害的吧！”说着就吐出一团白雾，把赵米给笼罩住了，霎那间赵米觉得四肢朝下弯，浑身痛痒，低头一看，可了不得了，自己变成了一只狗，这可怎么办？老妖哈哈大笑，“往哪去，来吧！”说着张开了血淋淋的大口，用前爪去抓赵米。赵米心想完了，一切全完了。就在这时，突然从天空中来只大手，把赵米抓起便走。赵米睁眼一看，自己是坐在一个大摇篮里，只听到：“快，把剑扔下去！”赵米把剑往下一扔，瞬间两条巨蟒直向老妖扑去，刷，一下把老妖绕住，越绕越紧，眼瞅着往里陷下去，把老妖疼得嗷嗷直叫，霎时身成三段，变成了一只大黄狼。赵米这个高兴呀。突然一种深沉的声音说：“赵米，我也没有能使你变成人的能力，你只能在遇到真心爱你的人时，才能还回人形，去吧，孩子。”赵米一机灵，看看四周，原来落到一个不知名的山脚下。

赵米走啊走，来到了一个李家庄。庄里有个大户人家，家里的老爷叫李良，家里有四个孩子，三女一男，三个姑娘都没有婆家，公子才七八岁。李良为三个姑娘的婚姻犯愁。三个姑娘都长得很漂亮，特别是三小姐，不但漂亮而且善良。李良不想把这三个姑娘嫁给当官的，想把她们都嫁给善良勇敢的小伙子，所以他选了个良辰吉日，为姑娘们选女婿。这天正是这个日子。来的人可真不少，都巴望自己能有个好运气。这时赵米也来到人群中。大小姐、二小姐都选中了，只有三小姐手捧绣球，眼望人群，就是不撒手，好像在想什么。想什么呢？她是想昨晚的梦：有位白发、白眉、白胡须的老公公来到床前说：有一位勇敢的少年，他落难了，他就是你的丈夫，你要真心对待他，总有一天他会让你满意的。说完就隐去了。小姐心想：我也不知道是谁，凭命由天吧！想到这，她把眼一闭，绣球撒手了。下面的一看绣球来了，可就乱了，都伸手抢，眼看着要被一个大个子抢去，突然来了一阵大风，刮得人们睁不开眼，也就在这瞬间，绣球落地了。赵米一看，叼起来就跑。人们睁眼一看，绣球被一条狗给叼跑了，家人都去追，他们哪里能追得上赵米呢？第二天，赵米也来迎亲。家人已经把话回给李良。李良想狗怎么能叼绣球呢？唉，古人说得好，嫁狗跟狗走，嫁鸡跟鸡飞，三姑娘就是这个命了。

赵米领着三小姐往家乡的方向走去了。三小姐的意思是走远一点，在一个谁也不认识的庄子里过日子。她是个“包装脚”，走一段路就累了，赵米就用头碰碰她，意思是把包袱放到我的身上。三小姐呢，看着他，腰间有一个皮袋，看样子也怪累的了，就不用他拿。赵米呢，不用他拿就索性不走了。三小姐看着他这么懂人气，就说：“唉，你要是能变成人，那该有多好呀。不过，你就这样，我也永远不会让你饿着。”说着还摸摸“狗”的脸。这一摸不要紧，赵米忽然感到浑身一阵疼痛，像谁在往下拔毛，越疼越厉害，疼得满地打滚，这可把三小姐吓坏了。突然来了一阵大旋风，把赵米给围住了。等到风停下来时，三小姐睁眼一看，眼前站着一个英俊的小伙子，笑眯眯地看着自己，哎呀，这可羞坏了三小姐，急忙起身便走。小伙子上前扶住她："娘子，看看我是谁，我就是你的丈夫——狗啊！"说着就把狗皮拿给三小姐看。三小姐感到非常惊奇："这……"赵米就把事情的经过原原本本地说了一遍，三小姐这个高兴劲就甭提了。

后来赵米夫妇把这种子带回俺们这个地方。乡亲们吃了他带回的种子种的植物，能充饥，又不生病，还能延长寿命。为了纪念和感激赵米让人们都吃饱饭，就把这粒种子叫"饱米"，后来叫白了，叫成"苞米"。

讲述：李维香　女　70岁　无文化

记录：梅香云

1982年9月采录于四平镇

荞麦怕寒露

庄稼人都知道寒露一到，荞麦就趴下了。荞麦为什么这样怕寒露呢？

传说很早以前，有个叫樵梅的姑娘，爱上了一个名叫韩露的公子。韩公子认为小户人家姑娘都笨，所以，媒人一提，便被他拒绝了。这样，樵梅姑娘感到羞愧，一气就嫁给了素不相识的王二。

一天王二到集上卖马。这匹马被韩公子相中了，他看王二傻里傻气，突然想出一个主意，对王二说："马我买了，定个日子你去我家取钱，那时我再给你加三成利。"王二一听，就毫不犹豫地答应了。于是韩公子找来证人，写了凭证，他在凭证上写道："我家住在俩五店，叮当门前我宅院，门西有个大黑犬，门东是个滴溜圆，月圆再来取马钱，否则马算白送咱。"

王二拿起凭证就犯愁了，回家把这件事告诉了樵梅。樵梅看完说："买主家住在铁匠炉的门前，他家的门西有一条黑狗，门东是个碾盘，让你十五那天去取钱。"

到了十五，王二按照樵梅的话找到了韩公子，韩公子奇怪地问："你怎么找到这儿的？"王二说妻子樵梅告诉他的。韩公子一看樵梅这么聪明，不禁后悔起来。他给王二两个包子。王二回家后，樵梅才知道买马人竟是韩露，她掰开包子一看，一个包子的馅是一半羊肉，一半狗肉，另一个包子里面却包了一块木头疙瘩。心想：他说我这是羊肉跟狗肉，陪伴一个木头疙瘩……于是，她撇下王二回了娘家。

一天樵梅在河边洗衣服，看见一个牵马的人走过绿草地来给马饮水，然后把马牵到北岸让马吃枯草，樵梅问牵马人："你怎么不让马吃南岸的绿草啊？"那人回答说："好马不吃回头草，好女不往娘家跑。"樵梅突然一愣，仔细一看，原来说话的人是韩公子。樵梅想："好女不往娘家跑，我要做一个好女，难道还得和自己不喜欢的人在一起吗？"第二天，她亲自上门找韩公子，请求做他的妻子。这时韩公子正好给马备鞍子。樵梅这样一说弄得韩公子不知所措，慌乱中竟拿着马鞍子往已备好鞍子的马身上放。樵梅一看，立即想起了一句老话："好马不背双鞍，好女不嫁二夫。"樵梅误认为韩公子有意羞臊她，觉得无地自容，就碰死在树下。第二天，她血流过的地方长出了白花庄稼，人们都管这庄稼叫樵梅，它的面粉像麦子，人们又叫它"荞麦"。韩公子无意中害了聪明、脆弱的樵梅姑娘，悔恨万分，积忧成疾，不久也死去了。从此，每到秋天荞麦成熟后，都要下一层轻霜，人们说是韩露来看樵梅来了。因韩露来过后天气寒冷，所以人们又称它为"寒露"。荞麦遇寒露就抬不起头，人们说它是羞的。

讲述：赵 氏 女 无文化

记录：宋凤霞

1982年3月采录于横道河镇治安村2组

龙胆草

降雨龙不住地降着大雨，庄稼冲走了，房子泡塌了，牛羊淹死了，眼看着地上就有人命危险了。

龙王爷趁大雨下界到东海玩水，半空中听到了老百姓的哭声。他掐指一算，不好啦，人间发大洪水了。看到山上、树上的老百姓，心疼得“哇呀呀”暴叫，一缕青烟返回天宫，制止了降雨龙降雨，把降雨龙锁了起来。为了让降雨龙免罪，龙王爷处罚降雨龙下凡到人间吸水。降雨龙趁一个放雾的天气到了人间。他落到一个最高的大山上，用身上的鳞片拼命地放热吸水。

三天过去了，地上的洪水消失了，老百姓又重新开始种地、盖房子，生活了下来。降雨龙的任务完成了，想报答人间，什么东西好呢？干脆下点蛋吧，以后会用得着的。他一连下了三天的蛋，下到人间每个山山岭岭。一天，大雾笼罩着空间，这正是龙王爷收降雨龙回天宫的期限到了。

再说降雨龙的蛋在土里扎根发芽了，长出来的茎很像龙身，叶片好像龙身上的鳞片。当时，老百姓把这种草起名叫“龙草”。因为是龙下蛋长出来的草，以后，又改名叫“龙蛋草”。后来老百姓知道龙蛋草的用途，它能起到帮助人消化、杀菌、防腐等作用，所以，大家都叫它“龙胆草”了，现在人们还都这么叫呢。

讲述：李长荣

记录：潘士禄

1986 年 4 月采录于杨木林镇四合村 3 组

和尚头花

咱这地方有一种花叫和尚头。为啥叫这名字，是有来历的。

相传，在早有个大寺庙，有个法号叫吉僧的老和尚，他有僧徒一百位。在这些僧徒里，惟有小和尚却禅练功最认真，早起晚睡，功夫最深。

一次，吉僧师父同僧徒却禅交练起来，五十个回合，不分胜负。刀起刀落，枪枪紧逼。吉僧师父使出最后一个绝招，想赢却禅，不料动作缓慢，被却禅一拳击中胸部，摔倒在地上。却禅赶忙扶起师父，当众叩头赔罪："师父，徒儿错手了，请您处罚。"

"强中的高者，免你无罪，回去吧！"

晚上，吉僧想：却禅武功超群，胜过于我。今天他有意也好，无意也好，反正伤着我了。这座寺庙，有我就难有他……

吉僧的病好后，就想方设法要除掉却禅。事情也凑巧。一天，几个盗贼在林中调戏一个姑娘，姑娘拼命地叫喊着："救命啊！来人啊！……"

吉僧灵机一动，忙对却禅说："却禅，快去救林里的那位姑娘。"

"遵命，师父！"却禅便向林中跑去。

几个盗贼已经扒掉姑娘的外衣，幸好却禅及时赶到。"呔！大胆的盗贼，拿命来！"没用几招就把几个盗贼赶跑了。

却禅刚要往回走，姑娘穿好衣服追上却禅哭着说："救命的恩人，你救了我，我得报答你！"

"妹妹，出家人以仁慈为本，不必报答，快快回家去吧！免得爹娘着急挂心呀！"

却禅赶忙挣脱。这时，吉僧赶到了，厉声喝道："出家人以慈善为怀，你竟敢在白日之下，调戏良家女子。按我寺戒规，杀头谢罪！"

"师父，我救了这位女子，她要报答我，我没同意，怎么能说我是调戏她呢?”却禅解释着说。

“还敢顶嘴，走，跟我回寺庙!”

“老师父，这位哥哥好心好意救了我，没有调戏之意，您错怪他了。我求求您千万不能处罚他呀!”

“姑娘，你这样袒护他，是会吃亏的。却禅快走!”

“……”

当天中午，却禅被砍了头。

第二年的这一天，那位姑娘找到了却禅的坟，烧纸燃香上供，祭奠却禅。起身时，发现却禅坟的周围长着一种花，花苞像和尚的头部，她折下一枝，散发出一股馨香。姑娘回家后，把这件事告诉了母亲。母亲说:“这是却禅和尚显灵了，这花正是却禅的和尚头啊! 咱们要让祖祖辈辈都记住啊!”

从此，“和尚头”的名就传了下来，一直传到现在，人们还是这么个叫法。

讲述:张仁山

记录:潘士禄

1985 年 8 月采录于杨木林镇杨木林村

柴胡

话说在早吧，有个外号叫李大闲的人，是个游手好闲、吃喝嫖赌的懒蛋子，以耍钱为业。

有一次赌博，李大闲起点了，大获全胜，赢光了其他三个人，又赢了三个人之中一人的媳妇。这小子领着赢来的媳妇回到破烂不堪的家里成了婚。李大闲有了媳妇本应该好好地过日子，他不，仍然恶习不改。不种地，一年到头总在外面看牌，媳妇在家里又得种地，又得做饭、挑水。年久失修的破房子，冬天外面下大雪，屋里下小雪，外面不下雪，屋里飘轻雪；夏天外面下大雨，屋里下小雨，可是大闲也不管也不修。

两年过去了。媳妇生了个儿子，家里外头还得媳妇自己干，大闲还是死守赌场。

日复一日，年复一年，一晃九年光景过去了。孩子也长大了，娘儿俩相依为命。孩子本应该念书识字，可是生活困难，不得不随大人上山采草药换钱。

单说有这么一天，大闲的孩子又上山采药去了。大闲输光了所有的本钱，赶忙回家翻箱倒柜拿了些东西，到当铺当了，又回到了赌场。这天的牌就是不起兴，不是截胡，就是诈胡，别扭出弯了。

这时候，大闲的儿子拿着药草来问父亲："爹，这是什么药草?"你说也不怎么这么巧，正好是大闲的牌胡了！他高兴地撂牌说："我的天哪！才胡啊!"儿子以为是告诉药草名，也跟着叫"才胡"。

打那以后，"柴胡"的名字就这样传开了。

讲述：李长荣

记录：潘士禄

1985 年春采录于杨木林镇四合村 3 组

故事

习俗故事

贴挂签

春节时，汉族家家喜欢在门上贴“挂签”。“挂签”就是用五彩纸剪的各种花纹，下剪穗子，很像流苏。五张“挂签”并贴在一起，说是能够保佑家庭万事吉祥如意，免遭灾祸贫穷。

传说，古时候姜子牙封神，他把天上、地下的神都封齐全啦，诸神皆大欢喜，纷纷前来道谢。正在这时，大殿上撞进一个人来，鼻涕一把，眼泪一把，数叨开了：“这该死的老头子，吃里爬外，忘了夫妻情分，你把神仙都封妥当啦，连什么山神土地，牛头马面都有人供奉，就差我这老太婆没封神，你，你这是安的啥良心？今儿个你得封我一尊大神，享享人间烟火……”老态龙钟的姜子牙擦了擦混浊的双眼，定睛一瞧，嘿！是自己的老婆，忙道：“谁让你才来！诸神位都封光了，你偌大的年纪，回家歇着吧！”“不行！你不封我个神位，我就拼了这条老命！”老太婆死皮赖脸，哭哭叽叽，说着，说着，舞舞扎扎动起手来，扯住姜子牙的袖子不放。众神上前横扒竖挡，七嘴八舌地劝道：“老太公，你随便封她个神，打发她走得啦，这样闹下去，成何体统！”姜子牙倒背双手，在大殿上急得直转磨磨。猛抬头，看见财神爷赵公元帅啦，只见他脸上泛着红光，相貌堂堂，富富态态。姜子牙又瞅了瞅这黄皮拉瘦、瘪瘪瞎瞎的老太婆，突然转过身来道：“你去当穷神吧！”“穷神！那是管啥的?”老太婆把嘴咧到腮帮子。“管穷人的！”姜子牙抹搭着眼皮，没好气地说。“那我可不去，我要管富人家……”老太婆说着，又要起疯来。“这是最后一个神位，你要不去，封给别人！”姜子牙沉着脸说完，一甩袖子向二堂走去。众神过来劝道：“穷神，富神，人们都摆供果、点香烛供奉你！”老太婆无可奈何，只好撅达撅达，骂骂咧咧地走了。姜子牙坐在二堂的太师椅上，想起自己老婆平日奸懒馋滑，心眼贼古董，她要到哪家，哪家非得穷得叮当山响，那不给人家坑了么！想到这儿，姜子牙迈开大步撵出去，大声喊道：“穷神，你听清喽，‘见破即回’呀！”

人们根据这个传说，就用五彩纸剪成各种花纹的“挂签”，贴在门上，预防穷神到来。穷神见了这家纸是破的，就不进来了。

讲述：宫佳丰　57 岁　工人
记录：刘丰年　吴强稼
1984 年采录于东丰镇

倒贴福

据说，倒贴“福”字源于清代。说是有一年春节，恭亲王府里有个大管家写了几幅斗一样大的福字，叫人把它贴在王府上，一个不识字的家丁却给贴倒了。大管家知道后，怕主子问罪，便向主子跪拜说：“奴才听人说：恭亲王的福倒了，如今大福真的到了。”恭亲王闻听倒觉得有理，高兴地赏给管家和家丁几十纹银。从此，民间就有人常把“福”字倒贴了。

讲述：王春荣

记录：纪连生

1986年春节采录于大阳镇六家村

灯 谜

元宵节上灯起源于西汉，但那时只有谜语并无灯谜。

到了南宋才有灯谜。那是在都城杭州郊外，有一个姓王的财主，他对长工心狠手辣，每到年关算工钱的时候，都要找借口克扣长工的工钱。人们送给他一个外号叫“吸血鬼”。有个在王老财家当教书先生的杨三，到了腊月二十三，一算工钱，被克扣得只剩下几两银子。杨三气得不得了，发誓要整治这个吸血鬼。

说话工夫就到了正月十五这一天，“吸血鬼”王老财邀来四方财主来观灯。杨三认为时机已到，在家大忙了一天。到了晚上，街头房前都挂上了各样花灯。人们纷纷走上街头，观赏花灯。杨三把自己那顶花灯打了出来，只见这灯又大又亮，吸引了不少人。但更吸引人的是杨三花灯上写的一首打油诗。

杨三在观灯的财主们跟前将灯举得高高的。王老财见灯上有诗，觉得好奇，便让管家上前念给财主们听：“长个乌龟相，披件红外衣，专门吸人血，装进大肚皮。”

“吸血鬼”，王老财一听，杨三写诗骂他，气得怒目圆睁，要把杨三绑起来。杨三笑着说：“我这里是条谜语，打的是‘臭虫’，你想对不对。”围观的人们哈哈大笑，王老财自找挨骂，无处发泄。

这事越传越远，到第二年灯节，灯谜就兴盛起来。

讲述：张　氏　女　76 岁

记录：纪连生

1985 年 1 月采录于大阳镇

灯笼杆

春节时门前竖起一根高高的木杆，木杆上端挑着一盏红灯，贴着一条红纸，上写“太公在此”。传说这个风俗是姜子牙封神那时留下的。

那天姜子牙站在封神台上，把天上地下的众神都封了位。各位神仙刚要去上任，财神说：“我们都有了位，你呢？”这一问，姜太公才想起忘了自己的神位。

姜子牙想了想，一拍脑门说：“有了。”让门神去砍来一根木杆，让土地神挖个小坑，就在封神台前竖起来了。太公说：“我在此能看见你们的所作所为，如有不轨，神法不容！”

众神听了都说：“我等到位后，也在门前竖起高杆，挂上灯笼，候你巡查。”

从此，家家门前都竖起了灯笼杆，让姜子牙歇脚。这一风俗一直延续到今天。

讲述：王春荣

记录：纪连生

采录于大阳镇六家村1组

正月十五放路灯

民间有这样一个风俗，每年正月十五的晚上，人们要点“路灯”。有的是面制的，有的是买来的蜡烛，也有的是用煤油拌上谷糠而成的。这里有一段故事。

相传，正月十五的晚上，诸神都各司其职：财神巡视人们的日子过得可富裕；门神查各家的门风可正派；瘟神瞧看天下的瘟疫……只有姜子牙统观天下，看灶王上天说的事是否是实情。

一开始诸神还都挺仔细，后来就不那么认真行事了。财神贪香火，门神馋供品，瘟神迷女色……天下从此便灾难四起，家家户户无一幸免，屈死、饿死的事时有发生。

姜子牙动了怒。问财神是怎么巡视的？财神眼一眨巴扯着谎说：“天上虽有明月高照，却看不清各家仓房有无存粮。”问瘟神，瘟神强词夺理地说：“家家虽有灯笼高挑，却查不明犄角旮旯有无瘟疫。”问门神，门神瞪着眼睛胡说：“房前屋后灯不亮，也瞅不清都有什么败坏门风的事。”诸神各个狡辩。

正审问的时候，瘟神光顾想着他的风流美事，不慎包着瘟疫的包裹从手中滑落，瘟疫趁机跑到了天下。姜子牙气得将瘟神重打四十神鞭，说：“不把瘟疫全部收回，就把你压在峨眉山下。”

姜子牙又把灶王叫来，派他速回人间，告诉各家：正月十五家家门前放上路灯。灶王走后，姜子牙又命诸神：“快下界，把四周看不清查不明的事速速弄清查明！并和瘟神一起，捕抓天下瘟疫。”诸神不敢怠慢，纷纷按令下凡。

人们听了灶王的话，便在正月十五的晚上，在猪圈、鸡舍、狗窝、井台、仓房、小路、街道等地界点起路灯，为诸神照亮。

结果诸神发现，在路旁有不少冻死鬼、饿死鬼、吊死鬼。姜子牙听说后，便说：“这些鬼，大都是在阳间受屈受冤的，到了阴间也没着落，从今往后，每年都要点路灯，为这些鬼照亮安身，借此再搜捕作恶多端的歹徒。”

从此，放路灯便成为每年正月十五的习俗。

讲述：王春荣

记录：纪连生

采录于大阳镇六家村

【附录】正月十五送灯

传说，有个叫王老九的，爹死五年，他一次也没到过坟地。

一天夜里，他做了几次梦，都梦见爹穿着临死那件老皮袄，浑身都是虱子，咬得满身是包，一边挠一边说："小九呀小九，快给爹送个灯吧，好抓抓虱子，你看爹这没灯多憋闷啊！"天亮王老九把做的梦告诉了老婆。老婆和气地说："爹让你送个灯，就送吧！"白天老九买了蜡，原打算趁亮去，怕让人看见笑话，决定晚上去。这天晚上，他一人来到爹的坟茔，一看坟土已经没有了，棺材一头在外露着。他跪在坟前点了蜡说："爹，给你送灯来了，抓虱子吧！"说完，磕了两个头走了。回来他找把锹返回去把露出的棺材用土盖上。

夜深王老九又做了个梦。他梦见爹在灯下高兴地抓虱子。一个光棍老头守在爹一旁说："大兄弟，你真行啊，还有个人送灯。你看我，没儿没女，谁管呢？"说完就呜呜哭了起来。天亮王老九又把做的梦告诉了老婆。老婆听后没说什么。等老九出门，老九老婆就来到东院李快嘴家，她把老九这两天做的梦说了一遍。快嘴听后问："送灯那天是几？""正月十五。"后来快嘴把这事告诉了村里每一个人。

就这样正月十五夜送灯，在民间也就开始了。直到现在。

讲述：梁素芹　女　60岁　农民　无文化

记录：于政清

采录于大阳镇同兴村3组

二月二龙抬头

传说很早以前，有一年腊月二十三，灶王爷按时上了天庭。为了讨好玉皇大帝，便信口开河说起天下百姓的不是来。什么百姓对大帝如何不忠，又对大帝怎么咒骂。那玉皇大帝听了，丢下一支令箭，传来东海龙王，命他三年之内不准下雨。东海龙王不敢违命，便命雨龙不得有误，若有差失天法不容。雨龙只是点头称是，可怎么能眼看着天下的百姓遭此劫难呢？到清明以后，他偷偷地下了几场透雨。下雨的事被天上的巡察得知，禀报了玉皇。玉皇听了勃然大怒，立刻遣托塔李天王下界，把雨龙打进长白山天池里，并铐上九九八百一十环铁链，让他在水牢中永不得出世。

雨龙被铐在天池后，天下大旱，刚刚拱出地皮的小苗干枯了，地上裂开了二尺宽的大缝子。百姓得知雨龙为了播雨而被打下了水牢，便纷纷想主意要去搭救。长白山脚下有个姓张的人家，家里有四个儿子，个个长得膀大腰圆，力大无比。老张头受百姓之托，派大儿子去救雨龙。可是大儿子没等走到长白山跟前，就被一只猛虎吃了。老头含泪又把二儿子派去。二儿子眼看到了天池，却因饥渴难熬，坐在地上想歇一会儿，刚坐下就睡着了，不想被一个黑瞎子上去一掌拍昏，给活活舔死了。老汉心疼得不得了。但为了百姓，不得不派第三个儿子去救雨龙。那三儿子吸取了前两个哥哥的教训，到了天池，见那大铁链子就拼着全身力量往外拉。拉着拉着，只见那雨龙露出了头，再一使劲，雨龙就会被救上岸来。可就在这时，只听得天池里轰轰隆隆一阵山响，池水翻滚着冲出天池，将三儿子冲到悬崖下活活地摔死了（据说那天池瀑布就是那时留下的）。老头听说，非常悲痛，大哭起来。哭着哭着，就见一个白胡子老头飘飘而来，对老张头说："老人家，你为了百姓已死了三个儿子，看你心太诚了。这回你就让你四儿子去木柯高山，找来一根降龙木，用降龙木把天池搅上几搅，那东海老龙王就不敢再出来找麻烦了。那时再把铁链拉出来，把雨龙救上岸来，然后再把铁链砍断。那龙因受降龙木的毒害，救上岸后，还要用神草汤给雨龙洗身，一直到把雨龙洗醒。”老张头正要谢谢白胡子老头，白胡子老头却不见了。老张头抹抹眼泪，把四儿子叫到了跟前，如此这般地说了一遍。

四儿子跪别老爹，走了六六三十六天，终于到了木柯高山，斩了拦路虎，降了守木神，终于取回了降龙木，到了天池救出了雨龙。人们用采来的神草煎熬成汤，洗了龙身，足足洗了七七四十九天，那雨龙才慢慢地睁开了眼睛，抬起了头。那天正是二月初二。人们知道为了雨龙，张家连死三个儿子，每年到二月初二这一天，都要烤好猪头供在张家三个儿子灵牌前，以示纪念。

从此，“二月二龙抬头”的俗语和“二月二烤猪头”的习俗就传了下来。

讲述：寇王氏　女

记录：纪连生

1986年春节采录于大阳镇

二月二撒灰囤儿

有这么一家子，老两口领着个丫头过日子，丫头名叫山丫。就在山丫十八岁那年，二老重病缠身，相继去世了，扔下山丫一个人苦熬日子。这一年二月二，山丫又来坟地，跪在坟前哭得像泪人一般。忽然，山丫听见身后有脚步声，回头一看，原来是本村的财主张坏水的儿子张殃子。张殃子嬉皮笑脸地凑到山丫跟前，扯住山丫的手，流里流气地说："看你一个人过日子怪可怜的，我来陪陪你。"

山丫早就知道这个小子不是正经东西，就狠狠地向他脸上吐了一口唾沫说："滚开！"随即挣脱了被他抓住的手。张殃子一下将山丫抱住，山丫就势把张殃子的胳膊咬了一口。张殃子疼得直叫唤，一扭身猛地把山丫按倒在地上。山丫一看自己要吃亏，灵机一动，说："你松开我，你要咋的都行。"张殃子见山丫服软了，就松开了手，他想，量你也跑不掉。

父母双亡，恶棍欺辱，真是如雪上加霜，山丫哪里还有活下去的心。她一头向石碑撞去。张殃子没料到山丫会来这一手，摸摸山丫的鼻子已经没了气，就像没事似地回去了。

这种情景被天上的小青龙看见了，就偷偷地驾着和风细雨，飘飘悠悠地来到人间。山丫被雨浇醒了，慢慢地睁开了双眼，见面前站着一个不认识的小伙子。小青龙说话了："大姐，不要害怕，我叫小青，今天从这路过，见你昏死在这，你有什么为难遭灾的事，跟我说说，或许能帮你一把。"山丫见小青话语和气，就把自己的遭遇说了一遍，最后说："谢谢大哥相救，我回去也逃不出张殃子的手心。不知大哥可曾婚配，我愿以身相许，和你结成夫妇。"小青说："我也是孤单单的无家可归，若大姐不嫌，愿和你白头到老。"说罢，两人折枝为香，在父母坟前磕了头，便双双回到了山丫的家。

张殃子听说山丫不但没有死，还和一个小伙子成了亲，恨得他直咬牙。这天，趁小青上山砍柴的空当，带领一伙打手把山丫绑走了。小青砍柴回来，半路上遇见这伙歹徒，就抡起扁担向他们打去，不到十多回合，张殃子一伙都被打倒了。张殃子见势不妙，便“扑通”给小青跪下了，又是磕头又是作揖，声声喊饶命。小青指着张殃子的鼻子说：“这次放你可以，以后再做坏事，别怪我不客气！”张殃子连连说“是”。

小青给山丫解了绑绳，安慰了一番就一起回了家。从此，张殃子虽然贼心不死，却也不敢明目张胆地来找碴。小青和山丫也过上恩恩爱爱的日子。

张殃子不甘心看山丫的日子越过越好，在一天人们都睡熟的时候，偷偷把山丫家的房子点着了，想把小两口烧死。小青刚睡着，朦胧间见火光直闪，急忙起身跑到屋外。刚跑出屋，门窗已被大火封住，只听山丫在屋里喊：“小青，小青！”这时，乡亲们已经赶来，有的浇水，有的扑打，水少火大怎么也扑不灭。小青听到山丫的喊叫声，心如刀绞，跑到房后的大泡子边，这时，张殃子站在泡子边正偷看热闹。小青见了，料定是这小子干的，一怒之下，现了原形，把张殃子和泡子里的水一起卷到半空，水落下来把房子的火浇灭了，张殃子却掉在地上摔死了。

小青为了救火除害的事，被玉皇大帝知道了，他派了天兵天将下界捉拿。小青见状，哭着把自己的身世告诉了山丫，最后说：“我走后，你也不用愁，每年二月二那天一早，你在咱这院子里用柴灰撒几个圈圈，要种什么就在这圈里放上一把什么种子，我可以保你种什么收什么……”

小青还没把话说完，就见乌云滚滚，电闪雷鸣，直扑过来。小青龙被抓回了天庭。转眼二月初二又到了，山丫按着小青龙的说法，在“灰囤儿”里放了把高粱，秋后高粱真的穗大粒饱。乡亲们也都照着这个法子做了，年年有个好收成。

讲述：王国忠

记录：纪连生　王秀春

采录于大阳镇六家村

祭花神

在农历二月二十五日“花朝节”这天，人们在庭院里置酒焚香，祝贺“百花生日”，也称为“祭花神”。人们为啥要在这一天祭花神呢？这里还有段美丽动听的传说哩！

相传古时候，有个叫盘古的人力大无比。他开天辟地，使混沌的世界变得清明了，有了瓦蓝的天，有了瓦灰的地。逐渐大地上有了人类、动物和植物，就缺少花。一天盘古把美貌的女儿叫到跟前说：“世上的人们生活太单调了，你培育出百花点缀人间吧！”盘古说着，拿出一包百花种子告诉她播种在天宫的御花园五色土里。然后，往西蹚过九十九座山，蹚过九十九条河，那里有一个天池，池子里的水是粉红色的，每天提两桶浇灌百花种子。九十九天后，这些花就会开放，把花摘下来，撒到人间去。

从那以后，盘古的女儿遵照父亲的吩咐，不辞辛劳地浇灌着百花。就这样，到了九十九天头上，满园的百花一齐开放了，五颜六色，千姿百态，盘古的女儿找来父亲赏花。盘古看了非常喜悦，封女儿为花神。

盘古的女儿欢欢喜喜地答应了。随后她手拎花篮，一舒长袖，飘起一阵神风，满园鲜艳的花朵齐向花篮飞来。一会儿工夫花篮就装得满满的。她驾起五彩祥云，手托花篮把百花撒向人间……

从此人间有了花。农历二月二十五被定为“百花生日”，祭祀为人间美化环境的盘古女儿花神。

讲述：谭引古　73 岁　旧国高毕业　农民

记录：吴强稼　赵程祥

1985 年 5 月 6 日采录于大兴镇大兴村

清明脱棉裤

早先年，不知是哪个村子，有个好吃懒做的人。他一天到晚游手好闲，东门出来西门进去，都三十多岁啦，还没说上媳妇，仅有的一点财产也叫他给败光啦。每年清明前后，天气热了，他还是穿着那件“开花”棉裤。

一年冬天，别人都换上了里外三新的棉衣服，可他还穿着破棉裤、破棉袄，围着个火盆佝偻在炕头上。

到了三九天，气温一下子降到零下四十多度，他冻死在炕头上了。邻居们把他的尸首抬到北山上埋起来。那时候，这一带人烟稀少，山上的野兽也多，兔子冷得受不了啦，就在他的坟里倒开了洞。

第二年，清明节那天，人们发现从他坟里蹿出来很多兔子。回到村里跟老年人一讲，老年人说这是那个好吃懒做的人变的。打那开始，便留下了“清明不脱棉裤，死了变小兔”的说法。

讲述：曹福亮　农民

记录：张引索

1986 年 7 月采录于大兴镇安胜村

五月节包手指盖

从前，有一位美丽善良的阿巧姑娘，她精通医道，心眼也特别好，常到山里去采药给穷苦人治病。

一天，阿巧进山去采药，发现草丛中有一朵她从来也没见过的好看的野花，就高兴地去采，可是刚一伸手，花不见了。她感到挺奇怪，扒开草丛去找，发现那朵花蔫蔫巴巴地躺在草棵里，花瓣上还散发着一股酒气。她纳闷地拿起来一看，只见花身下一摊血。这是怎么回事？她把这朵野花拿到山泉旁，想用泉水把花瓣上的血洗干净。谁知花一碰到水，忽然花叶一闪，变成了一个挺俊的大姑娘。阿巧一愣，见她浑身是伤，也顾不得多想，忙给她擦伤口，又给她上草药。姑娘非常感激，对阿巧说：“好妹妹，实不相瞒，我是花仙，因多贪了几杯酒，醉倒在荒郊野外，不幸被一只老虎咬伤，幸亏你救了我，没啥报答你的，我告诉你一件事你可要记住：今年是甲子年，五月节那天要瘟死一些人，你回去用芨芨草把手指盖染红，就能躲过这场灾难。这事只能你自己知道，不能告诉别人。如果告诉了别人，上天就罚你变成哑巴。”阿巧谢过了好心的花仙，急急忙忙回了家。她想：五月节马上就要到了，我不能为了自己，眼睁睁地让乡亲们死去。于是，她就把花仙的话告诉了大家。人们都按着阿巧的嘱咐把手指盖染红了。乡亲们得救了，阿巧却变成了哑巴。

从此以后，每逢五月节，人们为了讨个吉利，都包红手指盖，这个风俗习惯一直流传至今。

讲述： 曲　霞　女　53岁　家务

记录： 孟丽蓉

1983年10月20日采录于猴石镇高龙村

五月节给猪倌鸡蛋

农历五月初五，有挂葫芦的习俗，也有给猪倌鸡蛋的习俗。为什么要给猪倌鸡蛋呢？

相传，黄巢率领起义军杀富济贫那暂，征杀不断，误伤了一些好人。一天，见一个妇女背着一个大孩，领着一个小孩，黄巢觉得很奇怪，便问那妇女，她说："小孩是我亲生的，大的是别人的。"黄巢见这妇女心地善良，是个好人，就说："你回家在门上挂一个葫芦或瓢，就不会有难了。"那妇女听了，回去就把这件事告诉了乡亲们，这个村就都挂上了葫芦。

本村有个王老财，是个头顶长疮脚底冒脓的坏家伙，对穷人使尽了熊招，这村的穷人没一个不恨他的。挂葫芦能避难的事，谁知王老财怎么知道的。这天猪倌见王老财的门上也挂上了葫芦，就趁他不注意，偷偷地给摘了下来，摔在台阶上。王老财见葫芦被摔碎了，就问猪倌。猪倌说，是风刮掉的。王老财信以为真，就又找个葫芦挂上了。猪倌又偷偷地给摘下来摔碎了。财主又问时，猪倌说："是那个大花猫给扒掉的。它寻思那里装的是什么好吃的呢。"王老财眼珠一转：这回挂上我在这看着。他又找一个，让猪倌给挂。

这时，只听前面不远处喊声震天，黄巢的起义军杀了过来。猪倌想，我给你挂上，你这个坏蛋不就躲过去了吗？他说："我得去猪圈把板凳拿来。"说着手里拎着葫芦往猪圈跟前走去。走到猪圈，手一扬把葫芦给摔碎了，撒腿就跑。王老财一看着了急，边命家人找葫芦快挂上，边命狗腿子去追。

猪倌上了年纪，跑出十丈多远就被石头绊倒了。狗腿子还没撵上，黄巢的起义军就到了。黄巢扶起猪倌，问明原因，就率兵捉拿王老财。抓到了王老财，把他的全部家产分了，王老财也做了刀下鬼。

老猪倌摔倒了，把小腿摔坏了，被乡亲们抬回了村。大伙见他除了一害，就都拿鸡蛋来瞧他。后来人们形成这么一个习俗，每逢五月初五都要送鸡蛋给猪倌。

讲述：刘君亚

记录：纪连生

1983年1月采录于大阳镇

六月六 看谷秀

我国北方，流传着这样一句话："六月六，看谷秀。"一提起这话，上了岁数的人都能讲出一段故事来。

从前，有个王员外，家存万贯，囤有余粮。家中有一小姐名叫银珠，长得挺俊俏，说起话来脆生生的，很招人喜欢。她能写善画，远近闻名，屋子里贴满了她喜爱的谷穗画，她说她就喜欢谷穗的形状、颜色。有时她还悄悄地让丫环偷几个谷穗给她。

一天，正是六月六。小姐觉着心里烦闷，坐不稳，站不牢的。她让丫环上楼去看看老爷在没在家，如果没在她要和丫环春红出去散散心。丫环上去一打听，说老员外没在家，她就和丫环来到外面。二人有说有笑，不知不觉来到了一块谷地。谷子长得金灿灿、沉甸甸的。其中有一棵特大的，挺显眼地站在谷地中间。小姐摘了两粒放在嘴里，没等嚼，谷粒儿已经自己骨碌到肚里去了。两三个月后，她觉得肚子里不得劲儿，一来二去才知道是怀了孕，这可如何是好呢？愁得她整天抬不起头来，把这件事告诉了妈妈。

转过年又到了六月六，银珠马上要生孩子了。妈妈对银珠说："雪地里埋不住孩子，趁早告诉你爹想个办法。"老太太把这事告诉了老员外，老员外气得胡须直抖，强压住火说："家丑不可外扬，今天晚上，在小姐的楼房四周堆上干柴，把小姐锁在屋里，烧死也就算除了孽障。"哪曾想这话叫春红听见了，连忙跑回去告诉小姐。小姐一时也不知怎么办好。倒是丫环给她出了个主意，让她女扮男装。丫环牵来一匹马，说："你赶快骑上白龙马，从后门逃命吧！白龙马在哪停下，你就在哪安家。我留下应付老爷。"小姐谢过了好心的春红，上马逃命去了。小姐走后，春红把小姐的衣服换上，脸朝里坐，装着画画。老爷见小姐在屋里，就把门锁上，下楼点起了大火，活活把春红给烧死了。

再说，小姐骑着马，走了一夜。第二天，天刚放亮，来到一个山间，白龙马仰头"咴咴"地叫了三声就趴下了。小姐想：八成是到地方了。她下了马，见前面有一道石门，推开石门，里边有石头炕、石头碗、石头罐，罐里还有米，她收拾收拾，就在这里住下了。当天晚上就生了两个男孩。由于银珠喜欢谷子，又因是吃了谷子才得了子，所以就给老大取名“谷穗”，老二叫“谷粒”。谷穗和谷粒从小聪明伶俐。银珠苦巴苦业地拉扯他们，一有空就教他们识字。一年小，两年大，十几年的光景一晃过去了。谷穗和谷粒长到十八岁那年，双双中了状元。这时，小姐打听到了家里的消息，得知爹妈早已过世，春红为了救自己早在十八年前被烧死了。她大哭一场，带着孩子回到了老家。为了纪念春红，她让人在家宅的废墟上盖了间小房，四周种了些谷子。每逢六月六，她们娘仨都要祭奠春红，再看看谷子秀没秀穗，秀穗了就是年景好，不秀穗就是年景不好。日子长了，年年如此。人们编了一句顺口溜：“六月六，看谷秀”，后来成了一句农谚。

讲述：郭连顺　53 岁　农民

记录：孟丽蓉

1983 年 1 月 7 日采录于猴石镇

哭花轿

在民间，有这样一个习俗：青年男女结婚那天，女方在上轿（现在是车）以前，都得哭上一哭。为啥一个欢欢喜喜的婚事，要以哭开头呢？说起来，还有段来由呢。

说是在白山脚下有一个姓陶的人家，老两口大半辈子没个儿女，只靠房后的那棵老桃树来维持生活。这一年天久旱无雨，老太太只好整天浇水。这天老太太浇完水，抬头查看枝杈上有多少花苞，看了好半天，才见树小枝上只开了一朵花。这一朵花也得莳弄呀，好赖也是一朵花呀。他们还是不停地浇哇浇。

一天老太太刚把水端到树根下，只见那小枝一颤，那花落到老太太的衣襟上。她想用手去掐，花却不见了，只觉得肚子有些疼。她忍着浇完了水回了家，把这事跟老头子说了。

后来老太太肚子一天天大了，老两口自然欢喜。到了月头生下个漂亮的女孩，视为掌上明珠，取名桃花女。

说也怪，桃花女长到五岁天天晚上趁老两口睡着时走出屋。老两口奇怪地问她上哪去？桃花女说："哪也没去。"再追问就哭。老两口没办法，也不再问了。

桃花女长到十六岁，有个法术很高残害百姓的周公来到这个村兴妖作怪，要村里交出个黄花闺女来，才免去灾难。

桃花女从五岁在夜里外出跟师傅偷偷学武艺整整学了十年，什么指凳为马撒豆成兵，翻手为云覆手为雨……样样法术精通。这天夜里，她又来到桃树下，见过师傅之后，就把村里发生的事和师傅学说一遍。师傅说："如今你已满十年，该去为民除害了。"就在桃花女耳边吩咐了一遍，说罢化做一道红云不见了。桃花女回到老两口跟前，把要为民除害的打算说了："爹，娘，你们放心好了，我有办法治他。"

到了周公要人这一天，乡亲们把桃花女用轿子抬到山神庙前，用泪水和桃花女告别。乡亲们走了，周公拄着个龙头拐杖来了。见要的人已送到，拐杖一放，变成一匹高头大马，把桃花女放到马背上，一阵风来到一座白骨满地的山洞里。

周公说："小女子，我今天吃了你，就够一百个了，谁也治不了我了。"桃花女哭着说："你要吃我容易，我有一件事，不知你可应？"周公问："什么事？"桃花女说："我想喝口山下的泉水，你能舀来吗？"周公说："那容易。"说着取水去了。桃花女变成一个大桃子。周公回来见桃花女不见了，就四处找了起来。他见石桌上有一个桃子，心说：待我吃了它，再去寻她。刚吃到肚子里，肚子就疼得不行。桃花女在周公的肚子里，把那颗要成气候的心扯个稀碎，趁周公张嘴时，蹦了出来。

周公见是这个女子做的把戏，举起拐杖打桃花女。桃花女端起那碗山泉水，向周公泼去。周公的拐杖立刻变成一根枯树枝。周公见不是桃花女的对手，撒腿就跑。桃花女拽下一根头发丝向周公抛去，周公一下子被绊倒了。桃花女想：师傅说，周公气数未到，打不死他。怎么办呢？让他走吧，他又会到别处兴妖作怪。想来想去，想出一个办法：和他成亲，整天看住他。

娶亲的日子是周公选的，桃花女一看这是个凶险的日子，他是想把她治住，再去兴妖。桃花女掐指一算，必须用泪水来破。周公来娶时，桃花女就哭起来，破了周公的法。从此就太平啦。

从这以后，凡出嫁的女子在上轿前都要哭上一通，以泪水驱邪避灾。沿袭下来，便成习俗。民间用桃木来避邪也是源于此。

讲述：张恩人　56 岁　农民
记录：纪连生
1985 年 9 月采录于大阳镇

搬荤油坛子

从前，金牛山下住着两户人家，一户是王员外，一户是李财主。这两户人家的祖先，一块从关里来开荒占草，积攒下百亩良田，一柜金银。两家老人你尊我敬，彼此和睦相处。

一天，王员外的媳妇说自己有了喜，李财主的媳妇说自己有了孕。两家男人一起喝酒，酒过三巡，王员外说："老弟，咱两家相处，亲若手足，不如好上加好。假如弟妹生个小子，你嫂子养个丫头，咱两家就结桑榆之好；弟妹若生丫头，你嫂子若生小子，咱们也结百年之好；同生丫头或小子，就让他们拜上三拜，烧上三炷香，或称干姊热妹，或道亲兄亲弟。不知你做何打算？"李老财说："兄长说得极是，小弟诚心愿意两家永世合好。"

草木一青一黄。转眼就到了八月中秋，王员外家的孩子呱呱坠地，取名王小；王员外跑到李老财家报喜，李老财的孩子也哇哇落草，取名叫李丫。两人见面，相互道了喜。王家摆上酒席，两个财主当即给孩子定了终身，互赠金锁银钥匙，挂在孩儿们脖上，长大以此为凭。

两个孩子不会走时在一起爬着玩；会迈步时，在一起走着玩；能跑时，你追我赶嬉闹着。到了七岁，请了个先生，坐在一条板凳上，受着先生的启蒙。

孩儿们长到十八岁，到了完婚的时候。谁知天有不测风云，王员外一场大病卧床不起，求医寻药半年多，老命还是归了阴。王小哭了一回又一回，把老爹停放了七七四十九天，才吹吹打打抬到坟地里埋了。

王小知书达理，看邻里穿的破衣烂衫，吃的粗粮野菜，心里不忍，就把金银财物施舍给村邻。村邻各个无不感激。

谁知，天公不作美。王小行善，得了恶报，一把天火，把家当烧得片瓦无存。王小的那把定亲钥匙也没逃出劫难。王小一见此状，左思右想没有别的路可走，只好来到李家。

到了李家，岳父岳母不像以往那么又炒又煎地侍候了。有时还听到一些指鸡骂狗的话，寄人篱下，实在不是滋味。他想：先委屈一年半载，和李小姐成了亲事，再走不迟。

李老财全不念和王员外的情深义重，海誓山盟，把王小当成了仆人使唤。王小实在吞不下去这口气，一天晚上，夜深人静，偷偷来到后花园，轻轻敲了三下李小姐的闺门。李小姐醒来，见是王小，慌忙开门来。王小进了屋，唉声叹气，坐立不安，也不言语，急得李小姐团团转："王哥，看你心事重重，必有缘故。是爹爹慢待了你，还是娘给你气受？你说话呀！"

王小说："妹妹，我三更半夜来，是来和你辞行的。"李小姐听了，瞪大眼睛说："王小哥，你怎说出这话，莫非爹爹真的亏待了你？"

王小见李小姐再三追问，只好把在李家怎么受辱骂，如何给气受，说给了李小姐。李小姐听了，整妆就要去见爹娘。

两人说着话，李老财从外面闯了进来，见两个孩子如此这般，气不打一处来，叫道："胆大王小，夜闯闺房，调戏我儿，该当何罪？来人，将王小赶出门外！"

家人一拥而上，用绳索把王小绑起，李小姐哭跪在爹爹的膝前，哀求爹爹饶了王小，不然就要撞壁而死。李老财见状，只好把王小锁起，明日再做分晓。

见爹爹将王小锁在下屋，李小姐趴在玉榻上，痛哭一场。哭了一会儿，小姐心想，光哭也不能救王小，狠了狠心去找娘。

李小姐来到娘住的窗前，只听娘正和爹唠扯：从王员外的为人处世，到治理家业。老两口说到欢喜处，捧腹大笑；说到王员外暴病而死，又都凄然泪下。话题转到王小身上，娘说："闺女和王小的事就办了吧。"李老财打个叹声说："唉，我怕王小不是个有福的人，以后丫头和他受罪呀。"娘说："你说的虽然在理，可这失信之事，怕让人笑话吧！何况，王小是个心地善良、知疼知热的小伙子，闺女嫁了他，不一定能吃苦呀。"李老财又说："不行！我自有办法。"说完，在她的耳边嘀咕了几句什么后，娘说："能行?”李老财说:“王小没了信物，让他打来一只虎为凭，也不为过，在众人面前也不会有何议论。”

听到这里，李小姐暗自替王小着急。前几年，从长白山跑过来一只凶猛的虎，不知让多少老猎人丧生。爹爹让王小打死这只老虎见他，方可成全婚事，这不是在害他吗？李小姐想到这也忘了礼数，破门而入，跪在爹娘跟前说:“爹娘在上，女儿求求你们，不要狠心害了王小。你们刚才所谈之事，女儿全听到了，让王小打虎，这不是把他送进虎口吗？如王小被虎所害，能对得起王大爷的在天之灵吗？望二位老人三思而行。”李老财气得浑身直抖:“败俗的丫头，还不快滚!”

第二天，管家将王小领到李老财跟前，李老财说:“若能把南山的老虎打死，扛到院子里，就允许你和小姐成婚；若没这个胆子，就别想美事，趁早远走。”

王小听了，呆怔了半晌，走出房门，看了李小姐闺房一眼，狠狠心走出李家大门，来到南山根下。

只见眼前山陡崖峭，蒿深林密。林深处，野兽一声声凄惨地哀号，不知多少胆小的人被吓破了胆？王小望着山上，有心不去打虎，但知心人不能比翼双飞。看来今日必定和老虎拼个你死我活。他狠狠心，从地上操起一根柞木棒子，“登登”几步蹿到山上。刚走不远，耳旁响起一阵风声，残枝败叶卷在半空。

片刻，眼前蹿出一只老虎，身大如牛，嘴巴满是血污，张着血盆大口，只见牙缝里，还有几根兽毛。没容王小多想，猛虎已迎面扑来。王小自知不是对手，就敏捷地往右一闪，躲过老虎的正面。老虎一见没有抓住，掉过身来，又是一扑，王小又是向左一闪，又躲过老虎。王小左右一撒眸，见身后有卧牛石，就立在石前三步远的地方。虎又扑时，王小就势一蹲，虎一下子撞在卧牛石上，满头是血。王小趁机上去几棒，老虎没命了。

王小扛着老虎，来到李家。李小姐见王小扛着虎进来，就悄悄来到了前厅，跑到王小跟前，眼睛流着泪，在王小身上仔细地看着，见没有伤着，才擦了泪说:“走，找爹娘去。”

李小姐在前，王小在后，来到后厅，李老财见闺女和王小走了进来，又见王小浑身血污，一脸汗水，惊讶地瞪大眼睛，阴沉着脸说："好大胆，谁让你们私自进来了？"

李小姐慌忙说："爹爹息怒，是闺女让他进来的。"李老财大怒喝道："不知羞耻的东西！如此狂言，快些退下！"李小姐脸色通红，却没有半点怯懦："爹爹，你有言在先，何故悔约。有道是：大丈夫一言既出，驷马难追……"李老财一听气得"哇哇"直叫："来人，将他们拖了出去。"

从此以后，王小无家可归，村邻见他可怜，又念他原先救济过他们，就让他在自己家住，吃饭时，一家一家轮着吃。

李小姐却一病不起，茶不思，饭不进，年关将近，仍不见病情好转，急得爹娘东求郎中，西请先生，有人说："怕是得了相思病，快去把刘半仙请来吧。"

刘半仙早就算计到了，李小姐的病非得他治不可。周围的村邻们也都来到刘半仙家，让刘半仙借看病机会，成全两个人的婚事。

一天，刘半仙在家正抽着闷烟，李家来人了。刘半仙说："你家老爷瞧不起我，我不去。"李家的管家把好话说了三千六，刘半仙才带搭不理地去了。

刘半仙见过了李老财，进了闺房，见李小姐面黄肌瘦，两眼无神，神志不清，心里生了几分怜悯，然后大惊失色地说："啊呀，此病乃臆病，怕我也无能为力，不日将去了。"李老财听说慌了神，忙磕头作揖地说："刘先生，看在邻里的面子上，看在可怜的闺女身上，替老夫想想万全之策吧。只要能治好，你要多少银子，我都不会打'奔儿'。"刘半仙沉吟了半晌说："李老爷不要着慌，此病我也治不了，我可保举一人……""谁？""就是东街王小。"李老财说："他有什么妙方？"刘半仙故弄玄虚地说："只要王小一进屋，千金看上几眼，大病就会痊愈。"李老财说："也好，明天就让王小来，在窗前站一站就行了。"刘半仙说："那也行，但必须在窗前来回走动，日子最好在三十晚上。"

三十晚上，王小来到李小姐闺房窗前，他想：为了小姐的病早日痊愈，受点耻辱也甘心。就这样，他点灯时分就开始一趟又一趟地走着。李家这时正熬猪油，装了上百坛子。把长工都打发出去了，这会儿又愁没有人搬到下房去，李老财想：何不让王小走一趟搬一坛子，这一百来个，一会儿不就搬进了下屋？对，一举两得。

于是，他就把王小叫过来说："刘半仙说，还得搬荤油坛子，才能治好小姐的病。"王小信以为真，累得腰酸腿疼，为了小姐，他还是搬呀搬。

第二天，小姐的病真就好了。"只有小姐和王小成婚，方可人丁兴旺，家财盛茂。因为这个'婚'字和'荤'字音相同，能破灾灭祸。"李老财听了，只好点头称是。小姐和王小高高兴兴结了婚。

从此三十晚上，为了孩子有上门的婚事，就要搬荤油坛子。这个习俗，流传至今。

讲述：王春荣

记录：纪连生

1982 年 4 月采录于大阳镇

龙凤呈祥

民间有这样的一个风俗习惯：姑娘们在结婚时都要在幔轴子上绣一条长龙和一只彩凤，上面绣上四个字："龙凤呈祥"。

相传，古时候有一位皇帝，他膝下只有一双儿女。女儿兰月是从民间要来的。兰月不仅长得好看而且非常聪明，深得皇帝的喜爱。老皇帝见自己年老力衰，执掌不了朝政，就把皇位让给了儿子。小皇帝继了位，老皇帝怕他年龄小，执掌不了国家大业，就让兰月陪伴着弟弟，帮他出谋划策。

一天，兰月一边给弟弟梳头，一边含着热泪说："弟弟，你已经长大了，将来若能娶一个才貌出众，忧国忧民，帮你治理国家的妻子，姐姐也就放心了。可是不知弟弟想娶个啥样女儿家？"弟弟看着姐姐，真情地说："姐姐，你不要担心，咱们永不分离，弟要娶像你这样善良的人。"弟弟的一番话说得姐姐满脸绯红。俗话说"墙里说话，墙外有人听"，姐弟对话正好被老皇帝的一位大臣听见，禀报了皇帝。老皇帝也同意这门亲事，就张罗给他们主办了婚事。小两口婚后重整旗鼓，共同治理国家。由于他们治国有方，再加上群臣相助，使这个破落的国家很快富强起来。老百姓高兴地说："皇帝一辈子是龙体，皇后娘娘是凤体，龙凤结合才能呈祥。"从此人们就把这句话传了下来，逐渐形成了新婚的一个风俗。

讲述：李桂英　女　56岁

记录：孟丽蓉

1983年4月采录于猴石镇

系白孝带

很早以前，在一个山沟里住着姓王的娘儿俩，以儿子王三打柴为生，日子过得挺累的。王三每天进山砍柴，午饭都由七十多岁的老母亲拄着棍子送。王三以为自己出力气，养活不干活的老母亲，开始嫌弃了。

一天王三砍柴累了，坐在树下休息，忽然听见树上一只鸟在说话，抬头一看，树上有个鸟窝。一只老鸟正叼着虫子嘴对嘴地喂小鸟。小鸟吃饱了对老鸟说："妈妈真好。等我长大了，你待在窝里，我捉虫子给你吃吧。"老鸟笑着说："我可没有这个福气。等你长大了，不撵我走，我就对着南天门磕响头了。你没看见树下的那个人，当初他妈妈一口奶一口奶地喂大了他，多辛苦，现在他翅膀硬了，就嫌弃他妈妈了。"王三一听，满面通红，感到自己错了，暗下决心，今后再也不虐待老人了。

正在这时，王三看见老母亲拎着饭篮，一步一拐地向山上爬来，心中不禁一阵难过，连忙站起身去迎接。他母亲一见儿子迎面赶来，吓得面如土色，扔掉拐杖向山下跑去。忽然，前面一棵大树挡住去路，老太太一不留神，撞在树干上，鲜血流了出来。王三几步跨到跟前，老太太已经闭上了眼睛。

王三抱尸大哭，越哭越痛恨自己。为了永远悼念母亲，他把母亲送饭盖的白布系在腰上。从此有老年人死了，儿子系上白腰带，以表示对老人的尊敬和怀念。系孝带子的习惯就这样传下来了。

讲述：李福才

记录：牟兆英

1984年3月采录于大阳镇

眼皮跳

民间传说，左眼跳财，右眼跳祸，当然是迷信说法。不过这倒有一段故事。从前有哥俩，老大叫黑小，老二叫白小。

白小是个又懒又坏的家伙。他瞧邻居王老大家日子越过越美满，老想知道人家发财有什么秘诀。

一天晚上，白小对黑小说："大哥，今晚我上王老大窗根下听听声，说不定能听到他家发财的秘密。"黑小是个老实巴交的人，没理他。白小蹲了半宿也没听出个四五六，正准备走，听见屋里婆子对王老大说："今天我上白云山挖草药，看见樱桃沟那黑乎乎好大一片木耳，能卖一大笔钱。"白小听了乐颠了馅。回到家就叫起黑小忙三火四地上山采木耳去了。白小一宿没睡觉，拣木耳时左眼一个劲地跳，采完木耳拿到集市卖了不少钱，哥俩对半分了。白小高兴地一跳八个高："我的左眼怎么老跳呢，原来要发财了。"

晚上，白小的右眼又一个劲地跳。他心想，八成明天还要发财，就偷偷溜出了门，跑到王老大家一句正经嗑也没听着。一甩袖子就走，一下子把窗边的扁担碰倒了，吓得他撒腿就跑。王老大以为来了小偷，两口子赶了出来。白小被一块石头绊倒，脑袋磕在另一块石头上，当时就不省人事了。王老大一看是白小，不知道是怎么回事，忙把黑小叫来了。只听白小无力地说："你记住我的话，左眼跳财，右眼跳祸。"说完就断气了。

讲述：张凤春　61岁　农民
记录：孟丽蓉
1982年11月采录于四平镇太阳村

卖狗肉不用刀

古时候，有一个叫赵三的人。他从小孤独一人，过着四处流浪的生活。

西河岸边，住着一个人，名叫李六，以卖狗肉为业。有一次，他发现衣不遮体的赵三跟在后面，就切了一点狗肉给他尝尝。谁知狗肉经赵三这么一尝，这一天的生意十分兴隆，而且一连几天，天天如此。李六心中不由得犯起了嘀咕：难道这小孩子的嘴是金口，狗肉非他尝不能卖？

一天早晨，李六撑船到河对岸那边去卖狗肉，刚上岸，赵三又跟上来了。李六觉得挺奇怪：河面有十五六米宽，又正逢涨水，一无桥，二无船，他是怎么过来的呢？赵三见李六盯着自己，就一五一十地讲了起来。

原来刚才赵三闻着狗肉的味跟到河边，放眼一望，河面上白茫茫一片。正在发愁之中，突然想起昨天晚上邻居韩大爷讲的老鼋驮人的故事，就踮起脚尖，念道："老鼋你出来，把我这穷人家的苦命孩子驮过河那边！"当念到第三遍时，只听河当间儿"咕噜"一声，果然有一只鼋冒了出来。赵三骑上鼋，一起一伏地渡了过来。

李六一听，心中暗暗高兴。他卖完狗肉，又来到河边，让赵三再喊三声，果然那老鼋又"咕噜"一声冒了上来。李六就把拉狗用的钢钩子，猛地往老鼋身上一搭，牢牢地把它钩了上来。

李六回到家里，把老鼋杀了，放在狗肉锅里一起煮，味道很鲜美，后来就流传这么一句话："煮狗肉用鼋汤。"赵三见老鼋被杀，心中十分难过，他就把李六杀老鼋的刀偷偷地藏了起来。

从此，李六卖狗肉只好用手撕，不用刀切了，这个习惯就在民间传了下来。

讲述：徐桂珍 女 53岁

记录：牟兆英

采录于大阳镇大阳村

杀狗为啥用绳子

说是在很早很早的时候，有个国家，只因国内旱、涝、虫灾连年不断，遭到外国进犯，不几年，国都被占，文武大臣背弃国王，各奔他乡。国王只好携带家小，四处漂流，无一定所，夜里常宿荒野破庙，饿了寻些山中野果、水中鱼虾，用不了几日连累带折腾，过惯宫中豪华生活的娘娘、小姐，早已迈不动三寸金莲。

这一天黄昏之前，一家子找到个破庙，寻些烂草，便都倒在背风处歇息，呻吟声不断。残月西坠之时，阴风骤起，刮得庙前的槐树呜呜作响，黄叶飘落门前，又被风卷到庙里，国王刚睡又醒，睁着眼睛支着耳朵，惊恐地注意着周围的一切。这时想起当年那帮三呼万岁的臣子，前簇后拥，落难时东奔西逃，个个如丧家之犬，哪有一个忠心耿耿的？想着不觉泪洒胸前，长吁短叹。

猛然，一声比小孩哭还难听的叫声由远及近。片刻，两道绿森森的光在眼前晃动。“狼！”国王吓得惊叫一声。娘娘小姐早已惊醒，躲在神像后面，身抖得像筛糠。

国王挺起宝剑，哪知这条狼不知饿了几天，见有人，早就馋得直流口水，张牙舞爪就往上扑。

国王虽习过刀枪舞过棍棒，但几十年的宫廷生活，再加上这些日子流离失所，饥渴交加，早已没了力气，只消几个回合，就被饿狼扑倒。那饿狼张开血口就去撕国王的皮肉。正在这时，一个黑影从庙外闯进来，一个饿虎扑食，把饿狼掀翻。饿狼见来了对手，就跳起来，两个从庙里厮打到庙外，饿狼终于被那个黑东西咬死。那黑东西也是遍体伤痕，喘着粗气依偎到国王身旁。国王见是娘娘养的心爱的小狗，便说：“好狗好狗！忠臣也。”

天将亮，国王率家人来到一个村庄，只见这村人衣着褴褛、骨瘦如柴，国王不觉泪如雨下，感叹自己没能把国家治理好。就在这落居，发愤开荒种地，联络百姓以图东山再起。

天地几绿几黄，不觉又过了数年，外贼把个国家掠抢得破烂不堪，百姓们不忍这国耻大辱，纷纷揭竿而起。国王雄心未灭，见时机已到，也举起大旗，各处起义将士纷纷响应，经过数年浴血奋战，国王收复了失地，夺回都城。一天，国王犒赏有功之臣，各个封王封侯。国王突然想起那条黑狗，忙问太监。太监回话："黑狗还在，只是牙已脱落几只。"国王说："念狗是忠臣，不论王侯百姓，一概不准杀狗。"于是传下御旨，如有杀狗者，格杀勿论。

圣旨传下，百姓不敢违旨，为了避免"杀"字，只好用绳勒之。久而久之，人们就不用刀杀狗，而用绳子勒。至今仍然袭用。

讲述：黄明阁 70岁 农民

记录：纪连生

1984年9月7日采录于大阳镇

拄爹拐娘

说是在大肚子川开荒占草时，有个姓李的农户，他一儿一女，家里四口人，日子还算混得过去。

老李靠狩猎为生，媳妇在家种了半垧地，孩子小，跟着母亲在农田里玩。这两个孩子有个毛病，吃饭的时候，儿子拄炕，闺女拐桌子[1]，父母怎么也没扳过来[2]这个毛病。不知怎么了，就在兄妹俩刚懂事儿那年，父母就一齐死去了。剩下两个孤儿也不会过日子，就投奔到邻居张家。张家两口子结婚三年也没生一男半女，就高兴地收留了这兄妹俩。张家先是让他们叫大叔、大婶，后来又让他们叫爹、妈，兄妹俩高兴地同意了。但兄妹还是照常拄炕，拐桌子。

过了一年，张家两口子归了阴。兄妹只好投奔逃鹿屯[3]的姑夫家。当地有家两口子，因为生下的孩子总不活成天发愁。经过姑夫、姑姑的介绍，这家收养了兄妹俩。时间长了，他们发现男孩拄炕、女孩拐桌子的习惯很不好，但又不忍心说，只好笑在面，恼在心。后来男的外出打听拄炕、拐桌子到底有什么说道，也没有一个人能说明白。

这两口子听说大肚子川的鹿比逃鹿屯多，全家人一齐迁居了过来。由于男的勤劳苦干，家里眼看着就发起来了，可是没住上三年也大祸降临了。两口子临死前，一个手里拽着一个孩子，说："从今以后你们要自己好好地过日子呀！吃饭的时候千万不能拄炕、拐桌子。这些年来，你们的亲生父母和养父母一个一个没了命，看起来，吃饭拄炕能拄死爹，拐桌子吃饭能拐死娘……"

在乡亲们的帮助下，兄妹俩掩埋了这两位养父母，据说是埋在

---

[1]拐桌子：一只胳膊的小臂横放在桌面上。

[2]扳过来：强迫改正。

[3]逃鹿屯：今辽宁省西丰县的俗称。

杨木林镇四合村的乱葬岗子里。打这以后，就传开了“拄炕死爹，拐桌子死娘”的说法。

讲述：杜桂兰　女　54岁　家务
记录：潘士禄
1984年10月采录于杨木林镇

打燕子瞎眼睛

在民间，小孩一打燕子，老人就说："别打，打燕子瞎眼睛。"这是怎么回事呢？

相传很早以前，有一个李寡妇和一个王寡妇。这两个寡妇东西屋住着，李寡妇心慈面软，心眼好；王寡妇心狠手毒，为人奸坏。

有一天，王寡妇家的屋檐下飞来了一群燕子。这群小燕子在王寡妇的屋檐下安了家。每天小燕子出出进进，叽叽喳喳，王寡妇听了很心烦，又见它们在窗台上屙了一堆粪，心里的火更是不打一处来。她气呼呼地操起了烧火棍，"吭哧吭哧"几下子就把燕窝捅漏了，还把一只小燕子的腿给捅伤了。燕子们伤心地飞走了，挪到李寡妇房檐下安了家。

这天，李寡妇突然发现一只小燕子的腿受了伤。她心里难过，忙找来点药给小燕子的腿敷上了，还用一个红布条给包好。

花开花落，一晃之间春去秋来，小燕子的腿在李寡妇的精心照料下好利索了，它跟着伙伴们欢欢乐乐地向南方飞去。当布谷鸟又叫的时候，小燕子又从南方飞了回来。那个带红布条的小燕子从南方给李寡妇叼来了一个西瓜籽。李寡妇把西瓜籽种在地上，天天给西瓜松土、浇水，几个月工夫西瓜长成了。李寡妇把西瓜抱回家，稀罕巴叉地把西瓜擦了又擦，然后，用菜刀把西瓜一砍两半。西瓜砍开时，李寡妇愣住了，只见西瓜的一半是黄乎乎的金子，另一半是白花花的银子。好心的李寡妇把金银分给了周围贫苦的百姓，剩下的一点留着自己年吃年用。这事被东屋的王寡妇知道了，她的心里打起了鬼主意。她故意让小孩把一只小燕子的腿打出血，然后也学着李寡妇的样子装模作样地给燕子的腿上了药，也用红布条包好。

小燕子腿上的伤一天一天地好了。第二年它从南方飞回来的时候，也给王寡妇叼来一个西瓜籽，王寡妇的嘴乐得像个瓢似的。她把西瓜籽种在地上，天天浇水、施肥，那个上心劲甭提了。西瓜渐渐长大了。王寡妇捧着又圆又大的西瓜都乐颠了馅。她拿起菜刀“吭哧”一下就把西瓜从正中砍开了，只听得“嗖”一声从西瓜里蹿出一条大花蛇。花蛇张开了大嘴把一股毒气喷向王寡妇的两眼。王寡妇还没明白过来是怎么回事，一眨眼蛇不见了。等她醒过腔时，两只眼睛再也见不到光亮了。

人们说这是打燕子的报应。从这以后，“打燕子瞎眼睛”的说法也就从这里一传俩，俩传仨，七十二个传十八地传开了。

讲述：郑永兰　女　70岁　无文化

记录：孟丽蓉

1984年9月采录于猴石镇

做梦扭秧歌

很久以前有这么一家，爹爹领着女儿芳芳过日子。芳芳双眼皮，杨柳细腰的，从小就能歌善舞，是个唱大戏的料子。

芳芳是个勤劳的好姑娘。她对老爹非常孝敬，爹爹烦闷，就给爹爹唱山歌解闷。一日三餐，也是变着法子做点可口的饭菜。父女生活虽然十分清苦，倒也过得舒心。

一天老爹爹病倒了，用什么药也治不好，愁得芳芳整天擦眼抹泪的。后来一个老道给看说，这种病非得用九十九条河的水和九十九座山的草才能治好。芳芳为了治好爹爹的病，托付邻居李二娘照看爹爹，就起程了。

芳芳昼夜兼程，走得又困又乏。一天她来到一座山庙前，头靠在庙墙上坐了下来。恍惚中，闪了一道金光，她低头一看，自己的衣服变成金翅金鳞的衣裙了。她高兴地站起来，身子就飘到天空，向家乡飞去。回到家中，她见老爹爹的病已经全好了，高兴地为爹爹扭起了秧歌。那秧歌扭得可热闹了，村子里不少人都来扭。她踩头跷，越扭越欢，突然一使劲，把秧歌带挣断了。她一愣惊醒了，看看眼前啥也没有。眨巴眨巴眼睛，见自己还倚在庙前，方知自己刚才是做了一场梦。人们都说做梦可灵了，莫非爹爹的病真好了？想到这，便往回走。

回到家院子里围了不少人，她拨开人群往里一看，爹爹已经去世了。芳芳放声大哭起来。后来乡亲们问她怎么知道死信，她把做的梦告诉了大家。从此人们都认为做梦扭秧歌是要死人的预兆。

讲述：曲　霞

记录：孟丽蓉

1983 年 10 月 20 日采录于猴石镇高龙村

梦见棺材

从前，有一个书生，落榜后，开始做生意，做了三年，赔了三年。

一天夜里，他想起死去的父亲，哭得两眼通红。哭着哭着，进入了梦乡。梦见从很远的地方，来了大水，上面浮着一口红彤彤的花头棺材。水长棺长。他吓得到处躲，可是棺材偏向他涌来。没办法，他向棺材头走去。四步、三步、两步……眼见与棺材相撞了。突然，“哗啦”一声，把他惊醒了。他抬起头，见猫撞翻了桌上的水碗。他喘了口长气，抹了抹前额的汗，自语道：“原来是场梦！”

第二天，他到市上，只替人说了几句话，就挣了一千两银子。他回家后，还了旧债，买了房子。邻居见他突然有了钱，都很纳闷。有的怀疑他的钱不是好道来的。一个长老出于好心问他，他就把梦见的事告诉了他。长老听后，到处宣扬。

从此，梦见棺材要发财这一说法，在民间到处传开了。

讲述：梁素芹
记录：于政清
1985年12月采录于大阳镇同兴村3组

吃完饭不能扣饭碗

过去，大地主雇伙计干活供饭吃，但碗筷必须自备。本地的伙计把碗筷放到一边不管了，关里来的伙计为了方便起见，把自己用的饭碗反扣在桌子上，碗底放上筷子就完事儿。这样一来，伙夫就不干了。大地主以为是伙计们挑肥拣瘦，几天后又雇来个伙夫，可干了没几天，他也是夹着马勺蹽杆子❶了。大地主只好花高价雇伙夫。这一天，大地主悄悄地藏到伙计屋外听声。吃完饭，就听打头的气呼呼地说："赶紧把饭碗都扣好，把饭菜里挑出的脏东西都放到碗底里，上工去！"伙计们上工走了，伙夫来拣碗，只听"啪"的一声，一只碗掉到地上摔碎了。伙夫自言自语地说："嗨，一个月的工钱又报销了，我可不能干了，这碗扣得真是叫人受不了。"

大地主急忙走进来说："不要紧，碗我出了，我自有办法。"吃晚饭时，大地主进屋对打头的说："从这顿饭往后，不要再扣饭碗了，大家嫌工钱少，我再给加。"

从此以后，这个对主人发泄不满的"吃完饭扣饭碗"的说法就流传开了。

讲述：李长荣

记录：潘士禄

1985年8月采录于杨木林镇

❶蹽杆子：跑了。

鞭子拴红缨

车老板的鞭子上总愿拴个红缨，赶起马车，“嘚嘚”飞跑，甚是威风。可你知道那鞭子上红缨的来历吗？

说起来那是很久以前的事儿。每年立春时节，各府、州、县都要用木条、秫秸和纸捆扎成一头大牛，肚子里塞满糖果、点心、核桃、花生、红枣等好吃的东西。到了这一天，把牛运到城外的高地上，同时在地上挖个坑放几片鸡毛。据说立春时辰一到，鸡毛就会从坑里飞出，这时人们便跳跃呼喊着：“春来了！”主事的立即抄起拴着红绿布的鞭子，用力抽打春牛。打毕，主事人一走，观众就一拥而上，抢牛肚子里的东西。

有个姓张的老头腿笨手不灵，啥也没抢到，倒捡了那根抽打春牛的鞭子，心想，这也算打春的收获，就拿了回去。可是，那鞭子上的绿布没有了，只剩下了红布。老头拿着这个鞭子春种秋收，闹了个大丰收。人们见了，为了讨个吉利，也把自己的鞭子拴了条红布。

至今，农村仍有在鞭子上头拴红缨的习俗。

讲述：寇王氏

记录：纪连生

1986年春节采录于大阳镇

梅花妆

梅花被称为四君子之一（梅、兰、竹、菊），并居于首，又和松、竹合称“岁寒三友”。有些工艺品、建筑经常采用梅花做图案，在民间习俗中还有幼儿第一次去姥姥家，姥姥给外孙（女）的额上点上五点桃红，形似梅花。据说，除取梅花之清、奇、瘦、硬外，还有每瓣主一福庆的说法：快乐、幸福、长寿、顺利、太平。说来还有一段佳话呢。

刘宋年间，武帝的寿阳公主到了十八岁，和一王侯成了亲，隔年生下小女取名小禅。满月那天，寿阳公主抱着小禅到姥姥家“挪臊窝子”。到了娘家，皇后自然是亲热一番，然后才休息。公主抱着小禅来到含章殿，搂着小闺女就睡了。等她们一觉醒来，公主发现小禅额上落有一朵梅花，红艳艳的，美丽、喜庆。公主看了一会儿就用手去拿，但拿不掉；用嘴去吹，也吹不动。这时小禅醒来，甜甜地一笑。这一笑，越发见梅花闪亮耀眼，小禅也天真活泼。公主十分高兴，就去对皇后说了。皇后以为奇事，让公主找个“明白”的老人看看，是凶是吉。公主找了个老太太一看，拂不掉，吹不掉。老太太一拍大腿乐了：“喜庆临门了！一瓣主一喜庆之事：这个主一辈子的生活，这个主婚后两人的幸福，这个主长寿，这个主万事如意，这个主日子太平。”

寿阳公主听了就亲小禅，不料梅花却掉了。她忙取来桃红颜料，让老太太点了梅花形。果然，这小禅长大真如老太太所说的那样。后来人们都效仿，以取喜庆之意。

讲述：张王氏　女　88岁　无文化
记录：纪连生
1986年7月采录于大阳镇

酒盅

古时候，民间喝酒把盏只用大碗，用酒盅喝酒那是宫廷里的事。据老人说，宋徽宗时，有个乡间民女偷了御盅，从那开始，民间才有了使用酒盅的习惯。

说是宋徽宗每到正月十五都要在宣德楼悠然赏灯，饮酒作乐，并命侍从把酒赏给那些看他喝酒的女人们。有个妇女名叫刘王氏，趁机偷了御酒盅，不料被一个侍从发现。皇帝宋徽宗命人把刘王氏抓来。那个刘王氏心眼儿来得快，眼看大难临头灵机一动，当即说了两句顺口溜："归家恐被丈夫责，窃取御杯做照凭。"意思是说，观灯时与丈夫走散，后又奉旨饮赐酒，为了避免遭丈夫猜疑责骂才拿了御杯做凭证。

宋徽宗听了，哑口无言，只好将酒杯让妇人拿去。从此，民间都觉得这酒杯又好看又文雅，又是皇帝用的，就仿造，传用开了。

讲述：寇王氏

记录：纪连生

采录于大阳镇

鱼神脸

据老年人讲，早先年人们在盖房子时，梁柁上没有“鱼神脸”，后来怎么又兴做鱼神脸了呢？有这样一个故事。

有一伙艺人给人家盖房子，眼见房架即将完工，几个人都很高兴，边干活，边说笑。一不小心，把一根大梁柁给锯短了。这下几个手艺人可傻了眼，有心赔人家一根梁柁吧，还心疼那几个钱；现上山锯一根吧，不跟趟不算，湿木头根本用不上。几个人对此非常着急。

吃中午饭的时候，这伙手艺人坐在一起你一言我一语地小声嘀咕，可怎么也合计不出一个好办法。正在这工夫，忽然从外面走进来一位手拄蒺藜拐杖的白发老翁，到几个手艺人的桌前坐下来。几个手艺人以为他是个要饭的，谁也没在意，光顾想梁柁的事了。哪料想吃完饭老翁不见了，大伙都很纳闷。过了一会儿，忽然在老翁吃过饭的地方出现两块碟子，每块碟子里各放一条大鲤鱼，中间有一根筷子，正好插在两条鲤鱼的嘴里。几个人都很奇怪。这时不知是谁在一旁说道：“准是仙长告诉咱们把梁柁接上鱼头。”这句话提醒了大伙，几个人这才明白了眼前发生的事情。于是，他们在锯短的梁柁两头各做两个鱼头（即鱼神脸）接上，既美观，又解决了梁柁不够长的难题，还有谐音“喜庆有余”之意。所以，从古到今，人们在盖房子时还要在梁柁头做上鱼神脸。

讲述：李鸿山　62岁　农民　无文化
记录：郭树仁　李俊敏
采录于南屯基镇红椰头村

幻想故事

金牛

东丰县南部有一座大山，山顶上有一尊高六尺、长丈二的金牛石。金牛石的脊背上，还有七个两寸深的石窝儿。说起这些，还真有段离奇的故事呢。

很久很久以前，这儿还是一片看不见天的原始森林，很少有人来往，更没人居住。

一天，老天像着了火似的闷热，让人喘不过气来。从关里来了两个逃荒的汉子路过这里。这两个汉子，一高一矮，高的姓李，矮的姓王。走到大山跟前时，矮个子说："大哥，找点水喝吧，我嗓子都要冒烟了。"李大个子也说："我渴得难熬，可是这深山老峪哪有个人家呀？"王矬子往四周一撒目："山大压不住泉水，这大山沟里准能有泉眼，咱俩去碰碰运气。"说着两个一左一右就找开了。王矬子在一棵老柳树下找到了一眼泉眼，把大个子招呼过来，两人足足喝了个饱。喝饱了泉水，便在大树的阴凉处坐了下来，歇歇腿。

两人刚坐下，李大个子掏出旱烟，还没点着火，就从他们前边走过两个赶脚的人，一胖一瘦，也来到大树下乘凉歇脚。这两个人坐下便打开了话匣子。胖子眨着眼睛挺神秘地说："老弟，听说前山有条金牛，要是哪个有福气的逮住它，可就能享一辈子福。传说那牛只有下雨天才出来，一身金黄……"

没等胖子说完，瘦子叹了口气，打断了胖子的话，他大概是听得发烦了，说："别做好梦了，咱哥们儿没那福气！还是走咱的路吧。"说着一胖一瘦便拍了拍屁股上的灰土上路了。

说者无心，听者有意。李大个子见两人走了，一把将正在打瞌睡的王矬子拽醒："老弟，别睡了，该咱发财了！"

王矬子揉了揉惺忪的眼问："你做了什么好梦？能有个立脚的地方就不错了，发个屁财！"

见王矬子不信，李大个就把刚才的话重复了一遍，最后说："咱哥们儿不好去碰碰运气，兴许能抓住金牛，那可就一辈子享不尽的清福，也省得抡镐开荒，挥锄耪地，坐在地窨子里吃香的喝辣的……不，到时候就会有一幢像样的房舍……"李大个边说边把王矬子拽了起来，往前边那座大山奔去。

到了山前也没见到金牛的一根毫毛，李大个仍然不死心。忽然，他一拍后脑勺说："真笨！那两个人说得等到下雨天，那牛才能出来，咱豁出去了，等着！"

等呀等，一等等了四四一十六天，老天爷可下起雨了。就看那雨像断了线的珠子，刷刷刷地下个不停，两个人浇得像落汤鸡。突然大山里响起了一声闷雷，亮起一道闪电。王矬子心眼多，他扭过头来问："大哥，平常不是先打闪吗？今天怎么先打雷后打闪？"

李大个傻乎乎地光想那头金牛了，经矮个子一提醒，才醒过腔来。正在两个人纳闷的时候，随着一道金光，一条半大牛犊❶从山里跑了出来。只见那头牛犊浑身像一团火，连撒欢带尥蹶，跑到甸子里掠几口青草，跑到山泉旁喝几口甜水，仰起脖"哞哞"地叫上两声，像是响雷，直震得两个人耳根发麻心发跳！

等到两个人醒过腔来，金牛已一步一步地向山里走去。两个人也不管石头绊脚，树枝划脸，随屁股后就撵。眼看就要撵上了，金牛跑到山顶上，"哞"地叫一声，山顶便闪开了一扇石门，一眨眼，金牛进了山洞里，石门关上了。

两个人这时可傻了眼，一屁股坐在地上，呼呼直喘粗气。揩把汗水，抹把雨水，歇了一会儿便往山下走，到了山下，进了地窨里，就躺下了。

---

❶半大牛犊：尚未成年的牛。

王矬子本来是个本分的庄稼人，对意外之财从不去想，这时更没有那个耐性了。他说："大哥，咱没那个福气就算了，老老实实地种庄稼，秋后也会有个好着落……"

李大个虽不是好吃懒做的人，但他却是个见财眼红的家伙，对这个意外之财确实不死心，他说："我就不信咱没那个福，我非抓住它不可。"

王矬子又架不住李大个子软磨硬劝，只好陪着大个子。两个人又是等呀等，足足又等了四四一十六天，才见金牛出来。这回他们早就攒足了劲头，跟头把式地追。

李大个子差一点就抓住了牛尾巴，脚下却被大石头绊了一下，金牛一闪又进了洞里。王矬子好不容易才跑到山顶上，却让一根树段绊了个跟头。也巧，摔倒的姿势就像给大山磕头似的，双膝跪地，脑袋上还磕了个大包。这时只听一阵山响，那块门似的大石头移开了。李大个乐得合不拢嘴，刚跑到洞门口，还没等进去，石门又忽然关上了。李大个觉得有些奇怪，回过头来看了一眼王矬子，王矬子正用手揉着脑门上的包。李大个心里不觉亮开一条缝："大概是嫌我没给它磕头吧？"想着便双腿跪下，在门口磕了一个响头，门又一次开了，两个人一前一后地走了进去。

走了十几步，李大个就把王矬子拉下了。走着走着，听见有山泉水流淌的声音，不远果真有一条金亮亮的河。小河里的水哗哗地淌着，像一首动听的歌似的，好听极了。他们俩又走了二十几步，声音更大了，洞也更亮了，两个人继续往前走……

一道金光一闪，晃得两个人赶紧闭上眼睛，站了一会儿，睁眼看时，那头金牛正在拉磨。磨上是大小不一的石头，磨盘上是金亮的豆子。王矬子抓了一把，李大个却抓了两把，还想往裤兜里揣，金牛说话了："二位老弟，抓一把就走吧，时间一长，石门就关上了，你们就出不去了。我看你们是逃荒来的，可怜你们才开了门。快走吧，回去拿点金豆，置办些家什，好好开荒种地。"说完自顾拉磨，没再瞅他俩一眼。两个人听了金牛的话，只好走出了洞口。

李大个嫌手里的金豆太少，后悔当时没有多抓些，他拉着王矬子还要去磕头，王矬子说："大哥，这些已经不少了，别贪财过多……"说什么他也不去磕头。

李大个子寻思：只抓了两把金豆，那头牛还没抓到手呢。想着便跪在石门门口磕起了头，磕了一个没开，磕了两个没开，磕了六六三十六个头，石门还是没开。

王矬子见李大个那么诚心，很可怜他，就上前拉起大个子说："大哥，你要嫌少，我这一把给你，咱们下山还干咱的老本行吧。"

李大个却说："你去种你的地，我也不要你那把金豆子，今儿个非得把金牛拴在我手里不可！"

就这样弟兄两个人分了手：矬子下山开荒斩草，大个子却用金豆买了一些锤子、凿子。大个子上了山，他要把石门凿开！

单说大个子天顶天、月顶月地在石门上凿呀凿，草木一青一黄，足足干了一年。眼见王矬子粮食满仓，房舍整齐，好不眼热，想凿开石门的愿望就像嗓子渴得冒烟，非得喝口水不可似的。一共凿了七个石窝，下好了楔子，挨个砸了砸，最后使足力气，猛砸下去。砸到第七个楔子时，只听山崩地裂一声响，石门把李大个驮了起来。他慌了手脚，刚想喊救命，就掉进了山洞里。洞口一点点封死了，石门就立在洞口上，李大个再也没出来。随着石门立起，金牛驾着一道红光，跑到岭南袁家沟，卧在那儿不见了。从此，人们管袁家沟叫做"卧牛沟"，立在山顶上的那块石门就叫"金牛石"。现在，它的脊背上还有七个石窝哩。

王矬子在山下开荒种地，以后又娶妻生子，日子过得挺红火。据说，现在金牛山下的王家姓，就是当年王矬子那支人。

讲述：周大爷　76 岁　农民

记录：纪连生　牟兆英

1982 年 3 月 12 日采录于大阳镇六家村

绣花女

我们这里是神话流传的地方，每一台石阶，每一块土地都铺满了神话。

相传，在很早以前，我们这里住过一位美丽善良的姑娘。这姑娘从小就爱绣花，绣花的手艺很高，绣出的花草树木、山山水水、左邻右舍，就像真的一样，人们都很羡慕她，亲热地称她为“绣花女”。

小花一朵嫩娇娇，绣花女一表人才好。村中老财见她才貌双全，就要娶她为小老婆。绣花女宁死不嫁，她的爹娘也不忍心让她往火坑里跳。老财留下话说：“三天之内就要抬着花轿来娶人，如果不同意，就让他们全家一块见阎王。”爹娘为了给绣花女寻一条生路，当天夜里就把绣花女打发走了。

第三天，老财抬着花轿来一看，见绣花女逃走了，顿时气得发了疯，一把火就把绣花女家中的房子给点着了，绣花女爹娘也被活活烧死了。

再说绣花女悲悲切切地告别了爹娘，直奔西南方向走去。她走啊走，也不知走了多少天，这一天她来到一座山，这座山非常秀丽。山上花儿鲜艳，草儿茂盛，泉水淙淙。她走得又饥又渴，喝了几口泉水，便坐在一块青石板上歇脚。不多时，从她身后走过来一位白发苍苍的老妈妈，她来到绣花女面前问：“姑娘，你是哪家孩儿？你的爹娘怎么放心让你一个女儿家跑到这荒郊野外来？”绣花女望着这位慈祥的老妈妈，鼻子一酸，眼泪就掉了下来，她把自己苦难的遭遇从头至尾说了一遍。老妈妈听了也落了泪。她说：“姑娘，我家里没有什么人，就我一个孤寡老太婆，你要是不嫌弃，就到我家里吧。”绣花女听罢，忙磕头谢拜老妈妈。老妈妈领着绣花女向山上走去。来到山顶，只见丛林中遮掩着一座小房，房子是石头盖的。屋里是石头炕、石头锅、石头碗……什么都是石头的。

从此以后，绣花女就住在老妈妈家里，她勤快、孝顺，对待老人家就像对待自己的亲妈一样，每天做完了活，就坐在树下绣花。时间真快，一个月的光景过去了。这天，老妈妈忽然一高兴，从头发里抽出一根绣花针，“哧哧”几下子就绣出一朵金灿灿的小花。绣花女见那小花水水灵灵的，就像开在布上一样。她心里一阵欢喜，再三恳求老妈妈把手艺传给她。老妈妈说：“你是一个好孩子，我早就想把手艺传给你，可是你得答应我一件事。”绣花女求艺心切，忙说：“只要能学到手艺，别说一件，就是十件我也应了。”老妈妈微笑着转身出去了，不一会儿工夫她端进来一个大碟子，让绣花女把碟子里的东西吃了。绣花女一看，不由得倒吸了一口凉气，只见碟里有一条蛇。她胆怯地瞅了一眼老妈妈，见老妈妈正用期待的目光看着她。为了学到手艺，她一狠心，把眼睛一闭，就吃了起来，不知怎么，她越吃越香。等她吃完了，老妈妈告诉她刚才吃的不是一条蛇，而是一根大人参，吃了它你就成仙了，只有仙人才能用得上我这根绣花针。她把针递给了绣花女：“姑娘，拿去吧！它就是我的手艺，你为穷人造福去吧。”说完就不见了。绣花女低头一看，房子也不见了，自己站在山坡上。她抬起脚刚想走，自己的身子忽然轻轻地飘了起来，她飘在空中，向着家乡的方向飞去。回到家中，听说爹娘被老财烧死了，她十分悲痛，下决心一定要为爹娘报仇。

绣花女为了报仇，就住在乡亲们家里，平日里她给穷苦人绣牛、绣马、绣粮、绣衣……绣个什么，穷人就真的有了什么。有了绣花女，穷人再也不愁吃穿了，因此谁也不给老财干活了。老财见他的良田变成了荒草滩，很是心疼，就亲自到穷人家里去雇长工，可是谁也不干。他见穷人家家户户柴满垛、粮满仓，小孩子们穿着新衣裳，很纳闷：穷小子们怎么富得这么快？准是得了什么宝！他很想知道，可是没有人告诉他，后来他从一个不懂事的小孩嘴里知道了真情，气得要命，偷偷地派人把绣花女抓去了。老财让绣花女给他绣一座金山，金山顶上再绣一棵摇钱树。绣花女满口答应了。她真的给老财绣了一座金山和一棵摇钱树。绣完了，她用气一吹，老财家门前便出现了一座金山和一棵摇钱树。老财见了，乐得连滚带爬地向金山扑去。来到山顶，他抱起摇钱树狠命地摇，只听“嗄叭”一声，金山正好从树根底下裂开了，老财主跌进了金山里，金山又合上了。绣花女一见，仰天长笑一声，一甩袖便向天上飞去。

从此以后，人们过上了好日子，大家念念不忘为穷人造福的绣花女。绣花女的故事便成了千古佳话，世代流传。

讲述：曲　霞

记录：孟丽蓉

1983 年 10 月 20 日采录于猴石镇高龙村

凤凰姑娘

很久很久以前，有这么一个小村子，村子里有十七八户人家，只有一户财主。财主姓吴，爱财如命，所以人们管他叫“吴财迷”。吴财迷家有个长工，是个孤儿，他母亲临去世之前才给他起了个正式的名字，叫周虎，小名叫“虎子”。由于虎子的父母欠下了吴财迷数不清的债，在乡亲们帮助下虎子掩埋了母亲尸体的当天，就被吴财迷逼去当了小猪倌。那叫啥小猪倌呀！早晨三点多钟起来挑水、劈柴、倒尿盆。弄完了这些，赶紧扒拉一口饭，赶着猪上山了，一边放猪，还得一边打柴，上午一扛，下午一扛。晚上回来，熬猪食、起猪圈，给吴财迷家的人打洗脚水，等到把这些事干完了，都快到半拉夜了。就这么干，也免不了时常挨骂、挨打。把虎子气得牙根疼，可是没办法呀，自己身单力弱，惹不起人家啊，只好忍气吞声地熬着过。

树叶黄了又绿，绿了又黄，转眼间过去了十个年头。虎子长成了一个身强力壮的棒小伙。一天，虎子被吴财迷的小老婆孟氏叫了去：“你过来——”小虎子不知干什么，往前迈了一步。孟氏一把搂住他：“宝贝，我的乖乖……”小虎见是这样猛地一推，转身跑出门外。这可不得了喽，孟氏趴在地上高一声“妈呀”，低一声“妈呀”，等吴财迷到跟前，她鼻涕一把泪一把地说开啦：“你雇的这些什么人啊？他都敢把你的宝贝……”吴财迷一听，气得老脸铁青：“你说是谁？”“还问哪？就是你那个放猪的呗！”“啊？他敢……”“呜呜，他不敢，你就当王八吧！”吴财迷不听还好，听完火冒三丈：“小兔崽子，看我怎么治你！”

第二天早晨，吴财迷叫来了小虎子，假惺惺地说：“虎子啊，有件事呀，我得请你帮忙。”他斜着眼，看虎子听后有什么不一样的表情，接着说：“我昨晚做了一个梦，说我大难临头，如果服下一个人参，就可平安无事。我想来想去，只有你才能办得到，所以，就把你请来了。时间嘛，从今天开始，七天之内，得把人参给我送回来，否则……否则，啊，哈哈……”

虎子一听，原来如此，二话没说，转身出门，带着一把砍柴刀直奔深山老峪。

虎子在深山老林里走啊走，到了第六天头儿，还是没有找到人参。忽然传来一声虎啸，他一回头，只见一只花斑老虎直朝他扑来。他一时没了主意，便朝跟前一棵两丈高的树跑去。噌、噌、噌，几步蹿到了树半腰，他低头一瞅，老虎像疯了一样往树上蹿，一次比一次蹿得高，好悬哪，眼看就要蹿到脚后跟了。虎子又噌、噌、噌地往上爬。正爬得起劲，啊！头上一个怪物张着血盆大口，抖动长长的须子，吐出细长紫红的舌头在等着他。虎子急中生智，先下手为强，他抽出砍柴刀向怪物的脑门劈去，好，正中那怪物的脑袋，只听“扑通”一声，跌到树下。老虎一见树上掉下来一个一丈多长的怪物，惊叫一声，逃走了。

小虎子看见怪物死在地上，老虎也跑了，心里一块石头才落了地。他饿了，又连累带吓，身子靠在树上准备睡一觉，头一歪，他觉得像枕在石头上，嗯？什么东西这么硬？他转过头来一看，嗬，原来是个鸟窝，里边只有一个三扁四不圆的蛋。“嘿，这回可有吃的了。”他抓起鸟蛋，朝树上使劲一磕，哧溜，蛋掉到了地上。他急忙溜下树，拾起蛋一看，蛋皮已经破裂。他一点一点地扒开，“哎呀”，只见里面有一姑娘。他以为自己饿得看花了眼，闭上了眼睛，再睁开眼时，手里只有一个蛋壳，面前却站着一位姑娘，中等身材，不胖不瘦，五官匀称，面如桃花，上穿绿锦衣，下着金绸裤，浓密的黑发中插一支凤凰玉簪。“大姐……”姑娘笑道：“不知大哥姓甚名谁？将来有朝一日，我凤凰姑娘一定拜访府上，感谢救命之恩。”虎子一听，懵门了：“我姓周名虎，父母早亡，无兄弟姊妹，只身一人，没有什么府上府下的。你这是……”“父母生我之后，就被这恶龙赶走了。它一心想霸占我，整天待在这棵树上。我只有到二百天时，有人打碎蛋壳，才能出世，如果或早或晚地打碎蛋壳那我就没命了。今天中午刚满二百天，你来救我，实在感激。如果你无家可归，那么，你若不嫌弃，咱们结成百年之好，如何？”虎子听了忙说：“不行，不行，我一无钱，二无房，三无田，怎么能连累你？”“那怕什么？只要有咱两人在，将来什么都会有。”虎子拗不过她，又见她真诚善良，就在树下撮起土堆，插枝为香，拜天拜地，了却喜事。

二人站起身来，凤凰姑娘指着地上的怪物说：“就是这个恶龙逼得我们家破人散。不过，它的两只眼睛是两颗夜明珠，你把它剜下来。”周虎剜下了这个怪物的两颗眼珠，凤凰姑娘把它藏在周虎的夹袄层里。凤凰姑娘抬起头，看见周虎不太高兴的样子，忙问：“怎么啦？不舒服？”“唉……”“有啥为难的事就说嘛。”周虎把他到吴财迷家的十年遭遇，孟氏调戏他、吴财迷逼他找人参的事，一五一十、一铺一节地说了出来。凤凰姑娘听完，这个气呀，好玄把肺子都气炸了。“咱们等着瞧！”她又反过来劝周虎：“虎哥，别急。”她从头上拽下一根头发，摇了三摇，变成了一个又粗又大又白又嫩的人参。就这样，两个人高高兴兴地向村子走去，太阳还没落山就到了周虎的家。

第二天，周虎吃过早饭来到吴财迷家，把人参往炕上一扔，扭头就走。吴财迷看见人参，一把抱在怀里，这个稀罕呀，急忙喊道：“哎，哎，周虎，你这是从哪弄来的呀？”“山里。”“山里？分明是偷我的！偷盗不算，你还拐骗人家的姑娘……”“姓吴的，我可不像你那么损啊。”吴财迷一听，好啊，还揭我的老底！“周虎，咱们说明白，从今天起，限你三天之内，给我弄到一颗夜明珠。弄到了，咱们万事皆休，弄不到，咱们就没完！”“呸！贪财鬼！”周虎骂了一声，跑回家，把这些话向凤凰姑娘说了一遍。

“那好，给他一颗。”凤凰姑娘说。

“给他？扔到河沟里也不能给他！他把夜明珠献给了皇帝，封了官不知他还得多蝎虎呢！”

“哎，我的意思是……”周虎还没等凤凰姑娘把话说完，就从夹袄层里取出一颗夜明珠，放在凤凰姑娘的手上。她用力攥了三攥，交给周虎，让他给吴财迷送去。

吴财迷接过夜明珠，都要乐颠馅了，他雇个手艺特别好的工匠，做了个匣子，刻上双龙，刷上红漆，分外漂亮。

说来也巧，吴财迷把夜明珠放进匣里，就听家人报告："吴爷，皇帝派人来收夜明珠了，说是还要封官加赏呢！"吴财迷一下子跳到地上，捧着匣往外跑，一口气跑到给皇帝收宝的御林军面前，把夜明珠献上。这时，周虎也把缠着毛巾的夜明珠送给他们。

话说御林军出外三月，无所收获，如今一日之内得到两颗夜明珠，特别欢喜，标上姓名，派一队人马星夜回京，禀告皇帝。皇帝先接过红匣，打开一看，"这是什么？""启禀陛下，此乃夜明珠。"皇帝举起匣子"啪"一声扔到堂下，众人一看都傻眼了：那是啥呀？大绿虫子！还正爬呢。龙颜怒气未消，又打开了白手巾，啊，闪闪发光，刺得人眼睛都睁不开。皇帝高兴了："传旨！""是！""将送此夜明珠者，封为四品卿；将送妖虫戏孤者，全家抄斩！"一声令下，御林军又星夜赶了回来，召集全屯老少，宣布圣旨。起初，吴财迷还得意呢，当他听完，吓得眼睛都直了。

处死了吴财迷，周虎也不去当那个四品卿，只是把吴财迷家的一切财物，都分给了乡亲们。他和凤凰姑娘过着幸福的生活。

讲述： 王兴仁　28 岁
记录： 刘丰年
1983 年 2 月采录于东丰镇

千里有缘来相会

从前，有这么一家，姓王。娘儿俩靠砍柴度日，生活非常贫困。

一天，儿子王海上山砍柴，捡了一个鸟儿蛋，像鹅蛋一样大。他把它带回家给妈妈看。王大娘也很喜欢，但不知是哪种鸟儿的蛋，就把它放在鸡蛋一起，后来孵出一只小鸟儿，取名叫“缘”。缘渐渐长大了，能飞了，整天跟随王海，有时在他的身前身后来回飞，有时落在他的肩头，从没离开过。

一次，他带着缘又去山上砍柴。在回家的时候，缘飞到一个员外家，把他家小姐绣花鞋叼了回来。小姐绣花鞋丢失一事，传到了老员外的耳朵里，就打发家人出去找。一路上，家人边走边打听，有人说，王海家的缘叼了一只花鞋。家人找到王家，取回花鞋。老员外得知了这事，不但没有发怒，反而笑道：“稀奇，稀奇，真稀奇，这是我女儿与王海有缘，不然怎么会叼我女儿的花鞋呢？”员外和老夫人商量叫家人去王家商定娶亲的日子。家人来到王家把员外的话如此这般说了一遍，王大娘听后，又是惊奇，又是欢喜。

到了娶亲那天，王家把缘杀了做酒菜，准备迎亲。老员外带着夫人、女儿，家人们抬着轿来到王家。员外说：“今天是我女儿与王海成亲的日子，要请媒人来。”“媒人？谁是媒人呢？”王海惊呆了。“缘，请把它放出来吧。”“呀！缘让我们杀了做酒菜，大人多多包涵吧！”老员外先是愣了一下，然后说了一句：“千里有缘来相会，今日无缘不相逢。”就回府去了。这句话一直流传至今。

讲述：孙福玉　67岁　农民

记录：隋凤琴

1982年4月采录于南屯基镇柳泉村2组

红姑娘

从前，有个杏匣村，村里有位王先生，他共教了五个学生。第一年进京赶考，全部落榜而归。老先生不甘心，决心再教他们三年，哪怕考中一个。

这时杏匣村又搬来姓李的一户人家——老夫妻俩和一个儿子李忠。不久，两位老人相继死去，只留下小李忠一人，无依无靠，整天哭泣不止。王先生听说这件事，把李忠接到自己家里，让他和五个学生一起学习。

一晃三年过去了，李忠和师兄们，奉命赴京赶考去了。

他们走啊，走，从日出走到日落，都觉得有些累了。正巧，前边出现了一座庙观。众人一看，欢喜万分，便急步上前，叩响了门环。大门一开，里边出来个小老道："众位施主为何叩门?"众人急忙上前施礼："小师父，我们是进京赶考的，怎奈天色已晚，望小师父留宿，我们可以多给银子。"小老道一听，回身进寺院去了，一会儿又出现在门口，说道："众施主，师父说了，如果不嫌屋破，可以到西边那间屋里住。另外，你们只有六人吗?""是的，就我们六人。"小老道带着众人走进一间房子。屋里很黑，借着小窗户透进的光亮，可以看见屋里有铺大炕，炕上放了几条被子，他们实在累极了，脱了鞋，和衣躺下了。

五位师兄都进入梦乡，只有李忠躺在炕尾，翻来覆去睡不着，越是睡不着，想的就越多，他想到了父母的双亡，想到了王先生的关怀和照顾……

想着，想着，约已半夜时分，突然门开了，从外面进来一个披头散发张着血盆大口的怪老道。李忠见这凶相，不由得把身子往下缩了缩。

这时，就见老道走到炕头，朝大师兄的胸口拍了一下，然后趴在胸口上"吱"的一声，把胸膛里的血喝个一干二净。接着拍二师兄、三师兄……当喝完五师兄的血时，老道愣住了："啊，不是六个吗？怎么只是五个，待我回去拿灯来看。”李忠哪儿去了呢？原来，他每见一副惨相就往炕里缩一缩，三缩两缩，缩到炕脚底下去了。这时，李忠见老道走了，急忙爬起来，跑出小屋。三面近丈高的院墙，一面小角门。他想，我绝对不能走这道门。可不走此门，从何而出呢？正在焦急的时刻，猛见屋后的院墙旁有一棵大树，忙跑过去，用尽力气爬上了高墙，还没有来得及往下跳，眼前一黑，他昏了过去。

天亮了，李忠从昏迷中苏醒过来。一抬头，看见这堵墙时，立即惊慌起来，急忙站起身晃晃悠悠地向前走去。

走着，走着，不知不觉天又黑了。李忠想：“在这荒郊野外，到哪里住上一夜呢？”干粮没有了，他低着头，无精打采地走着。

猛的他一抬头，见不远处一个窗口射出了灯光，他顿时觉得精神起来，三步并作两步来到房门前，轻轻地敲上两下。接着从屋里传出纺线的老妇人的声音：“谁呀？进来吧！”

李忠推开房门，很有礼貌地向炕上坐着纺线的老妇人施礼：“老妈妈，小生李忠是进京赶考的。怎耐天色已晚，望老妈妈留住一宿。”

“行啊，白容，快起来给客人做饭。”老妇人说着，推了推趴在炕上睡觉的年轻女子，那女子连忙下地做饭去了。而那老妇人竟不知出门干什么去了。

白容见母亲出去了，便慌忙走近李忠说：“公子，你赶快离开这丧命之地。”李忠听得糊里糊涂，忙问：“小姐，请你把话说清楚一点。”白容说：“我妈是个千年老狐狸精，前山百里之外，有座庙观，有个老道专门喝人血。他若喝到百人之血后，什么人也治不了他了。我妈就是找他来喝你血的，你快走吧！”李忠一听，不由得慌张起来，忙谢过小姐就要上路。白容忙说：“公子请慢，你已是筋疲力尽，即使走了他们也会追上你的。我爸爸死时留下一双宝鞋，穿上它，闭上眼睛，径直朝前走一百步后，就可离开这里了，他们再也追不上你了。要记住，前面还有个村庄。”

李忠怀着感激的心情，穿上宝鞋，径直朝前走去。

他果真来到了一个名叫“王家店”的村庄。一进村，就见一个上穿红衣、下着红裤的姑娘在井台打水。这姑娘打水用的是只筐，而打上来的水竟是满满的。他这时又饥又渴，得到红姑娘的允许，他饱饱地喝了一顿，之后向村里走去。

他来到“王家店”，开店的王妈妈一眼就看中了他，说啥也要他做儿子不可，李忠也很愿意，就住了下来，帮妈妈做生意。

这天，“王家店”来了大戏班子，王妈妈叫儿子李忠去看，李忠却说：“妈妈年纪大了，还是你去看吧。”王妈妈说：“忠儿，戏要唱三天呢，第一天你去，第二天、第三天都妈妈去。”李忠拗不过，只好答应。

李忠在人群中走着。忽然，有人撞了他一下，回头一看，正是进村时见到的那个姑娘。她见李忠，回头冲他笑了笑，走开了。

李忠的脸红到了脖子根。一会儿，肚子疼起来了，他只好猫着腰，捂着肚子回家去了。

王妈妈听儿子说完，她笑了，说：“忠儿，那红姑娘准是看上你了。她家就在咱家后面，那可是个好姑娘啊，就一个人，住在舅舅家里，你今晚就去向她求亲。告诉你，你去了，她不会在屋里，你先上炕躺着，她才能进屋，在你头上坐一会儿，又会出去。二次回来转一圈还得出去。三次回来你只能听见门响，看不见人，因为天已经黑了。这时，你赶快点燃蜡烛，会找到她的。那时，她一定是手持宝剑，准备杀你，你就跪在她面前求救，她用一只手来扶你，千万莫起。待她双手扶你，你就放心，那是她真心和你好。以后的事情，她就会替你安排了。”

李忠在王妈妈的一再催促下，才拿着蜡烛向红姑娘家走去。

一切都像王妈妈说的那样。红姑娘已经进屋两次了，而最让李忠害怕的就是第三次。

屋里一片漆黑。李忠侧耳听着。突然，门“吱”的一声，他赶紧爬起来，点起蜡烛，一找，见红姑娘手持宝剑在房子大梁上蹲着。他连忙跪下向姑娘求救。红姑娘用一只手扶他，他没动，还在苦苦地哀求。红姑娘见此情景，宝剑一扔，双手扶起李忠，就这样，他们结婚了。

第二天，红姑娘的舅舅派人来请李忠吃饭。红姑娘偷偷告诉李忠：“菜可以吃，酒可以喝，千万不要吃饭。回来时，你想法偷着把饭给我拿回来。”

李忠吃饱喝足，趁人不注意，把一碗饭全都倒在袖筒里。红姑娘的舅舅，只以为被他吃了，就下了送客令。

回到家里，红姑娘问李忠吃饭没有？李忠说：“我倒是一口没吃，可给你没少偷！”说话将袖筒一甩，天呐，甩出来的竟是一些小长虫。李忠庆幸自己听了妻子的话。红姑娘有些伤感地对李忠说：“我们必须马上离开这里，他们再想用什么法子来害你，我就不知道了。”李忠听着，紧盯着妻子的脸，心想：“在哪见过，好眼熟啊！”红姑娘看穿了他的心思说：“我叫白容。你忘了？那天我把你放走了，妈妈气得发疯，说啥也要让老道喝我的血。我苦苦地哀求都无济于事。最后我说：‘你们看在我父亲的分上，就让我多活一会儿吧，我给父亲上最后一次坟，也算他老人家没白养育我一回’，他们答应了我，我趴在父亲的坟上哭得死去活来，我的眼泪感动了上帝，上帝派了一位仙人将一把宝刀挂在坟地的一棵树上，化作我的尸体，我才得救来到这里。”

李忠听了后恍然大悟，立刻同红姑娘一起离开了“王家店”。

他们走了好久、好久，才来到了京城。城里到处都张贴着皇榜，白容一看，上面写着：“城北千里之遥，一座庙观，里面住一妖道，专以喝人血为食，残害良民百姓，无计其数。如有人解救乡亲，降服妖道，宫中之宝任他挑选……”白容看罢，扬手解下皇榜，对李忠说：“这就是要喝咱俩血的妖道，我们一定要解救百姓。”

白容见了皇上，皇上问她要多少兵马？白容一笑：“我只要一个胆子最小的人。”这一下可把皇上难住了。不想，白容的话却被屏风后边的皇上最疼爱的小女儿听见了。她见父王不语，连忙走了出来，说：“父王，若说胆子小，莫过于女儿我了。想我久住宫中，外边的事情我什么都没见过，就连只苍蝇我都怕得要命。如今，为解救百姓，连我的胆小也能用上，就让我和这位小姐一起来解除百姓的苦难吧！”皇上当着众大臣和白容的面也不好说什么，只好答应了小公主的请求。

白容扮成小姐，公主扮成丫环，李忠扮作家人的模样，来到庙前。李忠上前叩门，他们仨人又被安排到那三面高墙的屋子里，他们都和衣躺下了。

屋里黑洞洞的。李忠躺在炕稍，吓得直哆嗦，公主吓得就更不用提了，她连眼都不敢睁，使劲闭着，很怕看见妖道。白容睡着了。

半夜时分，公主听见开门声，她吓得差点叫出声来，她使劲闭着眼，仔细听着，好像老道拍了白容前胸一下，紧接着“吱”的一声。天呐！公主觉得老道好像奔她来了，她再也抑制不住了，“啊！”的一声尖叫着坐了起来。这突如其来的叫声，老道也吓了一大跳，他“扑通”一声坐在地上大口大口地吐了起来。这时，李忠、公主、白容都起来了。只见老道吐着吐着，吐出一根锁链。

原来，白容使了法术，老道喝的是假血。他喝进肚里，就化作锁链，把他的心脏锁了起来。被公主一吓，就把铁链的另一端吐了出来。就这样老道被降住了。

从此，百姓得到了安宁，而红姑娘也得到了幸福。

讲述：葛延芝　59岁　农民

记录：李桂玲

1983年4月采录于南屯基镇红榔头村2组

宝葫芦

很早年以前，有一户姓王的人家。老王头有四个儿子，都娶了媳妇。时间一长兄弟几个都各分心眼，想当家说了算。唯有老三是个憨厚的人，什么也不想。

一天，老王头把几个儿子叫到跟前，说："这么办，你们到外边挣钱去。三年之后回来谁挣的钱最多，就让谁当家。"兄弟几个听到这话，满口答应，第二天就上路了。他们走着走着，来到了一个十字路口。老大说："弟弟们，咱们就在这分手吧！三年之后的这天我们还在这相会，一起回家，怎么样？"弟弟都说："好。"老大又说："我向南去，干我的木匠活。"老二说："我向北去，继续打我的铁。"老三说："我向东去，吹我的喇叭。"老四是个结巴，他说："我向西……西去，干，干我的银匠。"

花开四朵，咱各表一枝。且说老三，一直向东走去，一边走一边吹着喇叭。一天，他来到了东海。他站在海边尽情地吹着。优美动听的喇叭声，惊动了老龙王。他对小龙王说："儿呀，去看看谁在吹喇叭，叫他进来，为老父吹上几场。""哎！"小龙王答应了一声，立即起身，不一会儿就到了岸上。一看，老三在那吹得正起劲呢。小龙王走向前去，彬彬有礼地说："先生，我是本海的小龙王，奉父王之命，邀你为父王吹喇叭。"老三高兴地说："这当然好，只是我凡胎肉体，恐怕走不到龙宫吧？""这不要紧。"小龙王一摆手，"你趴在我的背上，闭上眼睛，一会儿就到。"说完背起老三，向海里走去。

老三趴在小龙王的背上，只觉两耳生风，听见水声"哗哗"直响，就是不敢睁眼睛。不一会儿，这响声消失了。这才睁开双眼，只见两个大字直晃眼睛——龙宫。

他和小龙王走了进去。

"你能为我吹喇叭吗？"坐在酒桌旁的老龙王笑眯眯地说。老三一听，自己能为龙王吹喇叭，求之不得，于是弯腰施礼说："小人尽力。”

过了一段时间，有天晚上，老三对小龙王说：“小龙王，明天我就要回去了。我哥哥和弟弟在十字路口等着我呢。”小龙王很同情地说：“那你走时要点什么东西呢？”老三说：“龙王爷对我这么好，我怎敢还要东西呢？”小龙王又说：“这些日子我品出来，你是个正直的人。这样吧，明天你走的时候，父王给你什么东西你都别要，专要他桌上摆的那个葫芦头。这葫芦头是龙宫之宝，要什么东西，只要喊两声‘葫芦头’，它就给你。不过在父王面前千万不能露出是我告诉你的。”老三连连点头：“好，好！”

第三天到了。老三向龙王提出要回去的事，老龙王当即答应了。随后吩咐手下人端来一盆金子，赠给老三。可是老三说什么也不要，老龙王为难地说：“这个人真怪。金子你不要，你想要什么？”老三瞅了龙王一眼，说：“我想要你桌上放的那个小葫芦头，不知你给不？”老龙王一听，愣了一会儿，假惺惺地笑着说：“太傻了，太傻了。你要它何用？一个破葫芦。”“我就想要这个破葫芦，回家装点东西什么的。”老三用手比画着向龙王跟前凑了凑。龙王一听，这个人真是个有屎不说尿的人，就把这个爱不释手的宝葫芦送给了老三。

老三在小龙王的陪送下，回到了岸上，朝着兄弟们约会的地方走去。

咱再回过头来说那哥仨，在外面凭手艺偷奸取巧骗百姓很多钱。瞧！他们今天都拎着满是金银的包裹，高高兴兴地来到了十字路口。兄弟相见，各述其情。只见老三没有回来，有点扫兴。其实，老三早就看到兄弟们了。他心想：你们富，我装穷点，看你们怎么着！于是就对葫芦说：“葫芦头，葫芦头。”葫芦头说：“三爷，干什么？”“给我来一套破衣服，破帽子，破鞋和一个要饭的棍子。”说完，他的愿望就实现了。

老三拄着要饭的棍子，一步一晃地朝兄弟们走去。他见兄弟们连自己都认不出来了，就动情地说：“我是老三啊！”兄弟们一听都很惊讶。老四看三哥这个蠢样，就说：“你……你别跟俺们走，多……多寒碜人。跟……跟在我们后……后边走。”随后两个哥哥也说了一些不三不四的话。老三做出没有办法的样子，说：“好吧！”于是，哥四个前后走着，一直奔向家中。

他们回到家。老王头一看老三这模样，很是生气，带搭不理地说：“你从狗洞里爬进来吧！”老三果真听话就从狗洞里爬了进来。这时哥哥、弟弟们和妻子相见，兴高采烈。而老三的妻子，一看自己的丈夫这个打扮掩面而泣，久久不言。

第二天一早，老王头就对老三说：“三儿，你哥哥和你弟弟都累得够戗，挣了不少钱。今天，他们休息休息，你去把西山顶的那块谷子割了。”老三说：“行。”

老三来到西山顶谷子地里，很生老子做事不公平的气。他坐在地上，拿出宝葫芦，轻轻地说：“葫芦头，葫芦头。”葫芦头立即说话了：“三爷，干什么？”老三说：“给我来百八十人割谷子。”不一会儿，一百多人，手拿镰刀，到地里割完了，码好，就都走了。

再说老王头看到西山谷子地那么多人割谷子，心想：老三哪老三，你自己不能割拉倒，凭什么要求这么多短工呢？干点活不够要工钱的。想到这，他冲老伴说：“快！做一百五十人的饭，不然怎么办？”

饭很快做好了。中午饭的时候，老王头只见老三一人回来，又气又恼，说：“你为什么不让那些短工来吃饭？”老三说：“他们都回家去了。”老王头一听更生气了，一歪脖：“你这东西，别人给你干活，你连顿饭都不让人吃，世上哪有这样办事的？你给我滚出去！”老王头说着操起拐杖就要打。“爹爹，不用你撵，我马上就走。不过我想说几句，同样的儿子为啥有偏有向，难道你没听过娇子不孝的事吗？”老三掉着泪领着怀孕的妻子，顶着月黑头离开了家里。

妻子一边走一边哭着埋怨。等她走到一块大石头跟前时，实在走不动了，就对老三说：“夫郎，咱俩歇一会吧？”老三说：“咱歇也不坐石头，坐车。”妻子生气地说：“摊上你这样的男人真没办法，净说没影的话，黑天瞎火的，到哪弄车去？”老三说：“别着忙，有地方要。”说着拿起背在身边的小葫芦说：“你三奶奶走不动了，给我来辆车。”不一会儿，一辆毛驴车真的来到他们的面前。老三跳上车冲妻子说：“快，上来吧！”妻子一看很奇怪，但又不敢多想，于是跳上车。他们坐着车走着走着，不一会儿，来到了他家前面的南山。“葫芦头，你把车子收回去吧！”老三一拍葫芦头，顿时车子不见了。这时，妻子由于疲劳，倒在地上就睡着了。老三又拿起葫芦头，说：“葫芦头，葫芦头。”小葫芦头说：“三爷，干什么？”“请在这个地方给我盖起三间瓦房，另带丫环和守门人。”眨眼工夫，房子盖好了。妻子一觉醒来，见自己躺在明亮的屋里，还有丫环陪着，就对老三说：“这是哪呀？是做梦吧？”“不，是宝葫芦救咱们呐。”老三把葫芦头一亮，让妻子看。

这时天亮了。老王头对老伴说：“你看，谁家那么有钱，一宿的工夫，就在南山盖起了青堂瓦舍的房子？”老伴说：“那谁知道，你自己不会去看看嘛！”老王头说：“对，我去看看。”他说着向南山走去。他来到这座房子门口，守门人说什么也不让进去。说也巧，这一切老三在屋里看得一清二楚。他对守门人说：“门兵，他是我爹，请进来吧！”

老王头进来了，询问儿子的经过，儿子就一五一十地把事情告诉了老子。临走时，老三让妻子给爹爹做了一套新衣服。老王头乐呵呵地回去了。他一进屋就把老三怎样有宝葫芦发家的事向三个儿子讲了一遍。老四急了：“咱……咱们跟哥换房子，好……好不好？”其他两个哥哥也都说：“跟三弟换房子得让爹爹去说情。”

老王头只好又一次去老三的家，他把老四和两个哥哥说的话，对老三讲了。老三看在老子的面上，不好推辞，就答应了，并且连同小葫芦头也一起换给了他们。老三和妻子搬回家里，当天妻子就生了个胖娃娃。

再说，这哥仨换了房子之后，一听葫芦头要什么给什么，就抱起它要个没完。当轮到老四手里抱着葫芦头要东西时，他眼睛直盯盯地看着傍晚火烧云，结结巴巴地说：“火……火烧……”还没等他把云说完，天空果然飘来一团火，把葫芦头和老四的手全烧焦了。什么房子、丫环、守门兵啊，都不见了。老四和媳妇还有哥哥嫂子们在山上冷冷地睡了一夜。

那么宝葫芦真的烧焦了吗？没有。它又完整无缺地回到老三手里。当然了，老三也就成为这一家说了算的人了。

讲述：吴士铭　65 岁　农民

记录：于政清　孙玉春

1984 年 5 月 19 日采录于大阳镇保胜村 1 组

云果仙女

传说很久以前，在一个村庄里住着一个名叫张天的男子，因为有腿疼病，很难料理自己的生活。

一天，张天觉得腿比往常舒服多了，就和村子里的其他人下地锄草去了。他们刚刚来到地里，忽然，东南天边乌云翻滚，不一会下起了倾盆大雨。人们不顾一切地往家里跑。这时，张天的腿又犯病了，坐在田地里不能动弹。他偶然一抬头，好像模模糊糊地看见天空中有个女子，后面还有几个天兵天降押着呢。不知怎的，他眼前一阵昏暗，就什么也不知道了。

不知过了多长时间，张天醒来，觉得腿也不疼了。他想站起来走几步，忽然发现在离自己不远的地方，有一个美丽俊俏的姑娘。他怔住了，好像在哪见过，可一时又想不起来。过了会儿，姑娘红着脸说："张哥，你的腿好了吧！我叫云果。"张天望着这个陌生而又面熟的姑娘，说："好了，好了！"接着他把刚才发生的事说了一遍，只见那女子听后低下了头，什么也没有说。

原来，姑娘是天上的仙女，排行老四，因为她喜欢白云，父王给她取名叫"云果"。一天，云果正与姐妹们在云间飘游，她从云缝向下望去，被美丽的人间迷住了。"云果……云果，咱们回天庭吧，回去晚了，父王就不会再让咱们出来玩了！"任凭大姐怎样呼唤，她好像一点也没有听见。"四姐！你看什么，咱们快走吧！"老五拉着云果就走了。回到天宫，云果整天思念凡间。她水不想喝，饭不想进，觉也不想睡。几天的工夫，身体就消瘦了。母后以为她有病。这样一来二去，不但病没好，反而愈来愈重。为此，母后急得团团转。一天，她来到床前，抚摸着女儿的头，含着泪说："云果，你哪疼？告诉母后，咱们好想法治呀！"云果扶着母后的胳膊坐起来："母后，女儿哪也不疼，也没有病，我是……""你要干啥就说吧！你父王和我一定会答应的。"云果听完便慢头细尾地说了起来："那天，我与姐妹们去游玩，从云缝瞧见了人间一个男子，虽然长得身材高大，可就是腿有点瘸，就是这样，他的活从不让别人给干，他太可怜了。”说到这里，云果低下了头哭了。母后听到这里，知道了女儿的心事，她替云果揩去脸上的泪珠，自己也忍不住地哭了：“云果，人间怎比得上天堂之美，一个瘸子，你跟随他过日子，不会幸福的。”“母后，你就放心吧。”“云果，你这样，父王也会阻拦你的。”“母后，无论如何我也要到人间去!”母后听了，也就不再劝说，转身回到自己的屋里。

再说父王，听说女儿要下凡间，便来到女儿的屋里劝说：“云果，别的事父王都依你，婚姻之事我不能不管。那人间虽然美好，但农活很累，哪像你在宫中清闲自在。”“父王，女儿就是不愿过宫廷生活，愿为凡人承担痛苦。”父王听了，火冒三丈：“我今天把你锁起来，永远不让你看到人间!”“父王……”

几个月过去了，云果用绝食来抗拒父命。父王实在没办法，就决定把云果押下天庭……

当云果来到他面前，他老远地迎上去，两人相互看着，谁也不吱声。天黑的时候，乡亲们看见他领回这样一个美丽的姑娘都愣了。张天美滋滋的，把事情的经过告诉了乡亲们。人们听了，都为他贺喜。第二天，他俩拜了天地。婚后，他们和村里人一样过着勤劳、幸福的生活。

讲述：郑桂英　女　49岁
记录：张孝杰　韩俊杰
1983年8月采录于南屯基镇红椰头村1组

狼洞得宝

从前有这么哥俩，老大已娶了老婆，老二是个瞎子。老大老婆一肚子坏下水，看不上瞎弟弟，也不愿伺候他，天天撺掇丈夫把瞎子撵走，说他光吃饭不干活，养活他没有用。老大架不住老婆成天磨嘴皮子，也就信了老婆的话。夫妻俩想来想去，想出一个法子，把瞎子送进深山老峪里喂狼。

这天，老大跟老二说："二弟呀，咱姥姥想你了，让我把你送去住几天，你去不去？"老二听了乐得不得了，就说："去呗！"老二坐上车，老大推着瞎子拐弯抹角地推了好长时间，把老二推进了大山沟里就不管了。

再说老二，他什么也看不见，在沟里东摸西爬，爬进了一个狼洞里，躲在洞里的棚上。这时天就黑了，狼一个一个地都回来了。头狼进洞就说："洞里好像有生人味？"有一只小狼说："我今天吃了一个小孩。"经他这么一说，别的狼也都没往心里去。停了一会儿它们唠起闲嗑来。一个老狼说："你们谁有宝？我可有宝。"那些狼都问："你有什么宝？"这只老狼说："我在棚上放着一个酒盅，里边装的是治眼睛的药水，谁的眼睛瞎了，抹上就好。"另一只狼说："你有宝我也有宝。"那些狼问："你有什么宝？"这只狼说："我在南山根的一块大石板下，放着一个小石匣，拿着那个小石匣，只要说一声：'石匣石匣开，金银财宝滚出来'，石匣里就能淌出金银来。再说'石匣石匣闭，金银财宝滚回去'，那金银就进了石匣里。"另一只狼说："你们都有宝，我没有。只知道山下的张员外家的小姐，叫那家房后大泡子里的两个黑鱼精给迷住了，就要不行了。我有一个办法能救活这位小姐：只要买几尺红头绳，一头绑在小姐的手腕上，另一头绑在外屋的马窗框上，再拉几十车白灰，还得有二十个小伙子，都拿着二齿勾子，等把两个黑鱼精用白灰呛出来，大伙把黑鱼精打死，把鱼精眼珠抠出来，给小姐熬水喝，小姐的病就能好。"狼们唠了一会儿便都睡着了。

天刚蒙蒙亮，狼们又都出去了。瞎子听洞里没有什么动静了，想起那只狼说有治眼睛的药水，他就试着在棚上一点点地摸。果然摸到一个酒盅，用手沾了一下，往眼睛上一抹，眼前出现点亮，把酒盅里的药水全抹上了，眼睛什么都能看见了。心想，眼睛好了，得上南山找那个小石匣。他又走出了狼洞。

到了南山果然有一石板，揭开石板真的有一个小石匣，他把石匣拿在手上说："石匣石匣开，金银财宝滚出来。"说完，那金银财宝果真从石匣里淌了出来。他又说："石匣石匣闭，金银财宝滚回去。"那些金银又回到石匣里。他见石匣真的是件宝贝，捧着石匣就走。

走了好半天，来到了城里。他见墙根下围了不少人，在看一张告示。告示上说谁能治好员外家小姐的病，小姐就许配给谁。老二想起狼说的话，就把告示揭下来，拿着告示找员外去了。

他找到了老员外，就把告示递了上去。张老员外一看是给小姐看病的，就高兴地说："先谢谢你了，你都需要什么呀？"老二把治病的办法说了一遍，让他们准备。

一切准备好了，老二把红头绳的一头绑在小姐的手腕上，另一头绑在外屋的马窗框上，说："把十车白灰倒进大泡子里。"两个黑鱼精被呛得受不了，就跳上了泡子沿。二十个小伙围了过去，举起二齿勾就打。两个黑鱼精一高蹦回了大泡子里，不一会儿又蹦了出来。小伙子们又举起二齿勾向黑鱼精打去，三下五除二，两个黑鱼精被打死了。老二把黑鱼精的眼珠子抠了出来，用水熬了给小姐喝了下去。

小姐的病不到三天就好了，张员外就把小姐许给了老二。老二在员外家住了一年多，渐渐想起了哥哥。一天，他对老员外说，回去看看哥哥。员外让家人备了一挂马车，让小两口一起回去。

不到一天的工夫，就到了老大家门口。老大一看是自己的弟弟心里好纳闷：他不但没死，眼睛也治好了，还领回一个漂亮的媳妇？老大两口子假惺惺地把老二两口子让进了屋，老大的老婆问："他二叔，你是怎么把眼睛治好的？"老二就把怎样治好了眼睛，怎样得的宝，又怎样娶的老婆说了一遍。住几天，老二两口子就回去了。

老二两口子一走，老大的老婆就和老大商量说："你不好也装成瞎子，咱不也得个宝吗？"老大说："试试也行。"老大按着老二说的，摸到了狼洞，他爬到了棚子上。等到晚上，狼都回来了，头狼一闻说："好大的生人味。"那些狼都说没吃人，头狼说："这次得找找，上次咱的宝贝都丢了。"说着，众狼就找了起来，最后把老大从棚上拽了下来，你一口我一口地把他吃了。

讲述：王春荣

记录：纪连生　孙景文

1985 年春节采录于大阳镇六家村

钓鱼郎

很早以前，有这样一个人，早年父母去世，他跟哥嫂过日子。嫂子待他不好，长大以后分了家。他靠打鱼为生，人们称他“钓鱼郎”。

一次，钓鱼郎来到池边打鱼，捞上来一个大蛤蜊，他就带回家，把它放进水缸又去打鱼。晌午回来刚要点火烧饭，可是一看，桌子上热气腾腾的饭菜，他自语道：“这是哪个好心人做的饭菜，别管他，我先吃了再说。”吃完饭又出去了。晚上回来在桌子上的饭菜还冒着热气，好像刚从锅里端出来的。从此以后，天天如此。这下钓鱼郎可纳闷了，他跑到左邻右舍打听，人家都说不知道，他更纳闷了。这天，他照旧装作出去的样子，偷偷地躲在门后观看动静。突然，有一女子从缸里出来，长得眉清目秀，齿白唇红，抖了抖身上的水珠，忙着做饭，饭做好了又端在桌子上，然后站在地上梳头。钓鱼郎看在眼里，快步走向那女子，一把将她衣服扯住，只听那人“啊呀”一声，回不到缸里去了。钓鱼郎把那只蛤蜊皮送到棚顶上。

后来，他们就选了个良辰吉日结了婚。婚后生了个小男孩，夫妻俩拿这孩子视若掌上明珠。一晃，几年过去了，他俩男耕女织，小日子非常红火。

再说钓鱼郎的嫂子，看他们的日子过得好，就总想找茬坏坏他。正巧，邻居有一家丢了鸡，他的嫂子趁火挑坏，在钓鱼郎媳妇和孩子睡觉时，把红颜色抹在她嘴上。然后，向钓鱼郎下舌道：“你媳妇偷人家的鸡吃，不信，你回家去看看，她的嘴上还有血呢！”“什么，既然是偷人家的鸡吃，她也不会生吃的。”“唉——，你要知道，她不是凡间的女子，这样下去你会丢名声的。”钓鱼郎哪里肯信，自己的妻子是个什么样的人，他是知道的，但嫂子这样一说，又不能不信，回家看个究竟再说。回家一看，果然如此！他对媳妇说明了原因，媳妇对着镜子，不看则罢，一看吓得“妈呀”

一声："这，这是怎么回事?""怎么回事?你别装蒜!你败坏我家的门风，你走吧!"媳妇还是头一次看见丈夫发这么大的火呢!这真是太奇怪了。"你叫我往哪走哇?""哪来哪走!"媳妇苦苦地哀求着，钓鱼郎就是不肯留她。最后，媳妇止住了哭声，说道："好吧!既然你硬叫我走，我也不强求了，把蛤蜊皮还我。"钓鱼郎把蛤蜊皮还给她。这样，他们一直来到水池边，媳妇拿出一个小葫芦，对钓鱼郎说："你我夫妻一回，这是我送给你的东西，你们爷儿俩就靠这葫芦吃饭。你只要说：'葫芦葫芦你漏米，我们吃饭要靠你，今日吃来今日漏，明日要吃还找你。'要记住，吃一顿，漏一顿，千万不要漏多了。"下水后，她向岸边的丈夫招手说："你还是把我拉上去，回家拉扯孩子过日子吧。""不行!"媳妇用罗裙把头一蒙，一闪身，只见水里打了几个旋，不见了。

打这以后，钓鱼郎领着孩子靠这葫芦生活。他的嫂子见他还是这样，又在暗暗地打着主意。一天，他向钓鱼郎说："看你，拉扯孩子多么不易，过日子，没个女人，怎么行呢?莫不如咱们合家得了，我帮你缝缝补补，吃饭呢就靠这葫芦，不是挺好吗?"心眼实的钓鱼郎真答应了这件事，从此他们就合家了。他的嫂子见这还不够，就说："咱们把这葫芦打开，省着顿顿吃，顿顿漏，费那劲呢!"钓鱼郎把葫芦打开了。可惜呀!葫芦里仅仅一粒米。自从葫芦打开后，再也不能漏米了。狠心的嫂子就把钓鱼郎他们爷儿俩轰了出去。

钓鱼郎到了这个地步，只好领着孩子开荒种地。一天，孩子渴了，就到山下的水池边喝水。他妈妈站在水里给孩子吃奶，说："好孩子，你回去千万不要告诉你爸爸，你再来我还给你奶吃，假如你要告诉的话，我再也不能给你吃奶了。"孩子回去，开始不说，后来怎么也忍不住了，说道："爸爸，我看见妈妈了。""她在什么地方?""下面的水池里。""你领我去看看。""好!"说着，爷儿俩来到水池边，这里哪有什么孩子的妈妈，只见水里伸出两只像苞米棒似的东西。"难道这就是你的妈妈，来，咱爷儿俩手扯手往上拉。"这一拉，可不要紧，不但没拉上来，反而把他爷儿俩也晃到水里了……

他们不知怎么的，眼前忽然一亮，来到一个陌生的地方。往前一走，眼前出现一扇门，门上刻着字。钓鱼郎不知是什么地方，走了进去，只见一个人，身穿盔甲蟒袍，头戴扁簪："你是什么人，来此何事？"钓鱼郎一听这话，心里咯噔一下，急忙跪下，把他自己的身世和寻妻的经过如实说了一遍。"好——哇，原来如此，里间屋，有九女，其中一女是你妻，你去辨认，认出来，你领回去，认不出来，我今天就要你的命，让你死无葬身之地。"钓鱼郎惊呆了，心里话："不管咋的，凭天由命吧，先去认认。"到了里间，真有九女。这九女身穿绫罗绸缎，真如天仙一般，再看模样，好像一个模子刻的一样，这可怎么认得出来？钓鱼郎灵机一动，抬手在孩子身上一掐，孩子"哇"的一声哭了起来。就在这时，那九女中正中间的那个姑娘掉下了眼泪，钓鱼郎心想，这一定是心疼孩子流泪吧？他一把将那女子拽住……原来，这是"龙宫"！刚才那位老者就是龙王，这个女人就是老龙王的闺女——"龙女"。

从此以后，"龙女"回到了人间，跟着钓鱼郎过上了美满、幸福的日子。

讲述：高凤云　女　49 岁　农民

记录：隋凤琴

1982 年 6 月采录于南屯基镇柳泉村 2 组

石 义

从前，漠河边上住着娘儿俩，儿子叫石义，以打鱼为生，日子过得挺穷。

一天，石义母子出河打鱼，突然刮起了大风，接着又下了三天三宿大雨，漠河涨起了大水。

石义和他妈坐在小船上，不一会儿，看见顺水飘下一窝蚂蚁，娘儿俩用笊篱把蚂蚁捞了上来。不等到娘儿俩喘气，又看上面浮浮悠悠飘下来一群蜂子，娘儿俩又把蜂子捞了上来。

一天，石义上山砍柴，半道上，就听“呜呜呜”刮起了一股旋风。旋风正好刮到石义头顶上，他用刀使劲一划拉，突然从天上掉下来一只红缎绣花鞋，还滴滴答答从半空中往下淌血。他顺着血印子就追，翻山越岭，累得满头大汗，一直追到一座大山顶上，血印子在一块大石板上不见了。石义揭开石板一看，是一个不见底的洞。他心里犯了核计，把石洞盖好就回家了。

第二天，石义上柴市卖柴火，看见东墙根围了不少人，挤到前边看个仔细，原来是张告示，说国王的三闺女被妖精擒走，现在不知下落，谁能找到就把她许配给谁。

第三天，石义找来一只大筐，一根绳子，筐里面装上红缎鞋，挎上弓箭上了山。他到了洞口揭开石板，拽着绳子就下了洞。到了洞底，顺着一条小道往里走，遇见一条小河，见一个姑娘站在河边擦眼抹泪地站着。他再仔细一看，这人只有一只脚穿红缎子鞋，他心里不觉一愣：“噢，她大概就是国王的三姑娘吧！”他赶忙上前搭话，果然不错。公主说：“九头鸟正在睡觉，你要是真心救我，这个时候倒是个机会。”他俩一核计，便鸦雀无声地摸到九头鸟睡觉的地方。石义搭弓按箭，对准九头鸟的脑袋就是一箭，不偏不倚正中咽喉，血像喷泉似的咕嘟咕嘟往外冒，一眨眼，就是从冒血的地方，又长出一个脑袋。九头鸟翻身站起，没等它站稳，石义又是一箭。就这样，石义连射九箭，才把九头鸟射死。石义领着国王的三闺女爬出洞口，不一日来到京城。

国王把他俩迎进王宫，先是一阵欢喜。可是，一看石义这个土气样儿，心里又转轴了。国王捻着胡子说："石义呀，三公主是金枝玉叶，才貌超人，配她的人必须智勇双全，你敢射九头鸟，说明你有勇，可是，你的智力咋样现在还看不出来。"

一听这话，石义知道国王要变卦，真是一肚子气，他压了火气："那你就考考我的智力吧。"国王说："好。今天晚上，你要把撒在一块的半升砂子和小米给我分出来，明早我来看。"

一听这话，石义可犯了愁。到了晚上，他自言自语地说："别说一宿，就是三宿也挑不出来呀！"正在这时，就听耳旁有了声音："别着急，我们会帮助你的。"他低头一看，是他救上来的那群蚂蚁，正缕缕行行地把小米叨到一旁。

第二天，国王一看没难住石义，又想出了一招："石义呀，待会儿，三公主和六位姊妹去游春，你若是猜对了三公主坐的是哪乘轿，明天就给你们完婚。"

石义又犯愁了："这可怎么去猜呀？"突然，眼前飞来一群蜜蜂，在他耳边说："好心的小伙子，不要着急，我们会帮助你的。待会儿你看哪乘轿顶上有蜜蜂，你就指哪乘。"

石义走到院当心，七乘一模一样的花轿早就一字排开。石义看了一阵，见中间那乘轿顶有一团蜜蜂，就用手一指："是这乘。"丫环把轿门打开，三公主果然坐在里边。

国王实在没办法，只好把三公主嫁给了石义。小两口高高兴兴地回到老家。

讲述：王春荣

记录：纪连生

1985年春节采录于大阳镇六家村

诚实的农夫

从前有个农夫，待人诚实善良，家境贫穷，靠砍柴维持生活。一天，农夫去山上砍柴，路过一条河，农夫一不小心把斧子掉进了河里，他坐在岸上伤心地哭了起来。

农夫的善良感动了河神，就从河里拿出一把金斧子，问他："这把斧子是你的吗？"农夫回答："这不是我的斧子。"

河神又拿一把银斧子。农夫又说："这也不是我的斧子。"

第三次河神拿来一把铁斧子，农夫说："这才是我的斧子呢。"河神看农夫很诚实，把三把斧子都给了他。

农夫回到家里，把三把斧子拿出来给大家看，讲他遇到河神的事。

有个人听到这事后起了贪心。他走到河边，故意把斧子扔进河里，坐在岸上假哭起来。

河神拿来一把金斧子，问他："这把斧子是你的吗？"这人一看，喜出望外，马上喊道："是我的，是我的！"

河神看他不诚实，没有把金斧子送给他，连他扔进河里的那把斧子也没有还给他。

讲述：赵云芳　女　55岁　农民

记录：陈启奎

采录于南屯基镇合兴村6组

阿米哥讨亲

传说在很早以前，有一个柳家庄，庄里有一个二十多岁的小伙子，叫阿米哥。家里没有别人，只他孤身一人生活。庄里的小孩子跟他打趣道："阿米哥，真糟糕，二十多岁没娶大嫂，不如跟着猪八戒，去上西天把媳妇找。"

一天晚上，阿米哥躺在炕上，渐渐地进入了梦乡。睡梦中，忽然门"吱嘎"一声开了，进来一个披着长发的姑娘，穿一身蓝色的衣服，衣袖、裤脚都镶着白边。只见那人轻轻地走到阿米哥的身边，说道："只要诚实心眼好，红岭绿岭有人保，去上西天把亲讨。"阿米哥急忙睁开眼睛，一咕噜爬了起来，人呢？不见了。他屋里屋外找了个遍，没有，怪呀！

第二天，阿米哥把仅有的一点东西，折卖了点银子，带了干粮上路了，一直向西走去……

他走哇走哇，不知不觉太阳落下西山。眼前忽然出现一座山，山上的花草树木都是橘红色的。阿米哥顺着弯弯曲曲的山路上了山，山上不远处有一座红色的茅屋，他上前轻轻敲了几下房门，"谁呀？"出来问话的是一位年过半百的老头。"是我，老大爷，天黑了，我想借个宿行吗？""行啊。"说着，老大爷把他领进屋里。老太太的腿脚不好，听见来了个去西天的，急忙出来问道："小伙子，我想托你办一件事，不知行不行？""什么事呀？只要我能做到，都可以。"老太太指了指里间说道："我有个闺女，叫秀花，前不久得了病，就是不会说话。""可不是咋的？"大爷接着说："是让你顺便给打听一下，怎样才能治好我闺女的病。""原来是这样，好吧，我尽力给您办。"

次日，阿米哥告别了他们，又一直向西走去。他走哇走哇，不知不觉天又黑了下来。他又渴又饿，这时，眼前又出现了一座绿山，山边有条羊肠小道，阿米哥顺着小道向前走，在山边的水流儿上喝了点山泉水，身上觉得轻快点。转过山弯，山根底下有一个绿色的小草房，阿米哥一看，非常高兴，上前拉响门闩。屋里走出一个七八十岁的老头："小伙子，你干什么？""老爷爷，因天色已黑，肚中饥饿，想在此借宿一夜，不知行不？""原来如此，如不嫌弃的话，进来吧。"阿米哥进了屋。吃罢饭，老头说："你在此住几宿都行，不过我要托你办件事，没别的，我养的这些桃树，不知为什么，今年一个桃子也没结，你顺便给打听打听，这是什么原因。"阿米哥听完，点头答应了。

待天明日出，阿米哥告别了老头，又上路了。他走哇走哇，左走三座山，右走三座山，然后又径直向西走去，一直走到中午。眼前来到了一座寺庙，阿米哥轻轻地推门进去，见一位白发老神仙坐在那里。阿米哥上前双手一拱道："拜见仙公，我阿米哥今个给您添麻烦了，望您老帮帮忙吧！""阿弥陀佛，善哉，善哉！"仙公微微地睁开眼睛，慢慢地说道："你有什么事呀？""那棵桃树为什么不结桃子？""不结桃子，是财宝烧的，只要挖出来就结桃子了。""那姑娘不会说话怎么办呢？""不见丈夫不说话。"仙公说完，就闭上了双眼。阿米哥急忙问道："仙公，还有，我这么大了，啥时候能娶上个媳妇？"仙公没有回答。不管阿米哥怎么问，仙公一言不发，阿米哥喊破了嗓子，也是没用，只好返回绿岭。拜见了桃树老头，告诉了事情的根由，老头闻听，留下阿米哥帮他挖宝，果然挖出来了，有金子、银子、宝石等。阿米哥临走时，老头牵出一匹白马，装了些金银财宝出门送道："你帮了我的大忙，这些东西你带回去吧！骑着这匹马还能轻快点。"

阿米哥转眼来到了红岭，秀花正在茅屋外面的一棵树下描花样，一看阿米哥回来了，就喊道："妈妈，那个人回来了。"说完就跑进里屋。二位老人闻听喊声，赶忙迎出来，闺女会说话了。他们盘问情由，阿米哥说："仙公说不见丈夫不说话。"二位老人一听，全明白了："得了，秀花就是你的人了！"就把阿米哥领进里屋去见秀花。这时阿米哥才注意到这个姑娘，长得可真够漂亮的，大眼睛上边两条弯弯的柳叶眉，瓜子脸白里透红，小嘴像个樱桃。

原来，秀花是一蛇女变的，她看中了民间诚实的阿米哥，因父母不答应，叫她在山里修身养性，所以秀花设此一计。

事后，他和秀花骑着白龙马，带着金银财宝到了柳家庄，把金银财宝分给了全庄人。

讲述：王长富　62岁　农民

记录：隋凤琴

1985年10月2日采录于东丰镇九胜村

好心的张郎

从前，有一位名叫张郎的小伙子，他从小死去了爹娘，家里只有他一个，靠卖唱为生，日子过得不算好，倒也无牵无挂，还能将就吃碗饭。

张郎为人忠厚心眼好，手头上有了钱，他从不舍得花，总是救济穷苦人。

有一天，张郎在街上卖唱，忽然发现一群公子哥们围在一起指手画脚，嬉皮笑脸地看什么。他也好奇地挤上前去，往人群里一瞅，只见圈里边围着一个老太太。这老太太长得烂眼咕瞎的，穿得破破烂烂的，端个破碗在向人们讨小钱。公子哥们不但不给她钱，你推一把，我搡一下地把她当玩物耍。张郎本是心慈面软的人，哪能看下去，他急忙挤进了人群把老太太拉了出来，又从兜里掏出几文钱送给了她。老太太感激地望了他一眼，啥话没说就走了。

晚上，张郎卖唱回来，刚想生火做饭，只见刚才那个老太太拄着拐棍，一步三哼哼地向他家走来。张郎忙迎过去把她扶进了屋，让她在热炕头上坐好，又给她端来温水，帮她把手脸洗了，然后做了些好菜好饭给她吃。吃完饭之后，张郎见老太太怪可怜的，就对她说："老妈妈，我身边没有什么亲人，你老若是不嫌弃就住在我家吧，我一定像亲儿子一样孝顺您。"老太太听了，也没外道便留下来了。张郎出去卖唱，老太太就在家给他看家望门。张郎每天都碗前碗后地侍候她，那个孝顺劲就不用说了。时间真快，一晃半个月过去了。这一天，老太太忽然要走，张郎再三挽留也不行，无奈张郎只好让她走了。临行之前，老太太拿出了那只破碗对张郎说："我要走了，也没啥送给你的，这只破碗你留下吧，你要记住每天早晨太阳还没出来时，你用它接露水，接回来的露水你把它滴在墙上的画上，一百天之后，画上的俊姑娘就能走下来和你过日子了。"说完，老太太一眨眼不见了。张郎记住了老太太的话，每天天刚蒙蒙亮就出去接露水往画上滴。一晃百天过去了，画上的俊姑娘果然笑吟吟地走了下来，帮他烧火做饭，俩人亲热。正当他们准备成亲时，那老太太不知什么时候出现在他们面前，她告诉张郎说：“你是凡人，她是仙人，凡人和仙人最多只能三年就得失散，要想白头到老，你必须得到五台山去，把五台山尖上那片仙人草采回来给她熬汤喝，她才能变成凡人，这样你们才可以成亲，生活百年。不过，去时你要过一条火河，那山上狼虫虎豹成群结队，不知你敢去不?”张郎听了一点都没犹豫，收拾了一下就上路了。

且不说张郎一路上风餐露宿吃了多少苦。单说这一天，张郎眼看来到了五台山跟前了，却被一条火河挡住了去路，他一见那一蹿老高的火苗真有点胆怯了。可一想到俊姑娘，他把心一横，径直向火河冲去，刚开始他觉得浑身被烧得嗞嗞拉拉地疼，可后来不知从哪“忽”地来了一股风，把他身边的火苗冲得直往外倒，一点也烧不着他，借着这股风他顺利地渡过了火河。张郎来到五台山口刚想往里进，不料想从草棵里窜出来两条缸口粗的大蟒，一边一个张着血盆大口望着他。张郎见了“嗖”地一下从腰间抽出了刀，一步步向大蟒逼近，准备同它们进行一场搏斗。就在这节骨眼上，一只大老虎呼啸着从山上跑来，直向张郎奔去。张郎一看，完了！这下可跑不了了。一只老虎，两条大蟒，他哪能对付得了，干脆把眼睛一闭等死吧。可是他等了很长时间也不见老虎来吃他，睁眼一看，老虎趴在他的脚下，两眼慈祥地望着他，根本不像要吃他的样。他对老虎说：“老虎哇，老虎，你要吃我你就点点头，你要不想吃我，你就摇摇头。”老虎听了他的话果然摇了摇头，用爪子拽拽张郎的衣角，又回头瞅瞅它的后腰，张郎明白了老虎的意思，便骑在老虎的身上。老虎驮着张郎飞也似的向山上跑去，两只大蟒见了忙让开了路。张郎在老虎的搭救下终于找到了那片鲜绿的仙人草。回到家里，俊姑娘喝了他熬的汤，浑身的骨头节嘎吱嘎吱地响，身上脱了一层皮，变成了一个水灵灵的山村姑娘，把张郎美得都合不拢嘴了。

结婚那天，老亲少友都来贺喜。贺喜的人们直到日头下山了才离去。小两口忙活了一天了，刚想上炕休息，忽然外面又来了一位，小两口忙热情地迎上前去，见是一位身穿白孝衫的白姑娘。张郎心里好大不乐意，这大喜的日子，来了一个身穿孝服的真有点丧气。可转念一想，不管怎么说，人家大老远来的，好歹也是个客人，理应热情招待才是。于是他们亲亲热热地把姑娘让进了屋，好酒好菜地招待她。吃完了饭，天已经黑了，可白姑娘还稳稳当当地坐在炕上，也不张罗走，张郎也不好意思撵。心想这黑灯瞎火的，让一个大姑娘家走黑道这怎么行？就吩咐媳妇在炕头上给白姑娘捂上了被，让她在这住一宿。白姑娘可也不客气，衣服也没脱，蒙上大被就躺下了。

第二天一大早，张郎两口子起来做好了饭，还不见白姑娘起来，叫她几声也没动静，这下小两口可毛神了，他们掀开被一看，白姑娘不见了，被底下是一堆白花花的银子！他们这才明白姑娘原来不是人。他们把银子都分给了乡亲们，乡亲们都非常感谢这好心的一对。

从此以后，张郎小两口过上了美满的小日子，直到白头偕老。

讲述：于海波　72 岁　农民

记录：孟丽蓉

1983 年 5 月采录于猴石镇

仙女与凡郎

从前，有个公子名叫王生。刚结婚，小夫妻俩恩恩爱爱，十分幸福。就在他们婚后百日这天，王生从书房回到卧室，见妻子坐在炕上哭得十分悲伤，就赶紧上前问道："贤妻，你因何哭泣？"

妻子强忍哭声，对丈夫说："我非是凡间女子，与你只有百日良缘。如今百日已到，我该走了。"

"什么，你是仙子？……我不让你走，你不能走啊！"王生瞪着两只大大的眼睛望着妻子。

妻子说："走也无妨，如果你真的想我，就到太阳出来的地方去找我，我家住在那儿……哎呀，不好啦！你看外面起火了。"王生听妻子一喊，吓了一跳，赶紧向窗外看去。

"外面没起火呀？"王生回过头来，妻子已经无影无踪了。

从此，王生茶不思，饭不想，整天泪流满面。家里人怎么相劝，他就是哭。没办法，老母亲对他说："儿呀，你妻临走的时候不是说过，她家在太阳出来的地方住吗？你为什么不去找她呢？"

王生辞别了母亲，带上盘缠，向着太阳出来的地方走去。

他走啊，走啊，不知走了多少天，才看到太阳出来的那座山，可是眼瞅着，就是甘走也不到。不知又走了多少天，好容易才来到山前，他用尽全身力气向山顶爬去。可是，刚到山腰，就见无数只老虎向他扑来，他吓得昏了过去。

当王生醒来，就听见一个老头在大声问："这是谁呀？怎么跑到我们家来了？"说完，举起粪叉就要叉死王生。就在这时，从屋里跑出来一位女子，边跑边大声说："大爷，别叉。他就是王生。"

王生抬头一看，乐坏了，原来是自己的妻子。

那老头放下粪叉，乐呵呵地把王生让到屋里，让王生一会儿到他那里吃饭。

妻子告诉王生："大爷请你吃饭的时候，你看他们吃啥，你就也吃啥。千万记住。"

王生坐在饭桌前，看着妻子的大爷、二大爷、父亲，他们吃啥，王生也吃啥。吃着吃着，仆人端上一个盆子，里边放着个胖胖的小孩。只见他们老哥仨，这个掰一个腿吃，那个掐只胳膊吃。王生就不敢吃。不一会儿，一个小孩被三个人吃个精光。王生再看大爷的脸，笑容消失了。

二大爷说："明天我请女婿吃饭，你们都去啊。"

王生回到妻子的屋里，见妻子眼泪汪汪的，王生很是纳闷，问："你哭什么呀？"

"你这个人，我告诉你，他们吃啥，你就吃啥，可是你……"

"我都吃了，就是有个小孩儿我没吃。你想，好好的一个小孩儿，我怎么能下口啊？"

"你乃凡间之人，看它是个小孩儿，其实那是人参啊。"

"真的吗？没什么，明天二大爷还请我吃饭，那时，他们吃啥，我一定吃啥。"

二大爷的酒菜很是丰盛。王生尽情地吃着。吃着吃着，上来一盆蛇，那蛇在盆子里边还乱"古蛹"，却见老哥仨仍然美美地吃着。王生吓得目瞪口呆，哪里还敢吃上一口。吃完饭，只见两位大爷的脸沉得跟冰似的。

王生又回到妻子那里，见妻子哭得更加悲伤了。他说："看你，我一出去吃，你就哭，干脆，明天岳父这顿饭我不去了。"

"你以为你不去就行了吗？告诉你，他们吃啥你吃啥，可你偏不吃。"

"你光说我吃，那蛇还是活的，我敢吃吗？"王生委屈地说。

"蛇，蛇，那是金蝉。凡人吃了可以成仙，长生不老。"妻子气愤地说着。

"好了，好了，我吃还不行吗？明天，就是他们吃屎，我也吃。"

果然，岳父的饭桌上有一盘人屎。老哥仨你一口，他一口地吃着。好几次，王生也想吃，可他怎么也下不得口，那叫屎啊！

吃完饭，三位老人的脸色非常难看，似乎要把谁一口吃掉。

王生又回到了妻子身边，妻子已经哭得和泪人一样，她说："本来我们可以长久地生活在一起，可你却什么也不吃，哪怕仅吃一口。这回可好，他们就要把我们赶走了。"妻子的话刚说完，就听大爷叫道："哪来的这么个混蛋小子，赶紧给我走！"妻子拽着王生赶紧跑出了屋子。

他们走啊，走啊，不知走了多少天，眼前出现一条波涛汹涌的大河。河边有间小草房，他们走了进去。屋里没有人住，但吃的、用的都有。他们吃了饭，就睡觉去了。

第二天早上，王生起来，见妻子脸色不好，忙问怎么啦？妻子说："我病了，不能走了，我很快就会死去的。"

"为什么？你会好的，我过河给你请大夫去。"

妻子苦笑了一下说："这么宽的河，你能过去吗？就算你过去了，连个人家都没有，你上哪请大夫呢？假如你真的请来了大夫，又顶何用呢？要想治好我的病，只有前山那棵孤桃树，只要吃上一个桃，我就会好起来的。"

王生一听："好！我就去摘桃。"

"你不能去，那儿很危险，有老虎哇！"

"不，就是死，我也要把桃摘回来，治好你的病。"

说完，他就头也不回地向虎山上走去。来到虎山一看，果然有一棵桃树，他赶紧跑上去摘下一个桃就要走，可是半山腰上一群老虎正凶猛地向他扑来。他怕把桃弄丢了，赶紧含在嘴里，两眼一闭，身子一倒，向山下滚去。等他睁开双眼，老虎已经没影了，可是桃子却被他吞到肚里去了。

他垂头丧气地回到小草屋，见妻子满面春风地坐在炕上，妻子说："桃子摘回来了吗？"

"摘回来了。可是，被我吞到肚子里去了。"

妻子一听，笑了起来。王生问："你怎么像好了，没有病了？"

"我本来就没有病啊，让你摘桃，就是为了让你吞掉。这回，你也成仙了，我们可以永远地在一起了。"

"真的？"王生高兴得直蹦高。妻子又说："还有一关了。明天，有一百只船打这路过。你要数第九十九只船过来的时候，你求船上人把我们载过去。”

第二天，一批船浩浩荡荡地开过来了。王生认真地数着当第九十九只船开过来的时候，王生挥动双手，高声喊：“船家哥哥，请把我们渡过去好吗？”

当船距对岸还有几十米的时候，船家就让王生和妻子下船，无论王生怎么恳求，他们也不答应。这时，只见王生的妻子“嗖”地一下，跳上了对岸。王生一看，也只好向对岸跳了过去。

“扑通”，王生也跳了过去。妻子说：“你快回头看。”

王生一回头，见水里漂着一具死尸，和自已长得一模一样。

“那是谁？”

“是你呀。那是你的凡尸，你现在就是仙体了。从此，我们就可以永远地生活在一起了。”

讲述：姚恩全　43 岁　农民

记录：李桂玲

采录于南屯基镇

阿斗认亲

从前，有个英俊的小伙子名唤王阿斗，他孑然一身，苦居荒庵，每天靠打鱼、狩猎为生。

一天，王阿斗到河边去打鱼，看见一位美丽的姑娘昏倒在河沿上，一只老虎正要吃她。阿斗赶紧去打走了老虎，把姑娘背回了家，给她喝了药，姑娘渐渐地苏醒过来。当她知道自己是被阿斗救了时，非常感激。她对阿斗说："好心的小阿哥，是你救了我，要不我早就喂老虎了，我的病已经好了，以后我会来帮助你的。"说完她害羞地一笑走了。

从此以后，阿斗到河里打鱼，姑娘就在河沿上等他；阿斗到山上打猎，姑娘就在山口等他。只要有她在一边帮忙，打鱼网网满，打猎枪枪准。日久天长，两个人在劳动中有了感情。

一天，姑娘对阿斗说："阿斗哥，我要走了，以后不能再来了，我给你一把小扇子，明年七月七，你拿着它到上江胡府去认亲，到那时咱们就能见面了。"说完一道火光就不见了。

姑娘走了，阿斗日思夜想，盼星星盼月亮似的，好不容易盼到了来年的七月七，他提前半个月就起程了。一路之上饥餐渴饮，走了不少路。这一天他来了上江，走进一块大平地，突然平地冒出了水，变成了一片汪洋。他赶紧退到水边上，正愁得没法过，只见来了只小船，一个船夫站在上面。他喊来了船夫，坐上了小船往前走。走不多时，突然从水里钻出一条大鱼精，它张开了大锅似的嘴要吞船吃人。阿斗见状"嗖"的一声从腰间抽出护身箭，一箭射过去，只听得"嗥"的一声怪叫，鱼精没了，大水和小船也没了，只剩下他自己一个人站在平地上。他收拾起箭，又继续往前走。经他一路再三打听，终于找到了胡府。胡府见他拿的是小姐赠送的扇子，知道是姑爷来了，忙设酒摆宴欢迎他。宴席上阿斗发现丈人脸色很不好，不时用手捂捂那只瞎眼睛，战战兢兢地看着他，好像害怕。吃罢了晚饭，老丈人对他说："王姑爷，今晚安排你在客厅里睡，吃完了饭你就去休息吧。”阿斗赶了十多天的路本来挺累，就早早地到客厅里休息去了。晚上睡觉时，炕席底下、地墙角里钻出来一根根大长虫咬他，结果他一宿也没睡好觉，足足跟大长虫打了一夜。第二天，他吃完早饭，心想我来了这么长时间了，老丈人怎么不让我见见小姐呢？我就是来找她的，我上后花园走走，说不上能碰上她。

阿斗偷偷地来到了后花园，只见花园之中有一女子，面似桃花，柳眉杏眼，真是一位绝代佳人。仔细一瞧，此人不是别人，正是自己日思夜想的姑娘。姑娘也认出了他，情人相见好不欢喜。小姐满眼含泪地说：“我知道你来了，可是父母不让我见你，他们不同意把我嫁给你，所以总想害死你。”阿斗忙问：“你怎么知道他们要害死我呢？”小姐说：“实不相瞒，我不是人，我爹娘也都是妖精，他们不知吃了多少好人。你来时，我爹要害你，把平地变成了大海，自己变成了大鱼精要吃你，结果没吃着你，反让你打瞎了一只眼睛，所以对你就更加怀恨在心了。你可要多加小心才是。”阿斗一听说小姐不是人，吓得连忙往后退。小姐说：“你不要怕，我和他们不一样，我从来不害人，现在我已经成仙了。”她告诉阿斗今晚回去睡觉时，把炕中间的那块砖掀开，炕洞里有一双筷子和一只底画十字的破碗，你把筷子折断，把碗摔碎了，就能睡一宿好觉。阿斗晚上回到客厅里，掀开了炕中间那块砖，果然见里边有一双筷子和一只碗。他把筷子折断了，碗也摔碎了，晚上长虫再也没有出来，他睡了一宿好觉。第二天，老丈人见阿斗没被长虫咬死，就对一个大喜蛛精说：“你不是要吃人吗？今晚我让一个人到门房去睡觉，晚上你把他吃了。”喜蛛精说：“好。”到了晚上，老丈人对阿斗说：“王姑爷，总在一个地方睡觉不好，今晚你到门房去睡吧。”阿斗一听，觉得这里边一定有事，他就去问小姐。小姐说：“你别害怕，我给你一把宝剑，晚上睡觉时你把它放在枕头底下，不论来什么玩意，你也一动不动。”到了晚上，阿斗把剑放在枕头下就躺下了。半夜时分，就听得外面刮了三阵妖风，从外面进来一个玩意，它奔到阿斗床前刚把爪子往炕沿上一搭，就听得“当”

一阵响声从枕头底下传出，吓得它连忙逃了出去。

天亮了，老丈人见姑爷还没死，就问喜蛛精：“你昨晚去吃人了吗？”喜蛛精说：“去啦，有你姑娘的宝剑在我还敢吃。”老丈人一听很气恼，他一计没成又生一计，对阿斗说：“王姑爷，你来这么多天了，也没见到你那两个小舅子啥样，他们在老爷庙当和尚，明天你到老爷庙去烧香，顺便看看他们。”阿斗知道这又是要害他，他又把这事一五一十地告诉了小姐。小姐一听哭了，她说：“明天我要救你吧，我的两个弟弟可就没命了；不救你吧，你就活不成了。唉，罢罢罢，弟弟也和爹娘一样，不知害死了多少好人，除死他们也好。”她告诉阿斗明天烧香前，先在手心上画个十字握好，到了老爷庙跟谁也不说话，点上香提起来就跑，一百步之内不准回头，一百步之外把香一扔就妥了。阿斗记住了小姐的话。第二天，他在手中画了十字握着来到了老爷庙，两个小舅子见他来了都说：“姐夫来了，快进里边坐。”阿斗不答理他们，点上了香提起来就跑，两个小舅子就在后面紧追，“好小子，你往哪里跑？今天我们非吃了你不可。”任凭他们怎样喊叫，一百步之内阿斗也不回头，跑到了一百步之外，他把手中的香一扔，就听得天空中“嘎巴”一声雷响，把两个小舅子给打死了。

回到了胡府，小姐急忙给他一把伞对他说：“给你这把伞，你拎着，下多大雨也别打开，你快走，我也跟你去！”说完小姐推了他一把就没了。阿斗急忙从后角门逃出了胡府。一路之上大雨哗哗地下着，他心想我手里拎着个伞，还让雨浇，这是图啥？小姐不让我打开，我打开看看能怎么地。他把伞一打，“哧溜”一声，小姐从里面掉了出来，她说：“你看你，我不让你打，你偏打，你看我浑身上下光哧哧地怎么办？”正说着只见西天边来了两块乌云，杀气腾腾。小姐一看说：“不好我爹妈追来了，追上来你就没命了，前边那块地里有一只白公鸡和一只红公鸡，你快把它们抓来。”阿斗一看前边真有两只公鸡，他赶紧把那两只鸡抓来了。小姐说：“这两只鸡已经没有魂了，它们的魂灵在天上了，你没看它俩都蔫巴了。”说完就在两只鸡身上吹口仙气，把魂从天上收了回来，天上乌云不见了。她一刀就把它俩脑袋给砍下来了，扔在地上说："你看这是啥？"阿斗一看白公鸡是他的老丈人，红公鸡是丈母娘。阿斗惊呆了，他愣愣地看着小姐，小姐似乎明白了他的心事。她说："他们虽然是我的父母，但他们是两个害人精，为了救你，杀死他们也应该。"阿斗听了非常感动。小姐说："咱俩身上也没有钱，我变成一匹金马驹。你把我牵到市上卖了，换几个钱给我买身衣服，到时候我再跑回来。你可要记住，卖给谁都行，千万别把我卖给和尚和道士。"说完小姐一打滚变成了一只非常漂亮的小马驹。阿斗牵着它到集市上去叫卖，这时，有一个人走过来，他见这匹小马真好，就出了高价钱，阿斗见他不是和尚和道士，就卖给了他。谁知这个人是小姐的舅舅，他是一个化了妆的老道，他一看这小马驹就是小姐变的，便买了下来。回到庙上，他把小马驹关在一间小房子里，房子四周都糊得一点缝也没有。他对小姐说："好哇！你杀死了你们全家人，又跟王小子跑到这里来了，这回我把你关在这间不透风的屋子里活活把你憋死。"说完她舅舅锁上了门，告诉小和尚们谁也不准上这间小房跟前，就到外面办事去了。小和尚觉得挺奇怪，那间房子里关的是啥玩意，老道不让看，他们偷偷地舔破了窗户纸，见是一只小马驹。小姐见窗户被舔破个眼，就变成一只小蜜蜂飞了出去。老道回来见小马驹没有了，他知道刚才那只小蜜蜂准是小姐变的，他就变成个大马蜂子去撵小蜜蜂。小蜜蜂见马蜂子撵它，它又变成个大钱落在一家院子里，让一个小孩给拣去了。她舅舅又变成个老道到这家化缘，不化别的专化骨头钱。化来化去也没化到骨头钱，正要走，见小孩手里拿个大钱，他一看正是骨头钱，刚要动手拿，大钱蹦到地上变成了一只老鼠钻进洞里。老道急忙变成一只猫堵在洞口，干等也不见老鼠出来，它就急了，张着大嘴一边叫一边扒洞，小老鼠一高窜出来钻进它肚子里了，在它肚子里越胀越大，最后把猫的肚子给胀两半了，老鼠出来变成一只蝴蝶飞走了。

再说阿斗用卖马的钱给小姐买了身衣服，干等也不见小姐回来，他以为出事了，正在擦眼抹泪，一只蝴蝶飞来了，"刷"地变成了小姐站在他的面前。阿斗高兴地把衣服递给了她，让她穿上，然后和小姐高高兴兴地往前走。走到一条大江跟前，只见江里有七只火轮子，小姐一看脸一沉，说："这七个火轮子是俺家的，准是我爹手下的小妖们在这里等咱，要害咱们。"她从头上拿下一把金钗，往地一插，七只火轮子就一动不动了。火轮子不动弹了，各个轮子上的老妖都出来了。有个老妖精做了一个和小姐一样模样的小面人，在面人胸上插了三根针，吹了一口法气，小姐这边就疼得"妈妈"直叫，胸上也插上了三根针。小姐叫阿斗赶快到集市上买一口薄棺材，把她放在里边，投到江里去，三天头，她胸上的针就能化没了，要不她就活不成了。阿斗为了救小姐，赶紧买回来一口薄棺材，把小姐装在里边扔进江里去了。

一天，两天，阿斗可算盼到了第三天，只见江上的那个火轮子全都沉到水里去了，小姐的棺材才漂了上来，打开一看，小姐胸上的针已经化没了，她变得更美丽了。小姐乐呵呵地走出来，拉着阿斗的手说："阿斗啊，这回可好了，妖精都除死了，咱们回家吧。"说完俩人双双回到了阿斗家。

从此以后，阿斗小两口你敬我爱，共同打鱼、狩猎，养儿育女，过上了甜甜蜜蜜的小日子。这里的人们再也不受妖魔鬼怪的害了，大家也都从心眼里感谢这好心的一对。

讲述：于桂兰　66 岁　家务

记录：孟丽蓉

采录于猴石镇

狼精的故事

相传很久以前，有个老狼精。这天它跑了几百里路，一点东西也没吃着。这时，一个四十多岁的妇女朝她走过来。狼精说："大姐，你这是上哪去?""回娘家。""娘家在哪?""黄庙庄。""哎呀，那么老远！你走到这挺累的，咱们歇一会儿吧！"两个就坐下唠起家常来。

狼精说："大姐家住在哪个庄子?""柳树庄。""家有几口人?""唉，老头子去世早，就我领着她们姐妹四个过日子。"狼精问这四个孩子都叫什么名字，她说："老大叫'大猫'，老二叫'二狗子'，老三叫'三丫'，老四叫'四妞'。"没等她说完，狼精便说："哎呀，你脖子上有个虱子。"女人信以为真，脖子歪了过去，刹那间，狼精摇身一变，张开血盆大口，把她一口咬死了。然后，它把她衣服扒掉，变成她的模样，向柳树庄走去。

到了柳树庄，狼精来到一家门前，它边敲门边说："大猫给我开门哪，我从你姥姥那才回来！"大猫听这声音不是妈妈的声音，没有开门。

于是，狼精又敲门说："二狗子给我开门哪，我从你姥姥那才回来。"二狗子听这声音不是妈妈的声音，没有去开门。

狼精又敲门说："三丫呀！给妈开门哪，妈才从姥姥那回来。"三丫听到这声音和上两次的声音一样，没有给它开门。

这时狼精把嗓子压了压，说道："四妞！你妈才从你姥姥那回来，你倒给妈开门哪，四妞！"然后它又哀求了好几遍。四妞岁数小，再加上她已经很想妈妈了，就把门给开开了。

到了晚上狼精和四妞盖一个被。半夜，狼精把四妞吃掉了。姐三个听到吃东西的声音，便问妈妈吃什么，狼精说："吃萝卜。"大猫想妈妈回来也没有带萝卜，自己家又没有萝卜，她哪能吃萝卜呢？这不是自己的妈妈。她把这个想法偷偷地告诉了二狗子和三丫，姐三个说："妈妈，我们要上厕所。"狼精说："你们去吧！快回来。”姐妹三个跑出去了。狼精等了好些时候，没见这姐妹三个回来，于是就出门找她们。抬头看见姐三个在柳树上，狼精没安好心地说：“大猫啊！我也要上树，你们拉我一把吧！”姐三个便用绳子往上拉老狼精，等拉到半空时，她们把绳子一松，“扑通”一声，老狼精掉进井里了。姐三个下到树底下把这口井埋上了。

后来井的上面长出了一棵大白菜，她们把这棵大白菜卖给了货郎。据说这棵大白菜就是这个老狼精。

讲述：胡奎武　65岁
记录：韩俊杰
1983年2月6日采录于南屯基镇中合村2组

铲 地

传说农民的祖先，是一个专职务农的人，姓李，名良。他有一把平头的宝铲，据说这把宝铲是上天的玉皇大帝赐给的。每年的春天，当下地的种子出土后，他都要靠这把铲，使庄稼苗壮成长。

李良每天到地里都手持这把宝铲，每走一步，都要把铲的平头向地下戳一下，嘴里还不断地念叨着："草死苗长地发暄。"这样，每年靠这个秘诀和宝铲，庄稼长得合人心意，秋后百粮丰收。

这一年的春种过后，天上烈日炎炎，他照例手持宝铲，口念秘诀，在田里走着走着，这有多累呀！他想着想着，索性来到地头，只在地头手持宝铲口念秘诀。这样，他觉得还不轻巧，就坐在了地上，念叨着："草死苗长地发暄。"这样，他还觉得不太舒服，索性就躺在了地上，嘴里不断地叨咕着"草死苗长地发暄"。念着念着，不知不觉地就睡着了。这时，天上四方游神中专管粮农的神仙路过此地，目睹了这一切。神仙就把这件事如实地告诉了玉皇大帝。玉皇大帝听了游神的禀报，很是生气，命游神把平铲的平头弄弯，变成锄头，叫他凭力气铲地。游神遵命，很快地就把宝铲的平头弯成了锄头。等李良一觉醒来，见地里的草长得比苗还多，比苗还高。他急了，赶忙拿铲子过去，可是秘诀怎么也不灵了。这时他才发现平头铲变成了弯钩铲。他眼望着荒地，万般无奈，只得用这把弯头铲铲除地里的草。可是，地里的草铲完了，没过几天又长出来了，没办法，只好又铲第二遍。每铲一次他都累得满头大汗，一共铲了三遍，才把地里的草锄尽，保住了当年的丰收。从此以后，每年都要用这把宝铲变成的弯头铲来铲地。因为他一个人干很累，而且特别慢，这样，照着弯头铲的样，又做了几个，发动全家人都下地铲地，而且每年都得铲三遍地……这就是锄头的由来。

就这样，年复一年地流传下来了。要不你看现在吧，每到夏锄时不仅要全家人都下地铲地，而且还只有铲三遍，才能挂锄。

讲述：郭恩奇　30岁

记录：王殿臣

1981年3月7日采录于大阳镇

大布衫

传说，从前隔岭住着两个财主，岭南的姓李，岭北的姓王。两家虽隔道岭，相处的却像一家。也巧李财主老婆生了个千金，王财主老婆生了个公子，还不到百日，两家就定了娃娃亲。

没等王老财老两口大轿娶儿媳进门，就都相继去世了，留下了孤零零的王小。正赶上那年天公翻脸，几个月不见一滴雨水，大地渴得龇牙咧嘴，禾苗干枯不收，长工家早断了顿。王小见此情景，甚为同情，开仓借粮，还给长工们开了工钱，打发他们谋生去了。转眼间天外又飞来横祸，一场大火把王小家房屋烧得片瓦不存。在一片废墟里只找到一个破盆和大布衫。

住没住处，吃没吃的，只剩下他孤零零一条光棍，端着破盆四处去乞讨。说起来也怪，不管破盆放进啥，一变俩，俩变仨，一会就是一大把。只要讨点东西就不愁吃了。有一天，他突然想起老丈人家，便来到了李财主的家门口，正赶上一个丫环在门口丢了魂似的寻找什么，一打听才知道李家小姐丢了一只镯子。王小到丫环跟前问："你家小姐叫小英吧，我就是她的女婿。"丫环一听就说："也不撒泡尿照照，看你那个叫花子样，还想当小姐的女婿，我看你倒像个魔怔病，来人啊！""别喊，我可捡到一只手镯子。"丫环叫他拿出来看看，王小脑袋摇得像个拨浪鼓，说："那可不行，你得把小姐的那只拿来，我才能把我捡到的拿给你看。"丫环回楼禀报小姐，小姐拿出来了那个金镯子，王小接过金镯子，放在盆里，伸手就拿出两个镯子。丫环接过镯子感到十分奇怪，转身就往回跑，正和李财主撞了个满怀。李财主骂道："该死的丫头，疯疯癫癫成何体统？"丫环连忙跪下说："老爷，小姐的金镯子找到了！""在哪里？"李财主忙问，丫环就把怎么得到手镯子的事一五一十说了一遍。财主一听，猜想许是姑爷找上门来了。可又想老亲家死了，王小救济长工，借粮也不知回收，着了天火，如今成了叫花子，哪能相认？可又听说他有个宝盆，便要丫环把王小叫进门来。

王小乐滋滋地走进来，见了李财主连忙施礼："老叔叔，姑爷前来拜望，您有何吩咐?"还没等王小起身呢，李财主便骂不绝口："混蛋，哪来的穷要饭的?"王小说："您咋忘了，我姓王，我爹在世时，我和您家的小姐不是定的娃娃亲吗?"

"我没给小姐定过什么娃娃亲，看你那无赖样。来人啊，把那盆子抢下来，把叫花子撵出去。"家奴抢过王小手中的宝盆，连推带搡撵了出去。

丫环上楼后，向小姐述说了王小怎样拿出手镯、怎样被抢了宝盆被撵出去的经过。小姐从小就听她妈叨咕过和王小定亲的事，恨不能见上一面。今个听说父亲如此无礼慢待人家，心里很是不平，可又无奈。待她让丫环拿些银子追赶时，王小早没踪影了。

再说王小心想家贫不如狗，亲人相见不相认，还抢去了宝盆，他恨透了认钱不认人的李财主。他一路诅咒着，走啊走，走到一座大山前。肚子早饿得咕咕叫了。他借着月光爬上了一棵红灯果树。那红灯果香味扑鼻，沁人肺腑。他边摘边吃，又往兜里揣。吃着吃着，觉得两眼直冒金星，头越来越沉，头重脚轻从树上摔了下来。一阵凉风吹来，他觉得清醒了一些，就往前边爬，突然眼前又出现了一棵挂满青果的树，果子压弯了枝头，伸手就能摘到。他边摘边吃边揣，肚子不饿了，眼睛也清亮了，就是两腿不太灵便。王小往前挪了几步挺费劲，突然想起那件大布衫，既然能逃过大火也许是件宝。他从包袱里拿出大布衫，穿上说："大布衫，你要是件宝就带我飞吧。"话刚完，脚不沾地，真像踏上了风火轮。

第二天一大早，王小就奔李老财家，他要寻回那个被抢去的宝盆。刚到大门口就遇到了丫环。丫环说："俺家老爷方才闻到果香味，就唤我下楼买，原来是你兜里那袋红灯果散发的香味。你卖不?要多少钱?""咱这果不卖。"王小直摇头。丫环急了："你就卖吧，送给小姐的。"王小一听更不能卖了。丫环见王小说啥也不卖，紧忙回去报告了老爷。老财主出门一看，又是昨天那个要饭姑爷。"还我宝盆!"王小喊着。老财主一翻愣大眼皮，皮笑肉不笑地说："还你，想得美，来人，把那红灯果夺下来，再抓起来打五十大板，看他还敢跟我要宝盆不?”两个家奴上来七手八脚把一兜红灯果抢了去，还要捆绑，王小见事不妙，披上大布衫说了声“大布衫飞”，一溜烟没影了。

小姐生日那天，吃了红灯果，头重脚轻，一头栽倒在床上。眼珠鼓出来像两个琉琉。漂亮的小姐变成了丑八怪，急坏了老爷，四下贴告示：“不论何人，能治好小姐病的，没媳妇的可娶小姐为妻，有媳妇的赏银千两。”王小在街上要饭，听老百姓七嘴八舌地议论告示，方知小姐吃了红灯果。心想小姐和咱无冤无仇，哪能见死不救。揭下告示来到李财主家说能治好小姐的病。李老财一看又是他，可救小姐要紧啊，就让王小进了绣花楼。王小装作看脉，坐了一会儿，就把青果递给小姐吃，瞬间百病全除，恢复了原貌。丫环告诉小姐，他就是那个帮找镯子的王小。小姐急忙道谢，又见他眉清目秀，一表人才，便关切地问起怎样沦落到这般地步的。王小把前后事述说了一遍。小姐对他的遭遇很同情，对他仗义济贫更加钦佩、爱慕。她说：“我父嫌贫爱富只认钱财，定了亲，又毁约。今天你虽然治好了我的病，但是他不会应诺的，趁他不注意，咱俩走吧。”

待他俩收拾完毕，走进后花园时，李老财就连喊带叫追了上来，王小忙抖开大布衫，两人往身上一披，说了声“大布衫飞”，便远走高飞了。

讲述： 赵永福　32岁　满族　农民　高中毕业
记录： 纪连生
1980年2月采录于海龙县花园乡四合村

善有善报

很久以前，有这么一个秀才，为人忠厚老实，又有才学，家里还富裕。只有一件事让他伤心，就是连娶三妻都不幸死了。为了弄清到底是怎么回事，他也不知找了多少名人和算命先生，最后还是一无所知。

这一天，他心中烦闷，走出家门来到街上。他一是想静静心，二是想找明白人算算。正走之间，忽见街旁有一老者坐在一个卦摊旁，正在闭目养神。

秀才来到老者面前，施过礼后，向老者道出了自己的心事，请他给算算自己妻房为何站不住。老者屈指一算，说道："秀才，这件事除非你去问如来，别人是不会知道的。我借你一匹马，你就去西方见如来佛祖去吧！"说完把自己的马解下给了秀才，然后飘然而去。秀才见状明白了老者不是凡人，牵着马回家之后，收拾了银两就上路了。

这一天，他正往前赶路，不觉腹中饥饿。四下一瞧，见前边有一小酒店，当时正是炎热的天气，他想：不如吃了饭，凉快一会儿再走。于是他就走进了酒店，买了些酒饭吃了起来。老板娘走过来搭着话说道："客官爷，您看走得满头大汗，这是上哪呀？"秀才答到："我要到西方去见如来佛祖，走急了些。"老板娘一听，笑了，对秀才说如果见到如来，请替她问一下："她有一个哑女，不知多时能开口讲话。"秀才一听，满口答应，吃完饭又上路了。

这一天由于他贪走，不觉天黑下来了，前不着村，后不着店，怎么办呢？他一狠心，又往前走去。正在他左右为难之时，冷丁发现前面有一点灯火，走到近前，原来是一个村庄，走进村后，经人指点，来到了村中赵员外家，见过礼后，向老员外说明了来意和难处。老员外是个有名的善人，一听就同意让秀才住一宿。吃过了饭，两人闲谈，老员外听说秀才是去西方见佛祖的，十分高兴，资助了他很多银两，请他一定替自己问一声："本府门前有两棵桃树，为什么每年光开花不结果呢?”秀才一听，也答应一定办到，第二天天还没亮就启程了。

这一天，他走到了一片树林里迷失了方向。见前面有一少年正在砍柴，就走上前去问道：“老弟，去西方的路怎么走，还有多远?”少年答到：“顺着这条路往前走，出了林子，过一条海就到了。”秀才谢过了少年，顺着少年指的路走下去了，不久就走出了林子到了海子边。秀才找了半天不见有一条船，这可怎么过海呢?急得他走来走去。正在他左右为难的时候，从海里跳出来一条鲤鱼，只见它金光闪闪十分好看。它来到岸边对着秀才点了三个头，开口说：“你是不是去见如来佛的?我可以驮你去，但我不能见如来，请你为我代问一声：为什么大小鲤鱼都能跳过龙门，而我这样的中鲤鱼却跳不过去呢?”秀才说：“只要你驮我过海，我一定替你问一声。”中鲤鱼一听立刻跳上岸来，让秀才坐在它的背上，一会儿的工夫就过了海。秀才谢过了鲤鱼又往前走。

前面不远处金光万道，清气上升。秀才正往前走，被一个守门神挡住了去路。秀才急忙施礼，说明了来意，请门神通禀一声。守门神说如来佛祖正在洗浴，你在这等一下。

过了一个时辰，守门神走了出来：“你可以进去了，但佛祖今天只能答复你三件事，要想好再说，千万别乱说。”说完领秀才走了进去。

秀才一见如来，给他磕了三个头立在一边。如来开口问：“秀才，你为何千里迢迢来到此处啊?”秀才一听犯了难：是先办自己的事呢，还是先办别人的事呢?想来想去还是先办别人的事吧！于是他先将酒家老板娘的话说了一遍。只听如来答到：“哑女见了丈夫即可开口说话。”秀才一听记在心上。又将赵员外托他的事学了一遍。如来又答道：“两树之下各有一缸金子，一缸银子，将金银挖出此树就能开花结果。”秀才又将鲤鱼的话说了一遍。如来一听，回答道：“中鲤鱼头部两侧各长一夜明珠，故而不能跃过龙门，要想跳过龙门，必须将两珠取出。”说完闭上金口和眼睛，任秀才再说什么也不开口了。秀才只好退出来。

走到海边，中鲤鱼早已等候多时了。见他到来，忙跳上岸，问明了自己的情况，驮他过了海，并让秀才将两珠挖下，赠给了秀才。秀才小心地收起两珠上路了。

不几日来到了赵家村，见到了员外，将如来的话一学，老员外马上让人从两树之下取出了两缸金银。为了报答秀才，将金银送给了他，还赠送了马和奴仆。

秀才离开赵家村后，一直来到了那家酒店，只见老板娘领着女儿正在等候秀才。等秀才走到二人跟前，只听哑女开口向秀才问安，秀才与哑女娘同时一惊。这时秀才将如来的话一学，才知道此女就是秀才的真妻。事后秀才与哑女欢喜地拜堂成了亲，过上了美好的日子。

时间一去就是三年，秀才与哑女已有一个儿子了。这一天忽听别人说："京城贴出皇榜，让万民向国家献宝，如有献宝者加封官职并赏银千两。"秀才一想这可是好事，同妻子商量一下带珠进了京，把两颗夜明珠献给了皇上，结果被封为八府巡案，真是直上青云。

这就是善心得到了善报的一段传说。

讲述：杨桂花　女　70 岁　农民

记录：许　芳

1984 年 3 月 1 日采录于四平镇

贪心郎

从前，有一个小伙子名叫王小郎，家中只有母子二人相依为命，靠着打柴为生。

一天，王小郎进深山打柴，突然在山里拣到了一个带把的大蛋蛋，他很奇怪，稀罕巴叉地把蛋蛋拿回家，母亲让他煮了吃，王小郎舍不得。玩够了，就随手把它放在炕头的破布头堆里。日久天长，从这个蛋蛋里蹦出个小白蛇，王小郎见这条小白蛇挺好看的，不忍心整死，就留在家里养了起来。一来二去，说这话已经是三年的光景了，小白蛇长成了足有缸口那么大的一条大白蟒，它一点也不伤害人，整天地给王小郎看家，对王小郎非常好。

一天，大白蟒突然开口说话了："王小郎，你这个人心眼真好使，是你养活了我，以后我一定不能忘了你，今天我要走了，你以后要有什么为难的事就到南山去找我，你趴在地上叫我三声蛇大哥，我就会出现在你的面前。"说完白蟒化一道白光不见了。

白蟒走了以后，王小郎照旧天天上山打柴到集市上卖。这一天他来到市上卖柴，见一群人在看一个告示，他也好奇地挤过去看，原来告示上说南山有一条大白蟒，来往过路的人它一看到就给吃了，说是谁要能治住这条蟒，就让谁当县官。王小郎一看，明白了这白蟒准是蛇大哥，于是他上前就把榜给揭了。人们见他是个穷打柴的都不相信地问："你能治了吗?"他说："我能。"官府一听王小郎能治了白蟒，其他跟来的人就高高兴兴地跟王小郎进了山。大白蟒见王小郎来了，朝他点头，跟他来的人都退到后面去了。白蟒小声地对王小郎说："我吃的都是坏人，我故意这样做，是为了让你去揭榜当县官。"说完大白蟒一晃不见了，从此以后这里再也没听说有白蟒吃人的事。

王小郎治住了白蟒，当上了县官，整天吃香的喝辣的享尽了福。一天，王小郎没事了在街上闲走，他又看见了一张皇榜，榜上说皇姑得了重病，只能用擀面杖粗的蟒须才能治好，谁要是能治好了皇姑的病，就招谁为驸马。当时围了不少人，谁也不敢揭榜，人们都知道擀面杖粗的蟒须是最不好弄到的。王小郎一看心里可乐坏了，因为他白蟒大哥的蟒须根根都有擀面杖粗！他一心想当驸马，就把皇榜揭了。王小郎来到了南山，趴在地上叫了三声“蛇大哥”，白蟒就出来了，它问王小郎：“你找我有什么事?”王小郎说：“皇姑得了重病，只有用擀面杖粗的蟒须才能治好，谁要是能治好了公主的病，谁就能被招为驸马，我想跟大哥要一根蟒须。”白蟒说：“你拿吧。”王小郎拔下了白蟒的须子送到了皇宫，治好了皇姑的病。皇帝果然把王小郎招为驸马，选个良辰吉日就让他和皇姑拜堂成亲了。王小郎当上了驸马，一天到晚吃喝玩乐，享受荣华富贵。

一天，王小郎听说皇家的二公主又得了重病，怎么也治不好，说是只有用蟒胆才能治好，谁要是能治好二公主的病，就把二公主给他。王小郎一想，二公主长得漂亮无比，比大公主还招人喜爱，他又起了贪心，想要二小姨子做小老婆。他又找到了白蟒，把自己的来意说了一遍，白蟒说：“那好吧，我把嘴张开，你钻进我的肚子里，到里边把我的苦胆挖出来，你好娶二公主。”白蟒本是试探他到底忍不忍心，谁知王小郎真钻进它肚子里去挖苦胆。白蟒心想。好哇！王小郎，你真不讲情义，真忍心动手，你挖了我的苦胆，我还能活吗？我吃了你这个贪心郎！想到这，白蟒把嘴一闭，在地上打了个滚，就吃了王小郎。贪心不足的王小郎见了阎王爷。

讲述：孟范文　农民

记录：孟丽蓉

1984 年 8 月 18 日采录于猴石镇

生活故事

刘财主招婿

从前，有个姓刘的财主，他满脑子坏道道，一肚子损主意，穷人们都恨透了他。当面叫他刘财主，背地里骂他刘坏水。

这刘坏水有好几十方地，家工院奴也雇了不少，穷人给他扛活就行了呗，可他还不甘心，吃饱了，喝足了，整天变着法地在长工短工身上揩油，硬是使一些鬼点子，叫你干了一年还欠他的。

有一年，关里不知什么地方遭了灾，有一家哥俩，一个叫张三，一个叫张七的，逃难来到了东北，哥俩以扛活为生。可不管怎么拼死拼活地干，还是吃不饱，穿不暖。他们哥俩天天盼着能找着一个有点人味的财主，可天下乌鸦一般黑，个个都是黑心肝。这些可恶的财主们，各有敲骨吸髓的损招。

这一天，哥俩肩挑破被卷，来到了刘坏水的地界。一打听，说这家财主有扛活的就用。哥哥说："就在这干吧？"弟弟也因东奔西逃地走够了，说："在这干就在这干吧。"就这么的，哥俩在一个老大爷家住下了。

第二天，大哥张三对弟弟张七说："你先去财主家干两天，我在这附近搭个窝棚，咱们也好有个落脚的地方。"

刘坏水还没起炕，张七就来了。狗叫声把看大门的惊醒了。他一看大门外站着一个人，心里没好气地说："一大早你要的什么饭？"张七说："我是来给财主扛活的。""那你就等着吧！"看门的不耐烦了。

张七在门外等了好半天，刘坏水打着哈欠，伸着懒腰从屋里出来了，见有扛活的找上门来，他乐得嘴都闭不上了，眯缝着眼睛冲着看大门的说："叫他进来。"

张七进了大门。刘坏水问："你愿意给我干活吗?"张七点点头。刘坏水又眯缝着眼睛、歪着脖子上下打量着跟前这个十六七岁的小伙子，一边看着，一边在盘算着花花点子。过了一会儿，刘坏水说："你既然同意给我扛活，咱们先把话说清楚，给我扛活，只要是听使唤，就涨钱十吊，要是不听我使唤，就去钱十吊，你乐意吗?"张七一想：什么活我没干过?随口说道："乐意。"刘坏水一听他乐意干，就叫管家的给他吩咐活计。

头一天，张七除了抱柴火、扫院子、挑水等干点零活之外，也就没什么事了。

第二天，上工时，刘坏水把张七叫到跟前说："伙计，昨天我看你挑水挺累的，你不好把井背到屋里吗?"

张七说："那能背到屋里来吗?"

刘坏水说："你不听我使唤，给你去钱十吊。"张七只好忍住气，心想，以后可不能吃这个亏了。

第三天，刘坏水说："今天不用你背井，你没看我这院墙都裂了吗?里出外进的，你用毛驴套上磙子把墙压一压就平了。"张七寻思，说："东家，这不是更难为人吗?不用说拉磙子，就一头驴也上不去呀!"

"少费话，你不听使唤，就去钱十吊，难道你忘了吗?"说完，刘坏水得意地笑了两声。

张七这个气呀。

第四天，刘坏水说："伙计，今天你干点能干的吧，去割点刺儿子喂毛驴。"刚说完，张七沉不住气，说："东家，毛驴吃草，哪有吃刺儿子的，这不是成心整治人吗?"刘坏水一听，发起火来，说："谁治你，你不听我使唤去钱好了。"张七这才醒腔，心里话，这小子真损到家了，什么损事都干得出来。这不明明"调理"人吗?可也想不出什么好点子，只好忍气回家了。

到家后跟他哥说："咱们还得走啊，这活咱们哥俩更干不了。"他哥哥一听，心想：怪事，到这两天半怎么就干不了呢?忙问：

"你是怎么啦?"弟弟耷拉着头，把这几天的事跟他哥哥学了一遍。

这天晚上，哥俩躺在炕上一宿也没睡好，张三更是睡不着，躺在炕上翻来覆去琢磨道道，想来想去，还真想出了办法……

天刚蒙蒙亮，张三叫醒了弟弟，跟弟弟说:"今天我去上工，你在家，这窝棚的上边你再用草披一披。"说完，哥哥上工去了。

刘坏水听说张七的哥哥张三上工来了，琢磨张七是不敢来了。见了面刘坏水冲张三说:"张七是你的弟弟吧?"张三上下看了看这个坏透了腔的家伙，强忍着气冲他点了点头。

"你弟弟还欠我三十吊钱呢?你是不是还钱的?"张三说:"我干活挣钱给顶上。"刘坏水说:"你弟弟不听我使唤，你能听吗?"张三又点头。刘坏水把眼珠转了转说:"既然你能干了，咱们把话说在前头，如果我叫你干什么活你就干什么活，给你涨钱十吊，要是像你弟弟那样叫干什么不干什么，不听我使唤，就去钱十吊。"张三一本正经地说:"要是东家你叫我干的活我能干了，你又说干不了呢?"刘坏水马上接过来说:"那也涨钱十吊啊。"张三说:"一言为定!"刘坏水说:"绝不食言。"

头一天，张三也是给财主抱柴火、挑水、扫院子。到了第二天，刘坏水说:"伙计，你把门外那口井背屋里来，不就省着挑了吗?"张三听完，一拍大腿说:"东家，昨天我就想背，怕你不让。"财主心里话，那你就背吧，随口也就说出来了。张三也不怠慢，进仓房里找来了绳子，又拿了一些板子，到了井口，把板子横七竖八地担在了井口上，又用绳子胡乱地绑了一气，折腾了好半天。随后仰面朝天地躺在了井口的板子上，两只胳膊伸进了绳套里。这张三还会点气功，在井口上一会儿一动，假装用力。不一会，缠在肚子上的绳子都给绷断了，刘坏水正在一旁偷着看呢，心里话，这傻小子还真有点傻劲。张三又故意把绳子松了松，两脚蹬在井沿上，像要往起起似的晃动。刘坏水的眼睛都看花了，又把门缝嵌大点，伸出了脑袋。张三忙说:"东家快来帮一把，眼看就背起来了。"刘坏水说:"那还有个帮!"张三听他这么一说，假装泄了气，一屁股坐下了，然后站起来走到东家眼前，说:"东家给我涨钱十吊吧！眼瞅着我就背起来了，你说不能，这不白费劲了？”还把刘坏水好顿埋怨。

第三天，刘坏水又让张三压院墙。张三二话没说，牵出了毛驴，套上了磙子，用鞭子把毛驴打得围着院墙直转。刘坏水在屋里听张三吆喝得还挺欢，想出屋看个究竟。张三正等他出来呢！一见刘坏水又从门缝往外探头了，忙喊：“东家快来帮我赶一下。刚才都赶上去了，又下来了，你没看见那都压倒了吗？”

刘坏水一见墙倒了，毛驴也出了一身汗，呼哧呼哧地直喘气，又心疼，又窝火，直劲跺脚，冲张三骂开了：“你简直是混账，磙子能压墙吗？快把毛驴卸了！”张三装作听话的样子，一边卸，一边说：“东家，我今天可又听你使唤了，涨钱十吊吧。”刘坏水又吃了哑巴亏，一寻思，他还该我十吊钱呢，涨钱就涨钱吧，谁让自己的嘴没有把手了。

你道那墙是怎么倒的，是张三运足了气，趁没人看见，愣给推倒的。

第四天，财主又叫张三割刺儿子喂毛驴，张三说：“东家还真会过日子，喂刺儿子是又省草、又省料啊。”财主心里琢磨着，这回让你非说干不了不可。你想那刺儿子浑身是刺，不把他手扎“烂糊”才怪呢。可张三好像并不在乎，他要了把镰刀，随手拿了两条麻袋，就上山了。到了山上，他一棵一棵地把刺儿子割下来，然后非常小心地用麻袋卷起来，又砍了一根木棍，一头一捆就挑回来了。回来后，他把这刺儿子一个刺一个刺地全掰下了，又用铡刀把剩下的硬杆一点一点地铡碎，铡完了，连杆带刺添了一槽子，又挑了一个长刺儿子把毛驴的嘴给支上了。然后就去找刘坏水去了。

“东家，你看那毛驴还挺愿意吃呢！”财主心想，见鬼，这小子不但没说干不了，还把毛驴给喂上了，看看去！就这么地随着张三脚前脚后来到了驴圈，刘坏水一看这满槽子的刺儿子，毛驴又被刺儿子卡得直晃脑袋，乱刨蹄子，嗯啊嗯啊地直叫唤，心疼急了，“我说张三呀张三，你小子不想活了啊，这‘玩意儿’能让牲口吃吗？你这不是存心把毛驴给折腾死吗？”张三慢条斯理地说：“东家，不是你让我喂的吗？难道你又忘了，给我涨钱十吊吧，咱可是又听你使唤了。”刘坏水一听，像泄了气的皮球似的，一下子软了。这下子完了，这三十吊钱又给他涨回去了。

前边不是交代过他满脑子坏主意，一肚子坏水吗？这才用了多点儿！他眼珠一转鬼点子又来了，好吧！涨就涨吧！嘴是这么说，心里话，走着瞧吧！

张三还上了三十吊钱，回家跟弟弟一说，张七乐得不得了，哥俩高兴地用凉水当酒，小木碗当盅，庆贺了一番，到半夜才睡。

再说刘坏水这三十吊钱让张三又给“捞”回去了，他能甘心吗？

这天，他把张三叫到跟前，说：“伙计，你把那茅楼的粪用锅熬一熬，熬热了上地不是更有劲吗？”张三心想，这小子也太损了，什么损招都有，又一想，不答应还是要去钱的，随口说行。刘坏水一听，这小子答应得还挺痛快，就又补充道：“下屋有个不使唤的猪食锅，就在那熬。一，不许把锅弄漏了；二，不许出屋，得看着熬；三，门窗不许开，免得跑了味。”

张三无奈，捂着鼻子上茅楼装了两桶大粪就倒进锅里了，点着了火，不一会儿，锅里冒上来热气，这屋可就待不住了，张三直恶心，都快要吐了。他一想，热气往上冒，我趴在地上吧。就这么着，他连大气都不敢喘。过了一个时辰，刘坏水想这么长时间了，这小子还真没出屋，这回不把他熏死也造个“半半昏”。

这么寻思着，就往熬大粪那个屋来了，推开门，刚一伸脖，一股臭气呛得他好玄没上来气，就在这工夫劲，张三忙把预备好的大粪冲刘坏水塞去，说：“老东家你尝尝。”正好他刚喘上来气，就造了一嘴。

刘坏水连叫都叫不出声来，满嘴被黏黏糊糊的热大粪给烀住了，急忙往上屋跑。这张三还不算完，从后边撵出来，不住点地问：“东家熬熟没？熬熟没……”把个刘坏水弄得难受极了，直拨愣脑袋，张三见他晃头，又说：“是热大了点，凉一凉给你尝就好了。”刘坏水气得一跺脚，“滚”字还没说出口，一股黄水吐到了地上，这个难闻呐！这时正赶晌午，扛活的都回来了，有几个拍“马屁”的狗腿子七手八脚地给刘坏水打水冲洗。这边，一些不知底细的人在嘀咕，说东家怎么掉茅楼里了。刘坏水听了，是哑巴吃黄连，有苦说不出，懊恼地寻思着，没打着这个“黄皮子”还惹了我一身臊。

再说刘坏水被大粪这一顿臭熏，饭也吃不下，水也不想喝了，一见饭就恶心，好玄没把他给饿死。两三天滴水未进，再加憋气窝火，也就病倒了。

他躺在炕上恨得直咬牙，心里算计着：张三我是斗不过他呀！干脆我把他除掉，以了却心头之恨！可又一想，在这除掉也不好办呢。有了，给他送个地方……

这天，财主告诉厨师：“给张三弄点好吃的，吃完你叫他上我这来，我有事找他。”厨师按照东家的吩咐，给张三弄了些好吃的，饭菜做完了，就把张三找来了。张三一边吃一边琢磨：这小子备不住让我治服了，还给弄点特调。吃饱了，喝足了，大师傅告诉说东家叫你去有事，张三就见刘坏水去了。见到刘坏水，张三说：“东家有什么事？”刘坏水一见张三，强压住气，说：“伙计，你给我送封家信，从这一直往北走，翻三座山，过两条河，一打听就能找到我家，现在太忙，就你一个人去，要早去早回，我这信挺要紧，你一定要送到，咱们先小人，后君子，我得让人给你胳膊捆上。”张三说：“不用绑，我不识字。”刘坏水说：“不行，还是绑上好。”这就叫来了两个狗腿子把张三的胳膊给绑上了。刘坏水心想，这一绑，你小子用不了到我家，备不住就让狼给造了。

绑巴完了，张三按着刘坏水的指点也就上路了……

说到这，听众要问了：“刘坏水家不是在他住的地方吗，怎么还叫往家送信？”因为刚开荒斩草，财主的土地零散，方圆也大，这大南边的地离家太远，就在这也修了房子，大忙时，他就到这来亲自监工。

再说张三被五花大绑地正走着，眼前就是第二座大山，山上怪石嶙嶙，野草丛生，风刮得树叶子哗哗作响，他不免有点害怕。正在这时，有一个白胡子老头一手拎一个粪筐，一手拿个粪叉，从对面走来。张三感到奇怪，这前不着村，后不着店的地方，怎么会有捡粪的呢？说话工夫老头来到了近前，说："小伙子，你为啥一个人走路，还要五花大绑呢？"张三就把怎么怎么回事，从头到尾讲了一遍。老头听完，说："小伙子，你的命恐怕要难保了。"张三一听，赶忙跪下了，说："老爷爷，救救我吧，我一定忘不了你！"老头从张三的怀里抽出了信，冲张三说："这是一封要你命的信，我给改一改，你就逢凶化吉了。"说完，只见老头把胡须用手一捋，胡须成了一支毛笔，刷刷点点，说了声："信要送到。"张三只觉着什么东西在怀里碰了一下，一眨眼，老头不见了。

张三被刚才的事闹糊涂了，好像是做了一场梦，可他一想起老头说的话就又赶紧上路了。

说书讲古来得快，不一会儿，张三就到了。

这块还得简单交代，刘坏水是常把小老婆带在身边，大老婆扔家。家里还有两个儿子，一个姑娘，姑娘都二十多了，还没出阁。

家里这些人一看老爷打发个人带着绑绳来送信，知道这事不是一般的事，忙把这送信的唤到上房，松了绑。

张三伸伸胳膊，从怀里取出了信，递给了老太婆，老太婆忙又送到了大儿子手上，二儿子也凑上来了。大儿子拆开信，草草地一看，信上没几个字，开头写的是，大儿子、二儿子，下文是："见信后急速将张三招为婿。"老大眼睛都看花了，忙又递给老二，老二早都看明白了，接在手中，直瞪眼。哥俩同时又看了看落款，他爹不但亲笔属名，还盖了印。

这哥俩是大眼瞪小眼，都傻眼了。他妈在一旁着急了："快念一念。"哥俩是你推我，我推你呀，他妈更糊涂了，忙把两个儿子叫到了西屋。两个儿子跟他妈一说，你说他妈能同意吗？这个气呀，不住嘴地骂这该死的老头子，骂了一气，一寻思，不能是你爹写的，再好好瞅瞅，哥俩又把这几个字上一眼，下一眼，左一眼，右一眼，看了好几遍，怎么看，也是他爹的字，就跟他妈说："一点不差。"老太婆一听，又闹腾开了。闹腾了一气，转过点劲，冲两个儿子说：备不住这人救过你爹的命，再不就是有能耐。不管怎么地，赶快张罗结婚吧！

你别说，他妈跟姑娘一说，姑娘还真看上了张三，给他俩收拾好了住的新房，这婚礼也就顺顺当当地举行了。

再说刘坏水打发走张三之后，病也强了。过了几天，想回家看看，因为心里惦记着那封信。那封信他是怎么写的呢？他是这么写的："大儿子、二儿子，见信后速将张三一刀也。"他回家想看看张三是怎么死的，死在哪里。

到家后，一抬头，发现姑娘在院里正绣花呢，头发还盘起来了。刘坏水有些纳闷儿，姑娘出门，不得我做主吗？这些该死的，背着我，你们办了这么大个事。进屋就冲老太太发火了，把张三死没死的事也忘在脑后了。"老该死的，你说你把姑娘嫁给谁了？""还问我呢？你说嫁给谁就嫁给谁呗！"刘坏水更火了："到底嫁给谁了？"大老婆见老头子真动肝火了，忙说："不是你来信叫'将张三招为婿'吗？你跟谁发火！"刘坏水说："我鬼魂那么写了！"老太婆迈着小脚，蹬蹬进了上屋把信翻了出来，递给刘坏水："你自己看吧！"刘坏水一看这信，顿时脑袋嗡一声："我怎么昏死了，这字写得都差哪去了？"张三不但没被除掉，还把姑娘搭给了他。一阵头晕，只觉嗓子眼发咸，口吐鲜血，就一命呜呼了。

讲述：李继业　59 岁　无文化

记录：李东阳

1985 年 2 月采录于大阳镇长胜村 9 组

小燕传花

很久以前，有个周家庄，庄里有个周老员外。这人家趁万贯，仓有陈粮、桑木树、果木园，杨柳成行。

周老员外四十出头，性情耿直，为人倒也不坏。他和老伴结婚到现在只有一个儿子。刚生下那天，周老员外和老伴冥思苦想地给这孩子取了个名字，叫“兰星”。

一晃，兰星已十三四岁了，周老员外把他送到了私塾读书。兰星进了学堂以后，学习成绩名列前茅，深得老师的喜爱。一眨眼三年已经过去。这一天，刚刚下课，忽然有一只小燕从外面飞进教室，落在了黑板上，兰星赶忙招呼同桌王小帮他抓小燕。王小纳闷地问：“无缘无故抓小燕有何用?”兰星把嘴贴在王小的耳边小声告诉他：“听老人讲，小燕能传花。不知道是不是真的，咱试试看。”王小好奇地关上窗户，很快就抓住了小燕。放学后，兰星把小燕拿回家，找了一块青布，又和邻居李奶奶家要了几样花籽，写了一封信，然后一同缝在了小布包里，拴在了小燕的脖子上，随后放走了它……

一天；刚下课，兰星突然发现那天放走的小燕飞了回来。当他把小燕抓住时，不由得愣住了。那天拴在小燕脖子上的是一个青布包，今天却变成了一个红布包。兰星赶紧把红布包打开，只见里面包着各种花籽，什么名叫不清楚，反正是当时有名的花籽。在布包里面还有一封信，兰星把信打开一看，简直有些不大相信自己的眼睛，那信上的小字写得小巧娟秀，漂亮极了！信的最后落款是：“苏州城府小姐苏兰香”。

兰星自从看了这封信以后，每天吃饭、走路、上学，都能想起这件事，甚至晚上睡觉也自然而然地梦见“苏兰香”。渐渐地，兰星的身体越来越消瘦。

一天，兰星跟周老员外和母亲说他要到苏州。老员外一听就火了：“学业未成，那可不行!”兰星磨破嘴皮子老员外也不理。没过几天，兰星重病一场，卧床不起。在昏迷中他告诉爹妈："我只得走了。"没办法，老员外只得同意了。这天他给兰星带足了银子，准备第二天早早上路。

第二天临走，老员外还不放心，让家仆梁洪陪着兰星，并偷偷地嘱咐他："你在路上要好好劝说兰星回来，事后一定重重赏你。"梁洪听罢，高兴地答应了，一路上梁洪花言巧语左劝右劝，可任他怎样劝，兰星只是说："我主意以定，您回去吧。"梁洪见自己和兰星已出走三天，实在劝不下去了，只好告辞了兰星，回到府中。

周老员外听了家仆梁洪的回禀，心里很是难受。从此，他卖掉了一切家产，辞走了家奴院工，然后把卖家产的银元全部埋进地里，领着老伴住进了一间破破烂烂的小草房里，等着儿子兰星回来再重新起家……

再说兰星，自打与家人梁洪分手后，自己孤身一人向苏州行进，一路上，不知吃了多少苦，受了多少累。从家里出来到现在，已半个多月的时间了，兰星心急如火。这一天，兰星走进一道山路崎岖的山谷中，正不知走哪条路，碰巧迎面走来一位白发老翁。兰星赶忙下马，给白发老翁深深地鞠了一躬，问道："请问老伯，到苏州应走哪条路？"老翁见这书生很有礼貌，便仔细地告诉兰星去苏州的方向。兰星谢过这老翁，骑马加速向苏州奔去。又走了几日，兰星终于来到了苏州城外。呵！城里真热闹，只见男女老少，推车的、担担的、锯锅的、卖蒜的……人来人往，熙熙攘攘。兰星牵马大步流星进了城。

天渐渐黑下来，兰星走进一个"酱帽胡同"，眼前是个"王家老店"。他决定今晚在此住一宿。这时，从店里走出衣着朴素，大约能有五十开外的老太太，看样子是店里的"老板娘"。只见"老板娘"上前和兰星热情地打招呼："天黑了，请公子到店里住一宿吧！"说着，接过兰星手里牵着的马，拴在了马棚里，随后热情地把兰星让进屋里。

由于一路上的颠簸，兰星一头扎进"王家老店"便不省人事……

店里的“老板娘”是个好心人。她今年五十三岁，丈夫姓王。三十二岁那年，丈夫因过度劳累，吐血死去。从此她孤身一人，就以卖花为生，后来她又开了个小店。老太太今天一见这位过路公子病成这个样子，便赶紧请来医生，给兰星治病、抓药。一连七天，经过老太太的精心照料，兰星的病有了很大的好转，兰星感动得不知说什么好。老太太那慈祥和蔼的面容，使兰星忍不住放声大哭。这一哭，把老太太哭得也好心酸。她同情地问兰星：“公子到哪去？是不是有什么伤心的事？说出来也许俺还能给你分忧。”几句话，感动得兰星热泪盈眶。他见眼前是位好老太太，就如实地把那天从学堂读书遇见小燕和苏兰香给他回信一事的前后经过说了出来。老王太太当时听完这些话，不由得心里一惊：“原来他是来找咱们城府小姐的。”但她见这小伙子说话挺实在，便说：“实不相瞒，提别人不知道，要提苏小姐，那真是赫赫有名。公子先别愁，这事俺帮你想办法。”兰星是个聪明人，他听了老王太太的一番话，赶紧从床上跳下，跪在老王太太的面前，“通、通、通”给老王太太磕了三个响头：“老人家，您对我这样好，真不知如何报答，小人只有一个愿望，请收下我这个不孝之子。”老王太太这么大年纪没有儿女，从来没有人在她的面前磕过头。兰星今天这句话，说得老王太太心里热乎乎的，她赶紧用双手去扶兰星：“贵公子请起，这可使不得，如今俺已年老，怎么能连累你这个有才之人。”兰星一听，跪下苦苦哀求，无奈，老王太太只好答应了。她告诉兰星：“苏小姐年方一十六岁，这姑娘生得十分美丽，而且文才出众，真是人中之花，花中之王。苏兰香很少和外人接触，但是她的美貌，她的才华，却像长了翅膀一样，传到四方，人们赞美她是女中君子。倒惹得许多高官贵族的花花公子托人做媒，都被兰香一一拒绝了。”老王太太接着又说：“你要亲自去找苏兰香那可太不容易了，门外有家丁看守，你进不去不算，再说这事要是让苏小姐的爹知道了，那老家伙心狠手辣还得了？”“那您老说可得咋办？”兰星着急地问。“别急，我倒有个办法。我以前卖花，曾多次在苏小姐的府内转悠，到过苏小姐的楼上，苏小姐的父亲和家丁都熟悉我，而且对我印象很好。我这次就以卖花为名，亲自到府内去找苏小姐。”“那太谢谢您老了。”“唉，咱娘俩还客气什么。不过这件事也许能办成，也许办不成，反正你在家等信吧。”第二天，老王太太把多年没使用、落满灰尘的花箱拿出来打扫干净，重新糊上花纸，又到市上买来了许多名花，然后高兴地到苏小姐那里去了。

老王太太来到苏府，正巧家丁大李和二李守门。老王太太主动上前和他俩打招呼：“吆！大李和二李这么多年还干这个差事哪？”“啊，这不是老王太太吗？多年不见了，挺好吧？”“嗨，好什么，开了个小店也不剩钱，这不，又把这个老营生拣起来了。”“你到府来可有什么事呀？”大李问道。“我看看咱们小姐不用花吗？”老王太太笑着答道。大李一听忙说：“小姐这几天病了，急得俺家老爷团团转。你来得正好，那就进去看看吧。”“先别，等一会儿再进，我去禀报老爷。”二李说着，慢慢腾腾地向府内走去。过了一会儿，二李回来了，冲着老王太太说：“老爷请你进去。”老王太太一听心里好不高兴，忙背起花箱，向府内走去。等来到府内的客厅，老财主迎上前说：“王太太多年不见，还干这营生呀？”“别提了，这几年开了个小店也不剩钱，这不是，又把卖花的这个老营生拣起来了。我今天顺便看看咱小姐用不用花，碰巧听大李和二李说小姐病了，所以我特意进来看看。我想去看看小姐，给她拿几束花，也许她心情一舒畅，病还会好一些。”老财主一听，点点头说：“既然如此，王太太，那就请去吧。”说着，便打发佣人把老太太领向小姐楼上去了。

再说小姐苏兰香，自从那天从小燕带来的荷包里看到兰星的信以后，心里早就默默爱上了这位有才华的年轻公子。她每天愁眉苦脸，茶饭不想，身体也渐渐消瘦。这一天，她正躺在床上想着心事，忽然丫环秋菊和秋燕跑上来，说多年不见的老王太太来了，问小姐用不用花，老爷派人给她领来了。苏小姐感到有些奇怪，心里暗暗嘀咕：“老王太太早就不卖花了，今天怎么突然到我这卖起花来了呢？能不能是为别的事来的呢？”想到这，对秋菊、秋燕说：

“请她老人家进来。”“是了!”秋菊和秋燕麻利地跑了下去。不大一会儿，就把老王太太领上楼来。苏小姐强支巴起来，让老王太太落座。老王太太一见，不由得心里一惊：“呀！小姐瘦成这般模样，准是为了……”她心里想着，和小姐拉了几句家常，给小姐递了个眼色，小姐立刻明白了老王太太的意思，就说：“秋菊、秋燕，快下去打水去。”“是了，小姐。”两个人说完便会意地下去了。老王太太赶紧告诉苏兰香：“咱东城外来了个年轻的书生，名叫周兰星，现已落在我家。”苏小姐闻听此言心里咯噔一下，好像清水洗头，立刻惊醒过来：“难道周公子果真进了城?”这句话差点从喉咙里蹦出来。老王太太看了一下苏小姐又说：“周公子来到我家后，一连生了几日病，待他病好后，我仔细盘问他，他才说出了真情，原来是找小姐您来了……”苏兰香听罢，脸上立刻泛出了红润。她见瞒不下去了，只好把这件事如实地告诉了老王太太。老王太太见小姐果真这样有意，就说：“你看是不是想办法和周公子见上一面?”苏小姐想了想说：“四月十八我上庙进香，你老回去可到庙上一趟，和僧徒说一说，让周公子去给管账，这样我就能找机会见他一面。”正说着，秋菊、秋燕从楼下打水走上来。老王太太赶紧小声说：“就这样定下吧，咱们改日再唠。”便转过话题，安慰小姐几句，然后拿起花箱，扔给兰香几束花，告辞了。

这时，周兰香正站在家门口等着老王太太，心里急得简直要着了火。正在这时，兰星发现在远处人群有个卖花的老太太向这边走来，仔细看看，正是老王太太。兰星喜出望外，忙迎上前去：“妈！您老回来了，怎么样了?”老王太太一摆手，轻声说：“瞧这孩子急得，有话回屋说。”进了屋还没等坐下，老王太太就告诉兰星：“我见到苏兰香了。她说四月十八到庙上进香，让我同和尚说一下，叫你去给管账，她好找机会见你一面。明天我就去跟和尚说一下。”第二天，老王太太来到了东崖庙。此处乃当时的名胜，四面环山，依山傍水，古刹巍峨。老王太太走进庙里，发现有个僧人正在教徒弟们练习拳棒。老王太太一看这僧人好面熟，走到近前一看原来正是以前和自己熟悉的罗雨老和尚。罗雨老和尚这时也发现了老王太太，他忙热情地迎上前去。双方相互说了几句客套话后，老王太太把来意说给了罗雨老和尚。当罗雨老和尚听说老王太太要求让儿子给管账时，奇怪地问："这么些年我咋没听说您有儿子？""这是我前年在东边外过房的儿子。"老王太太假编了一套话。老和尚想了一下说："那好，用谁当不了用，四月十八那天你就让你儿子来吧。"

一晃，四月十八到了。兰星这一天早早就来到了庙里的东厢房里写账，他有意把门半掩半开着。正这工夫，从外面来了一伙人，抬着花轿，吹吹打打向庙里蜂拥而来。里边坐的正是苏小姐，她今天来得也特别早。苏小姐下轿后哪有什么心思去烧香还愿，但不得不走形式。她趁家丁们不注意，偷偷地来到了东厢房。与日盼夜想的周公子就要见面了，兰香的心怦怦直跳。不知哪来的劲头，到了这时，苏小姐的胆子反而大了起来，她索性推门和兰星相见……

两个人有千言万语想倾吐出来，可因这不是久留之地。兰香因一时感情的冲动，慌忙中竟把多年戴在手腕上的玉镯送给了兰星。等回到府后，兰香猛然觉醒出来，不由吓出了一身冷汗："坏了！我怎么这样糊涂，把这致命的东西送给了周公子呢？不行，我得想办法拿回来。"等兰星回到家把这件事跟老王太太一说，老王太太也大吃一惊："这可闯祸了！家有家法，铺有铺规。小姐带的玉镯没了，那还得了？""这可咋办？"兰星也害了怕。老王太太说："先别急，明天我再亲自去一趟。"第二天，老王太太背着花箱又到了府里，来到小姐楼上，正好小姐为这事发愁呢。等老王太太把玉镯偷偷交给她时，小姐这才松了一口气。临走时，兰香又告诉老王太太："俺爹病好，准备在府内的西大院里许七天大戏，五月初五开台。您老告诉周公子，趁这个机会来看戏，我坐在西北角最高台上等他。另外我这还有一套雪帽襕衫，[1]您拿回去，让周公子在看戏那天穿上它，这样谁见到他都会闪道。"

这一天，老财主许戏之日到了。苏府内的西大院里灯火通明，

[1]雪帽襕衫：古时官兵的一种服装。

人声嘈杂。兰星也挤在西北角看台下面的人群里。不大工夫，打起了头遍开台锣鼓。苏小姐趁别人不注意，把早已写好的纸条搓成个纸团，扔给了周兰星。兰星拣起来打开一看，见信上写道："今晚府内人少，你找机会到我楼上……"

兰星高兴万分，趁杂乱之机偷偷地摸向苏小姐的楼上。哪知兰星摸来摸去却摸进了茅楼，一不小心半个身子掉进了茅坑里。兰星赶忙爬出来，好歹找到了小姐的闺房。兰星一想，小姐的屋子这么干净，给弄脏了可咋办？干脆，到梳妆台的布围子底下待一会吧。

扔下兰星不提，单说苏兰香，哪有什么心思看戏，她见已打完了两遍开台锣鼓，就对身边的两个小丫环说："秋菊、秋燕，我身体不舒服，回去一趟，你们在这好好看戏。"秋菊、秋燕赶紧说："小姐，那俺们送你回去吧。""不，不用！你们俩安心看戏吧。"苏小姐说啥不让送。秋燕年龄小，贪玩，心说："不让送更好，在这看戏多有意思。"想到这，她给秋菊递了个眼色，秋菊会意地点点头，忙说："那小姐可得小心点啊！"说着便坐下来看戏。

苏小姐回到楼上推门不见有人，心里凉了一半。忽然，她觉得屋里有一股臭味扑鼻而来。哪来的怪味呢？苏小姐一想，"坏了，准是周公子掉茅楼里去了。"她左右一瞧，发现梳妆台底下好像有个人，上前揭开毛毯一看，里边果真是周公子。"无用之才，怎么掉那里去了呢？"苏小姐又惊又喜又心疼，忙用手去拉兰星。可她毕竟是小姐，一时被那股臭味熏得直恶心。她一想还得把秋菊、秋燕找回来，便对兰星说："行了，你还到这里委屈一会儿吧。"说着，赶紧下楼找秋菊和秋燕去了。

秋菊和秋燕看戏正看得起劲，忽然秋燕发现小姐又回来了，她和秋菊小声说："真倒霉，刚看这么大一会儿她就回来了，又看不成戏了。"苏小姐走到两个人的跟前说："你们俩少看一会儿，回去给我烧半锅水，我洗洗身子。"秋菊心里也老大不高兴："真折腾人，无缘无故洗什么身子。"秋燕说："小姐，那你给俺占座，俺俩这就烧。"说着，扯起秋菊麻利地跑回烧水去了。没多大工夫，秋菊和秋燕跑回来，说水已烧好，请小姐自去洗身子。苏小姐一听赶紧起身，临走时一再嘱咐秋菊和秋燕："你们俩赶紧看戏吧，我回去洗身子，千万别回去乱开门啊！""放心吧小姐，俺们一定不回去捣乱。"两个人一齐答道。小姐刚走，秋燕捅了一下秋菊："哎，小姐今天怎么一劲嘱咐咱不让回去呢？是不是……"还没等秋燕把话说完，秋菊忙打断秋燕的话说："快看戏，哪有那么多话。"

苏小姐回到楼上，让兰星把外衣脱去，扔进了后花园的枯井里，然后让他洗好身子，换上一套当时有名的襕衫。兰星穿上这套服装，显得格外漂亮。夜深了，闺房里只有两个人的窃窃私语。就这样，兰星被留在了楼里。一来二去，秋菊、秋燕都感到纳闷："以前每天给小姐拿一桌酒席吃不了，现在每顿饭还好像不够。"秋燕嘴尖舌快偷偷地问秋菊："你说咱小姐楼上是不是有人来了，要不然这几天饭咋不够吃了呢？""别瞎说，让小姐听见了，咱俩这碗饭就别想吃了。以后再别这样多嘴多舌的。"秋菊拦住秋燕的话。从此以后，小姐每天不是让秋菊和秋燕下楼拔花草，就是让浇水莳弄花。渐渐地，这些事被兰香的大嫂看在眼里，心里犯了疑。这一天，她走进花园，来到秋菊和秋燕两个人的身边轻声说："你们俩这几天咋总在花园里，忙些啥呀？""可别提了！大嫂，我说话你可别往心里去，端人家碗，就得服人家管，让干啥就干啥呗。"秋燕在一边答道。兰香大嫂听了这话，心想，这里准有事，何不去窥探一下。她悄悄上了楼，刚走到苏小姐的楼门口，忽听里面有一个男人和小姐小声说话，兰香大嫂立刻明白了八九分。她偷偷趴在门缝往屋里一瞧："呀！好漂亮的一个年轻公子！咱小姐真有两下子。"兰香大嫂决定进屋试探一下，她慢慢咳嗽了一声，屋里立刻没动静了。接着兰香大嫂喊了一声："兰香开门哪。"这突如其来的喊话把苏小姐惊呆了。她急忙让兰星钻进自己的衣柜里，然后把门打开，装着若无其事的样子把大嫂让进屋里。俗话说："没有亏心事，不怕鬼叫门。"小姐心里有事，想憋也憋不住，羞得满脸通红。兰香的大嫂坐了一会儿，假装开玩笑说："小姐这几天咋没下楼啊？是不是和哪个漂亮的公子打交道哪？"兰香一听这话心里咯噔一下，可她还是故作镇静地说："你愿坐就坐一会儿，不愿坐就给我走。""呅！还翻脸了呢。好吧，今天咱就打开天窗说亮话，你刚才和谁说话？你要是不说实话，我就去禀报老爷！"兰香的大嫂恐吓着。兰星待在衣柜里听得真真切切，他想："如果真的禀报了老财主，那小姐的命岂不没了！一不做，二不休，扳不倒葫芦洒不了油，人在花下死，死了也风流。干脆，出去给兰香的大嫂赔个礼，也许还能成。"兰星想到这，猛然从衣柜里钻出来，扑通跪在兰香的大嫂面前："给嫂子请安！周兰星向您请罪，祈求您千万别把这事告诉老爷。"苏小姐在一旁却傻了眼。兰香大嫂见这位年轻漂亮的公子很有礼貌，便急忙上前把他扶起："公子不必害怕，我愿成全你们永远相爱！""谢大嫂！"兰星感恩不尽。兰香也很感动，也跪在大嫂面前："向嫂子请罪，方才不该……""啧啧！快起吧。本来就爱漂亮公子嘛，还要犟嘴。行了，你们俩放心好了，这事我当嫂子的应该帮忙。"兰香的大嫂说完，忙告辞了他俩。

兰香的大嫂走了以后，兰星和苏小姐都好像怀揣兔子，忐忑不安，不知大嫂回去以后将发生什么意外。七天过去了，没发生意外，两个人这才渐渐安下心来。再说兰香的大嫂，自从在苏小姐楼上遇见这件事后，心里反复思考："我怎么能成全这位年轻公子和小姐的婚姻呢！"想来想去，她终于想出了一条妙计。

这一天，兰香的大嫂跟丈夫说："我好长时间没回娘家了，明天我得回去看看，去去就回来。"她丈夫一听马上答应道："那你就回去住两天呗，好在你在府内也不做什么。"第二天，兰香的大嫂从府内叫了一辆车，拿了几件东西便上路了。半道上，兰香的大嫂跟车老板说："我回去弄点骨头有用，这事你对任何人也不要说。"说着，从包里掏出两块银子塞进了车老板的手里。车老板见钱眼开，忙说："你放心好了，这事我谁也不能说。"到了娘家后，兰香的大嫂让弟弟小四拿麻袋出去拣了半麻袋骨头回来，然后再三嘱咐小四："千万不要对别人讲出这事。"随后，兰香的大嫂把装着骨头的麻袋藏在了车上。吃完晚饭后，当天晚上就返回府里。

兰香的大嫂赶忙来到小姐的楼上，告诉兰香："今晚三更你和周公子从后角门逃走，这样我就可以成全你们的好事……"当晚，打完了三更梆子，更夫睡觉去了。兰香大嫂偷偷地把后角门打开，放走了苏小姐、周兰星和丫环秋菊、秋燕四个人。随后兰香的大嫂又重新把后角门锁上，回手到小姐楼上，把麻袋里的骨头倒在地上，然后划着一根火柴，把小姐的楼点着了。

兰星和小姐四个人出门备马，回头见小姐楼上着起了大火，全都明白了兰香的大嫂做的一切。为了赶紧离开这是非之地，兰星头前开路，领着三个人飞快地向周家庄奔去。等到更夫发现时，小姐的楼已经烧塌架子了。更夫吓得惊慌失措，赶紧"梆、梆、梆……"地敲打梆子，边敲边喊："不好了，小姐楼上着火了！"家奴院工被急促的梆子声和喊声惊醒了，一个个慌忙爬起来，拿起钩叉铁齿向小姐楼上跑去。兰香的大嫂也假装拿着工具去救火。等家奴院工把火扑灭进去一看，屋子里只剩下一片焦骨头。老财主急得七窍生烟，第三天就死了。

兰星骑马领着苏小姐和秋菊、秋燕走了半个多月，这一天终于来到了周家庄的村口。兰星让她们三个人在村口等一会儿，自己先回去打听一下。兰星骑马往村里走去，正好发现井台有个老头挑水。兰星下马鞠躬："老人家，借个信，周员外还在此地吗？"老头子一听这话，扔下水筲就往回跑。闹得兰星又纳闷又好笑。不一会儿，就见那个挑水的老头领着两位老人一前一后向这边走来。等到近前一看，正是自己的父母。二位老人瘦成这个样子，兰星心里非常难受。他"扑通"一下跪在老员外和老母亲的面前："爹娘，孩儿兰星回来了。"周员外和老伴真不敢相信自己的眼睛。兰星母亲说："孩儿呀，你是兰星吗？""娘，我是。"母亲一听，上前抱住兰星放声大哭。兰星擦着眼泪说："娘，您老别哭了，免得伤了身体。二老先在这等一会儿，我去把您儿媳妇领来。"兰星说着，骑马跑出村外。过了一会儿工夫，兰星把兰香和丫环秋菊、秋燕领到二老跟前，乐得老两口合不拢嘴。老员外和老伴赶紧把苏小姐和两个丫环领到家里。当兰星看到自己家的房产已经卖掉，自己的父母又住进这个破破烂烂的草房时难受极了。老员外早已看出儿子的心情，说：“不用愁，孩子！俗话说得好，‘船破有帮，帮破有底，底破还有三百六十个钉子。’咱的家产虽然光了，可地里还埋着卖家产的‘干货’，明天咱就雇瓦匠，修盖房子……”兰星和兰香几个人一听很高兴。就这样，苏兰香和秋菊、秋燕在这安心住了下来。兰星仍然继续读书。没过多久，四合房子盖好了，兰香带着秋菊和秋燕搬进了亮亮堂堂的四合院里……

这一年，正是大比之年，京城顺天府招考。兰星当即赶去应考，一考考了个头名状元。兰星做了官以后，没过一年就把自己的父母、苏兰香、秋菊、秋燕，还有老王太太和兰香的大嫂，全都接进顺天府，安安乐乐团圆了。

讲述： 李景太　55 岁　农民　私塾二年

记录： 郭树仁

1982 年 9 月 10 日采录于南屯基镇青山村 3 组

不长庄稼的地

过去拉拉河一左一右都知道有个姓周的地主，因为他说话“结结巴巴”，大伙都叫他“周喀巴”。别看他说话挺笨，心眼可又阴险又毒辣，待长工那尖酸刻薄劲就更甭提了。背后大伙都管他叫“周苛薄”，也有的骂他“周恶霸”。

周喀巴在这一带横行霸道可算顶顶出名。他爹当家那时候，周家的土地方圆不过百十垧，自从到他的手上，他像个老母猪似的，到处连拱带扒，把地扩大到几百垧。周喀巴占地是啥招损，用啥招，他有一句口头语：“不是自己的地不长庄稼”，这句话不知坑了多少穷人。有一年闹大旱，一冬一春干得连一丝雨水也没落。周喀巴把粮食积了好几十囤，穷人别说吃粮食，就连地里的草根树皮都吃得净光，一春家家户户都没种子种地。咋的也得把地种上啊！没办法，只得上周喀巴那里去借。周喀巴一看，可真照自己的道来了，就结结巴巴地说：“有种你……你们也白……白种，不……不是自己的地，不长庄……庄稼。”大伙一听，准知道他又要出坏道了。可总得说个理呀！“我们那地不是自己的还是你的吗？谁种上都能长庄稼！”这一说不要紧，他眯缝着小眼睛阴险地说：“哼！老……老天有……有……有眼，穷……穷富分明，那地早先也不……不是你们的。不信你们就试……试试看。”说完他甩身回后屋和小老婆抽大烟去了。

大家伙连一粒种子都没有，拿啥来种呢？就这样，这一年让他霸占了几十垧。

那节骨眼就要到“芒种”了。俗语说：“过了芒种，不可强种”。周喀巴一想：地我是弄到手了，要不抓紧种上，不也白搭了吗？别看他嘴笨，肚子里可净是花花肠子，他眼珠子一转想出一个道道来。太阳都下山老半天了，长工们才从地里收工回来，一进厨房就闻到一股豆腐味。周喀巴马上嬉皮笑脸地走出来，对长工们说：“今天我花……花大价钱买……买了几十垧地。快到芒种了，大家还得辛……辛苦辛苦，把地给……给……给我种上。从……从今个起，每天加半……半宿的班，回来我给吃……大豆腐，包管吃……吃个够。”大家伙一听，心中明白了八九分：一定是周喀巴又霸占穷人的地了。可是给人扛活，身不由己呀，干吧！每人啃了两个糠饽饽就又下地了。直到半拉夜，一个个筋疲力尽地回来了。干了一天零半拉夜，肚子饿得难受，满以为回来可以吃顿大豆腐了，可是端碗一尝，不是味呀，又涩又苦！看看做豆腐的老大爷，一声不吱地蹲在一边，低头“巴儿巴儿”地抽烟，周喀巴还结结巴巴紧念叨：“这豆腐我……我们都没舍得……舍得吃，特意留……留给你们吃的。”大家伙越吃越不是味，越听越生气，真想把碗摔了，骂他一顿，可又一想，也许是豆腐倌把卤水点重了？咳！都是苦命人嘛，将就吃点吧。周喀巴看大伙一声没吱，才洋洋得意地走了。做豆腐的老大爷望着周喀巴的背影，狠狠地吐了一口，转身从缸后端出一盆水豆腐，放在长工面前说：“你们吃这个吧！”大伙都愣了：“这是怎么回事呀？”老大爷看大伙蒙在鼓里，才给周喀巴揭了盖子：“你们吃这豆腐是猪都不吃的碎豆瓣子做的，好豆腐他留着自己吃，还吓唬我不让对你们说。我偷偷给你们藏了一盆，快吃吧！”大伙一听是又感激又气愤，有个新来的长工说：“怪不得‘喀巴’一门说是特意给我们留的，原来是猪都不吃的东西啊！”一个老长工说：“这家伙对穷哥们这么阴损，霸占咱们的房子、地不算，还‘调里’咱们，我看咱也得想办法惩治惩治他！”大家伙都异口同声地说：“对！”半夜里，大家伙在炕上，核计了一个对付周喀巴的办法。

第二天，种绿豆时，大伙在地上挖一个大坑，把种子全倒在坑里，用土埋好，还盖了块大石头。不几天，长工们就起早贪黑把周喀巴新霸占的几十垧地全“种”上了。

一晃十天过去了，地里没出苗。又过了几天，地里还是一棵小苗也没有。周喀巴可急了，指着长工的鼻子尖问：“你……你们怎么种的？地里怎么还……还没出苗？”大伙心里有数，只是诙谐地说：“东家别着急，你的地还能不长庄稼吗？”周喀巴无奈，也只得回去耐着性子等。

又过了几天，周围的地都绿油油的一片了，周喀巴那几十垧地还是黑秃秃的，只长了点小草和野菜。周喀巴心里开始纳闷，就顺着一条垄往出扒种子；累得他满头大汗才扒到地头，可是一粒种子也没见着，抬头一看，呆了。地头那块大石头被拱了起来了，石头下密密麻麻地长着豆芽脑袋。这下可把他肺子都要气炸了。他挺着大脖筋去找长工，“结结巴巴”地大骂起来：“你……们这是成心和我捣……捣蛋！我、我一定要扣你们的工钱！”大伙说：“东家，你扣我们的工钱就不对了。”周喀巴更“喀巴”了，说：“怎……怎么不……不对？”大伙说：“东家不常说吗？‘不是自己的地不长庄稼’，这地从前也不是你的，它不长庄稼怎么能怨我们呢？”

周喀巴气得眼睛直往上翻，真是王八掉在灰堆——又憋气又窝火。结巴了半天，一句话也说不出来。

讲述：孙大爷　59 岁　农民

记录：李　黎

1984 年夏采录于拉拉河镇

鞭打芦花

从前，有这么一家姓赵，两口子领个三岁的儿子过日子，儿子名叫大福。一次大福娘得了重病一命归阴，大福爹又娶个老婆秦氏。过了一年，秦氏又生个儿子，取名二贵。没有二贵那暂，秦氏对大福还挺好，自从有了二贵可就变了。当着丈夫的面倒还可以，可背后对大福不是瞪，就是骂。一来二去，大福和二贵都长到十多岁了。这年夏天，秦氏把大福和二贵叫到跟前说："你们都长大了，都要替你爹干点活啦。二贵，你跟你爹上瓜园看瓜去，瓜田里忙不过来。大福，你到葱地去看大葱去，看大葱轻闲，没事别回家，丢了葱我可和你算账。"哥俩分头走了。大福到了葱地搭个窝棚挡风避雨，饿了就吃大葱，回家怕挨打，有时候回家取点大酱赶忙得往回跑。再说二贵在瓜园东跑西跑，成天挑最好的香瓜吃。过了一个月，哥俩都回家了，大福胖得四方大脸，二贵却瘦得皮包骨。秦氏心里暗暗发恨，这个该死的大福，没喂狼倒吃得还挺胖。

冬天来了，秦氏给大福和二贵一人做一件棉袄，当着大福爹的面说："你看大福的棉袄多厚，他死了亲娘，我不照顾谁照顾，我把最好的棉花都给他絮上了，省着他冷。剩下不点儿棉花好歹凑合件小棉袄给二贵，二贵是我生养的，怎么都行。"大福爹一听乐了，忙夸老婆："像你这样的后娘真少哇！"一天，天气特别冷，北风呼呼直响，那个冷劲儿，穿上皮袄也受不了。大福爹告诉大福，家里草不多了，你把牛赶出去啃啃荒，你棉袄厚，二贵棉袄薄，别让他去了。大福赶牛走了，走不远，浑身就让西北风打透了，冻得他脸色青紫，直打牙帮骨。大福实在受不住了，就跑回了家。秦氏一看大福刚出去这么一会儿就回来了，丧着脸说："回来干啥，不好好放牛？"大福害怕地说："我冷！""什么？穿件半尺多厚的棉袄还嫌冷？我看你啥也不想干。他爹，还不管教管教你这个好儿子！"大福爹一听也来气了，夺过大福的放牛鞭，劈头盖脸朝大福打来。大福吓得跪在地下，两手抱着头。大福爹两鞭子下去，棉袄被抽开了，又打了两鞭子，棉花飞得哪都是。“嗯？棉花怎么一抽就碎了呢？”大福爹纳闷了。仔细一看，呀！这可屈了孩子了，原来这棉袄都是用芦苇花絮的，哪能不冷？这下子大福爹明白了，回过头，拽住秦氏的头发，一下子就把秦氏造个仰巴叉，噼里啪啦就是一顿鞭子。秦氏吓得直溜溜地跪着求饶：“他爹，你饶了我吧！我再也不敢这么做了，往后我要再对大福不好，你就宰了我。”从此，秦氏再也不敢虐待大福了。

讲述：王冬梅　女　55岁　农民

记录：刘振翔

1982年4月采录于横道河镇三好村5组

秋　红

从前，有这么一个村庄，庄南头有一条大河。庄里有个书生姓沈，叫“沈文”，父亲在世时是个地方官。他有个邻居是个商人，商人的女儿叫“周秋红”。秋红和沈文从小就喜欢在一起玩耍，后来父母就给他们请来个先生教他们读书。从此，他们便一起读书，一块作画，形影不离。这一年初冬，沈文的父亲病重躺在床上。这时，秋红的父亲突然回到家，把秋红拽上车，硬把她带到上游河岸王氏那里去了，没想到秋红和沈文从此就断绝了音信。

一晃三年过去了。一天，沈文照例来岸边散步，猛然发现岸边有一个人躺在那里，他急忙跑过去一看，这不是自己日夜想念的秋红吗？他跪在地上去抓秋红的手，想要喊醒她，可他还没等喊出口，就被眼前的情景吓得“哎呀”一声，坐在了地上。沈文抓起的是血淋淋的手臂，手已经没有了。刹那间，他从地上跳了起来，抱起秋红，发疯一样朝家跑去……

秋红的双手怎么没有了？这得从她的后娘王氏说起。

王氏是个脸美心毒的娼妇。她曾害死亲夫，和一个强盗勾搭上了。为了弄到钱供他们享受，她便假意嫁给了周商人。商人出外经商，她就和奸夫花天酒地挥霍钱财。谁知在秋红十八岁这年，周商人在经商途中，不幸翻船身亡了。从此，王氏失去了财源，觉得留着秋红没有用了，于是决定害死秋红。

王氏想让奸夫去除掉秋红，但奸夫是个好色之徒，她又不放心，只好花钱收买了恶棍张三，万没料到这个恶棍为了省事没杀秋红，把秋红的双手剁下来，就把她扔进了河里。谁知秋红不但没死，还见到了情人。经过沈文母子的精心照料，秋红的身体很快就恢复了健康，可生活却不能自理了。

转眼，过去两年了，沈文要去应考了。一天晚上，沈母忙着给沈文打点行装，沈文坐在桌旁对秋红说：“等我考试回来，咱们就成亲吧。”听到这话秋红的眼圈都红了。

沈文告别了母亲和秋红，在路上走了一个多月，来到京城，经过考试顺利得中了头名状元。

再说秋红，自从沈文走后，就盼着沈文的音信，一个月、两个月过去了，没有消息，三四个月又过去了，还是没有消息，不觉有些担心："他若中了状元，真的能娶我吗？状元找啥样的没有，要一个没手的多难看哪？"

一天下午，终于有人送信来了。秋红急忙抖开，不看则罢，一看险些昏倒！信的大意是：告诉母亲，我中了头名状元，很快就要回乡，秋红是个无手女子，在我家有失状元体面，让她快快走开……

秋红走了，她走啊，走啊，一头扎进了一条大河。

秋红投河之后，被一个慈善的神龙托起，把被张三扔到大河里的秋红的双手还给了秋红。

不知过了多久，突然，觉得有人把她推上了岸。这时，恰巧被一个卖豆腐的李老汉发现了，就把她背回家中。李母给她熬了去寒暖身的姜汤，让她喝了下去。不多时出了一身汗，她觉得身上舒服多了，支撑着要坐起来。当她用手臂触炕的时候，发现和以往不同，低头一看，喜得她喊出声来："我的手！"她把手举到眼前，仔细地端详起来。

再说沈文，考中了头名状元非常高兴，就提笔写了一封家信。回到家才发现这封信被人给换了，秋红也被逼走了，急得他的心像猫挠一样难受。他立刻回京追查送信人，才知道送信人在路上，在一家店中喝得大醉。沈文立即下令传来店主，经审问才知道，店主正是秋红的后娘王氏。那天，送信人住在她的店里，她把送信人灌得大醉，搜出状元的家信，想出这么一个阴险的毒计。王氏和奸夫招供后，双双被判处死刑。同时在各地张贴寻妻告示，对知下落者，重赏。

秋红被救后，给无女的李夫妻做了义女。老夫妻非常疼爱她，把她视为掌上明珠，秋红也把老夫妻当成亲父母一样孝顺。秋红有了双手就不让义父做豆腐了，而是作画让义父上街去卖。一天，李老汉又去卖画，看到了告示，就揭了下来，拿回家里。卫士一看有人揭告示，就立即回去报告。沈文听后大喜，马上命人抬轿去接秋红。

沈文和秋红终于相见了。从此，他们更加相亲相爱了。

讲述：王凤术　农民

记录：宋凤霞

1983 年 11 月采录于横道河镇治安村 1 组

鞋匠应考

很早很早以前，有一个掌鞋的。一天，他坐在一棵老柳树下给人补鞋。这时，从南边来了一个书生打扮的人，肩上盘着一个布褡子，走到鞋匠身边，坐在地上，脱下磨破了的鞋让鞋匠缝。鞋匠一边缝一边问道："先生，你贵姓?""我姓张。""你这是干什么去?""我准备去京城赶考。"补鞋匠一听，高兴起来："哎呀，那太好了，我也想进京城赶考，就是不知道路，这回，咱俩一起走好吗?""好。先生，你贵姓?""我姓李，你就叫我李鞋匠吧。"说着话，李鞋匠缝好了鞋，把收拾好的补鞋家什托付给邻居，就和书生一起朝京城走去。

一天，两人走到一个乡道上。地里的农夫正在犁地，张书生见此情景，说道："真乃山青草绿，遍地野金牛是也。"李鞋匠暗暗记在心里。

春末夏初。一天雨后初晴，道路很不好走，他们俩每走一步，脚下就卷起片片泥土。张书生随口说道："雨后天晴，日晒沙泥卷。"跟在身后的李鞋匠听了，偷偷地在心里重复着。

走过乡路，又走进了林中小道。李鞋匠看见一只乌鸦低头吃食，说："这只乌鸦，过来人它也不走。"张书生说："这叫乌鸦见食不抬头。"他们又往前走了能有五十多步远，只见一只狼狗在追赶着两只野兔，它一会儿追这只，一会儿追那只。李鞋匠说："这狼狗真傻，光撵一只兔子不就抓着了!"张书生道："一犬撵俩兔，俩兔各自逃也。"

说说唠唠，转眼进了京城。在城门口，贴了一张图。李鞋匠不认识字，问张书生："这是写的啥?"书生道："这是一张图，图里有一百个字，让你识。旁边写的是：'谁识中其中百字，本皇愿招为驸马，限期百天，能者揭图'。"李鞋匠听了误将"识"字当成"十"字，便挤进人群，揭下图来。

这还了得!卫兵立刻问他："你为何揭下此图?""我十字十

字，一字不识！”卫兵一听心里暗想：此图贴出九十九天没有一人敢碰，今有一人只不认识其中一个字，也是一大收获，问清了姓名，便跑进皇宫，报告皇帝。皇帝一听大喜，告诉安排好食宿，又叫人告诉他的大女婿和二女婿，明天来宫考考这位“李先生”。

第二天，在皇宫的会客堂中，摆下了酒席。皇帝的大女婿是头名状元，二女婿是翰林学士，各坐一旁，李鞋匠坐在当中。酒至半酣，状元问道：“先生何日从家而来？”“山青草绿，遍地野金牛之也。”状元一听大惊，我从未有过如此惊人之句呀！于是放下酒杯，埋头吃饭，不敢抬头。过了一会儿，学士又问：“不知先生读过多少书籍？”“雨过天晴，日晒沙泥卷！”学士一听，顿感望尘莫及，只好低头吃饭，不敢言语。李鞋匠看此情景，不觉大笑：“真是乌鸦见食不抬头。”状元和学士一听，这不是骂我嘛！撂下饭碗，跑出门外，各分东西而走。李鞋匠追到门口，左右一看，“嗬，一犬撵俩兔，俩兔各自逃也！”连他自己也骂了。

两个女婿跑到岳父面前，都说：“李先生才学过人，儿等望尘莫及。”皇帝听了，心里一阵欢喜。但又一想，招驸马不可轻率，又请来老丞相再考考李鞋匠。

第三天，老丞相来到李鞋匠面前，对视一会儿，伸出一个手指。李鞋匠想：“这是怎么回事？我伸它两个。”老丞相一看，又伸出三个手指，李鞋匠又伸出了五个。老丞相想了想，拍拍后脑勺，李鞋匠眨眨眼睛，摸摸眼眉毛。老丞相一看，吓得跑回去。见到皇帝，忙说：“此人雄心臣子不及也。”皇帝问他是怎么考的，老丞相说：“我伸出一个手指，是说我的指令可以一日千里；他伸出两个手指，是说他的指令可以两步登天；我伸三个手指，是说我能管三山五岳；他伸出了五个，要管五湖四海；我拍拍后脑勺，说我准备当个老寿星；他摸摸眼眉毛，说他要当白眉大仙。总比我高一大截。”皇帝听了，又是一阵欢喜：三小婿若有如此雄心，我死亦瞑目矣！随即将女儿许配给鞋匠。择了婚期，大操大办不提。

一日，皇帝与鞋匠闲唠，问道：

“贤婿，月前丞相来此，他伸出一个手指，你为何伸出两个手指?"

"陛下，他伸出一个手指，意思是问我在鞋上补一块皮子得多少钱，我伸出两个手指，告诉他一块皮子两文钱。"李鞋匠答道。

"丞相伸出三个手指，你为何伸出五个手指?"

"他问我补三块皮子多少钱，我寻思少算他点，就告诉他得五文钱。"

"丞相摸摸后脑勺，你又为何摸摸眼眉毛呢?"

"他意思是想后天给我钱，我说我'眼眉前'就等着用。"皇帝一听大怒："啊！闹了半天你是个补鞋的呀?"

讲述：王永谦　31 岁　工人

记录：刘丰年

1981 年 9 月采录于东丰镇

香嫂

听上了年岁的人讲，很早很早以前，有一位年轻俊俏的小媳妇，名叫“香草”。香草手脚勤快，心眼好使，谁家要是有个大事小情的，她总是断不了忙上忙下的。村子里的穷人没有不喜欢她的，人们都亲热地叫她“香嫂”。

香嫂的男人在外面跑买卖，家里只有香嫂一个人领着一双儿女开个小卖铺，靠着卖点零零碎碎的东西度日月。

在香嫂住着的那个村子里，有三个坏家伙，一个叫杜大，一个叫赵二，一个叫张三。他们整天游手好闲，偷偷摸摸不算，还仗着自己胳膊粗力气大，到处横行霸道，抢男霸女。他们对模样长得好人又聪明的香嫂眼馋得直淌哈喇子。

一天晚上，香嫂收拾完了碗筷，正准备上炕睡觉，忽然看见箱子底下有一只男人的脚露在箱帘外面。她没有声张，上炕把睡熟的孩子抱了起来，照着孩子的屁股就掐了两把。正在熟睡的孩子被掐得“哇哇”直叫，哭声惊动了左邻右舍，都忙三火四地赶来。香嫂向众人打了一个手势，众人望去，一见箱帘下面那只露在外面的脚，顿时明白了，只听有人喊：“来贼了，抓贼呀！”大家“呼”地一下拥上去，把箱子底下的那个人拽了出来，不由分说，大家你一拳头，我一巴掌，“噼里啪啦”地打了起来，直打得那个人“妈——妈——”直叫，连声喊：“别打了，别打了！是我呀！”香嫂说：“打的就是你！”那个人捂着脑袋连连求饶：“哎呀！别打了，我是杜大呀！”香嫂一听，故作惊讶地说：“哎呀，是杜大呀，大家快住手。”说着把小油灯端了过来，往杜大脸上一照，只见杜大被打得鼻青脸肿，像一堆烂泥瘫坐在地上。香嫂说：“杜大，真不知道是你，黑灯瞎火的，来干什么？”杜大吭吭哧哧地也没说出个四五六，灰溜溜地走了。大家望着杜大的背影，捂着肚子笑得前仰后合，心里非常解恨。

杜大想调戏香嫂未成，反被毒打了一顿，有苦说不出，心里很窝火，回到家里就病倒了，一病就是卧床不起，不久就见了阎王爷。

杜大死了，赵二和张三都恨透了香嫂，起誓发愿地非要治治香嫂不可。

一天夜里，香嫂正在给孩子喂奶，忽然外面有人敲门说："香嫂，你快开门，我是孩子他爹。"香嫂听语气挺像，就把房门打开了，谁知进门的是赵二。赵二一进屋就嬉皮笑脸动手动脚的。香嫂一双黑眼珠滴溜溜一转，一个好主意就来了。她向赵二笑笑："赵二，你大哥反正没在家，你就多坐会儿吧！嫂子给你杀小鸡吃。""叮叮当当"，不一会儿工夫，饭菜做好了。赵二看见桌子上香喷喷的小鸡肉，热腾腾的黄米饭，早就馋得直咽口水，哪还顾得客气，旋风似的筷子早就抡了起来。香嫂坐在一旁，一边和他唠嗑，一边亲热地给他夹菜。忽然，远处传来了狗叫声，香嫂惊慌地说："赵二，你快吃、快吃，我才想起来，今天是初五，你大哥准回来了，你听村东头有狗咬。"赵二见香嫂那害怕的样子顿时慌了神。平日里他就害怕香嫂那个五大三粗的汉子，一听香嫂这么一说，更胆突了，大一口，小一口，狼吞虎咽地吃起来，滚热的饭菜烫得他直伸舌头。香嫂给他舀了一碗从井里刚打上来的凉水，让他夹黄米饭蘸凉水吃。他把蘸凉水的黄米饭和细嫩的小鸡肉塞满了肚子，就急急忙忙地往回走。黄米饭虽然外皮凉点，可里边还是热的，半路上，烫得他肚子拧劲地疼，在地上直打滚，回到家里就病倒了。

赵二病倒了，还有张三。他听说香嫂靠着那个小卖铺赚了不少钱，心里头早就打上了鬼主意。一天，他偷偷地来到香嫂家，见四处无人就溜进了店房，撬开钱匣子，把所有的钱划拉了刚要转身走，也不知香嫂从那里冒了出来："张三，你往那里走！俺家有个规矩，凡是抓着了小偷，就不能让他空着肚子走。这有一瓶酱油，你喝完就跑吧，俺男人要是撵上你，准得把你打死！"张三听罢，一扬脖，就把一瓶酱油灌到肚里，转身就跑，一口气跑了二三里地，看看后面没有人，这才松了一口气。张三喝了一瓶酱油，又"呼哧呼哧"地跑了二三里地，让小北风一灌，连累带呛，便得了个喉巴病，喉咙气喘得直不起腰，再也不敢偷人家东西了。

香嫂为百姓智除三害，使人们过上了安宁的日子，大家都从心里感激香嫂，香嫂的美名也就世世代代地传开了。

讲述：孟宪国
记录：孟丽蓉
1983 年春采录于猴石镇

金芝打哈欠

老老年以前，在辽河岸边的一个小村子里住着个杜员外，杜员外有一个女儿叫金芝，年方二九一十八岁。她长得大眼睛毛嘟嘟的，瓜子脸粉嘟噜的，非常招人喜爱。

金芝不但人长得俊，而且心也灵手也巧，她绣的绿水青山、鸳鸯戏水、鱼儿追逐，都活灵活现，像真的一样。她是一个很稳重的姑娘，一天到晚哪也不去，坐在绣楼里一心一意地绣花描云。

一天，金芝坐在绣楼里绣花，身体很不舒服，打好几个“哈哧”也没打出来，针一抖把手扎出血了，她轻轻地叹了口气说：“唉，手拿绣针针扎手，干等你来你不来。”这话恰好被窗下走过的嫂嫂听见了，心里犯了合计：“干等你来你不来”，这是啥意思呢？哼！姑娘大了总是留不住啊！怪不得她这几天愁眉不展，总是坐在窗前闷闷不乐地绣花，准没好事，我何不添枝加叶地到婆婆那奏她一本，借着这个因由把她撵走，等到公婆死去，家里的一切不就成了我的吗？她越想越高兴，径直奔婆婆的房间走去。见过婆婆先是闲唠了几句，然后说：“妈妈，儿媳心中有一事，不知该不该讲？”她婆婆说：“什么事？不要为难，只管讲吧！”儿媳一听又说：“妈妈，我说这话你信也好，不信也罢，可千万不要生气。妈妈，我最近发现金芝坐在窗前绣花，总和墙外过路的男人眉来眼去，勾勾搭搭的。几天工夫人就折腾完了，变得面黄肌瘦的，恐怕是怀胎了。”她婆婆一听脸都变白了，连忙说：“这怎么可能呢？金芝门不出，不会有这种事的。”儿媳见婆婆不相信，就把金芝刚才说的那句话又添油加醋地重复了一遍，然后又说：“妈妈，金芝还没出阁就怀了胎，这事要是声张出去，好说不好听啊！咱们老杜家的门风可全都被她败坏了，还不如趁外人不知道把她赶出去算了。”孩子是娘身上的肉啊！老太太能舍得把金芝赶走吗？她半信半疑地奔姑娘绣楼走去。来到绣楼，见金芝正坐在窗前，眼睛瞧着窗台上的一盆菊花，十分认真地照着绣呢。老太太走上前去，指着那盆菊花说："墙里栽花墙外奇，这朵鲜花真不离，行路君子把花采，花要打籽算谁的？"金芝听罢心里明白了八九不离十，她接着说："墙里栽花墙外开，母亲说话不应该，每天绣楼习针织，这种闲话从哪来？"女儿说完，老太太听了以为她嘴硬，就把刚才的事一五一十地说了一遍。金芝听完，捂着肚子乐得前仰后合，她说："妈妈，我说干等你不来，是打哈欠干打也打不上来，把我手扎了，我是一赌气指着哈欠说的。"妈妈听了，知道错怪了女儿，放心地走了。

事后嫂子知道了这件事的原委，羞得在小姑子面前抬不起头来，打那以后，她再也不敢坏心了。

讲述：孟宪国

记录：孟丽蓉

1984 年 7 月采录于猴石镇

娄朋与尤友

从前，塞北有一个姓尤的员外，他家里有两个儿子，老大叫娄朋，老二叫尤友。这真是件怪事儿，一家的孩子，兄弟俩的姓却不同，这是怎么回事呢？

娄朋的父亲与尤员外是有多年交情的老朋友，两家又多年为邻，相处和睦，往来不分彼此，因为这个，两家曾指腹为亲。可哪曾想，娄家生了个大胖小子，不到六月，尤家也养了个大胖儿子。老天不成全人，两家一核计，只好把两个孩子结为兄弟。娄朋刚满七岁，父母相继去世了。看娄朋无依无靠，尤家便把他接到家中抚养。从此，娄朋和尤友相互称兄道弟，很是亲热。小哥俩吃在一桌，玩在一块，睡在一起，形影不离，好似一奶同胞的兄弟。这就是哥俩一个姓娄一个姓尤的来历。

话说这一年，小哥俩到了读书的年龄，员外特意从外地给他们请来一位很有名望的私塾先生，教小哥俩识文断字。刚开始，他俩学得挺起劲，可是过了一年多，尤友逐渐地对学习不感兴趣了。他想：光家里现有的钱财，自己一辈子都享用不了，何苦憋在屋子里费那个牛劲去读哇写的，不如到外边逛逛，那多痛快呀。从那以后，尤友经常瞒着员外出去游玩，放松了学业。

没有不透风的墙。不久，员外知道了，心里很生气。这天他把尤友叫到跟前和蔼地告诉他不要放弃了学业。尤友急忙回答："请父亲放心，小儿一定照办！"这尤友虽然满口答应，实际上根本就没把学习放在心上。娄朋也多次劝告他，尤友非但不听，反而顶撞说："你在我家住着就不错了，不愁吃，不愁穿，就少管闲事吧。"娄朋听了很伤心。从此，他无论三伏酷暑，还是数九寒冬，都起早贪黑地学习，学业很有长进。

光阴似箭，转眼间，赶考的日子快到了，兄弟俩披星戴月，昼夜兼程，赶到了考场。金榜揭晓了，娄朋中考，被授予河南某城任知县，尤友却名落孙山了。

暂且不谈娄朋到河南上任如何。先说尤友回家之后，不以为然，根本没把赶考落榜的事放在心上，更没有一点学习的愿望，依仗家中的钱财，吃喝玩乐。从此，再也看不到他碰笔墨了。员外忧虑地对他说："友儿，你要学点东西，掌握点儿真本事，爹妈不能跟你一辈子啊！你如果这么继续下去，将有一天，会悔之晚矣！"尤友却不以为然。

俗话说："天有不测风云，人有旦夕祸福。"这话一点不假。一天，祸从天降，尤家遭了一场大火，足足烧了三天三夜，尤友的宅院变成了一片废墟。员外被火烧伤，卧床不起，三日后，呜呼哀哉。尤友的母亲，本来就经不住火灾的打击，加上员外死了，正好火上浇油，冰上加霜，一股急火，重病加身，不过月余，也跟员外去了。剩下尤友孤零零一人了，眼看着家破人亡，手里又镚子儿皆无，无奈只好四处漂流乞讨。

这一天，北风呼啸，寒风刺骨。尤友饥肠辘辘地来到一个镇上，只见家家双门紧闭，景象好不凄凉，心里十分难过。挨门逐户地伸手要了一天，只讨得一个硬邦邦的冻馍馍，饥不择食，狼吞虎咽地填进肚里。

第二天，尤友强撑起身子，扑奔河南去了，一路上不知受了多少苦，遭了多少罪！一到河南，左寻右访，终于打听到了娄朋的宅院。可低头瞧了瞧自己衣着打扮，又有些为难了，不觉吸了口凉气，与娄兄同窗学习的时间里，娄朋不止一次地告诉自己要珍惜学业，而自己却冷言相对，真是追悔莫及。可恨当时没有入耳，现在有何脸面相见。左思右想，也拿不准主意。最后一狠心，慌不择路，硬着头皮叩门求见了。

娄朋一听尤友来了，心里很高兴，急忙出来迎接，只见一个衣衫褴褛蓬头垢面的乞丐站在门前，心里很纳闷，吃惊地问道："你可是尤友？"尤友面带愧容地答道："娄朋兄，正是小弟尤友。"娄朋半信半疑，又望着尤友端详了好一阵，才敢相认，急忙问道："家中父母可好？你如何落得这身打扮？"尤友眼圈一红，没有说出来。娄朋见尤友难以启齿，只好先把尤友让进屋里，给他的衣衫换了，设酒席为尤友洗尘。开始兄弟俩相互寒暄了几句，娄朋见尤友心里有事，便谈了一些闲话，当酒过三巡，菜过五味之后，娄朋才问："尤弟，家中二老身体可好？"尤友眼含着泪水，懊悔地说："一言难尽。"说罢泪如泉涌。

娄朋听尤友把家里的情况和自己的遭遇叙说了一遍之后，心里也很难过，也为尤友落到如此地步感到惋惜："尤弟，过去的事，就让它过去吧！今后在我这儿，发愤读书就是了。"尤友连连点头称是。

娄朋时刻不忘尤家的养育之恩，每日三餐，酒肉相待，使尤友不胜感激。几次向娄朋表示："兄长待我恩重如山，小弟听大哥指教！"

常言道，"人无百日好，花无百日红。"随着时光过去尤友在娄朋这儿吃香的喝辣的，好像生活在蜜罐里一般，天长日久，又有些飘飘然了。往日的甜酸苦辣早抛到九霄云外了。加上身居官府，交结的尽是些风流人物，官宦子弟，他又变了，经常背着娄朋出去与那些游手好闲的花花公子鬼混。娄朋知道后，既害怕尤友惹是生非，又担心给自己带来麻烦。一次娄朋见尤友喝得醉醺醺地，就告诫他："不要忘记往日的教训，这样岂不毁了一生？"尤友满不在乎，漫不经心地说："哎，娄兄，小弟我苦日子过够了，该享福了。"

就在娄朋为尤友发愁的时候，尤友又给他出了个难题。有一个姓王的公子，拦路抢劫图财害命。他出了很多银两给尤友，求他找娄朋说情，免于死罪。尤友得到了好处，就找娄朋帮忙。娄朋了解了事情的根蔓以后，心里寻思："人命关天，杀人必须偿命，我身为民官，怎能轻易落笔违背法令，做那伤天害理的事呢？"所以，无论尤友怎么劝说，娄朋执意不肯答应。尤友见软的不行，把脸一沉，冲着娄朋道："你升了官，发了财，就忘恩负义了！你嫌我穷了是不是？你心里还有没有你的弟弟？有没有一点兄弟情谊？有没有一点良心？"

娄朋被尤友这一连串的问话怔住了，没等娄朋说话，尤友又说道："若不是我尤家抚养你，你……你也许会是个到处流浪的乞丐！"

这下娄朋被将得没了章程，是啊，如果不是尤家供我读书，是不会有今天的。想到这娄朋只好答应了。心想，就这一回，下次无论如何不能姑息了，于是告诉尤友："今后要安守本分，不能任性乱来了，否则我是不会答应的。"

尤友当时答应得挺好，可一转身就不是他了，把娄朋的话当了耳旁风。从这以后，尤友有时竟打着娄朋的旗号欺骗财物，更加放荡不羁了，经常喝得酒气熏天，时常深更半夜才归宿。这使娄朋很伤心，说也不是，不说也不是，真是进退两难，心里不觉忧虑，嘘声叹气：尤弟这样日复一日，长此以往，岂不害了兄弟，坑了自己吗？

为这个，娄朋整天愁眉苦脸，闷闷不乐，思前想后，这才拿出一个两全齐美的好主意：看来只有让他离开这里，一来可以让他从中醒悟，得到教训而回心转意，好自谋出路；二来也可以给自己减少麻烦，免于后顾之忧。

当天傍晚，娄朋大摆酒席，请尤友吃酒。兄弟俩都喝得酩酊大醉。

尤友回到住处就睡了。鸡刚叫头遍，他从睡梦中醒来，酒劲过了，头脑清醒了，方才感到突然，昨晚娄兄为什么请自己喝酒，好像有什么预兆？他走到桌前倒水，发现桌案上摆着一个包裹，打开一看，是一百两白银。尤友感到奇怪，正在犹豫，又看见包裹下露出一张纸条，忙展开一看，上面写着：

"河南天暖难留雪。"

尤友毕竟是读过书的人，看罢纸条，犹如晴天霹雳，顿时大吃一惊，不禁脱口而出："醉翁之意不在酒，这是娄兄撵我走啊！"寻思了片刻，自言自语地说："哼，撵我走就走！大丈夫做事干净利落，有何忧虑？"说着顺手取过笔墨也复了一张纸条，压在砚下，把自己的物品收拾一下，气冲冲地走了。

当娄朋前来看望时，尤友已不告而辞了。正要返身出去，猛然间发现了砚下的纸条，上面也是七个字："塞北风高可住楼。"

娄朋心中是又酸又辣，说不出是什么滋味，两行泪水夺眶而出。

单说尤友走后刚顶一年，被抢一案的家人告到州府，说娄朋受贿枉法。州府来人查明了此案，处决了王公子，将娄朋削职为民。由此，娄朋也过上了游荡生活。不消几日，尚有的银两，花费的所剩无几了。娄朋心想，如此下去，不是走尤友乞讨的老路吗？不如也回塞北，与尤友商议今后的出路。可又一想，当时撵走了人家，现在能不记旧仇？最后，还是决定：到尤友那碰碰再说。

娄朋不敢耽搁，匆忙上路，径直朝家乡而返。不说娄朋一路顺利如何，只讲娄朋来到尤友这里。

尤友见娄朋来了，很是惊讶，急忙问道："娄兄何故到此？"娄朋就把自己如何被告发、削职的经过说了一遍。尤友听后，悔恨地说道："都是小弟的过失，害得你到了这种地步。"忙令设酒宴，招待客人。

那么娄朋撵走了尤友，尤友不但没有生气，反而向娄朋道歉，这是为什么呢？

原来，尤友离开娄朋之后，无亲无友，只好回到土生土长的塞北老家。事也凑巧，一天傍晚，尤友恰好又来到两年前乞讨路上经过的酒店台阶前，触景生情，使尤友想起了往日在这过夜的情景：那一天，不也是这个时间，这个时辰，这个地方……尤友浑身一抖，不敢再往下想了。低头瞧了瞧自己的衣着，又摸了摸包里的银两，不觉一阵心酸，想到过去家中银两何止百两、千两、万两……而自己生活的道路又是这样的曲折：赶考落榜后坐享其成，家遭火灾后乞讨度日，投奔娄兄后惹是生非，以至被撵出来。这一切，怨谁呢？不怨天，不怨地，也不怨娄兄，只怨自己虚度了光阴，荒废了学业，这是自作自受，自食其果。想到这些，尤友问自己：尤友啊，尤友！难道你还想过那要着吃的乞丐生活吗？还要醉生梦死的度日吗？不！一百个不！不能再犹豫了，要开始新的生活……

尤友终于觉醒了。

回到了家乡，尤友租借了一间小房子，置买了纸墨笔砚，每日刻苦攻读，并把娄朋写的纸条贴到墙上，每天念上几遍，提醒、勉励自己。经过半年多的苦读，第二年果真中考了，被派该城任县官。现在，他想到辜负了娄朋的一片心意，这才如此盛情地招待娄朋。

酒席上，兄弟俩共叙旧情，心情激动，悲喜交加。尤友拿出娄朋送给他的纸条读了一遍，然后对娄朋说："塞翁失马，焉知非福。当时，若不是娄兄撵小弟，送我白银，哪会有今天？"

娄朋也拿出尤友留给自己的纸条，笑着说道："塞北风高可住楼。兄弟我今天还真就回来住高楼了。"

从此，娄朋在尤友那里辅助他秉公办事，两人情同手足，各娶妻室，两家是亲如一家了。

讲述：李大爷　71 岁　农民　无文化

记录：赵程翔

1983 年 2 月采录于三合乡

巧救新婚郎

相传在很久以前，有这么一员虎将，名叫李虎。李虎十四岁就出征塞北，久经沙场，屡建战功。后来，他看出了朝政的昏庸与腐败，一气之下，便解甲归田，回了家乡。

李虎回家后，在中秋这天，把自己青梅竹马的表妹郑秀兰娶回了家中。

可是，八月十六日，从京城来了六个差役，把李虎五花大绑押回了京城。原来，那些奸臣们，怕李虎假借解甲归田而揭竿起义，所以将李虎缉拿京城，打入了死牢。

再说郑秀兰，自从李虎被抓走以后，她不知哭过了多少场。因为她心里明白，李虎这次进京城肯定是凶多吉少。因此，她更加思念起李虎来了。最后，她决定到京城打听一下丈夫的消息。一切安排好以后，就上路了。

这一天，秀兰终于来到京城。也不知怎的，整个京城乱哄哄的。她仔细一打听才知道，“今日晌午时，京城准备处死一员大将。”她急忙来到了刑场的外围。

不大一会儿，一辆囚车驶进了刑场，监斩官横眉立目站立一旁，刽子手龇牙咧嘴，提着大刀等候监斩官发令。在那时候有一条不成文的法律：死囚只犯一刀之罪，刽子手一刀砍下去，如果死囚没有被砍死，那么，死囚就可以得到赦免。

这时，这个死囚从囚车上走了下来，他不是别人，正是李虎。围观的人们一齐向这个死囚看去。突然，一个女子“扑通”一声，跪倒在监斩官的面前。监斩官一看，非常生气：“贱妇，你有何冤事？快快说来！”秀兰哭哭啼啼地说道：“监斩官大人，请行行好吧，我与李郎只是一夜夫妻。今日一别，不能白头到老，只请监斩官大人能为小妇施舍一点恩德，把李郎的头发割下一点儿给小妇留做纪念，小妇永世也就满足了。”监斩官一听，嘿！这小贱妇，男人马上就要上西天了，她还不知道愁，留下一把干巴毛又有什么用处？转念又一想：一个小妇之家，既然有这么点要求就答应她算了，免得她哭哭啼啼的。想到这，监斩官命令刽子手去割李虎的头发。

这时，午时已到，监斩官发令“开斩！”刽子手举起大刀刚要去砍李虎，只见秀兰一个箭步冲了上去，一把抱住了李虎。监斩官一见此状，暴跳如雷：“小贱妇！你还想干什么？”秀兰也不示弱，随口问道：“监斩官大人，我夫只犯一刀之罪，刚才你们已经砍过一刀，现在还想再砍第二刀，你们还讲理吗？”围观的人们也都齐声呐喊：“不许再砍第二刀！”监斩官冷丁醒过腔来，只好把李虎放了回去。

讲述：孟韩民　女　63 岁　农民

记录：宫春林

1982 年 12 月采录于大阳镇

秀英教夫

从前，有一家姓李的。老两口四十多岁了，才得一子，两口子爱如掌上明珠，取名叫“金生”。

金生两岁的时候，他的父亲就下世了。母亲拉扯他过日子，生活虽然是苦一些，但是老太太也总是不让他冻着饿着。

金生渐渐地长大了，由于他从小任性惯了，成了一个四体不勤、五谷不分的浪荡公子，对母亲百般刁难。

一次，金生没在家，邻居王婶看老太太饿得怪可怜的，给她送了一碗饺子。老太太本想都吃了，可还是惦记着儿子，就吃了几个，剩下的都给儿子留下了。

金生回来了，他妈告诉他饺子叫她吃了几个，金生一听就火了，恶狠狠地说：“你这个老该死的，就知道自己吃！”把饺子拿出来摔在他妈的身上，说：“你等着，老东西，下晚我非杀了你不可！”

金生从小就任性惯了，说出来就能干出来。晚上回来就把老太太杀了，连夜跑了。

金生逃到了一个叫黄家屯的村子，和一个姓黄的大人家姑娘黄秀英结了婚，还生了一个儿子。

两年以后，金生听说他的母亲没有死，就又把母亲接了回来，告诉他的妻子说：“这是我找来的保姆，叫她到咱家哄孩子，干零活。”

金生妈为啥没有死呢？原来在金生杀他母亲的那天晚上，邻居王婶把她接到了自己家，在金生母亲睡觉的地方放了一把扫帚和一个灌满水的葫芦，下面放着枕头，上面盖上了被。金生晚上回来，以为是母亲睡在那，拿起斧子就一下劈下去，只听扑嗤一声，水溅满地，他以为母亲已被砍死就逃走了。

母亲被接到儿子家以后，洗衣做被，刷锅洗碗，样样都干，金生只让她吃些残汤剩饭，还吓唬他母亲不要把真情说出去，如果说出去就把她杀了。他母亲不知背后流了多少眼泪。

一个寒冷的早晨，母亲穿着单衣喂猪，黄秀英突然抢下了她手中的猪食瓢，双腿跪在她面前说："婆母，我对不住你呀。"

"不，不，我不是你的婆母……"母亲以为自己干错了什么活了，吓得直往后退。

"是，你就是我的婆母！别人跟我都说了，金生的事我也知道了。你从今天开始不用干活了，我养你到老！"

秀英把婆母让进屋里，给她换上了好饭好菜叫她吃，老太太还是不敢吃。这时金生回来了，他一看，这还了得，吼道："你这老太太，不干活，倒享上清福了，我打死你！"说着举起一把铁锹就要去劈，秀英上前一把抱住了金生说："你这个逆子，连妈都不认了？"说着夺下了锹说："今天咱把话说明白，没有好根就没有好苗。"她指着坐在炕里的小孩说："你不拿你妈当人，你的儿子将来也不能把我当人，我现在就把他摔死！"说着抱起小孩就要摔。这下可吓坏了金生，他一下子抱住了孩子，双腿跪在母亲面前，哭着说："妈，我错了，我不是人！妈，你拿那锹打死我吧！"说着，让孩子叫"奶奶"。

就这样，金生从此对母亲照顾得非常周到。

讲述：魏大爷　70 多岁　农民　无文化

记录：王殿臣

1984 年 2 月 21 日采录于大阳镇影壁山村

灵姑

从前有小伙名叫“憨娃”。憨娃长得憨头憨脑、傻里傻气的，又少言寡语，因此人们都说他缺心眼。俗话说：“好汉无好妻，赖汉子娶仙女”。这话对憨娃来说真是一点也不假，谁也没曾想笨手笨脚的憨娃会娶上一个仙女一样的媳妇——灵姑。

一天，小媳妇让丈夫去集市上买东西，告诉憨娃去时牵着一只羊，把羊卖了再买东西，回来时再把羊牵回来。憨娃按着灵姑的吩咐牵着羊上路了。一路上可把憨娃愁坏了，前思后想也没想出一个好办法。不卖羊吧，又不能买东西，把羊卖了吧，回家时怎么能再牵着羊回去？这可把他难住了。他唉声叹气地站在集市上发愁。这时在憨娃旁边有个卖肉的老头，见他愁眉苦脸的，就问他有什么为难事愁成这样，憨娃就把灵姑如何让他买东西的事说了一遍。那老头听了，想了想说：“这你休要上火，你把羊身上的毛剪下来卖了买东西，回去时不就把羊牵回去了吗？”憨娃听了老头的话，觉得挺对，就照办了。谁知他和老头唠的这些被一个买肉的地主王小眼听见了，他买了一块肉，又买了几颗大葱，让憨娃拿回家去交给她媳妇，憨娃谢过了王小眼便回家去了。

回到家里，灵姑见憨娃把羊牵了回来，满心欢喜，不住声地夸丈夫有脑瓜。憨娃哪能受得住这番夸奖，他本是个心眼实的人，不会说谎，就把他在集市上如何遇到一个卖肉的老头，那好心的老头如何给他出了主意的事儿讲了一遍，还把王小眼如何送肉和葱的事告诉了媳妇。灵姑一见那块肉和葱心里就明白了：他这是说我聪明人嫁给了死肉墩。她越寻思越难受，他恨丈夫太笨，给她丢了脸，自己也受了污辱，不由得大哭起来。她不想和憨娃过了，夹着包就往外跑。憨娃不知道自己是怎么得罪了她，就跑到集市上找那个卖肉的老头，卖肉的老头听憨娃讲清了事情的前前后后，心里就明白了，他让憨娃先走，说他随后就到。憨娃走了，卖肉的老头骑着一匹高头大马，马背上驮着双马鞍，就直奔大路去堵灵姑。灵姑往东走他也往东，灵姑往西走他也往西，堵得灵姑怎么也走不过去。灵姑有点火了，见他马背上是双马鞍，就讥讽他说："好汉不骑双马鞍"。老头立刻答道："好女不嫁二夫男。"灵姑一听明白了老头的心意，转身回去了。

回到家里见憨娃哭成了泪人，她心就软了，想起往日丈夫活计抢着干，对自己百依百顺，知疼知热，恩恩爱爱的，就觉得自己对不起憨娃。决心以后好好地和憨娃过日子，谁再从中挑拨他们，她也不会二心。从那以后，小两口甜甜蜜蜜地生活得挺好。可是天有不测风云，人有旦夕祸福。一天，灵姑去赶集，被王小眼看见了，王小眼见她姿色出众，心里就生了邪念。一打听，说她就是憨娃的那个聪明媳妇，更是鬼迷心窍。他仗着自己有钱有势，就千方百计地想把灵姑这个美丽、聪明的小媳妇弄到手。可是灵姑不爱他财，也不爱他势，任凭他把所有的本事都使出来了，灵姑就是不理他的茬。这下子可愁坏了王小眼。

一天王小眼来到憨娃家，对憨娃说："都说你媳妇心也灵来手也巧，如果你媳妇能在一袋烟的工夫炒出二十个菜，我就再也不想娶她了，如果炒不出来，你就得让她跟我走。"憨娃没有答应，他明知王小眼是故意出难题。自家本来挺穷，再说现在又是青黄不接的时候，别说一袋烟的工夫，就是一天也做不出二十个菜！灵姑却答应了，怕王小眼反口，她还找来很多证人。

灵姑扎上小围裙就忙乎开了，一袋烟工夫菜炒好了，放在桌子上。王小眼见桌子上只有一盘生韭菜、一盘熟韭菜、一盘小葱、一盘大酱，就乐呵呵地说："这才四个菜，你输了，跟我走吧！"灵姑不紧不慢地说："谁告诉你这是四个菜？你看，生韭（九）菜，熟韭（九）菜，二九一十八个菜，加上小葱醮大酱，正好二十样。"王小眼一听眼睛长长了，只好认输了。

憨娃和灵姑又过上了小日子，恩恩爱爱，白头到老。

讲述：张　福　61 岁　农民

记录：孟丽蓉

1982 年春采录于猴石镇

智选当家人

从前，有一个商人，他家有好多好多的钱，有一个挺大挺大的宅院，有很多土地，还有三个儿子，一个女儿。

可是，有一次商人在海上遇到大风，他和他的船一起沉入海底，再也没有回来。

撇下这么大的家产，谁来管呢？商人的妻子愁得吃不下饭，睡不着觉。交给老大吧，老大整天吃喝玩乐，很不勤快。老二呢，整天提笼架鸟，更不用提。老三也是一个不务正业的花花公子。唯独小女儿手勤脚快，无论是炕上的剪子，地下的铲子，都拿得起放得下。由她当家，那可是再好不过了。可是，平白无故地让她当家，她的哥哥们能服吗？

最后，商人的妻子决定考一考他们。

母亲把孩子们叫来之后，说明原因，就问老大：“你不下水，不拿网，不持叉，能触到鱼吗？”

老大想了半天摇了摇头说：“不能。”

母亲又问老二：“不用土能种出菜来吗？”回答她的也是“不能”。又问老三：“你知道世界上摸不着的是什么菜？不能吃的是什么菜？洗不净的是什么菜？煮不烂的是什么菜？”老三听完，上嘴唇碰下嘴唇“不知道”。

母亲见三个儿子都答不上来，就问女儿：“你能答上来吗？”女儿说：“好，您听着，答错了多指教孩儿。我不下水，不拿网，不持叉，也能触到鱼，我用鱼钩钓。我在菜盘里添上水，把蒜瓣放在里面，就能长出蒜苗来。我说世界上摸不着的菜是云菜（彩），不能吃的菜是棺菜（材），洗不净的菜是灰菜，煮不烂的菜是生菜。”母亲听完，高兴地拉过女儿说：“多聪明的孩子，答得好！往后，你就是咱们的当家人了。”

讲述：牛宝凯　记录：杨　曦

采录于大阳镇

【附录】选当家人

有一个老汉年过七十，一天到晚总想选个当家的人。

一天早晨吃完饭，三个儿媳妇都挎着筐下地摘豆角。老汉拿一把笤帚就扔在大门口，他回到屋里坐在炕头上，巴嗒巴嗒抽蛤蟆头烟，两只眼睛不住地盯着大门口。

天到小半晌了，三个媳妇说说笑笑地回来了。三儿媳妇来到大门口，差不点被笤帚绊了一个跟斗，头也没回一直走进屋。二儿媳妇看见笤帚，放开嗓子就吵吵起来："这是谁干的事，把笤帚扔在大门口啦？"气呼呼地走了过去。只有大儿媳妇一声不吭地哈下腰，伸手把笤帚拣起来，放到房门后立在门旁。

吃完晌午饭，趁家人都在，老汉说："我年岁大了，体力也差了，眼看就要拿不动腿了。叫我看咱们这个家就让你们大哥大嫂当吧！"话音刚落，老二、老三媳妇一齐问："为啥？为啥？"老汉笑眯眯地说："笤帚倒了好有人扶哇！"

讲述： 孙喜廷

记录： 孙延明

1985 年 10 月 15 日采录于辽源龙山区工农乡工农村

千金柜

早先年，在蛤蟆河这拉溜住着一个姓花的大地主，这家伙可邪乎了，他不仅霸占了好多好多土地剥削穷人，还开了一庄当铺，来刮取穷人的血汗。

单说地主的宝贝“独子儿”——花宝，整天价不着调，什么坏事都干，可无赖了，乡亲们都管他叫“花鼠子”。

花家大院斜对门儿，有间小草房，住着一对小两口儿。小伙子叫鲁猛，身强力壮，为人憨厚，整天忙乎农活；媳妇白凤，为人正直，聪明贤惠，在家里忙乎家务。

一天上午，白凤到院外倒水，偏巧花鼠子从门口路过。花鼠子不错眼珠地盯着，哈喇子都淌到脚后跟儿了，他两眼直勾勾地望着白凤走进屋去，才醒过腔来。心里叨咕：“都说新搬来的小媳妇漂亮，今个一瞧，真不二五眼呀。”花鼠子眼珠一转，心里又琢磨馊主意了。

当天下午，花鼠子见四边没人就溜进了小草屋，在白凤面前摇头摇尾地没话找话。白凤一眼就看出花鼠子没安好“下水”，便说：“鲁猛一会儿就回来了，我们明天再唠吧！”就这样把他糊弄走了。

鲁猛从地里干活回来，白凤就把花鼠子来过的事儿一五一十地叨咕了一遍。鲁猛一听，气得牙咬得“咯咯”直响。白凤说：“何必和他动肝火，咱们想法子调理调理他。”白凤寻思了一会儿，贴着鲁猛的耳朵嘀咕了一阵，鲁猛乐了：“对！就这么着。”

第二天，花鼠子果然蔫巴登地来了。白凤不但没撵他，反而和花鼠子唠得有来道去的。他嬉皮笑脸地都要美出鼻涕泡了，心里做着美梦。唠得热乎，花鼠子去抓白凤的手，突然，屋外传来鲁猛的咳嗽声，白凤惊慌地说：“坏事啦！俺家里的回来了。花少爷，咋办呢？”花鼠子一拘挛，坏醋了，忙打开一个方柜，一头钻了进去，白凤麻溜上了锁。刚好鲁猛走了进来，懊丧着脸说：“昨天花老爷要账，今天逼得更紧了，眼下一文钱没有，要我先还二十，不然，就不让我出工，我一琢磨，干脆把大方柜当了，先应付一下，留它也没啥用场。”说着找来一根绳子就要捆柜子。白凤忙说：“咱们核计核计再说吧？”“核计顶啥用？值钱的东西没有，没钱还不了债。”说完，鲁猛动手把方柜捆了个牢牢棒棒，又从街壁儿找来一个小伙子，把方柜抬进了当铺。

没等掌事的开口，鲁猛便说：“给一千块钱。”掌事的瞧了瞧了这个柜子：“三十都不值。”鲁猛说：“你认货吗？这是‘千金柜’，少一个子儿，我也不当！”又对同来的小伙子说：“哥们儿，咱到外边歇会儿，让掌事的考虑考虑！”说着双双走出了当铺。

掌事的心里纳闷，刚要仔细看看柜子，“咚，咚，咚！”柜里响了起来，吓得掌事的一哆嗦：“妈呀！”一声，吓了个腚墩。

花鼠子在柜里听了鲁猛与掌事的对话，心里吓坏了，担心鲁猛他们再把柜子抬回去，冷不丁听到鲁猛出去了，赶忙就敲起柜来：“我是花宝，要一千就给一千吧，千万别再讲价了！”

掌事的脸都吓成茄子皮色了，稍定了定神，是花少爷的声音，这下“触杆”了，咋回事呢？心里一划魂，急忙爬起来跑去问东家咋办好？

老地主听了掌事的话，气得山羊胡子撅起了老高，可也没咒念了，只好应允把柜子买了下来。

等掌事的回到当铺，鲁猛问道：“到底留不留？”

“留！留！留！”

这会儿老地主也进来了，连忙让掌事的把一千块钱如数点给了鲁猛，闹了个王八钻灶坑——又憋气又窝火。

鲁猛把钱分给了伙伴，高兴地回家了。

讲述：钱德昌　50岁　满族　农民　无文化

记录：钱　昆　赵程翔

1985年春采录于杨木林镇蛤蟆河村4组

富哥与穷弟

从前，有一户人家，父母死得早，只有哥俩。哥哥娶妻无子，弟弟十六七岁。虽是一母所生，哥哥为人刻薄，心术不正。娶的媳妇刁氏，和哥哥一路货色。这真是不是一家人，不进一家门，刁氏正像姓氏一样刁坏，特别是对弟弟。弟弟憨厚老实，逆来顺受，哥嫂训斥几句倒也没啥怨言，反正是自己的哥嫂不是别人。父母去世后留下了不少家产，还有几十顷土地，这些事情弟弟从不过问。他每天天亮起身耕作，一年到头，不闲片刻。哥嫂串通一气，躲在家里吃香喝辣，弟弟回来后便吃些粗茶淡饭或哥嫂吃剩下的残汤剩饭，填肚充饥。与弟弟常年在一起的是一头老黄牛，这老黄牛像懂人事儿似的，伴着弟弟一年四季在田里转，晚上同住在牛棚里。弟弟苦闷了的时候，老黄牛也常常眼里含着泪花，望着弟弟，用舌舔着弟弟的手。就这样，这一人一畜相依为命，一天天地过下去。转眼，弟弟到了娶妻之年。哥嫂怕弟弟娶媳妇花钱，又怕娶媳妇之后与他们计较家产，刁氏吹起了枕头风："趁弟弟还没有张罗办事儿赶紧把他撵出去，以免日后多事。"主意定了，在一天晚饭后，哥哥跟弟弟说："兄弟，你也老大不小了，我不能管你一辈子，你也要有点志气，咱们分开过吧！在一起也没啥好处，哥哥家也不富裕，耽误了兄弟的前程，哥哥实在不忍哪。你出去挣一份家产，娶妻生子，与哥哥面上也好看！"弟弟哪知其中的实情，就粗声粗气地答应了。哥哥还假惺惺地问弟弟分家都要些什么东西。弟弟寻思半天，也不知要什么东西好，最后只要了南山洼的二亩薄田，还有与他相依为命的老黄牛。哥嫂一核计，那二亩地虽瘦，但毕竟是块地；那牛虽老，也是一个帮手，都是一笔财产呀！有些舍不得。便心生一条毒计，说是等吃过了分家饭再分开过。第二天天刚亮，弟弟牵着老黄牛早早地下地去了，嫂子在家包饺子。弟弟平时最喜欢吃荞麦面的饺子，所以嫂子包了两样面的。荞麦面的饺子里边放了砒霜，要毒死弟弟，而他们两口子则吃白面的。到了吃饭的时辰，弟弟牵着黄牛往家走，那黄牛忽然口出人言，说道：“老二，老二，千万别吃荞麦面儿。”到了家里，嫂子露出少有的笑脸，兄弟长兄弟短地叫着，端出了荞麦面饺子，老二说：“嫂子，我以前总吃荞麦面饺子，现在一吃肚子就疼得厉害，我也吃白面的吧？”嫂子无奈，只好也给弟弟端上了白面的饺子。到了中午，刁氏又包了两样的饺子，白面的里面放了毒药，荞麦面的没放。走路时老黄牛又告诉了弟弟。到了家里，刁氏端出白面饺子叫弟弟吃，弟弟又说：“嫂子，早晨我吃的白面饺子肚子不好受，可能是没吃惯，我还是吃荞麦面儿饺子吧。”嫂子的鼻子都气歪了，白搭了两顿饺子，一气之下，立刻把弟弟撵出了家门。

老二牵着他心爱的老黄牛，到南山洼的二亩地边上搭了一个小窝棚，住了下来。他身无分文，过着苦巴巴的穷日子，哥哥却与刁氏整天吃香喝辣的。从此，附近的人都管老大叫“富哥”，管老二叫“穷弟”。

春天来了，老黄牛几乎变成了神牛。二亩地很快种完了，老黄牛又出主意把南山附近的荒地都拣了起来，开出了很多的肥沃土地。等他们种完了地，别人的地才种了一半。

自从分家后，富哥整天吃喝玩乐，懒得什么活都不想干。地种不上，急得没法儿，嫂子刁氏想求弟弟帮着把地种上。她来南山洼一看，吓了一跳，大片的土地黑油油的，穷弟的小窝棚被围在中间。她急忙回家去，告诉了富哥。富哥听到后，把穷弟找到家里，好言哄劝，穷弟经不住哥哥的甜言蜜语，把老黄牛的秘密告诉了富哥，说：“我那头老黄牛可是个宝贝，鞭子晃一晃，黄牛满地逛；鞭子挥一挥，老牛满地飞。它帮我开了地，所以，我才这样快地种完了。”富哥一听，喜出望外，恳求弟弟把黄牛借给他，把地种完再还给穷弟。穷弟起初不肯，架不住刁氏在一旁加油添醋，最后只答应借一天。

富哥把黄牛牵回家，赶到地里，老黄牛又像平时一样慢悠悠地趟起地来，不管富哥怎么打，怎么叫，老黄牛总是一个劲儿。最后，把老黄牛打得不耐烦了，干脆一步也不走了，这下可把富哥气坏了，招呼站在地边的刁氏来和她一起打老黄牛。刁氏没看见牛飞，本来扫兴得很，又见到牛不走了，憋了一肚子的气没处放，抱起大棒子，和富哥一起把老黄牛活活给打死了。

到黑天的时候，穷弟来跟富哥讨牛。富哥打黄牛累得不行了，躺在炕上没好气地告诉穷弟："什么破牛，还是宝贝呢？打也不走，你净骗我，还有脸来讨，那畜牲被我打死了！"穷弟一听老黄牛被打死了，顿时泪如雨下，向富哥讨要牛的尸体，富哥说在地里。穷弟一口气跑到地里，趴在黄牛的尸体上，哭得死去活来，最后把老黄牛拖回南山洼的窝棚边上埋了起来。他天天到牛的坟上去哭，一来二去，坟尖上长出一棵小树苗。说来也怪，那树苗长得很快，几天就长成了一棵大树，这穷弟便视树如牛。一天，他想老黄牛想得伤心，抱着树大哭起来，树干一摇晃，立即从树上掉下来一锭一锭的金子银子，穷弟拣起了金、银，回家添置农具，盖了新房。刁氏知道了这件事，忙又告诉富哥，富哥也效法穷弟，去哭黄牛。哭着哭着也去抱树干使劲摇晃，树上稀里哗啦地掉下来一块块稀屎，糊了富哥一身一脸，气得他操起大斧头，把树给砍了。穷弟到牛坟前一看，树被砍掉了，不免又是大哭一场。无意之间他折下树枝，三下两下，编了一只小筐，带回家里，挂在房檐下，没有事时，就倚着窗子喊几声："南来雁儿，北来雁儿，到我筐里下个蛋儿。"说来也怪，这雁子一只只地飞进飞出，一天能下好几筐，穷弟提着蛋上市去卖，又卖了许多钱。没有不透风的墙，这事又被刁氏知道了。刁氏又怂恿富哥去借筐，穷弟一想，富哥几次都把自己的东西骗到手，不是弄死，就砍掉，这次说什么也不能借给他，干脆自己也不挂了，把它藏起来，叫富哥看不着面。不管富哥怎么说，就是不借。

富哥没办法，又到牛坟前拣了些枯枝败叶，编了一只筐，也挂在房檐下，学着穷弟的口气喊了起来："南来雁儿，北来雁儿，到我筐里下个蛋儿。"可是，那雁子就是不进筐，连瞅都不瞅。富哥鬼眼珠一转，心生一计，趁着穷弟不在家的时候，把那只小筐偷了出来，富哥乐得合不拢嘴。约摸一个时辰，那筐便沉甸甸的了，富哥满怀希望地去摘，一筐雁屎扣了他一头一脸，他恼羞成怒，一脚踩扁了小筐，扔进灶坑，一把火烧了。

穷弟听说后，到灶坑去扒，一下子扒出了三个黄豆粒，拿回了家。那黄豆粒已经烧熟了，他放在嘴里，越嚼越香，吃到肚里后，他就觉得肚里有一股气儿，他一使劲，不小心放了一个屁，在他身后的那面墙上立即出现了一幅十分美丽的图案，孔雀牡丹，龙凤呈祥，远山近水，就像真的一样。穷弟心中一动，不觉大喜，立即到大街上喊了起来："印被面儿、褥面儿、包袱皮!"这样吸引了许多人。起初人们不信，一看到真的印出美丽的图案来，就都争先恐后地拿来了被面等叫他印，个个满意而去，穷弟又得了不少钱。富哥听说后，也效法穷弟的办法弄三颗黄豆粒儿扔到灶坑里烧了个半熟，就迫不及待地扒出来吃了，捂着肚子，也到大街上去招揽生意。他等得又饥又渴，也没有人答理，天气又热，他喝了几口凉水，这下肚子真疼了起来。这时忽然来了一个卖白布的，那人听他喊什么"印花"，好奇地走了过来，问他怎么印，等他把印花的办法听完不觉好笑："好吧，我先扯点布，你给我印，如果真像你说得那样，我这白布全都给你，如果印不好，你说怎么办呢?""随你处置!""好吧。"那商人扯下丈余白布。这时，富哥的肚子愈加疼得厉害，约摸一定能印出好花来，急忙脱下裤子，一使劲，这下可好，串了一白布稀屎。商人不觉大怒，从路边找来一根大粗木桩子，就给富哥的屁股钉上了。

富哥一点一点地爬回家里，在大门外吆喝刁氏。这刁氏出来一看，吓得直哭，富哥骂刁氏："你还顾哭，快给我弄出来呀!"刁氏赶紧伸手去拔，又弄了刁氏一脸一身。

从此，富哥落了残疾。刁氏不愿侍候他，把家里细软卷起，改嫁他人。富哥在家悔恨交加，最后病死。穷弟则靠和老黄牛开出的土地，精心耕种，一年一个大丰收，过着丰衣足食的日子。

讲述：李张氏　女　63岁　农民

记录：李凤春

1981年11月11日采录于沙河镇沙河村2组

三气财主

有一个老财主在伙计身上最会打鬼主意。天下大雨，他就逼伙计看纸牌，掷骰子。财主就端一个空大碗走过来走过去，向伙计们抽红。谁要没有钱，他就“上赶”[1]把钱借给你。平日干活他不是横挑鼻子就竖挑眼，你要和他一讲理，他就扣你的工钱。这样一来二去，天长日久，没等工满，工钱可没了，有的还欠了财主的钱，下一年还得给他接着扛活。

一年春天，从远方来了一个小伙子，上赶着要给这个财主扛大活。财主可乐坏了，心里核计又来了一个白干活的。小伙子说：“老财主，要讲活计你放心。”

老财主问：“开春‘夹障子’[2]你怎样？”

小伙子说：“保证让你老过得去！”

老财主又问：“扶犁点种呢？”

小伙子说：“咱走在头里。”

老财主还问：“扬场簸簸箕呢？”

小伙子爽快地说：“不用提！”

财主一听，脸上的老皱纹都笑开了，不住嘴地夸奖小伙子一手好活计。两人讲好了，一言为定，谁也不准变卦，一年给小伙子八石高粱！

小伙子说：给八石高粱可以，可俺家马上等用。财主说：“这有啥难？明天套上花轱辘大车给你送去就是了。”当场写了字据，作为凭证。

正月过啦，二月来啦。财主叫小伙子把房前屋后的地夹上障子，防止小牲口祸害青菜和庄稼。小伙子二话没说，先刨障子沟，顺手就把障子夹上啦。当老财主来看活时，火冒三丈，气不打一处

[1]上赶：方言，主动的意思。

[2]夹障子：用秸秆或枝条排列而成的篱笆。

来："我说你这是干的什么活？别说小鸡小狗挡不住，就是我也能过去呀？"小伙子说："对了，当初讲活时我不就说了么，保证让你老过得去。怎么这才几天，你老就忘了？"财主气得二话没说，蹲在地下拿秫秸补窟窿。

开犁种地了。小伙子一大早手拿一根棍子上山了。老财主撵到山坡上就上气不接下气地喊："种地种地，你是扶犁呀，还是点种啊？"小伙子一屁股坐在地头上，慢声慢气地说："我不是给你说过了吗？种地我走在头里。走在头里就是踩格子呗！"老财主一晃脑袋又没咒念了。

庄稼上场了。打完场，粮食撮成堆，小伙子拿笤帚等着"漫笤帚"❶。财主说："你倒拿木锨扬场啊！"小伙子说："咱们讲的明白，扬场簸簸箕不用提，今天打场你提那个干啥？"财主一想，反正八石高粱都给人家送去了，你乐意干啥就干啥吧。

讲述：孙喜廷
记录：孙延明
1985 年 10 月采录于辽源龙山区工农乡工农村

---

❶漫笤帚：用笤帚轻轻扫去扬起后落下的粮食堆上的杂物。

王辩护

不知是那辈子的事了，在长白山脚下，有一个小小的村庄，三面环山，一面临水。这么个山清水秀的地方，却被三个恶棍搅得乌烟瘴气，鸡犬不宁。人们一提起抢男霸女勒索民财的李二，榨取穷人血汗的王老财，偷鸡摸狗搅得四邻不安的田家父子，气得心发抖，恨得牙根疼，可一时又治不了他们，只好忍气吞声地过日子。

这个村的东边住着一位人称“王辩护”的小伙子。他能说会道，谁家有个大事小情，家庭不和，打官司告状，都要请他去说和或出出主意。对这三个恶棍他总想要治治他们。但是，见李二上交官府衙门，下交土豪劣绅，没点儿绝招，怕是不行。

这天，“王辩护”正在吃早饭，村西的张三就跑来了，要他给自己出出主意。

原来，张三夫妻感情本来挺好，可由于张三的老婆吴氏长得如花似玉，李二对她早已垂涎三尺。再说，吴氏生来就好吃懒做，喜新厌旧，是个有钱便乐、无钱便恼的女人。日久天长，吴氏对张三不如从前了，渐渐地生了外心，偷偷地和李二勾搭上了。

“王辩护”听了张三的讲述，脑瓜一转，眉头一皱，生出一条妙计来。他说：“张三，把这个恶棍除掉的机会到了。”张三问：“怎么讲?”“王辩护”叫张三过来，嘴贴着他的耳朵，如此这般地吩咐了一番，张三听了，一拍大腿说：“妙，妙妙!”

几天以后，张三对吴氏说：“东家庄有人来找我帮工，大约得十多天后才能回来，家里的事情和孩子你就多操心啦。”吴氏尽量表现出恋恋不舍的样子，内心却高兴得很，恨不得蹦个高。晚上吴氏悄悄地捎过去信儿，李二便偷偷地来到张家，吴氏把家里唯一的老母鸡杀了，炖了给李二做下酒的菜。

两个情人推杯换盏，眉眼传情，你抱他亲，闹腾了一大阵之后，东倒西歪地上了炕。

再说张三根本没去东家庄，而是去离家不远的山沟里躲了半响，等到天黑点灯时分他就偷偷地回来了。等到了三更天才轻轻地打开窗户偷偷地进去。

两人醉睡过去，半点也没发觉。张三麻利地把早已准备好的绳子，从兜里掏出来，套在李二的脖子上，用足力气往死地一勒，李二连哼都没哼，动也没动，就挺尸咽气了。张三又悄悄地出去，关好窗户，回到门前开始叫门。吴氏听见了敲门声，慌了手脚，急忙爬起来问："深更半夜的，谁呀？"

"是我呀。"

吴氏一听是当家的回来了，这下子可吓愣了，紧忙摇李二，见李二没动，她又狠狠地推了几下，李二还是没醒，她有点火了，心里骂道："死鬼，你醒醒。"说着用手去搬，李二的脑袋硬邦邦的没搬动，仔细一看，已经断气了，吴氏差点没吓昏过去。她稳了稳神儿，把李二顺到炕脚底下，用被盖好，这才下地开门。

张三在外面整整呆了大半夜，连气带冻，浑身直打哆嗦。他叫老婆快点做饭，吴氏哪里敢怠慢，不一会儿便做好了。张三这才故意地指着炕脚底下的李二问："这是谁？"

吴氏忙说："是孩子他舅，我没让他走。"

"那就快让他起来和我喝两盅吧。"

"他晚饭时已经喝过了，你看他这不是还醉着吗？"

张三说啥也要把他叫起来，和他一起喝几盅不可。吴氏一看再也掩盖不住了，"扑通"一下给张三跪下，磕头求饶。把她和李二的事一铺一节地讲出来了，气得张三的脸由红变白，由白变青，一把抓起吴氏，扬起手臂"啪啪"打了两个耳光，又痛痛快快地大骂一通，说："你害死了李二，这人命官司看你怎么能逃脱？"

吴氏一听这句话，吓得浑身筛糠，直打冷战，哀求道："看在咱夫妻的面上，帮我想想办法吧，往后再也不敢做没良心的事了。"

张三用鼻子一哼，瞪着眼睛说："你做的好事，有脸求我？不如死了。"

吴氏一看丈夫没有一点缓和的意思，心想，这人命官司一发，必得偿命，不如今晚一死了之，想着就向墙撞去。

张三一见她真的要寻短见，就叫住说：“只要你今后改邪归正，好好地过日子，我倒有个办法。”

吴氏见男人把自己拦住，又要给自己出主意，用可怜的眼光看着丈夫，等他给出主意。

张三说：“你把李二的尸体扛着，扔到南大河里，一宿工夫，就无踪影了。”吴氏听了，也是个办法，就壮着胆子，把尸体扛起就往南大河走去。

再说张三，吴氏前脚走，他就随后抄近路先跑到南大河，蹲在河崖边。吴氏扛着李二的尸体来到大河，刚想往下扔，张三掐着鼻子问：“扛的什么？放下！”吴氏一听，吓的也没敢扔下尸体，就往家跑。张三又顺着小道先到了家，坐在炕上点着一袋烟，刚抽几口，吴氏就上气不接下气地回来了。张三虎着脸问：“让你扔你咋不扔，舍不得呀，又扛回来了？”

吴氏分辩道：“我到南大河刚想扔，就遇到一个劫道的，我怕扔了尸体让别人知道，就又扛了回来。”张三说：“不是南大河有人吗？这样吧，你再把它扔到北山洼。”

吴氏又扛着李二的尸体来到北山洼。张三又提前跑到北山根，不大工夫见吴氏又吃力地走来。张三轻轻地咳嗽一声，向吴氏走去。

吴氏听到声音，循声望去，前面影影糊糊地一个人，她一看躲没处躲，只好掉头，又把尸体扛了回去。

张三又提前回到了家里，见她又把尸体扛了回来，又一顿大骂。吴氏连累带吓，缩在墙角瘫在那儿，苦苦地求饶。张三想杀人不过头点地，就说：“这回饶了你，下次再有坏良心的事，要你的命。”说着，便找“王辩护”去了。

“王辩护”听了事情的经过，点点头说：“这具尸首交给我好了。”

“王辩护”想了一阵，便扛着李二的尸首来到田家。到了田家鸡架跟前，轻轻地打开鸡架门，把李二的尸体捅了进去，外面只露出两条大腿。然后，又找了一根木棍在鸡架里胡乱搅了一阵，小鸡“咯咯嘎嘎”一阵叫。鸡的叫声，惊动了田家父子，他们以为是谁来偷鸡呢，爷俩手执棍棒跑出来，到鸡架跟前一看，果然有一个人在鸡架里掏鸡呢。爷俩也不问三七二十一，一顿棍棒，打了一阵，把偷鸡人拽出来，拿过灯笼一照，人已被打死。再细一看，被打死的是惹不起的李二，田家父子傻了眼，出了人命可如何是好？大眼瞪小眼，一时没了主意。

还是儿子心眼来得快，说是去求“王辩护”帮忙出主意。起初“王辩护”说啥也不肯。田家父子你一言我一语，好话说了三千六，又是磕头作揖，又是起誓许愿。“王辩护”见时机已到，就装着推辞不过的样子，来到田家。“王辩护”看了看死者，又装着很棘手的样子，说：“这事实在是不好办，这个李二你不是不知道，上交官府衙门，下交财主绅士，我实在没有什么高招呀！”田家父子听了，心打颤，腿发软。田老头说：“王老弟，以前就算我不是人，是个畜牲，只要老弟你能给安排妥当，下半辈儿我绝不再干坑人的损事了。”

“王辩护”又沉吟半晌才点头说：“不一定能办好，试试看吧。”说着，扛起李二的尸体向王老财的场院走去。

王老财对长工非常刻薄，平时总亲自监视长工们的活计。每天三更天就叫起来干活，晚上星星满天还不叫收工。

这天晚上，长工前脚进了场院，他后脚就跟来了。远远看见谷子垛前站着一个人，他以为又是伙计在偷懒，就命狗腿子悄悄地摸到后面，往死里打，只要留口气就行。狗腿子摸到后面，一顿棍棒，劈头盖脸地打下去，李二的尸体被打倒了，硬挺挺的不动弹。王老财虽然有钱有势，见出了人命，心里不免有些发慌，仔细一看，面前躺着的不是别人，正是连他都惧怕三分的李二，“扑通”一屁股坐在地上。他想这个人命用钱是买不下来的，弄不好还得偿命。他左思右想没主意，在地上转来转去，猛然想起了“王辩护”，还是去求求他吧，叫家人去找“王辩护”。家人走了好半天，也不见“王辩护”来，后来家人跑回来说“王辩护”不来。无奈王老财只好亲自出马去请“王辩护”。

他见到了“王辩护”，把事情的经过学了一遍。“王辩护”说：“老东家，这人命关天的大事，非同儿戏，这个主意我可不敢出呀，你还是去报案吧。”

王老财哭丧着脸说：“这可使不得，报案，我的老命不就搭进去了吗？”“王辩护”说：“谁让你对长工那么狠了，他们累了，歇一会，就值得你这么下狠手哇。”

王老财说：“千错万错都是我的错，恳求老弟救救我。”“王辩护”还是摇头不语。王老财又说：“这事如果你能安排妥当，我愿给你一百两银子。”“王辩护”还是摇头。王老财又说：“五百两怎么样？”“王辩护”说：“一条人命就值那么点钱？”王老财说：“你要什么尽管说，我一定答应。”“王辩护”说：“我不图你的金银，但我有两个要求，一是你对长工、佃户不准再如此苛毒；二是全村人欠你的债一笔勾销。”

王老财支支吾吾半天不肯答应。“王辩护”说：“那就把你的老命送去吧。”说着就要走，王老财一把拉住他说：“行，你就照量办吧。”

“王辩护”让管家把账单拿来，当场烧掉，然后说：“你把尸首给我好了，没你们的事了。”

“王辩护”又扛起李二的尸首到了李二的家。他把尸首放在一旁，用手捏着鼻子，学着李二的声音：“孩子他妈，快开门吧！”李二的老婆听丈夫回来了，心想：一年到头回来几趟是有数的，横长鼻子竖长眼地看不上自己，有碴没碴找仗打，今个三更半夜回来，不给他开门。想着便说：“你死了吧，还回来干啥？”

“王辩护”装着很委屈地说：“看咱夫妻一场，给我开开门吧。今天让人打了，疼死了，求求你，孩子他妈。”

李二老婆听说挨揍了，心有些软了，便下地开门。打开门不见李二的影，骂一句：“碰着鬼了？”“王辩护”见李二老婆回去睡觉又叫门，李二老婆又出来开门，又不见李二的影，如此反复三四次，李二老婆以为李二又在琢磨自己，再叫门时，说什么也不开门了。“王辩护”哭咧咧地说：“疼死我了，不给开门我就吊死了，省得活受罪。”李二老婆骂道：“早死早好，你个丧天良的！”

“王辩护”见李二老婆如此说，就把李二的尸体挂在门前的老槐树上。

第二天一早，李二老婆出门一看，丈夫果然吊在树上，便号啕大哭起来。村里人听到哭声都围了过来，一看是李二吊死了，都偷偷地开心笑了。

这时，“王辩护”走上前，对李二老婆说：“人死了也哭不活，平时他对你那么狠，还哭他干啥？”李二老婆听了，便止住了哭。

“王辩护”张罗着把李二埋了，事情也就不了了之。后来，乡亲们知道了事情的经过，都说“王辩护”为人们除了三害。

讲述：赫忠国　61 岁

记录：纪连生

1982 年 3 月 7 日采录于猴石镇

神棒

从前，有一个地主叫韩老八。韩老八心狠手毒，对待穷人非常不好，谁要是欠了他的债，他天天去逼，害得人家妻离子散，背井离乡，全村的百姓对他恨之入骨。

在这个村子里有一个人叫李六，他欠了韩老八很多债，狠心的韩老八天天去要，害得他们一家人连日子都过不安宁。韩老八见他们掏不出钱，就限期三天，三天之内还不上债，就拿他们家十三岁的小丫头抵债。眼瞧着还有一天期限了，李六两口子愁得没法儿，家里连下锅米都没有了，上哪生钱还债呀！不还吧，就得眼睁睁地让姑娘往火坑里跳。孩儿是娘身上的肉，当母亲的哪有不疼爱女儿的？李六老婆见女儿明天就要被韩老八领走了，心里很难受，哭得鼻涕一把眼泪一把的，李六在一旁也是愁眉苦脸地抽闷烟。忽然，他对老婆说："你别哭了，我有办法了。"他拿起了斧头到外面砍了一根小木棒，回到家里用刨子推得光溜溜的，在小木棒上涂上些花花溜溜的颜色，向邻居家要点儿亮油擦上了，又在小木棒头上刻了一个精制的小猴。不大会儿工夫一个花不愣登又很古怪的小棒做成了。他把它藏在炕席底下，对妻子说："明天早上你就……"他如此这般地说了一遍，李六老婆高兴地答应了。

第二天早上，韩老八要账来了，一进屋见李六老婆板板正正地躺在门板上，脸色刷白，李六和几个孩子也哭得死去活来。韩老八一看这场面就知道是李六的老婆死了，他觉得好丧气，可他还没忘了要债。李六对他说："我老婆死了，我们欠你的债，有的钱是她借的，到底俺家欠了你多少债，我也不知道，你问她吧！她说欠多少钱就如数还给你多少。"韩老八一听火冒三丈，破口大骂道："王八玩意儿，还想打无赖，人死了怎么能说话？"李六说："你别急，我有办法让她说话。"说完他翻箱倒柜地找出了花木棒，在她媳妇的脑袋上"梆、梆、梆"轻轻地敲了三下说："神棒宝棒快显灵，让我媳妇活过来，我要跟她把话讲。"他的话音刚落，就见她媳妇开始“呼哧，呼哧”喘气了，渐渐地睁开了眼睛活了过来。韩老八一见，哎？世上竟有这等好事，能使死人复活那可真是神棒啊！我要把这个神棒弄到手，那可就成了神人了。韩老八心里这样想着，嘴上说：“我知道你没有钱还我的债，眼目前住着，我也就不难为你了，你就把这个小木棒送给我抵债算了。”李六起初装作舍不得的样子，百般不给。李六越是这样，韩老八就要得越诚心，后来毁了账单，李六才把那根木棒给了他。

韩老八得了神棒都乐颠了馅，回到家里摆上几桌酒席庆贺了一顿。韩老八心想，不是说神棒能让所有会喘气的东西复活吗？我家的骡马牲畜那么多，又费粮又费料，不如先把它们都打死，等要用它们干活时再把它们用木棒敲活，省得费粮食。他这样想着心里暗暗得意，吩咐家奴打死了家里的全部骡马，把它们放在一间屋子里。

一天，韩老八要用它们干活了，就派手下的人把所有打死的骡马抬到院里，为了显示一下自己这根木棒的神通，特地召来了全村的男女老少和他的狐朋狗友。他当着众人的面说：“我韩老八是个福大如海的人，最近我得了一根神棒，它能让所有会喘气的东西死了再活，现在就让你们亲眼看看它的神通。”说完，韩老八得意洋洋地拿起了木棒走到马跟前，在马头上“当、当、当”敲了三下，马没动弹，他又敲了三下，马还没活，急得他汗顺脸淌。他用木棒敲遍了院子里所有的骡马，可是一个也没敲活。他知道上了当，在众人面前丢人现眼不算，还白白地葬送了五六十匹骡马，真是有口难言。

狠心的地主韩老八本是个吝啬鬼，怎么能受得了这样的打击，他像疯狗一样恶狠狠地去找李六算账，可是李六一家早走了。他又是恨又是气，一股火就病倒在炕上，几天工夫就见了阎王爷，老百姓们都解了恨。从此神棒的故事传开了。

讲述：李洪民　农民
记录：孟丽蓉
1983 年春采录于猴石镇

“精子”和“傻子”

从前，有这么哥俩，老大又懒又馋，人们说他是“精子”，老二不会说不会道，光知道干活，人们叫他“傻子”。

一晃，几年过去了，老大娶了个老婆，说来也巧，她跟老大是一个性子，尖、懒、馋、滑，样样占全。俗话说，树大没有不分枝的。天长日久，老大觉得老二每天除了种地，啥能耐没有，将来老了还是个愁，便起了坏心。这一天，老大说：“老二呀，明个咱分家吧，你准备准备，找个地方吧。”老二一听，满心不高兴，但又无奈，只好说：“分就分吧！”

分家那天，老大欺负老二傻，把所有的家产全部留给了自己，只分给老二几把工具和一只掉了碴的饭碗。从此，老二就靠这些维持生活。这一年，老二种了一块高粱，小苗出土时长势喜人，他每天浇水、施肥，精心莳弄着。到了秋天，那高粱长得就没比的了，老二的心里也甭提有多高兴了。晚上，他在离开地里时，自言自语道：“高粱成熟了，明个该割得过了！”说罢，扛着工具回家了。不料，老大的老婆正打这里路过，这话碰巧被她给听见，赶紧跑回家对老大说：“哎，当家的，快滚起来吧！不看点火候，还在炕上死觉。”“咋的啦？”“老二明个要割高粱了！”“割就割呗，该我屁事！”“呸，你个臭老爷们，睁开你那两个瞎窟窿看看，你自个种的那块地，草比庄稼高，明个你吃鸟毛？”“你，你说咋办？”“你过来，我告诉你……”老大的老婆在老大的耳边嘀咕了几句，接着，两口子就拎着镰刀走了出去。

他们俩来到老二高粱地里，拼命地割了起来。天快亮了，老大的老婆在老大的耳边小声说：“咱别割太绝了，给二傻子留一棵吧。”就这样，他们俩把地头一棵干巴拉掐的高粱留下了。第二天，天刚蒙蒙亮，老二就起来了，等他来到地里一看，立刻就傻眼了，一年精心莳弄的这块高粱，只一晚工夫就剩下了一棵。他摸着眼前剩下的这棵高粱，伤心地哭了起来。这一哭不要紧，眼泪正落在高粱根上。过了一会，他抬起头一看，不禁愣住了。此时只见眼前这棵高粱，秸有胳膊粗，穗有山盆子那么大。这下老二可高了兴，乐得闭不拢嘴。正在这时，忽然有一只老鸦子飞到高粱穗上吃起来，不大工夫，吃了一半。老二一见，心疼地说："老鸦子老鸦子，你给我吃了我吃哈？"老鸦子听了这话，不慌不忙地拍打了几下翅膀说："我吃不白吃，明个你缝个小口袋，我领你到金山、银山拣金银去。"说着，就飞走了。

老二回家记住了老鸦子的话，当天晚上找了块破布，缝了个小口袋，准备第二天跟老鸦子到金山、银山捡金银去。第二天早晨，老二刚起来，老鸦子就来了。老鸦子见老二缝好了小口袋，心里挺高兴，说："你闭上眼睛，趴在我的背上，我背你捡去，千万不要睁开眼睛。"老二闭上眼睛，趴在老鸦子的背上，不大一会儿，老二觉得忽悠一下，好像站在了什么地方。这时，就听老鸦子说："到地方了，睁开眼睛赶紧捡吧！"老二睁眼一瞧，简直看花了眼，只见眼前大大小小的金子、银子，闪闪发光，非常耀眼。老二忙从兜里掏出小口袋捡了起来，半袋烟工夫就捡满了半小口袋。老二不贪财，捡了半小口袋就不捡了。他心想，"捡这些就够屯里老百姓用了，别捡了。"想到这，他让老鸦子把自己背了回来。

老二背着银子回到村里，你一块，他一块，见人就给，乡亲们都十分感激老二。然而，老二自己却只留了两块银子。老大的老婆知道了，赶紧跑回家把这事告诉了老大。老大听了不相信，说："净瞎扯，咱二傻子还能有那个命，怕是你看错了吧！"他老婆见老大不信，赶紧说："我扒瞎不得好死，不信你去看看。"老大见老婆说得挺硬气，不像是瞎编的样，心里有些纳闷，便半信半疑地来到老二家。他悄悄地走进破马架里，推开门缝往里一瞧，正巧老二坐在没有席子的炕上吃饭，旁边放着两块白花花的银子。老大一见，眼睛都瞪圆了。他想："这两块银子要能归我该多好！我莫不如这般……"想到这，他打定了鬼主意，眉开眼笑、嬉皮笑脸地推门走进屋里和老二打招呼："哎呀老二，这两天我和你那个嘴像破车的大嫂商量好了，准备让你回来，咱们到一块过你看好不好？

她说了，这回再不磨叨你了。”老二心眼实，以为大哥说的是真话，就满口答应了。老大见老二答应了，心里暗暗高兴，没由分说，先把两块银子揣进了兜里。老二收拾一下家什和工具，随后跟在了老大的后面。

回到家，老大跟老二一问，老二就把这件事的前前后后一字不落地全说了出来。老大听罢，暗自高兴，心想：“我何不到秋也留一棵高粱，然后也到金山、银山捡金银去！”想到这，他便打定了主意。

第二年秋天，老大没等高粱成熟，就全都割了，只留下一棵。这一天，他假装看高粱，无精打采地坐在地上打盹儿，那只老鸦子果真飞来吃高粱。老大睁眼一看，赶紧大声地说：“老鸦子，老鸦子，你给我吃了我吃啥?”老鸦子依然照常说：“我吃不白吃，明个你缝个小口袋，我领你到金山银山捡银子去。”老大一听完这句话，乐得眼睛眯成了一条缝，差点蹦起来，他也没顾得上告别老鸦子，抬腿一溜烟跑回了家里。

当天晚上，他让老婆给缝了个挺大的一个大口袋，缝完了大口袋不算，还让老婆把自己衣服也缝上了大兜子。这天晚上，老大根本就没睡好觉，翻来覆去想着捡银子的美事。第二天早晨，老鸦子果真飞来了。它见老大缝好了口袋，先是挺高兴，等仔细一看老大缝个挺大的口袋时，心里很不快活，只好勉强说：“闭上眼睛，趴在我的背上，咱们走吧。”老大早等不耐烦了，赶紧趴在了老鸦子的背上。不大一会，老鸦子就把他忽忽悠悠背到了地方。老大睁眼一看，简直乐蒙了，赶紧拿起大口袋，拼命捡了起来。

老鸦子等了好半天不见老大捡完，着急地问：“捡没捡满?”老大头也没回应了一声：“没捡满。”又过了好大一会儿，老鸦子见老大的口袋已经装满了还不走，又着急地问：“还得捡啥时候能满?”“早呢！我兜里还没捡满呢。”老鸦子见老大把眼睛瞪得溜圆，那种贪财的样，心里十分气愤，它拍打了几下翅膀，“呱、呱、呱”一边叫着，一边飞走了。老大见老鸦子飞走了，可傻了眼，他这才想到“贪财不得好死”，后悔也晚了。他望着眼前的金山、银山，两只眼睛发呆，只半天工夫，就死在那里了。不久，他的老婆也找了人家。而老二却娶了个朴实、能干的好媳妇，小两口和睦相处，过上了勤劳、幸福的生活。

讲述：郭林氏 女

记录：郭树仁

1982年9月23日采录于南屯基镇山青村3组

秃丫头

很久以前，相传在一个山沟沟里，住着姓王的父子俩。他们有一小块地，靠打猎度日。由于日子太苦，再加上住处偏僻，儿子王本到了二十五岁，还没说上媳妇。为了这事，可急坏了王本的父亲王大。他四处奔波，到处为儿子说亲，可人家一听他住的地方就摇头叹息，结果一个也没说成。

一天，王家父子又去山里打猎。

他们刚走进森林，就发现前面不远处的一棵树下坐着个人，那人用双手抱着脚，嘴里"哼哼"着。王大悄声问："老哥，你怎么啦?"

那人抬起头来，可怜巴巴地看着王大的脸，眼圈一红，落下泪来。

"唉，大兄弟呀，别提了！我家在这山那边。今天早上女儿突然病了，我到这山上给她寻点药，谁知，又崴了脚……唉，我这一辈子就守着这么一个女儿，如今病得半死不活的，老伴见我这会儿没回，不急死才怪呢！唉……"那人的泪水叭叭地落到地上。王大跟着焦急起来："可不是么，病人等着用药，你又崴了脚……唉，你女儿多大了？没儿子?"

"唉，要是有儿子不早好了？哪怕有个女婿在跟前也好啊！"那人叹了口气，有意无意地看了王本几眼。

这一切，王大都看在了眼里，心里一阵高兴，就对那人说："你看我的儿子咋样？要是同意，咱哥俩就做个亲家吧！怎么样?"

那人高兴地说："太好了……"突然，他又把头垂了下来，"唉，不成啊！"

王大急了："怎么不成?""我，我那个丫头是个秃子呀！"

"什么？秃子?"王大一惊，看了儿子一眼。唉，什么秃子不秃子的，儿子这么大了，还挑什么，错过这个机会，说不定就要后悔一辈子！

“秃子也行啊，老哥！秃子省着天天梳头费事！”王大苦笑着说。

事情就这样定下来了。王本当即采了一些药，跟着岳父去了。

说也奇怪，他们没走几步路，天就黑了。王本把岳父背在背上，顺着岳父的指点，深一脚浅一脚地走着。不知走了多久，王本已经累得头昏目眩了，背上的岳父像山一样压得他喘不过气来。他咬着牙，使出吃奶的劲一步步地挪动着。

终于，前边出现了一团火光，像鬼火闪跳着。到了近前，王本看见是一排房子。岳父从他的背上爬下来，指着北边的一间房子说：“到了，你到那去吧！”一边说着，一边把他推到北房里，咣当一声上了锁。

王本向屋子的四周扫了一遍，看到这是一个女人的闺房，浑身出了层冷汗，转过身来就去拉门。

“哪里来的混账东西，跑到秃丫头的闺房里来了？”身后响起了尖厉的声音。

他颤抖着说：“小姐，我、我不知道这是您的闺房，是刚才那人要我来的！”他不知怎么解释才好，只得重复着哀求：“你让我走吧，让我走！”

身后一声冷笑，一切又平静了。灯突然熄灭了，听到她轻微的鼾声。

他一动不动地跪在那，心里又怕又愧。怎么跑到人家的闺房来了？那个人……岳父，哼……他怕自己一动会被姑娘伤害了性命！

一直到天亮，他还是面朝门跪在那里。

“大哥，起来吧！”啊，一个温柔的声音在耳旁响起。他想站起来，可眼前一阵漆黑，昏过去了。

不知过了多久，他迷迷糊糊觉得有人往他的嘴里喂什么，慢慢地睁开眼睛，立刻羞得满面通红，挣扎着想坐起来。

原来，正倒在秃丫头的床上，秃丫头坐在他的身边，正一口口地给他喂药。秃丫头伸出一只手把他轻轻地按下了。“别动！”姑娘微笑地注视着他的眼睛，他红着脸避开了。

他在姑娘的闺房里住了三天，身体又恢复了原样。他对秃丫头不再那么羞愧了，只是行动上还是有些拘谨。

有一天，他正和秃丫头说话，一个小童仆来找他，说他的岳父要见他，让他快去。原来岳父是让他去把后山的一片竹子砍了。他回到秃丫头的房里，把岳父的话如实地告诉了她。

秃丫头听了他的话后，恨恨地说："哼，他终于做出来了！"

王本不解地望着她，小声说："不就是砍竹子吗？费什么事儿，我在家时又不是没干过！"

秃丫头看着他，突然滴下泪来。沉吟了一阵，她咬了一下嘴唇，狠狠地抓起罩在头上的白帕子摔在了地上，露出凹凸不平的光光的头皮。王本吃惊地望着她。

"也罢，只好如此了！"她抓了一下头皮，走到王本面前轻轻地嘱咐他如此如此。

且说王本到了后山的竹林里，挥斧砍了起来。正砍着，觉得脚下的地皮微微动着，他透过竹子缝隙，看到有一只巨蟒张着血红的大口向他扑来，他吓得转身就跑。猛然间想起秃丫头的吩咐，他开始绕着竹子跑起来。那大蟒睁着两个灯笼似的眼睛发出一声怪叫，尾巴把竹子扫倒了一片。王本绕到一棵大树下，大蟒也很快追了过来。他绕着大树转圈圈，大蟒也拖着笨重的身子绕着大树跑。他累得筋疲力尽，大蟒也疲乏地卧在那里直喘气。

王本呼呼地喘着粗气，抬起头望了望树上，只见秃丫头向他招手，他一纵身，跃到树干上，蹭蹭蹭，爬到了树上。那大蟒见了，怪叫一声，抡起盆口粗的身子，打得粗大的树干摇摇晃晃。突然，从树上落下王本来，大蟒张开巨口，一口就把他吞到肚里去了。过了一会儿，只见大蟒在地上打起滚来，眼睛里冒出了血。又过了一会儿，那大蟒伸直身子怪叫一声，尾巴狠狠地向树干扫去。一声惨叫，那大蟒的肚子里钻出了一把闪亮的刀尖来。大蟒终于倒在地上不动了。

这是怎么回事呢？秃丫头找了许多纸，用秫秸扎成人的形状，用绳子把五把锋利的尖刀拴在秫秸上，再把纸裱在外面。秃丫头用一支笔，画出了王本的脸形，贴在头上，又用纸剪了衣服，给这个“王本”穿戴打扮上。冷眼一看，还真像那王本呢！做完这一切，秃丫头就跑到这棵大树上隐藏起来。待王本把大蟒引到树下，王本也爬到这棵树上，秃丫头便使一条绳子把假王本投到大蟒的口边。那秫秸扎得本不结实，再加上大蟒吞它的时候，和牙齿猛烈地撞击，到了肚里就散开了。前面说过，这是纸人，那纸遇到湿的，岂不更容易坏？加上那秃丫头又在用力扯着绳子，那五把刀就在大蟒的肚子里要开了把戏，痛得大蟒翻身打滚，身子猛击树身，那刀受到撞击，有几把就从肚子的两边钻出来了。

王本高兴地望着秃丫头，见她的脸上突然挂满泪水，惊得不知所措。

“你怎么了？”

秃丫头望着他，猛然转身，扑到大树上悲恸地大哭起来。接着，她叙述了一个悲怆的故事。

原来，在这片竹林里有一条大蟒，每隔半月，就要到他们家里去吃一个人，谁也对它没办法。她父亲极其阴险毒辣，以她作诱饵，引来一些不识真相的人充做她的丈夫，到了大蟒来的那天，就把被诱来的人喂了大蟒。在王本之前，已经有十五个青年死了。

秃丫头哭诉着，“如今，你除掉了这条蟒，可我的父亲，他的心早已变成了黑色的，他知道你明白了这事的真相，是不会让你活多久的！”

王本吓得呆住了……

秃丫头止住了哭声，梗了一下脖子：“何为父子情？我……哼！”

又过了几天，秃丫头的父亲对王本说：他有一顶帽子掉到房东的枯井里去了，要他下去给取上来。

王本愁眉苦脸地走回去，把事情告诉了秃丫头。秃丫头眉头一挑：“也罢，我这做女儿的也只好不义了。你，快去买二十张草纸，越快越好！”

秃丫头正在调各种各样的颜料，见王本买来了纸，让他坐歇着。她飞动剪刀，不一会儿，二十张纸就剪成了各种形状。又拿起颜料，往各色纸上涂抹着，一会儿又把上好颜料的纸粘到一起，竟然变成一个人头。她就这样粘呀剪的，不一会儿，两个活灵活现的纸人就剪出来了。她把两个纸人放在炕上，给它们盖上被子……诸位，你们猜这两个纸人是怎么回事？原来秃丫头糊的这两个纸人跟她和王本一模一样。因为她知道白天必然被父亲监视，晚上，他也会来监视他们的……

她把一顶预先准备好的帽子交给王本，叫他送到父亲那儿立刻就回。

王本给岳父送去帽子，见他脸色古怪地看着他，赶紧告辞出来，回到秃丫头的房间。天黑了，秃丫头带着他从后窗跳了出去，隐藏在一棵大树上。不一会儿，只见有人打开他们的门，不一会儿又退出来了，秃丫头牵起王本的手趁着夜色逃走了。

第二天，秃丫头的父亲再到她的房间来，见他们还睡着。他叫也叫不醒，一气之下，操起刀来照着“王本”的头砍了下去。“啊呀呀，这该死的秃丫头，我咋上当啦!”他气得昏死过去了。

讲述：贺文杰

记录：张秀英　姜玉坤

1982 年 7 月采录于大阳镇乡同兴村

孝 子

很久以前，一个老头领三个儿子靠种地为生。

这一天，老头病在炕上，把三个儿子叫到身边说："从今天晚上起，你们三个每人到村外桥下守一夜。夜里十二点，有啥从桥上经过就劫啥！今晚老大去。"

老大来到村外桥下。他等呀等，又困又冷，蹲着不得劲，站着腿麻木。正当他受不住的时候，忽听东面锣鼓作响。他从桥下伸出头一看，嚯！东面天地间一片金黄，一大群人由远走来，个个浑身黄灿灿，闪金光，边走边敲锣打鼓。他吓得不敢细看，忙猫回桥下大气不敢出。回到家后，老头问他碰到啥没有？他没敢说。老头心里明白，那是群金子变成的人。

第二宿，老二来到桥下。他越等越不耐烦，在心里骂起老头，认为老头是让他们活受罪。他等得心急，靠在桥帮下，抱头睡起觉来。正当他做着娶媳妇的梦，人们往他头上撒花时，猛感到头顶轰轰雷响，他惊醒过来，这时桥上一片银亮，照得四外白光光，只觉得有千万只脚踏地，踩得桥嘎嘎颤动。他以为是妖魔从天上降下来，吓得蜷缩着，待到亮光远去了，他才浑身筛糠似的探出头看看，原来是一群白人，个个通身银白闪亮，又抬箱柜，又抬轿。回到家，老头问他见到啥没？他玄呼一通。老头没言语，知道过去的是万两白银。

第三天晚上，该老三的了。他从柴垛上拽一根又粗又硬的柞木棒，天大黑了，才来到桥下。他寻思着会碰到啥呢？越寻思越精神，心里琢磨着对付的办法。这时他突然口渴起来，索性喝河水，洗起头和脸来。正洗着，听得远场响起铁器碰打的叮当声，他直起身四下看看，呀，远远的东面路上，来了一群黑人，他们越往这面走，身体越显得高大可怕，个个全身青灰黑亮，脸面狰狞，凶气逼人，边走边相互冲撞，叮叮当当。一时间，老三吓屁了，浑身打战。他想起父亲的话，猛地来了劲，回身抓起柞木棒，紧握在手里，等到黑大汉走过来了，蹭地窜到桥上，抡起棒子，不分上下狠打狠砸，把黑大汉擂倒啦。待他定神细看，原来是些青铁！不等他决定咋办，老大和老二来了，是被老头打发来的。他们哥仨又背又扛，把大堆青铁搬回家中。

老头又把三个儿子叫到身前，上气不接下气地说："我就要咽气了。你们用这些青铁给我做个棺材，等我死了，就把我装进去，往东南方抬。抬棺材的杠子也用铁做，它在哪折了，就把棺材埋哪。你们三个照我说的办，就是孝敬我。"老头说完咽了气。

他们翻山越岭，趟河过沟，走了七天七夜，脚脖刮破了，肩膀压肿了，抬棺材的杠子仍是原样。这时，老二累急了，往地上一坐不起来，硬是不想再抬了。老三讲起父亲的各种好处，和养活他们所受的各种苦，劝说老二。老二不听不说，反倒责怪说爹是折腾儿子，说老三是找罪受！火气冲冲地走了。老大也想走，被老三好说歹说，才又和老三抬起棺材。哥俩又走了三天三夜，来到一个山清水秀的旷野里，这时，老大也坚持不住了，他说折腾这么多天，够孝敬的了，就地埋下算了，还劝老三别再抬了。可老三不同意，一定要照老头说的办到底。老大见说服不了老三，想到将来谁也依靠不了谁，不如现在各走各的路，就默不作声地离开了。

剩下老三自己了，他不泄气，在心里打定主意，就是累死了，也要尽到儿子的孝心。他自个儿没法抬，就用杠子撬棺材，一点一点往前移动。他撬啊推啊，鞋登破了，手磨出了血泡，胳膊肿成小碗粗，可他不灰心，越干越起劲。渴了，喝几口山泉水，饿了，嚼几口包米饽，天黑了，搂堆干草树叶往上一躺。这一天，他拼死拼活把棺材弄到一棵千年松树下，刚要再往前撬，咔嚓，杠子断了。他长出了一口气，就地挖起坑来。土又暄又软又轻，像棉花一样，挖起来不费一点力气。不多时，就挖好了一个坟坑。巧啦，就在他快把棺材埋完的时候，一个拳头般大小的泥兔闪现在锹下。他捡起来看看，当成孝敬父亲的纪念，揣进怀里。

一切都做得妥当了，他才算安了心。这工夫儿他感到心里空落落的，不知再咋办才好。回家？家已经散了，没了。不回家？又上哪呢？四下没亲没故。他想着愁啦。迷迷糊糊中，他做了个梦，梦着一个小泥兔蹦到跟前，告诉他东南不远有个庄子，庄里有个李员外的二小姐病了，那病只有你才能治。只要你把告示扯下，见到二小姐就成。他不信梦，可这个梦一连做了三遍，遍遍都一模一样。他想试试看吧。于是他便向东南走去。果然傍晚的时候，一个庄子出现在前面。他径直走进庄里，一打听果然有户李员外。他来到李员外的围墙门前，见墙上真贴着告示，便扯了下来。

几个家丁围了过来，看他衣服破烂，蓬头垢面，以为他是坏人，不由他分说，把他拽进大院，报员外处置。李员外特别疼爱二女儿，求医心切，无论什么人撕了告示，他都要亲眼见见，亲口问问。他打量着老三，探问起来由。老三大大方方，对答如流，字字有板有眼，真像个灵仙一样。李员外听着笑道："人不可貌相，海水不可斗量。"把老三请进内院，安排了住处，派佣人专门侍候。由于老三还不知道给二小姐治病的办法，心里七上八下，可他表面却很平静，装得像个先生。他心里有底的是，梦中的小泥兔会为他解难。他越发觉得孝敬老人，孝敬到底是对啦！

讲述：王立君　教师

记录：邓　亮

1983 年 9 月 13 日采录于横道河镇三合村

丑妻近地家中宝

从前，东辽河畔有个孙财主，他在临终前按照两个儿子的要求，为他们娶回各自挑选的媳妇，把那一远一近的两块地分给了两个儿子。没过几天，老财主死去了，两个儿子分了家，各过各的日子。先说老大那媳妇长得十分俊俏，可是在家全靠人家侍候长大的，过了门什么也不能干，洗衣服、做饭这些活，都要老大来干。这还不算，顿顿要吃香的，天天要穿好的。有时老大忙不过来，让老婆伸伸手，老婆板着脸瞪着眼珠说："嫁汉嫁汉，穿衣吃饭，叫我伸手，难上加难！"弄得老大哭笑不得。再说他要的那五十亩平川地虽然土质肥沃，可离家太远，送一车粪要半天，下地干活也要走半天，工夫全搭在道上。这样一来，那地里打的粮食一年比一年少，日子过得一年不如一年。到了第三年头上，家产已经荡尽。老婆看到再也吃不着好的、穿不着好的了，凭自己的俊模样儿，又嫁给一位财主，剩下老大一人无依无靠，只好流浪街头讨饭。

再说老二。那媳妇虽然长得傻大黑粗，可做饭打柴、春种秋收，家里家外样样能干。那房后十亩山坡地，虽然土质薄，石头多，可离家近，送粪、下种、铲地、收割样样方便。早晨起来铲上两条垄回家再吃饭，干什么都赶趟。太阳落了还能往地里送两车粪。小两口人合心，马合套，天天长在地里干。老二见媳妇太累，劝她少干点，媳妇却说："穿衣吃饭，人人得干！"三年后，房后那十亩山坡地，石头也没了，地也变平了，攥一把土直流油。那日子过得自然一年就比一年好。

从此，东辽河两岸的人们编了这样一套顺口溜："娶妻莫要看相貌，种地离家近为好。不信你可看老二，丑妻近地家中宝。"

讲述：张殿双　73岁　农民

记录：张德才

1987年7月15日采录于大兴镇福利村2组

一个鲇鱼两个头

从前，有一对夫妻住在江边，以摆渡为生。

这天天色将晚，来了一位书生要渡船，这夫妻俩因风大天黑便留书生住一夜，明日再渡。吃过晚饭，夫妻与书生闲谈时才知书生过江给人送银两，便起了歹心，打算夜间把银子偷去，谁知书生一夜没合眼。

第二天天亮时，夫妻俩不情愿地划着船载着书生朝对岸去。划到江中时，男的突然叫妻子朝船下看，说江中有条鲇鱼长着两个脑袋。书生说："有这蹊跷之事？待我看来！"正在他趴在船帮看时，男的猛地将他推进江中，调转船头往回划去。

一年后，妻子生下一儿，取名喜生，喜得夫妻俩整天合不上嘴。

待喜生长到五岁时，每天吃饭前都要打父母两个嘴巴，不打就吃不下饭。夫妻俩以为孩子小，跟父母发贱，便任喜生打。谁知长到十八岁还是照样打，打得夫妻俩抗不住，疼得龇牙咧嘴。一天喜生说："爹、娘，我也不想这样打下去。我想出去躲个一年半载的……"没办法，夫妻俩只好哭着送儿子出家。

这一日，当喜生走到半路时，忽然从路旁走出一位白发苍苍的老头。他对喜生说："你爹娘快咽气了，回去也就罢了。见了你的爹娘你就说：十八年前江水流，一个鲇鱼两个头。该打！该打！"喜生一惊，问道："你是何人？"老翁没有回答便消失了踪影。喜生眨眨眼往家走来。夫妻俩正哭得死去活来，忽见儿子回来，立刻抹去眼泪，生怕儿子饿了，拽着去吃饭，不想喜生照着父亲就是俩大嘴巴，打得父亲眼睛直冒花。母亲劝说："儿呀，别打了。"喜生说："十八年前江水流，一个鲇鱼两个头。该打！该打！"

讲述：老李太太　64 岁　念过半年私塾

记录：冯　波

1987 年 6 月 25 日采录于南屯基镇

投钱断案

传说某七品县令上任第一天，就传来一起“失盗案”。

卖油饼的贾生，昨天做完生意回家，走到比较僻静处解手，就把钱褡子和货担子放在路边。等他解完手，回来一瞧，顿时傻了眼：只见货担子在，钱褡子没有了。愣了半天，才清醒过来，拖着沉重的步子回到了家。街壁儿的人都熄灯睡觉了。贾生躺在炕上，睡不着，心里犯了核计：咋办呢？去衙门报案吧，手里连本带利全没了。没钱，这县衙门是不会替你办事的，何况我一个小小的卖油饼的了。不去吧，的确有点窝囊。第二天，邻居赵老汉见贾生没去卖油饼，很纳闷，问贾生为啥没去。贾生把钱褡子被偷的事儿说了一遍。赵老汉一琢磨，同情地说：“人家都叨咕说新来的县令是个清官，办事公道，不刮取百姓，你不如到衙门去试试。”贾生一寻思也在理儿，就来到衙门报了案。贾生一五一十地说明了钱褡子被偷的经过后，县令就让他先回去。

第三天，街上贴出了县令的一张榜文，内容大意是：定于今日申时一刻，本县令在东市街设堂审水断案。

这消息像风似的，一下子刮遍了全城。当晚，男女老少全都来到大堂前，都挂着瞅瞅这稀罕事儿。大堂门前，四个衙役分立两旁。在大堂的第二道门左侧，县令坐在一盆清水的旁边，随身衙役告诉大家，凡入堂者，必须将一枚铜钱投入盆中。大伙一个跟一个地走进大堂，县令用敏锐的目光注视着每一个入堂者的脸色，投钱的动作。堂外的人逐渐减少了，县令的目光还是全神贯注地观察着。堂外的人寥寥无几了。这时，只听县令大声叫道：“停！”然后，将刚投铜钱的人喝住，令衙役带到旁堂。县令问过这人姓氏名谁之后，大喝一声：“狗胆盗贼！青天白日，竟敢偷盗他人钱财，快快如实招来，免得皮肉受苦。”这人听罢，面如土色，浑身发抖，体似筛糠缩成一团，战战兢兢地说：“知……罪，小……小人知罪。”原来，这人正是偷钱者。

申时一刻已到，县令登上大堂，高声说道："昨日受理失盗案一起，卖油饼的贾生钱褡子被盗。今一盆清水已经'说话'，偷钱者已经查获，案情已破。破案经过是这样的：卖油饼者，售货接钱，难免油手不触碰铜钱。沾油铜钱投入盆中，清水自然泛出油花。"这时，人们才如梦初醒。真相大白了，台下的人交口称赞县令断案的"高招"。

从这次"投钱断案"以后，这个县令的名声就传开了。

讲述： 王　氏

记录： 赵程翔

1983 年 5 月 21 日采录于东丰镇北街 6 委 1 组

孟成算卦

老岳父过寿诞，大姑爷二姑爷骑着高头大马带着厚礼来了，岳父岳母喜笑颜开迎出大门外。三姑爷孟成家穷，两口子步行三十多里，空着手破衣烂衫地来了。岳父岳母撇嘴筋鼻子连屋都没出，就像不知道似的。

开席了，岳父岳母大姑爷二姑爷在上房喝酒行令，笑语连天，却让三姑爷两口子蹲在灶房旮旯嘞啦鱼头，啃空骨头棒子，连酒也不给。三姑爷不说什么，好赖只管吃。三姑娘越想越生气，这不是明摆着看人下菜碟吗？她放下碗筷，对孟成说：“你也别吃了，去把大姐夫二姐夫的马牵到后沟去。”“这是为啥？”“先别问，过一会儿你就明白了。”孟成照办了。

大姑爷二姑爷酒足饭饱之后该回走了。到马棚一牵马，两匹马都不见了。房前房后大道小道一顿找也没找到，只好认倒霉，走着回家。刚要走，三姑娘说话了：“大姐夫二姐夫别走哇，那马我们能找到。”大姑爷听了撇了撇嘴说：“吹吧，你们能找到？”二姑爷也眯着一只眼说：“扯呢，没看透！”三姑娘说：“你们可别狗眼看人低，我们要是找到了咋办？”大姑爷哼了一声说：“好啊，你们要是真能找到，我送给你们二两银子。”二姑爷也跟着说：“中，我也给你们二两银子，你先说说咋个找法？”三姑娘说：“你们有所不知吧，孟成他得道成神会算卦了，只要他掐指一算，就知道那两匹马这会儿在哪呢。”大姑爷说：“小样，孟成啥时候会算卦了？小小花狸猫，还出息个豹呢，我今天倒要见识见识，算算吧。”二姑爷说：“还真是隔墙观景看不透，我今天也要开开眼，算算吧。”

孟成这会儿才明白媳妇叫他把马牵到后沟是啥意思。见媳妇一给眼神儿，他就照着算命人的样子，闭目合眼，像模像样地掐算起来。掐算了一会儿，慢慢睁开眼睛道：“马正在后沟吃草呢，快去牵吧。”

大姑爷二姑爷半信半疑地和三姑爷三姑娘一块儿来到后沟，一看，两匹马果然在那甩着尾巴吃草呢。大姑爷二姑爷没想到三连襟还有这两下子，各给了二两银子，骑上马回家了。

孟成能掐会算的事儿一阵风地传开了。

皇宫的镇殿之宝——玉香炉丢了，皇上大为恼火，发出文告要求各府州县都要寻找，掘地三尺也得找到。孟成所在县的县令收到文告后，不敢怠慢，派出全部衙役到民间查找，玉香炉没找到，却把算卦先生孟成给查出来了，便一个奏折报到朝廷。皇上很快就派两个太监来到了孟成家，要孟成马上进宫占卜玉香炉丢失案。孟成害怕了，去吧，我纯属冒牌货，要是算不准，小命可就利索了，不去吧，圣命怎可违？惶恐之际，还是媳妇给他出了个推脱的主意。媳妇告诉他说，你只管去，你离开家以后咱们这么这么办。并说这个办法行得通则行，行不通你就只好想法半路逃跑了。孟成记住了。

两个太监带着孟成向京城出发了。走了大约十来里地，孟成突然站住了，说："不好，我家大牛掉进菜窖里，窝了脖子窝死了，我得马上回家。"两个太监和孟成一道返回去了。他们到孟成家一看，果然大黄牛大头朝下窝在菜窖里，一动不动，没气儿了，一伙人正使劲往外拽呢。把黄牛弄出来后，孟成向俩太监说他不能进京了，"我走了，家里没了牛，地就种不上了，我得在家种地，要不，一家人就得挨饿了。"任凭咋说俩太监也不答应，孟成只好又跟他们上路了。还是走了十来里地，孟成又突然站住了，说："我还得赶回去，我算出来我家房子一会儿就得起火，你们得跟我一块儿回去救火。"说完拉起两个太监就往回跑，跑了没几步，就见村里窜起一股浓烟。到村里一看，正是孟成家的房子着落架了。孟成抱着媳妇号啕大哭了一阵，夫妻俩和两个太监哀求道："求公公回去跟皇上好生说说，孟成不能进皇宫了，牛刚死，房子又烧没了，得在家种地盖房子，不然连饿带冻，一家人可就活不成啦。"俩太监哪敢答应，还是硬把孟成带走了。

一路上，孟成琢磨时机准备逃跑。俩太监呢，他们的脑袋也没闲着：这个乡巴佬真的挺能算，他要是真是算出玉香炉是谁偷的可就坏了大事了。想到这儿，俩太监试探着问孟成能不能算准玉香炉是谁偷的。这时孟成心里正琢磨咋逃跑呢，随口答道：“张三李四。”俩太监一听，顿时慌了，问：“那……他们能把玉香炉藏……藏在哪儿呢？”孟成脑子里正寻思着如何跳河逃跑，根本没听清他俩问的是什么，稀里糊涂冒出一句：“河。”河字一出口，俩太监“扑通”跪在了孟成面前，磕头像捣蒜似的说：“不瞒孟先生，我们俩就是张三李四，您真是活神仙，那玉香炉正是我们俩偷了，就藏在京城护城河里，求孟先生，孟神仙，孟爷爷在皇上面前千万别说是我们俩偷的，不然我们就得满门抄斩祸及九族啊！”孟成听了，歪打正着，心中落了底，对他们说：“你们胆子也忒大了，怎么连国宝也敢偷啊？不过看样子你们也都是穷苦人家出身，起来吧，到时候我保你们没事。”俩太监千恩万谢，起了身。一路上对孟成毕恭毕敬，就像恭敬活祖宗一样。

进了皇宫，面见了皇上，皇上先试试孟成的本事，叫人把他的眼睛蒙上，然后让娘娘藏到屏风后面，叫孟成算出屏风后面藏的是谁。没办法，孟成只好就地打坐，伸出十指闭目合眼假装掐算，心里盘算着怎样蒙。这时一个小虫钻进孟成裤筒咬了他一口，孟成忍不住骂出声来：“娘的！”皇上和满朝文武都把“娘的”听成了“娘娘”。皇上一拍大腿说：“不错，你算对了！”娘娘觉得挺好玩，从屏风后面走出来，把一张纸牌握在手里，说：“你再算算，我手里握的是什么？”孟成一边假装掐算，一边盘算着怎样蒙。突然，眼皮嘣嘣跳个不停。他想：完了，人都说眼皮跳祸事到，这回恐怕蒙不过去了，准得掉脑袋哇。干脆跟皇上实话实说，死就死活就活吧。于是开口道：“启禀……”“启禀”二字刚出口，就听娘娘说：“对啦，正是七饼！”皇上心悦诚服，命人摘去了孟成的蒙眼布，叫他占卜玉香炉。这回孟成心里有底了。只见他双眼闭得更紧，十个指头捻得时间更长，脸憋得通红，脑袋和身子摇摇晃晃。为啥要这样？常言道：“玄得重，心打动”。越是玄，皇上才越信。琢磨好了，睁开眼，长出口气：“小民已经占知，那玉香炉就在护城河水中所藏。”“唔？那是何人所窃呀？”“回皇上，那玉香炉原本是上天圣物，久经凡间烟火熏陶，是太上老君派哼哈二将将它搬到天河清洗，不想失手落入护城河中，皇上现在可以派人打捞出来，清洗后安放原位便可。”他这么一通玄乎，真把皇上给玄乎迷糊了。皇上问：“派何人去取？”孟成答：“张三李四。”皇上一拍桌案：“张三李四听旨：照孟先生话速去办理！”张三李四领旨出了宫。他俩当然知道玉香炉在河中的位置，到那里就捞了出来，把它擦得锃亮，抬回皇宫，安放原位。

国宝找到了，皇上非常高兴，重赏了孟成，并留孟成在宫中专事占卜。对于这个差事，孟成难住了，不干，就是抗旨，干，早晚有一天露馅掉脑袋。于是，他假借回乡料理家事，两口子乘机逃跑了，跑到了一个山高皇帝远的地方，改名换姓，过自食其力的日子。

讲述： 闻学英　女　1932 年出生

记录： 耿长海

2002 年 12 月 9 日采录于杨木林镇杨木林村 3 组

【附录】能人孟富有

早先，在关东一个大山沟里，住着一户农民，叫孟富有，家里挺穷，吃上顿，没下顿。孟富有有个双目失明的老母。

一天，孟富有见老母饿得奄奄一息，就想出了到朱大地主家弄粮的主意。孟富有趁晚上把朱大地主的白马牵到三十里以外的地方拴在了树上，然后连夜赶了回去。朱大地主第二天知道马丢了，急得团团转。这时，孟富有的邻居为了讨好朱地主，说：“孟富有会算，挺准！”朱地主一听，没容分说就到孟富有家去了。孟富有见朱大地主求自己了，就说：“我饿得打晃，妈也饿得不行了，哪有心思掐算？”这时，朱大地主找马心急，啥也不顾了，从前的小心眼也大了起来：“快，取袋粮去！”家丁走了，不一会扛来一袋粮食。孟富有把手指一扳，说：“马没丢，在三十里外正东，有一片林子，在第七棵树上拴的，派人去取吧。信不信由你。”朱大地主急忙派人去找，果然牵回了大马。这下，孟富有能掐会算的名声传出去了。

一天，从京城来了一队人马，直奔孟富有家。原来，京城一个姓宋的官人，家里丢了祖传的宝刀，听说关外有个叫孟富有的能掐会算，便千里之外，亲自来请。孟富有犯难了。然而，小胳膊怎能扭过大腿，孟富有只好从命。临走，孟富有和老母暗地订了一计。路上，孟富有说："不好，我家起火了！"宋大官人赶忙派人回去救火。几个小时以后，救火的人回来告诉宋大官人，孟家确实着了火。宋大官人很是佩服，当即表示，要是找到宝刀，赏白银五百两。孟富有明白，自己根本没有能掐会算的本领。到京城下车以后，孟富有挨个察言观色，没发现一点破绽。他对宋大官人说："一路太疲劳，歇几天再说，五天头保证找到宝刀。"

一晃到了第三天。孟富有在大门口走来走去。天快黑了，孟富有更急了。他自言自语道："是张三干的还是李四干的？"话刚落，两位把门的一齐给孟富有跪下了："老爷饶命，是我们合伙干的！"孟富有心有底了，来了精神："我知道是你们干的。在朱大官人面前没说，怕要你俩的脑袋。现在没人，快告诉我宝刀放在哪？""藏在假山石从上往下数东面第八块石头缝里了。"孟富有听后，假装观花，悄悄将宝刀换了地方然后回去了。第四天，宋大官人等得不耐烦了，来找孟富有。孟富有说："还有一天期限。不过，看你着急，我已经提前把宝刀找到了。刀在假山石从下往上数西第六块石头缝里，快去取吧！"

宋大官人亲自取回了宝刀，当场赏银五百两，又用车把孟富有送回家。孟富有把得来的银子分给了村里老少爷们。

从此以后，孟富有这个能人算是出了名了。

讲述：王大壮　80 岁

记录：于政清　潘士禄

1989 年 1 月采录于大阳镇

穷敲金盆饿拆墙

从前，在关东有这么一家。有一年，两位老人同时得重病，快不行时，老头把三个儿子叫到了身边，嘱咐道："我们俩都不行了，你们哥仨要好好地过日子，要是实在熬不下去了，穷了敲金盆，饿了就拆墙……"话没说完，老两口就咽气了。

三个儿子埋葬了父母后，开始过着紧巴巴的日子。话说这一年闹大旱，屯子里的老百姓都到山上扒树皮吃，再后来，连树皮都扒光了，很多人开始吃"观音土"。

三兄弟愁的实在不知怎么办才好。最小的弟弟饿得起不来炕，只能听到轻轻的呻吟声。一天夜里，小弟睡去了，不知不觉见到了妈妈。妈妈很生气地说："妈临走前告诉你们什么了，怎么就是记不住。别忘了：穷敲金盆饿拆墙……"小三醒来，把做梦的事告诉了两个哥哥。

三兄弟这时才恍然大悟，赶忙拆墙。

"哎呀！这么多的荔蓬面坯，足够我们吃一年的啦！"

有了吃的，花的早就断血脉了。他们忙上棚取下那口金盆，团团围坐在炕上敲盆等着盆里出钱。可是哥仨从早敲到太阳卡山，也没敲出一文钱。

第二天，哥仨吃过早饭，接着又敲了起来。他们以为敲到一定的时间盆里就会要多少钱有多少钱。这时，门外有一个乞丐，拄着拐杖，走进屋里来。哥仨一见是舅舅，忙收拾些饭菜给舅舅吃。舅舅问："打老远就听到你们敲盆，不知道做啥？"

老大说："父母在世时告诉我们，穷敲金盆饿拆墙。缺粮的时候，我们拆了墙，里面是二老几十年给我们坨的荔蓬面坯，吃的不愁了。可是没钱叫我们敲金盆，我们昨个敲了一天，也没敲出一文钱……"

舅舅一听，急忙说："你们太笨了，不把它敲碎卖掉，能出钱吗！"

仨外甥一听，当场敲碎金盆，分给舅舅一些，又给舅舅一些荞蓬面坯。从打那以后，哥仨都娶了媳妇，过着勤劳、节俭的日子。

讲述：李长英 女 75 岁 满族
记录：潘士禄
1985 年 8 月采录于杨木林镇

别管他人瓦上霜

相传有这么个老财主，绰号“刘敢干”有钱有势，吃喝嫖赌，无所不好，对待穷人非常狠。

话说有这么一天早晨，下了一场雪，能有一巴掌厚。刘敢干有个懒蛋的儿子，名叫“二赖子”。今天可出息了，他早就起来了，准备到外面扫雪，可刚一推房门，就见房檐上挂着一个筐，上边蒙着一块红布，红布映着白雪，非常鲜艳。二赖子这回可高兴了，他心想：“嘿，准是宝贝，我何不取下来，到父亲那里显试显试?”他蹑手蹑脚把筐摘下来，伸手掀开红布一看，哎呀我的天哪，差点没把二赖子吓掉了魂，你猜咋的？筐里装的是刘敢干的脑袋。二赖子吓得像个傻子似的半天才醒悟过来，挣命地叫人。家人出来见此情景，急忙分头行事，报丧的、报案的、查线索的……忽然，一串来回的脚印清清楚楚地从刘敢干家连到上院的李富的院子里。这还用问，凶手就是李富！刘家赶紧把大院围好，单等县官来断案。那么说，这个案子真是李富做的吗？哪呀！

原来，三年前有个绰号叫王缺损的人，他和刘敢干是一路货色，都坏出水了。一天，他和刘敢干一起赌钱，一下子输给刘敢干三百多两银子，王缺损不肯掏钱，刘敢干就派家丁去王家想要动武的，王缺损见事不妙，赶紧还了赌债。从此，王缺损就对刘敢干恨从心上来。

王缺损的鬼道道多得很。他对刘敢干有仇，不表白，还跟他交了个酒肉朋友，两个人常来常往，都不把对方当外人，一来二去，刘家的哪个门都让王缺损熟悉个遍。

那天晚上，刮着北风，天阴得乌黑，王缺损偷偷地溜了进去，把白天喝的醉醺醺的刘敢干的脑袋拿了下来，装在筐子里，挂在刘家的房檐上，巧的是这雪是天亮那半夜下的。

再说李富，是勤快人，虽然家境贫穷，可他总是活不离手。这天早上起来，拿起笤帚扫雪，发现了刘家房檐上的筐，他就腿勤了，好奇地去看个究竟，这一看，可就粘帘子了。

县官到这一看，当即断定李富是杀人凶手，可怜的李富，真是跳到黄河也洗不清啊！李富争辩着：“大老爷，我冤枉啊！”“什么，有你的脚印可证，有何冤枉？脚印不是你的那是从何而来？”“脚印是我踩的，但人不是我杀的，房檐上挂的筐，我是觉得奇怪才去看的。”县官老爷儿一拍惊堂木：“混账，自扫门前雪，你管人挂筐不挂筐的！”就这样，县官不分青红皂白地断下了这案子。从此“自扫门前雪，别管他人瓦上霜”的故事就传开了。

讲述：李大爷　71 岁　农民

记录：隋凤琴

1984 年 2 月采录于南屯基镇红榔头村

人物故事

歪梨妈妈

满族人在龙虎年的正月举行大型祭祀活动时要供奉歪梨妈妈（又称敖杜妈妈、万历妈妈）。歪梨妈妈是尊汉族女人偶像。说起满族人供奉歪梨妈妈的来历，还有一个动人的传说呢。

明朝末年，少年的爱新觉罗·努尔哈赤（1559—1626，绰号小憨）经常在长白山打猎、挖参，然后到抚顺或辽阳的“马市”去卖。万历四年（1576），小憨十八岁时，他又一次到辽阳去卖人参。走到辽阳郊外时正赶上辽东总兵李成梁带领官兵狩猎。突然，一只白额吊睛斑斓猛虎向走在人群最前面的李成梁扑来。官兵们吓得纷纷后退，虽然有人想操箭射虎，但又怕伤着李总兵。猛虎咆哮着，竖起锋利的前爪扑过来。李成梁想躲已经来不及，情况十分危急。这时，小憨手中挖参用的三股钢叉凌空飞起，朝猛虎刺去，钢叉正扎进猛虎张开的血盆大口，猛虎顿时翻身跌落在草丛中，鲜血喷涌出来。

李成梁得救了，他非常感激小憨，把小憨收留在自己身边，当了嘎什❶。小憨进总兵府以后，李成梁的六姨太紫薇夫人见他憨厚耿直，又是打虎英雄，心中很是敬佩。

一天晚上，小憨侍奉李成梁洗脚时，发现他脚心有三颗红痞子，便说：“大人，我脚心有七颗红痞子。”李成梁一怔，下意识地说道：“我有三颗红痞子，就当了总兵。你脚踩七星痣，将来能主管天下事啊！”他心里却想起前几天皇上传来密旨，说钦天监夜观天象，发现辽东地面升起真龙天子的祥云，命我密察此人，押解

---

❶嘎什：随侍。

进京。莫非这小憨就是真龙天子？

李成梁回到内府后，把这事告诉了紫薇，并说："明天我要把小憨抓起来，押到京城请功领赏。"紫薇一听大惊，忙摆酒置菜，陪着李成梁饮酒，说是先庆贺一番。紫薇把李成梁灌醉以后，从他腰间解下令牌，急忙来到嘎什房，把小憨唤醒向他讲述了突然降临的祸事，接着，把小憨领到马厩，说："你快骑上大青马逃命吧。"小憨在慌乱中，错牵出了日行八百里的二青马，而没牵日行千里的大青马。他带上心爱的大黄狗，冲紫薇深鞠一躬，手举令牌，骑马冲出城门，向自己家乡赫图阿拉[1]驰去。紫薇知道，放走小憨，李成梁必定不能放过自己，便吊死在后花园的一棵歪脖梨树上。

李成梁酒醒后，发现腰间的令牌没有了，紫薇也自尽了，一传小憨，也不见人影，就明白了三分。他立刻命令自己的三公子李如桢骑上大青马，带领兵将追捕小憨。

天刚亮时，李如桢的人马看见了小憨的踪影，便快马加鞭紧追不舍。小憨心中一慌，冲下了山崖，摔在了苏克苏李河岸边的芦苇荡里。二青马摔死了，小憨摔昏过去了，大黄狗腿摔瘸了。

李如桢命人在芦苇荡的四周放起火来，想烧死小憨。火势越烧越旺，眼看就要烧到小憨了。大黄狗叼住小憨的衣角，往河里拖，并用身体在河里沾上水，在草丛中打滚，把草弄湿，不让火烧过来。当被拖到河里的小憨慢慢地苏醒过来时，他发现大黄狗已经累死了。小憨流着泪把二青马和大黄狗埋葬在芦苇荡里，游过河去，走回了赫图阿拉老家。

努尔哈赤当了罕王后，非常感激紫薇的救命之恩，封她为歪梨娘娘（因她吊死在歪脖梨树上），世代供奉。

讲述：李德春　68 岁　农民

记录：李　楠　吴　洋

1999 年采录于东丰镇

---

[1]赫图阿拉：今辽宁省新宾县。

关东神童王尔烈

关东才子王尔烈，家住辽阳城，父母是以做豆腐为营生的。王尔烈小时候聪明过人，没用念《三字经》、《百家姓》，就把《论语》背得滚瓜烂熟。

相传，乾隆皇帝登皇位不久，就带领文武朝臣东巡关东，到各地私访，体察民情。一天，乾隆来到辽阳城，走进一条胡同，迎面一座横墙挡住去路，墙上挂着一块小木牌，上写：此路不通！乾隆一回头，看见豆腐房门口站着一个小孩，胖乎乎的挺招人稀罕。这个小孩就是王尔烈。

乾隆问王尔烈："小孩，你认识木牌上的字吗？"王尔烈说："我只认识后头三个字，第一个字我不认识。"

乾隆又问："你都念过啥书？"王尔烈说："我只念过一部《论语》。"乾隆感到挺纳闷：念过深奥难懂的《论语》，怎能不认识"此"字呢？于是，乾隆指着木牌上那个"路"字问："这个字念啥？"王尔烈立刻回答说："是《论语》里'子路问曰'的'路'字！后面那个字是'有朋自远方来，不亦乐乎！'的'不'字，再后面那个字念'通'！"

"对！是《论语》里的句子。"乾隆龙颜大悦，点额赞叹。他又问："你怎么不认识那个'此'字呢？"王尔烈眨巴眨巴眼睛说："《论语》里没有这个'此'字啊！"

"嗯？"乾隆难住了，他也记不准《论语》里有没有"此"字。他龙体躬弯，哄王尔烈说："走，跟我去吃糕点。"二人来到行宫，乾隆让王尔烈从头到尾背诵《论语》，自己翻开书本逐段逐行查看。等王尔烈背诵完了，乾隆一拍巴掌："真没有'此'字啊！"

乾隆命人召集群臣来到行宫大殿，问："一部《论语》里大约能有多少个'此'字？"群臣争着回答，有说二十多个，有说五十左右，也有说一百多个。乾隆冷笑一声，让王尔烈又把《论语》

背诵了一遍。群臣一听，《论语》里哪有“此”字啊！都吓得纷纷跪倒，这是欺君之罪啊！乾隆命人拿来刑具，谁说多少个“此”字就打多少大板。但乾隆转而一想：刚才在胡同把我难倒了，别处罚大臣啦！便说：“有谁能说清楚《论语》里为何没有‘此’字？”这时翰林院侍读学士惠士奇跪倒说：“《论语》是孔子讲的话，由他的弟子们辑录的。孔子是春秋时鲁国人，他说的话是方言土语，‘此’说成‘斯’，‘斯’和‘此’是一个意思。”乾隆听后，说：“多亏了惠学士博学鸿词，若不然真让一个小孩将大儒们难倒了！”

群臣红着脸羞愧地低下了头。乾隆侧身问身旁的王尔烈：“你叫什么名字？”王尔烈脆生生地回答：“王尔烈！”乾隆高兴地说：“好一个关东神童王尔烈啊！”从此，关东神童王尔烈的名字就在辽阳一带传开了。

讲述：谭引古

记录：吴强稼

1986年6月采录于大兴镇

笑话

分收成

相传，我们这旮旯有个地主，人送外号“张矬霸子”。这个人钻心磨眼地剥削农民，真是一言难尽啊！

有一天，从关里来了个伙计，名叫孟永富，找到“张矬霸子”租地种。“张矬霸子”一见这位彪形大汉，便说：“你包水田，水上的归我，水下的归你。”孟永富忙说：“咱们立个字据，让大家伙都知道。”“好吧！”说着当场立了三张字据，自己一张，打头的一张，孟永富一张。

春天，阴雨连天，孟永富把稻田改成鱼池，捞了些鱼苗，放在池里。

雨水挺勤，鲫鱼、草鱼、鲤鱼、鲢鱼都长得挺好，到秋能出一泡好钱。

收割时节到了，“张矬霸子”找到打头的和孟永富去水田分收成。孟永富坦然自若地说：“水下的是鱼归我，水上的全归您。”“张矬霸子”吃亏了，哪里肯罢休？当场又立了三张字据：水上的归孟永富。

孟永富头年就把坑填上了。来年春天，稻种早早下了地。

又是一个丰收年，打了很多很多稻子，留够自己吃的，其余的分给了乡亲们。孟永富主动和打头的找到“张矬霸子”去稻田里分收成。孟永富事先把稻田里放满了水，指着水面说：“水上的归我，水下的自然归你喽！”

讲述：李长荣

记录：潘士禄

1982 年 1 月 9 日采录于杨木林镇

媳妇教婆

从前，有一个叫黄妖的媳妇，她婆婆张氏已经八十多岁了。冬天，黄妖把张氏弄到四面透风的屋子里，十天半月不给烧回炕；夏天，她把屋子给堵得严严实实，热得喘不过气来。张氏卧床不起已经五年了，她盖的那床被子五年没有拆洗过，她用的那个饭碗五年没有刷过，而且还是黄妖从前的一个猫食碗。就这样，黄妖逢人还讲婆婆的不是，说这老太太一身特性，多暂也舍不得那床破被，说盖着舒服，那只碗也不愿扔，说用它吃饭香。

黄妖也有个儿媳妇，叫秀英，是个心地善良、聪明能干的人，她看不惯婆母虐待奶婆。

这一年，张氏死了，黄妖假惺惺地大哭了一场后，回来指着那床破被和碗说："秀英呀，你快把这些东西扔了吧！"

秀英笑着说："妈，这两样东西可不能扔呀！"

"怎么不能扔？"

"这被盖着舒服，这碗吃饭香呀！"

"现在老不死的已经死了，还留它干啥呀？"

"妈，您也有老那天，不也得用它吗？"

"啊……"黄妖的眼睛一下子变长了，她"扑通"一下跪倒在儿媳妇面前……

讲述：贺文杰

记录：李继发

1983 年 3 月 19 日采录于大阳镇同兴村

三句遗言

从前，有个老财东，口挪肚攒积下了万贯家私，可他还是整天闷闷不乐，常常一个人对着那些金银财宝发呆："唉！连个传宗接代的人都没有，将来这家产还不得都归别人哪！"谁知他五十多岁时竟得了一个儿子。

老财东爱如掌上明珠，请了个先生，在家里每天教他念书习字，任何事都不用少爷过问。转眼冬去春来，少爷长成了一个大人，虽然知书懂礼，却总是呆头呆脑的。他非常听话，父亲叫他做什么，他一定照办。这让老财东很满意。有一天，老财东觉得自己活不多久了，就把儿子叫到身边断断续续地说："爹只留下三句话：铲地不铲草，放债不用讨，没的吃了砸和尚……"

老财东死后，少财东将父亲的遗言写在纸上，贴在老父亲的灵堂里，一日三拜，牢牢地记在心中。

该铲地了，他叫伙计们铲苗留草！谁不照办就用家法严厉惩处。少财东非常"大方"，把钱借给别人既不收利息，也不往回要。就这样一连几年颗粒没归家，钱也没了，粮也光了。没过几年，不但家产归了外姓，东西折腾得也差不多了，惟独剩下的只有他父亲灵堂里的十八罗汉。

俗话说："车到山前必有路"。这一天，一个老和尚敲着木鱼前来化斋。少财东听见木鱼声急忙抄起一根扁担就打。老和尚不知道是怎么回事，急忙架住扁担问道："施主，贫僧与你无冤无恨，为何见面不问就打？"少财东呆头呆脑地回答："这是老父亲的遗言，叫我没有吃的时候砸和尚。"

老和尚细细打听，明白了是怎么回事，敢情这位少财东把老父亲的话全造反盆子了。于是，就耐心地给少财东逐句解释遗言的含义："这第一句是说，铲地时要铲在草的前面，不要等草长高欺住了苗再铲，这样早下手，一活动土，还没扎根的野草就被晒死了。第二句是说应当开个不用讨钱就能收钱的买卖，如当铺什么的都行，别人拿来东西，你就给债，值十块，你可以给五块，到期不来赎回，你就卖掉东西，这样连本带利一起有。第三句可不是叫你来砸活和尚。你家里不是供着十八罗汉吗？这罗汉是用金子铸的。你老父的话，是说你到了最困难的时候，可以把它们砸碎卖掉，就能活命了。”

听完老和尚的话，少财东后悔得不知该怎么办好：“自以为这是份孝子的心，没承想竟干了这么个糊涂的事儿……”

讲述：王同奎　75 岁　农民

记录：王　男

1982 年 5 月采录于四平镇

一字不识

听老人讲，从前有一皇姑，生得容貌俊俏，聪慧伶俐，从小就随师学习，琴棋书画无所不精。

这年，皇姑十六岁，按风俗，她该选婿嫁人了。皇后选了个黄道吉日，为皇姑张榜招亲，皇榜上是皇姑亲手写的二十个梅花篆字。凡是十六至十八岁的男子，谁认得多，就把谁带到金殿面试。相貌经皇姑看中，就封为驸马。皇榜由宫内大小太监监督。消息传出后，一些人便纷纷前来应试。

却说有这么个人，父母双亡，没人管教，从不识文习字，只知耍钱，没几年就把父母留下的家产全输光了。这天听说皇姑招亲，他也前来看热闹。他随众人拥到皇榜边，看别人叫好，他也随声附和："好、好，妙呀、真妙呀……"这时护榜的太监闻声过来："你识多少字?"他随口答道："一字不识。"太监又打听年方多大，正好二八，好极了，再看相貌，倒也不坏，就把他带进宫里，去见皇帝。

皇姑听说父王招见入选之人，便和母后二人在门后偷看。只见被招之人一表人才，更佩服他能认识自己的梅花篆字，心中暗暗高兴。

数日后，皇宫里张灯结彩，鼓乐喧天，耍钱鬼和皇姑在众多宫女的搀扶下，拜了天地，成了亲。

洞房之内，新郎一言不发。他心想："皇姑怎么能看中我这样的人呢?"新娘见他不说话，就羞羞答答地低着头说："不知驸马你哪个字不识，说出来，为妻教你。""不，我一个字也不认识。""啊——!"皇姑惊呆了片刻，猛地转身连哭带喊地向母后房内跑去。皇后听了皇姑的哭诉，大骂太监无用："连句话都听不明白，真是饭桶!"随后命太监赶驸马出宫。这时皇帝闻讯问明情由，对皇后和女儿说道："现在生米已经做成熟饭，声张出去，有损皇家尊严，不如暂且让他一时，以后再想办法撵他出宫。"就这样才把事情安稳下来。

说来也巧，正赶上匈奴兴兵犯界，边关告急，朝廷急需发兵边疆。皇姑得知消息，禀明皇帝说："莫不如让驸马也跟去出征，假如战死了，这一烛灯也就算灭了。"皇帝一听也是，就命驸马随军出征。战场上，他十分勇敢，亲自率兵作战，大败贼兵，旗开得胜。他想把胜利的喜讯报给皇姑，可他不会写字，怎么办？他正在犯愁时，忽然一只蝗螂从他身边爬过。他如梦初醒，急忙抓住它，沾上墨汁，拿出一张白纸，把蝗螂放在纸上，不一会儿，哧哧溜溜就是一趟。又过一会儿，把这张白纸爬满了。他命人送回皇宫。皇帝打开一看，什么乱七八糟的，他不认得，一些文武大臣也不认识。皇帝心想："让女儿看看，也许她能认得。"于是便把皇姑叫来。皇姑一看，心里说："这也不是字呀，可能是打了大胜仗了吧！唉，就是这样的命啦！再不向着点，回来之后大家不更是瞧不起他了吗？这样下去于自己的脸上也不光彩。"想到这，她灵机一动，说："你们这些人真是鲁笨，就这么几个简单的字都不认得？"文武大臣，你瞧瞧我，我看看你，心说话："难道你就认得？"不知是谁说了句："皇姑你认识，那就请皇姑念给大家听听吧。"皇姑拿起信，一本正经地念道："弯弯曲曲一趟连，贼兵抢粮又抢钱，驸马率兵平贼寇，大兵回营得安然。"文武大臣听了，不禁大吃一惊，都夸赞驸马有才华，皇姑有福气。这时，皇姑的心里甚是得意。

驸马班师回朝时，皇帝率百官出城十里相迎。从此，驸马直上青云，宫中没一人再敢提"一字不识"的事了。

讲述：王长富

记录：隋凤琴

1983 年 7 月采录于南屯基镇柳泉村 2 组

慧娘斗智

古时候有一位很有名气的女子，叫慧娘，她又聪明，又美丽。一天，慧娘正坐在门前，这时从大路上来了前村王员外的公子，他见慧娘，就像苍蝇见了血，信口开河道：

农家山前农家风，
吹得树叶各西东；
巧手待人门前坐，
迎回夫郎转家中。

慧娘一听，十分生气，不客气地回敬道：

手中线，长又长，
绣完湖水又绣浪。
清风飘动荷叶舞，
最恨儿不敬老娘。

王公子一听又气又急，慌慌张张地走了。他回家以后就请来一个秀才，想让他替自己出口气。

过了两天，秀才来了。正巧，慧娘在池边洗衣服，秀才一见有机可乘，赶忙念到：

远看云映日，
近看水依人；
梧桐池边站，
求凤郎心安。

慧娘一听放声说道：

九天彩云飘，
神州花儿笑；
犬声惊王母，
狗命休想逃。

秀才一听，吓了一大跳，心想："这人果然才高八斗，我干脆走吧。"

讲述：吴长荣　女　72岁　农民　无文化
记录：陈　阵
1983年2月采录于南屯基镇

巧云

传说民间有个姑娘，叫巧云。母亲早年去世，她就跟父亲生活。她心灵手巧，勤劳勇敢，会绣花描朵。

一次，巧云和邻居的几个姑娘在河边洗衣服，姑娘们都挽着裤腿，有洗脚的，有洗腿的，围着巧云，有说有笑。忽然有一个男子朝她们喊道："喂，这些大嫂子，我打听你们个道，去白腿庄从哪走，离这有多少里？"早年的姑娘和媳妇是不一样的，姑娘都梳辫子，过了门全都把辫子挽上。姑娘们一听，心想：这不明明是骂我们吗？再说，也没听说有白腿庄这个地名啊？她们都愣住了，整个目光都集中在巧云的脸上。巧云看这些姑娘眼巴巴的，让人骂得无话可答，于是随口答道："贵公子，你要去白腿庄，我告诉你：过了肚娘河，就到了白腿庄，你要问有多少里吗？可是，我们这里不论里（理），论丈，要论里（理）的话得管我们叫……"巧云的话音未落，姑娘们拍着手哈哈大笑起来，那人遭到了斥责，灰溜溜地离去了。

一天，巧云的父亲死了。这下就剩巧云一个人了。巧云长得美呀！一个女人家无依无靠，常常招到一些不正经的人戏弄。因此，她也想找个称心的丈夫，好有个依靠。

正巧，有人给她介绍邻村的王二。巧云知道王二这个人，老实厚道，心地善良，能劳动，所以她也没打奔儿，就和王二结了婚。巧云在家穿针引线，为丈夫缝连补洗，夫妻俩互敬互爱，小日子过得也不坏。

且说那天被巧云骂的那个人，他姓杨，外号杨阿鼠。他父亲在知府做官，他游手好闲，不务正业。平日，依仗父势，横行乡里。那日在巧云那撞了钉子，他心里暗暗地说道："好你个小娘儿们，大爷在此不说是一手遮天，也差不多，现在竟遭了你的一顿痛骂，真憋气！"他心中便产生了对付巧云的恶念，于是他到处打听，问清了姑娘叫巧云，已嫁了王二。

一天，杨阿鼠带着家丁来到了王二家，想找巧云算账，可是一看见巧云，一肚子气全消了。原来，他被巧云的美丽劲打动了。他想："王二家这样穷，只要给他一些银子，准能把巧云买下来。"于是，他的鬼眼珠一转，带着家丁回到了府内，取了些银子，返回了王二家。和王二一说，王二可气坏了，大骂道："滚，给我滚！谁要你们的臭银子，你们真是欺人不长眼睛！"说完，把银子扔了出去。杨阿鼠听了王二的一番话，洋洋得意地说："你答应也得答应，不答应也得答应，我看你这个穷小子能怎么样？"王二像疯了似的，非要和杨阿鼠拼个死活不可。杨阿鼠喊来家丁要打王二，这时，巧云一看事头不对，急忙说道："不要打，他不答应，我答应。""你答应，好。"杨阿鼠得意地答道，心说话："这小娘儿们还挺好说话呢！"巧云这么一说，王二可傻了眼，他以为巧云变了心，嫌贫爱富了？这王二咧着大嘴就哭开了，边哭边数念着自己当初看错了人。巧云看王二哭成这个样子，不由得满眼是泪，她拉着王二的手，沉思了片刻，然后贴在王二的耳边如此这般说了一遍，王二擦擦眼泪点了点头。

放下王二不提。单说巧云，被杨阿鼠接到府里，每顿饭都给她吃山珍海味，可巧云不吃也不喝，整天闭目绝食。她那细嫩的脸上变黄了，变瘦了，最后竟倒在床上起不来了。杨阿鼠看巧云病成这个样子，就南找医生，北请大夫的，怎么也治不好。

一天早上，巧云醒来，脸上忽然露出一丝微笑。杨阿鼠看巧云有些笑意，高兴地说："今个可好些了吧？"巧云这个气呀！她惦记着王二，恨不得一下子把杨阿鼠整死。可是，她又不能翻脸，强压住火气，轻轻地点了点头，说道："我昨晚做了一个梦，梦见一个白胡子老头儿，他说呀，他说我的病有一种药能治。""什么药，快告诉我。""他说用三尺高的韭菜，不过手的梨，我吃了就会好的。"杨阿鼠兴奋极了，可他怎么就没有想到哪有三尺那么高的韭菜和不过手的梨呢？这些都是巧云瞎编的，其实她并没有做什么梦。杨阿鼠派了许多人出去买，可哪也买不着。

一次，府里忽然来了一个货郎，高喊着："卖三尺高的韭菜不过手的梨。”家丁们听到了，赶紧禀报杨阿鼠。杨阿鼠就亲自去买了一些，拿回去给巧云吃。巧云立刻明白了八九分，于是她说：“我要的是不过手的梨，你拿过来，这不是过你的手了吗?”杨阿鼠一听：“对呀，我怎么还忘了呢?”就命家丁把货郎叫来，巧云一看，这货郎果真是自己的丈夫王二。王二身穿一件用鸟儿的羽毛做成的衣服，巧云看着王二，不禁赞叹说：“这衣服太好了。”杨阿鼠看巧云夸赞这件衣服，就说：“怎么，你喜欢，那咱就出钱买下它。”巧云接着杨阿鼠的话茬说：“不用出钱买，这衣服不适合我穿，要是你穿上，才好看呢。依我看，你们俩把衣服换着穿。”杨阿鼠自从把巧云接回来，头一回见巧云开晴，只要巧云高兴，怎么都行。于是，就和货郎把衣服换了。你看这杨阿鼠穿上这件衣服，像要猴一样。就在这时，巧云高喊一声：“快来人哪，这货郎竟敢在此撒野放肆，快拉出去杀死埋掉。”说时迟，那时快，只见家丁呼啦来了一帮，扯胳臂的，拽腿的，不管三七二十一，把身穿鸟儿衣的杨阿鼠拉了出去……这回王二和巧云夫妻俩得到了团圆，他们趁此时机，连夜逃走了。

事后人们为了赞颂这位机智勇敢的姑娘，还流传着这么一句：“三尺高的韭菜，不过手的梨，身穿鸟儿衣，专杀害人的鬼东西。”

讲述：王长富
记录：隋凤琴
1984年3月4日采录于南屯基镇柳泉村2组

俩亲家

从前，有个员外，自己觉得肚子里有点墨水，说话一踯一踯的。有一年，他的亲家从乡下来串门，第二天员外领他去街里逛一逛，他俩从西头走来，一眼看见一座庙，亲家问："这是什么房？"

员外想：这你都不知道哇？就故意捉弄他说："这是长寿房。"

这时庙里出来个老道。亲家问；"这什么人呀！""这叫长毛老祖。"

他们又往前走了一段，来到窑子铺口，正好，窑姐出来倒尿壶。他又问："这是什么人？她倒的又是什么？""叫红娘，倒的是浑龙汤。"

"噢，小红娘，浑龙汤。"他嘴里不住地叨咕着，一转身踩了一堆牛粪，"亲家，这是什么东西？""这叫千层饼。"

他们又朝前走，来到一家出殡的，有的擂鼓，有的敲锣，有的打镲。

"亲家，这是干什么呢？""这叫开当当会。"

他们一抬头，看见不远处起火了！"亲家，那是啥？""那是佛爷眼放光。"

来到一家木匠铺，看见有不少棺材放在门前！"亲家，这是什么东西？""这是量人斗。"

他们走出西门外来到杀人场！"亲家，这是什么地方？""这是无名庄。""呀！无名庄？亲家，快回去吧。回去晚了该没命了。"

在回来的路上，他看见一个卖水烟袋的："这人在干什么？"员外有点不耐烦了："这是卖小红粮！"

回到员外家，他对员外说："今个挺高兴，我给你唱一段吧。"说罢他清清嗓子，不等员外开口就唱了起来："亲家长来亲家长，亲家住在长寿房；亲家好比长毛老祖，亲家母好比小红娘；亲家你饿了就吃千层饼，亲家你渴了就喝浑龙汤，亲家你三六九就把当当会开，亲家你初一、十五佛爷眼放光。"员外听到这，气呼呼地说："你骂死我了!"他接着唱："骂死你就装进量人斗，把你抬到无名庄，我有心再往下唱，两三句怕误了亲家你卖小红粮。啊啊，哎哎哎哎。"

讲述：葛玉山　76岁

记录：葛峰霞

采录于拉拉河镇福安村1组

顺山咧

相传，有这么一家，一个老汉领两个儿子，老大叫周福，老二叫周贵，以种地为生。老二自幼好吃懒做，老汉又爱看小牌，地里的活儿几乎都靠周福一个人去干。可是，他一个人怎么能莳弄过来呢？

转眼春天又到了。周福想，要想莳弄好这些地靠我自己是不行的，就是累折腰筋也白搭，想什么办法能让爹爹和弟弟也勤快起来呢？

一天晚上，周福忽然想出一个办法。

第二天清晨，他找了个袋子，装上谷种，对爹爹和弟弟说："快要开犁了，咱家的种子也不太好了，年年瞎。听说岭后有个姓张的，种的谷子非常好，年年都丰收，被人称为谷子张，咱们上他那换点种子回来。"老汉听后，说："去吧，这几天我也想，要是种子没问题，也不能年年总瞎呀？"就这样周福扛着袋子上路了。快晌午的时候，他看看离家挺远了，就把袋子往地上一放，把想好的办法又琢磨一遍。太阳快落山了，就背起袋子往家走去。

到家后，刚把袋子放下，他爹就问："换回来了，是什么品种？"周福就说："叫顺山咧。"老汉心想，怎么叫这么个名，从来也没听说过。于是又问："怎么个莳弄法？"周福说："谷子张是这样对我说的，顺山咧，顺山咧，不铲八遍死你爹。"老汉一听吓坏了，把儿子好个埋怨。不种吧再也没种子了，种吧又害怕妨着自己。没有办法，最后还是种上了。

这一年，周老汉可真下工夫了。老二虽然懒，但也怕妨着爹，所以，这爷三个是铲了一遍又一遍，一直莳弄到秋。谷垅上边一根草也没有，齐刷刷的谷穗都有筷子来长。爷三个望着沉甸甸的谷穗，有一种说不出的高兴劲。特别是周老汉，乐得嘴都闭不上了，对两个儿子说："顺山咧这个品种是不错，过年再去换点。"这时周福才笑着说："这种子是咱自己家的，根本就没有什么顺山咧。"

接着就把换种子的经过，从头到尾讲了一遍。

周老汉听后，联想到以前的情景，沉思半晌，惭愧地说：“真是人勤地生宝，人懒地长草哇。”

讲述：李宝江　农民　无文化

记录：王景全　杨　宦

1983年春采录于横道河镇双合村

一文钱

从前，有三个秀才，一天在路上发现一文钱。他们都想要，因而争吵不休，最后一直吵到知县那里，要求知县明断。知县看了看三个秀才，说道："这样吧，你们各自禀报一下自己的家境哪个最穷，这文钱就断给谁！"话音刚落，一个秀才急忙抢着说：

"青天大老爷呀！请您公断，小人家里最穷，住的是茅草屋，睡的是稻草窝；盖的是破棉絮，吃的是糠菜饽。"

话刚说完，又一个秀才争着说：

"青天大老爷呀，请您明断，小人比他还穷呐，穷得蓝天当屋住，地皮当床铺；盖的是肚囊皮，睡的是脊梁骨。"

知县听完，叹气道："你果真比他穷。这钱就断……"

没等知县说完，第三个秀才又叫起来："哎呀！大青天，大老爷，这可万万使不得呀，小人比他更穷咧！"

"怎么，你比他还穷？"

"是呀。小人穷得已是：齿停三五载，腹空七八年……"

"混蛋！那你怎么还活着？"

"大老爷息怒，且听小人禀告：小人悠悠有口气，只等这文钱。"

讲述： 孔　氏　76岁　家务　无文化
记录： 赵程翔
1982年4月13日采录于三合乡胜利村9组

于二找驴

从前，有一个叫于二的人。一天，他驴丢了，东寻西找，也没见到驴的影子。于二正垂头丧气地往家走，迎面来了一个算命先生。于二问："老先生，你说我的驴跑哪去了，能不能丢?"算命先生心想：我在集上坐了一天，哪知道你的驴事？为了混碗饭吃，他装模作样地眯起眼睛，捏开了指头。过了一会，他高兴地说："恭喜！恭喜！你的驴能找到了。"于二连忙问上哪能找到，算命先生一抬头看到药铺，眼珠一转说："你上药铺买点药熬着喝了，明天你的驴就会自己跑回来。"于二信以为真，就去药铺，进屋就喊："掌柜的，我买药!""你买什么药?"掌柜的这一问，于二倒不知自己应该买什么药，就顺嘴说："随便拿一样就行啊。"掌柜虽觉好笑，可也没有多问，就给他包了一包"芭豆"，于二回家把药熬好就喝了下去，剩点药底实在难喝就倒扔了。

没过多久，于二就泻肚子了，一个劲往茅楼跑，他觉得上当，就蹲在茅楼里骂算命先生说："好一个混蛋小子，看我明天不找你算账!"他越骂越来劲，邻居家一听心里这个跳呀，原来于二的驴就让邻居家偷去了，昨晚没来得及送走，就关在仓房里，怕驴叫，便用绳子绑上了驴嘴，打算今夜送走。于二一趟趟起来折腾，邻居以为于二发现了，就悄悄地把驴放开了，可驴套包却忘记戴了。

于二泻了半宿肚，一觉睡到天亮，起来一看驴果真回来了，就是没了套包，于二一拍大腿心疼地说："那点药底不扔，套包一定能回来。"

讲述：高　山　35岁　农民
记录：宋凤霞
1985年1月采录于横道河镇治安村

塾师吃茄子

早先年，有一位塾师被一家大户请去教书。这家很尊敬有学问的人，特意雇了一个厨师给塾师做饭。

一天，学童散学后，塾师到东家的菜园里散步，看见紫莹莹发亮的茄子结得滴拉嘟噜，心想：菜园里这么多茄子，可厨师一次也没给我茄子吃。他回到书房，提笔写出两句诗：

东家茄子已满园，
未与先生一饭餐。

塾师还想接着写两句，可思索良久也没想出合适的诗句。这时，恰巧东家到书房来，一眼瞥见了塾师写的两句诗，明白了诗里的意思。他立刻派人把厨师找来，当着塾师的面，训斥了厨师一顿，随后说："今后，一定要用茄子做菜给先生下饭?"

"一定照办!"厨师答应着，可心里却很不痛快，心想自己和塾师都是东家花钱雇来的，为啥让我恭敬这个穷酸的书呆子呢？打那以后，塾师每天三顿饭都用茄子做菜，直到茄子罢园了，也不曾给塾师换第二样菜。这一下，可把塾师吃腻歪了。他诗兴大发，气愤地将上回写成的两句诗，又续写了两句：

不料一茄茄到底，
呼茄容易遣茄难!

讲述：谭引古
记录：吴强稼
1986年9月19日采录于大兴镇

练　功

相传在很早很早以前，有一个叫韩勇的青年。他从小就喜欢舞枪弄棍，长大后又到处寻名师访高友，练就了一身的好武艺。

韩勇的姑姑家有个傻表弟，表弟虽然傻一点，但他也知道表哥的武艺在附近是有点名气的，于是他就想跟表哥学艺。韩勇看表弟比熊瞎子还笨就不想教他。可是傻子不死心说："表哥你不教我，你上哪去，我就跟你上哪去。整天跟着你，看你教不教我？"韩勇看表弟的傻劲上来了，很诚心，就收他做了徒弟。从此傻子管表哥叫"师傅"，韩勇管表弟叫"傻子"。

傻子平时练功时非常认真，一招一式都下力气。可是学习拳术时傻子显得就笨了，学了一招忘了上一招，就像熊瞎子掰苞米似的，掰一棒扔一棒。

这一天韩勇让表弟把学的拳术练练，傻子白了白眼睛说："忘了。"

韩勇这个气呀！这些日子白练了，说："你不要来拳术了。从今天起你就练硬功吧！"

傻子问："啥硬功？"

韩勇说："脚功。你从明天起每天三更时分，就到打麦场去踢石磙子，能踢动时来找我。"

于是傻子每天三更时就到打麦场踢石磙子，一直踢到日出，又从日出踢到日落，整整踢了一年的石磙子。傻子把石磙子踢得满地乱跑。这一天傻子高高兴兴地把"师傅"找来看他的脚功。

韩勇看后说："不行，还得练，多暂练到一脚能把磙子踢立起来时再来找我。"

傻子踢呀踢，又整整练了一年。这个三百多斤重的石磙子在傻子的脚上立起、倒下，倒下、立起，就像玩一个小木头块似的。

这一天傻子又把"师傅"找来看他踢磙子。韩勇看后心里暗暗叫好，现在傻子的脚功已在自己之上了。可他嘴说："还得练，多暂练到能一脚把石磙子踢到空中还能用脚接住时，你的功夫就成了。”

傻子听了师傅的话，又起早贪黑地练呀练。转眼之间又练了一年，这大石磙子让他踢的满天乱飞，落下时还能用脚稳稳地接住，就像踢个小皮球似的。

这一天傻子正练功时，忽见大师兄来喊他说：“师傅让你和人比武。”

傻子一听比武，可高兴了。

原来这一天韩勇正教徒弟练武时，忽见大门一开，进来一个老太太和一个姑娘。老太太骨瘦如柴，银发披肩，然而两眼却炯炯有神。小姑娘长得如花似玉，就像天仙一般。只见老太太走到院中朝韩勇一抱拳说：“今日到贵处听说韩师傅功底厚，武艺有独到之处，特来请教。”

韩勇问：“师傅，弟子不才，请问师傅比什么功夫？”

老太太说：“麻烦师傅找把椅子来，我坐在椅子上，谁能把我踢起来，我就算输，踢不起来我就算赢。师傅你看我身旁的小女，我输给谁就把小女嫁给谁，如果我赢了，师傅就得破费一百两银子了。”

韩勇一听，说：“行。老人家我不跟您比，让我的徒弟来和您比吧！”

这才叫徒弟去找傻子。傻子来到韩勇跟前问：“师傅，让我和谁比武啊？”

韩勇说：“你没看见吗？就和前面那个老太太比武。一会儿她坐在椅子上，你能把她踢起来就算比赢了，你赢了，老太太身旁的小姑娘就给你做媳妇。比输了得白给人家一百两银子。你看看能不能踢动。”

傻子说：“那个瘦老太太，我一脚就能把她踢散架子。”

这时早有韩勇的徒弟们把椅子找来。只见老太太稳稳当当地坐在椅子上，椅子的四条腿已经陷进地里。傻子一看，哼，这个干巴老太太还真有点干巴劲！心里寻思着，走到老太太的跟前，“砰”

的就是一脚，再看老太太“呜”的一声飞上了天。椅子散了花，老太太被傻子一脚踢到半空中之后一个空翻又稳稳当当地落到地上，转身就向傻子一拜说：“壮士，老朽可以说走遍武林，没有遇到对手，更没有遇到像壮士这么大力气的人。老朽有言在先，谁能胜我，我的小女儿就嫁给谁。小女虽不出众，也有绝技在身。今日与壮士为妻，也了却我的一份心事，望壮士不要嫌弃。”说完老太太又向傻子一拜，随后飘然而去。

从此傻子以脚上的功夫而名扬天下武林，还得个美丽而又贤慧的妻子。

讲述：任大春　46岁　农民
记录：杨洪文
采录于东丰镇

学话

从前，有这么一家子，一个老妈领个傻儿子过日子。傻小子因为傻，村子里的小孩老欺负他，因此他老想交好朋友。他妈告诉他说："你要想交好朋友，得为人做点好事，人家才能和你交朋友。"

傻小子记住了妈的话。这天他上山打柴看见两个老牛顶架，可放牛人还不在。他想我去给它们拉架，免得顶坏了，这不就是做好事吗？他上去怎么拉也没拉开，倒把他顶个腚墩，起不来了。

傻小子回到家把给牛拉架的事和妈妈讲了，妈妈告诉他说："你再遇着这种事，要用小锤打这个一下，打那个一下才行。"

这天，傻小子出门看见两个小孩摔跤。他想起妈妈的话，拿出小锤给两个小孩一人一锤，这两个小孩却合伙把傻小子揍了。

傻小子哭着回家把经过告诉了妈妈。妈妈告诉他："再遇到这种事情，要告诉他们不要打架，你不能动手。"

傻小子出门办事，看见一伙穿红戴绿抬轿的人吹吹打打地在道上，他不禁想起爸爸死时就有喇叭，他也以为这是出殡的，就跪在地上号啕大哭起来，那伙人一看他哭，气得又揍了他。

傻小子回家告诉妈妈，妈妈告诉他说："再遇到这种事情，要上前道喜，那是姑娘出嫁。"

这天傻小子又看着一伙出殡的，还有打灵灵幡的，穿白戴孝哭哭泣泣，吹吹打打的。傻小子还以为是娶媳妇的，上前大声喊道："大喜！大喜呀！"那伙人气得又把他揍了。

傻小子回家又告诉了妈妈，妈妈告诉他说："再遇着这种事情，要上前去哭，烧几张纸。"

这天，傻小子看邻居家起火，一些救火的人被烤的脱了外衣穿着白衬衣救火，有人还敲锣喊人，傻小子还以为是出殡的呢，上去又哭又烧纸，救火的人把他好个揍。

傻小子回家把这件事告诉了妈妈，妈妈告诉他说："再遇到这种事情，要挑水往火上浇。"

这个傻小子出门遇个铁匠炉，两个铁匠正在打铁，炉里的火苗直蹿，傻小子以为是起火了，就去挑了两桶水浇了上去，只听“扑哧”一声，一股臭气过后，炉子炸了，把铁匠炉崩倒，把傻小子压死了。

讲述：吕显得　50岁　农民

记录：钱　飞

采录于杨木林镇蛤蟆河村

求婚

以前，有家姓王的，老两口守着一个半傻的儿子，他们整天为儿子的婚事犯愁。

一天，老王头把儿子叫到跟前，说："儿呀，你不小了，也该去你丈人家商量结婚的事啦！"于是，傻子带着银子离开了家。

"一鸟进林，百鸟不语。"傻子听到有人说话，抬头一看，见是个持枪的猎人，便上前问道："大哥，你刚才说啥呀？"

"你这个人真怪，你走你的路，我打我的猎，问这干吗？"

"大哥，告诉我给你银子。"于是猎人告诉他，刚才有只鹰飞进了林子，顿时把林子里的鸟吓得鸦雀无声，所以我说："一鸟进林，百鸟不语。"

傻子给猎人些银子，把这话记在心里。继续向前走，走着走着，他看见两个人在树下拉锯，一边拉一边唠。他又拿出了银子，拉锯人忙说，是这么回事，我俩在这个偏坡地方拉锯，不能坐只能站，所以刚才说："只有站处，没有坐处。"傻子交了银子，又把这话记下了。走呀走呀，忽见前面道上有两个人握着手在说什么。傻子忙凑到跟前，一问，原来是一个住在乡下，一个住在城里的朋友，今天要分手，临别时说："乡里不见城里见。"

傻子又给了银子，继续向前赶路。不一会儿来到了老丈人家门外，这时许多人正在议论："傻透腔了，姑娘嫁给这号人，真是香花插在了牛粪上。"

傻子推开门，顿时屋里一片肃静。"一鸟进林，百鸟不语。"傻子说完，只见屋里的男女老少，都向他投来惊讶的目光。

"只有站处，没有坐处！"

"哎呀，这小子也不傻呀。"老丈人第一次对傻子露出了笑容，连忙把自己的坐椅递给他。

"你今天来干啥？"老丈人问。

"商量结婚的事呗！"傻子答。

“不行啊！”坐在一旁的丈母娘白了傻子一眼，接着说：“你家和俺家门不当户不对！”

“乡里不见，城里见！”傻子说着站起身就要走。

丈人和丈母娘见他要进城告状，顿时吓得脊背发凉，老丈人赶紧拦住说：“贤婿勿怒，刚才是和你开玩笑哩，至于成亲嘛，拣个好日子就办吧！”

傻子一听，喜出望外，道了声谢，告辞回家报信去了。

讲述：中国太　60 岁　农民

记录：于政清

1985 年 2 月采录于大阳镇

赶 礼

从前，有个傻小子，家里有钱，给他娶了个聪明的媳妇。

有一天，岳父给他媳妇捎信，小弟要结婚，让他二人去贺喜。媳妇想早走一步为娘家做点事情，就告诉丈夫说：“我弟弟要结婚，我先走一步去帮着做点事，你明天去，褪褪你那个驴脸（指丈夫的脸），穿着滑溜（好）衣，拿一份重礼。”媳妇说完就走了。

第二天，傻小子按照媳妇说的，先烧一锅滚开水，把驴牵到门口拴上，往驴脸上浇开水。把驴烫得又叫又蹦，傻小子不管这些，直到把驴的脸褪得溜光为止。还要穿一件滑溜衣，他把箱子翻个底朝天，可哪件也没有肉皮滑溜，结果他把身上的几件衣服也脱了，变成赤身裸体了。拿一份重礼，他掂掂这个，摸摸那个，可他觉得都不沉，结果他看到院里的石磙子，他选定用磙子当礼品。

收拾妥当，傻小子骑着褪掉脸上毛的驴，扛着石头磙子，赤身裸体向岳父家走去……

讲述：张自更
记录：钱 飞
采录于杨木林镇蛤蟆河村

三姑爷拜寿

从前，有这么一个老员外，他有三个姑娘，老大嫁给一个当官的，老二许给了商人，惟独老三特殊，偏偏爱上了一个老实巴交，少言寡语的穷小伙。老员外打心眼里不愿意，可女儿却说非此人不嫁，无奈，只得把女儿嫁了过去。

一转眼中秋节来到了，三个姑爷都带着礼物给老丈人拜寿。酒桌上，老丈人怎么瞅三姑爷怎么土气，越看越不顺眼。于是心生一计，对三个姑爷说道："我出几句诗请贤婿们答对，就是每句诗尾必须是'圆又圆，少半边，闹吵吵，静悄悄'，答得上来，便请喝酒吃菜！"言外之意，对不上来，便请退席！

只见大姑爷踌躇满志，得意洋洋地念道："十五的月亮圆又圆，过了十五少半边，星星出来闹吵吵，月亮出来静悄悄。"老丈人一听，眉开眼笑，连声道："好！好！喝酒，吃菜！"二姑爷一见姐夫得宠，也不甘示弱地站起来，振振有词地说道："中秋节的月饼圆又圆，我老岳父咬一口少半边，芝麻粒粘在胡子上闹吵吵，用舌头一舔静悄悄。"老丈人一听手舞足蹈，不迭声地说："妙！妙！吃菜，喝酒！"三姑爷一听，心里那个气呀！这不是成心跟自己过不去吗？人家两个都是读书人，自己哪会什么"诗"呀"对"的。忽然，他眉头一皱，心说："有了！"于是，也站起身来，不紧不慢地说道："咱爷四个一桌圆又圆，你俩（指两个姐夫）死了少半边，咱四个打起来闹吵吵，咱爷四个都死了静悄悄！"老丈人一听，心里这个气呀！又不好发作，因为人家对的也没错呀，再说又是给自己拜寿，只好打碎牙往肚子里咽，硬着头皮说道："嗯……好，喝酒，吃菜！"

讲述：潘吴氏　79 岁　无文化

记录：贺　栋

1983 年 8 月 20 日采录于杨木林镇四合村 3 组

赛东皮

明朝时，有两个浪荡公子，一个叫王文，一个叫李才。他二人读书都不用心，却特别喜欢在别人面前卖弄“文才”。

一天，王文、李才二人同游，见一庙宇，极其壮观，便去游玩。到了庙前，见大门上面挂着一块匾，写着“文庙”两个字(繁体)。王文摇头晃脑，朗声念道：“文朝。”

李才听了暗笑：这小子真不咋的，连这俩字儿都念错了，还“文朝”哪！于是说道：“啊，张仁兄！君之所读差矣。此乃‘丈庙’也，何谓‘文朝’乎?”

王文一听，很不高兴：“愚兄之才虽不及贤弟，然此乃平常二字，焉能念错?明明‘文朝’，贤弟何谓‘丈庙’耶?”

他俩一个说是“文朝”，一个说是“丈庙”，在庙前争论不休。

这时过来一人言道：“二位公子，为何争得面红耳赤?”

二人一看，来者头戴方巾，手拿凉扇，原来是董二先生。王文说：“先生来得正好。适才小生读此匾上‘文朝’二字，而李才却硬说是‘丈庙’，因此争论。幸而在此遇到先生，就请先生评鉴。”李才也说：“愿闻先生赐教。”

董二先生一看，哈哈大笑：“你二人都念错了！此既非‘文朝’，亦非‘丈庙’，乃‘文庙’也！”

王文、李才二人一听，目瞪口呆。又看了看匾上的字，王文摇了摇头，李才撇了撇嘴。

董二先生见此并没有生气，反而得意地说：“一读‘文朝’，一读‘丈庙’，实在可笑！二位若不信，查查字曲便一目了然。”

王文、李才听了这句话，愣了一下，随即哈哈大笑，也忘了转文：“得了吧！董二先生，看来你也是个冒牌儿货。那叫‘字典’，哪儿有什么‘字曲’啊?啊——哈哈哈哈！哈哈哈哈！”

董二先生可真生了气，斥道：“岂有此理！竖子不足与论！”

于是，三人又“字典”“字曲”地吵了起来。这时过来一个和尚见三人争吵，便问："阿弥陀佛！三位在这争吵什么？"

三人便将争吵的事说了一遍，就让这和尚来评一评是谁错了。和尚一听是为念字争吵，便说："这是读书人的事，贫僧不敢插言。贫僧要化齐去了！"

王文、李才、董二先生一听，齐声大笑："亏你是个和尚！把'化斋'叫做'化齐'？"和尚大怒，同三人大吵起来。

忽然一阵锣响。原来是县官老爷到了。

县太爷更是个白字先生，自己本来没有什么文才，却喜好装扮成一个大学者的样子。当时有个好拍马屁的赞扬他"文才不凡"，还为他做了一块匾，上写"赛东坡"三个大字。县太爷一看高兴坏了，就把这块匾高高挂在大堂上。可是，这位县太爷并不认识这个"坡"字，总念成"赛东皮"，别人知道错了，也不敢说出来。于是这个"赛东皮"的雅号就一直用到现在。

这一天，他坐轿下乡说是"巡视民情"，忽然听到前面有人吵闹，命人将轿子打到庙前。他见那四人躲在路旁，便喝道："呔！大胆刁民，为何争吵，闹得鸡犬不宁？"

四人只好上前跪倒，把争吵的缘由说了一遍。县官听后，鼓着金鱼眼，念出四句歪诗："'文朝''丈庙'两相疑，和尚说什么去'化齐'，哪有先生查'字曲'？气煞本县'赛东皮'！"

讲述：路鹏文　教师

记录：许国林

1987年6月7日采录于三合乡

找买主

有个人，叫王二，憨厚得带三分傻气。别看他傻，媳妇可精气啦。一天，王二出去卖席子，临走前，媳妇嘱咐他："每领八块，现钱不赊。"王二满口答应着，背起两领席子就上市了。正巧刚搁下席子，买主就来了。王二说："这席子一领八块，现钱不赊。"买主说："赊到秋的现钱行不?"王二听有"现钱"的字眼儿，也就答应了。王二等收钱，那人告诉说："你找我要钱好办，我家住在北村靠正东，门前一片闹哄哄；房前有一棵摇钱树，房后一座克米通。我本姓西北风。"说完，背着席子走了。

王二回到家里，媳妇问他："席子卖了?"王二答道："卖了。"媳妇又问："钱呢?"王二又答道："是赊到秋的现钱。""那你卖给谁啦?"他把买主的话学了一遍。"知道了！他家住北村的最东边，门前是私学馆，房前有棵大榆树，房后有座碾子，他姓韩。"

到了秋后，王二去要账，果真找到了那位买主。

讲述：朱广德　56 岁　农民

记录：郑松林

1984 年 1 月 15 日采录于横道河镇三合村 4 组

对诗

从前有个财主，不识几个字却总爱装成先生样，在长工面前爱诌上几句“诗”，来刁难他们。

一次，外面下起鹅毛大雪，雪落地就化了。财主说：我片刻说出一首诗来，你们片刻也得说一首。说不出，就得给我去干活。长工们说：“好吧。”

财主说：“天上下雪不下雨，下到地上变成雨，变成雨来多麻烦，不如当初就下雨。”说完，就怪模怪样地看着长工们。

一个长工听了，眉头一皱说道：“东家吃饭不吃屎，吃到肚里变成屎，变成屎来多麻烦，不如当初就吃屎”。说完，长工们哈哈大笑，财主自知挨骂也没有办法。

讲述：王　氏
记录：纪连生
1985年3月采录于大阳镇

俩秀才猜谜

在早先年前，有高、杨两位秀才，都擅长猜谜。一天，两人幸会在一家酒楼。店家刚摆上碗筷，高秀才说："兄出一谜，你猜猜看：唐虞有，舜尧无；商周有，汤武无；古语有，今文无。"杨秀才略加思索，说："弟将老兄的谜底也说成一谜：听者有，看者无；跳者有，走者无；高者有，矮者无。"高秀才已知杨秀才猜中谜底，又继续说："右边有，左边无；凉天有，热天无。"杨秀才一边叫好一边往下说："哭者有，笑者无，骂者有，打者无。"高秀才又补充说："哑巴有，聋者无；跛者有，麻子无；和尚有，道士无。"两位秀才哈哈大笑，菜已上来，随即举杯，开怀畅饮。（谜底：口）

讲述：红亚泰

记录：孙延明

1982年秋采录于辽源

买药

古时候，有一家药店只有一个小郎中。

一天，来了一个买药的要买：“家不散，顺气丸，身无主，两头难。”小郎中听了，沉思片刻说：“有这几种药，不过得自配。”那人闻听便说：“那您告诉我吧。”小郎中说：“妯娌和气‘家不散’，哥们和气‘顺气丸’，姑娘大了‘身无主’，小小寡妇‘两头难’。”公子听完后，谢了郎中起身就走了。

讲述：张术元　47 岁　农民

记录：张孝杰

1983 年 12 月 6 日采录于南屯基镇

眼不见为净

提起“眼不见为净”这句话，还有一段风趣的故事呢！

说是在很早以前，有一个叫李四的人，一天来到井边挑水。他把水桶装满水后来了一泡尿，就解手去了。说来也巧，李四走后，来了一条狗，狗站在水桶边就撒了一泡尿，这泡尿一点也没遭损，都撒到水桶里了。这件事被站在离井不远的张三看见了。等李四回来的时候，张三问李四：“你看水桶里的水干净吗？”李四看看水桶里的水说：“世界上属水最干净。我这桶水是刚打上来的，怎能不干净呢？”张三说：“你没有看见，就说干净，我刚才看见一条狗往你这水桶里撒了一泡尿。”李四以为张三开玩笑，就说：“你看见我没看见。”于是挑起水桶就回家了。这件事正被一过路的秀才看见了。秀才一琢磨说：“这叫‘眼不见为净’。”从此这句话也就流传开了。

讲述：银淑芝　女　农民

记录：杨洪文

1982 年 7 月采录于东丰镇湾龙河村

状元与村妇

从前，有这么哥俩同时进京赶考，一个中了文状元，一个中了武状元，哥俩欣喜若狂，自命不凡。

这天，文武状元打算回乡祭祖，借机炫耀一番，于是，双双上了路。路上忽遇一农村妇女，两个状元见她生的俊俏，有意想在她跟前卖弄一番，便拦住了去路，要与村妇出诗答对。村妇无奈，点头应允。文状元首先抢着吟诗一首：

笔头尖尖笔杆圆，
文科场上闹过玄，
金榜得中回家转，
恰逢吕布戏貂蝉。

文状元吟罢，武状元急忙吟道：

枪头尖尖枪杆圆，
武科场上闹过玄，
衣锦还乡去祭祖，
贤妻远路接夫男。

村妇一听，这两个状元好生无礼，待我教训教训他们。于是，随口吟道：

脚尖儿尖尖脚跟儿圆，
红绫被里闹过玄，
无心栽花留孽种，
生下文武二状元。

两个状元听罢，羞得满脸通红，自讨没趣，灰溜溜地走掉了。

讲述：张子君　农民

记录：张引索

1984 年 9 月 26 日采录于大兴镇

自作自受

古时候，有个木匠叫衙门找去做木枷，戴在犯人的脖子上。百姓看到这个情景，就劝木匠说："你整天替官府做刑具，让他们用来欺压百姓，你又能得到什么好处呢？说不上哪一天，你做的木枷会枷在你自己的脖子上，这是何苦呢？"木匠叹了口气，说："我本不愿意做，可又不敢不做，这是无奈啊！"

后来，果不出百姓所料，这个木匠因得罪了衙役，被抓进了牢房，戴上了他亲手做的木枷。木匠邻居有一个秀才看见了，就叹息道："唉！这真叫做'木匠做枷枷木匠'啊！"

时隔不久，这个秀才因替别人写状子打官司，被一个案子牵扯进去，也被衙门抓进监狱，和木匠同关在一个牢房里。木匠看了就取笑说："你过去笑我是自作自受，你一向为别人写状子申冤，现在又写状子为自己申冤，这又是什么呢？"秀才听了，说道："这就叫'书生写状状书生'啊！"

讲述： 单传业　70 岁

记录： 张德祥

1987 年 4 月采录于四平镇钢铁村 4 组

对联选偶

早年间有个李二小姐，自恃念了几年书又有几分相貌，而且还是名门的千金，在选偶一事上，别出心裁，扬言只要谁能对上她的对联，不论老少贫富都可以做她的丈夫。

消息一传开，登门应对者不计其数。这天，又有一应对者登门，街坊邻居也都来看热闹。

李二小姐一看，来人竟是个年过花甲的老头子，她又气又恼：他也来应对，真是癞蛤蟆想吃天鹅肉！她没好气地把老头臭骂了一顿："白日中堂，白发老翁，老皮老肉，老态龙钟，呸！你还不滚下去，哼哼！今生无姻。"

白发老头以为李二小姐出了上联，不假思索，对了下联："红罗帐里，红粉佳人，小手小脚，小巧玲珑，嘿！我这就近上来，嘻嘻！前世有缘。"

李二小姐听了，目瞪口呆。

讲述：汪成海　农民　读过私塾
李振久　80 岁　老中医
记录：张德祥
1983 年 4 月采录于四平镇钢铁村 4 组

加标点

过去有一个人，从来都是马马虎虎。一天，他的一个朋友来串门，不巧正赶上天下起了大雨，一连就是几天，他的朋友无法走只好住下了。他看朋友没有走的意思，想把朋友赶走吧，又无法开口，就借故来邻家办事，走时给朋友留下了一张纸条。他的朋友看完，就提笔在纸上加了几个标点符号，而后就不声不响地住了下来。他见朋友并没有离去，只得张口说："朋友，你的脸皮真够厚了，我写了条子赶你，你怎么还不走呢?"他的朋友笑了笑，说："大哥，你可真会开玩笑啊！你看条上明明写着：'下雨天，留客天，天留我不？留！'怎么倒怪起小弟了呢?"他一把抓过纸条一看傻了。他原来写信没有加标点，只写："下雨天留客天天留我不留"。他原意是："下雨天，留客天，天留，我不留!"由于马虎惯了没有标点，让他的朋友加了几个标点，就把原意给弄反了。

讲述：张德生　47岁　农民　小学文化
记录：张德祥
1987年4月15日采录于四平镇钢铁村

贪心少爷吃席

从前，有个好吃懒做的少爷，谁家有个大事小情他想方设法也得去吃一顿儿。这天，他到一家坐完了席，回到家惋惜地对妻子说："今天这席坐的，不合适啦。"妻子问："怎么的啦?"少爷说："别提了，盘子里一块肥肉片子可肥啦。瞪眼没吃着。"妻子又问："那你咋不赶紧伸筷呢?""不行啊，我筷子上夹着一块呢。""你倒快点咽哪?""那，我嗓子眼儿里还堵着一块哪。"

讲述：王喜贵　38 岁　农民

记录：张引索

1983 年 9 月 2 日采录于大兴镇安胜村

九盆火

从前，有一座寺院，里面住着一个老和尚和一些小和尚。老和尚十分吝啬，待小和尚们非常刻薄。冬天，徒弟们穿不上棉衣，老和尚总是用“小孩屁股三盆火”来搪塞徒弟们。

一天，寺院里来了客人，老和尚急忙叫小和尚们烧茶。可是，过了好半天，也不见徒弟们送茶来，就怒气冲冲地来到后院。一进门儿，只见三个小徒弟正在屁股对屁股地顶着一个茶壶呢。“混蛋！为何不烧茶，在此瞎胡闹！”

其中一个小和尚蹶着腚，仰着头答道：“师父，我们早已烧茶多时了，可是很奇怪，我们用了三三九盆火，而且烧了好半天，一壶水还没烧开呢！”

讲述：于 贵

记录：刘丰年 赵程翔

1982 年 7 月采录于东丰镇青龙村

反唇讥地痞

一天，村妇王氏正在打扫屋子，忽然进来一个地痞要调戏王氏。他看见炕上摆着一对漆油箱子，就问："大嫂，这箱子这么亮，漆（妻）的吧？"王氏边擦箱子边回答他："你是有眼无珠啊，这哪是漆的，这是抹（妈）的。"

讲述：郑东辉　64岁　农民

记录：郑松林

1984年4月采录于横道河镇三合村4组

“升官”“发财”

王员外有两个儿子，为了图个吉利，一个叫“升官”，一个叫“发财”。

除夕这天，王员外嘱咐儿子们，晚上接财神的时候我叫你们，你们好好答应，求得来年有个升官、发财的。二人一一记下。

到了晚上，王员外在外边喊：“升官！”老大正在炕上吃苹果，一听喊，马上答应：“这就下来。”王员外一听气个半昏，又喊老二：“发财！”老二看看钟，不快地回答说：“还没到时候呢！”

讲述：周福生
记录：许　芳
1983年4月采录于四平镇福胜村

拙老婆做裤子

从前，有这么个妇女，针线活一点也不会。一次，丈夫让她给做条裤子，她说不会做。丈夫说："怎么不会做，就像外面树杈倒长在地上一样。"她说："好，我给你做。"晚上，丈夫回来问她裤子做好没，她说："做好了。"丈夫问："在哪了?"她说："在树杈上了。"

讲述：陈张氏　无文化　农民

记录：张孝杰

1982 年 2 月采录于南屯基镇红榔头村

“刚才”和“才刚”

从前，有个瞎眼的算命先生，雇了两个领道的，一个叫“刚才”。一个叫“才刚”。一天，他们来到一家有钱人家算命，算完命，天已经黑了，主人就把他们三人留下了。刚才和才刚见他们住的房间里有个宝壶，便起了贼心，他俩耳语了一阵，就躺下睡去了。

第二天鸡刚叫，刚才和才刚就走了。待主人来到屋里时，发现宝壶没了，就问先生：“宝壶怎么没有了?”

“八成是刚才拿去了。”

“可不刚才拿去的咋的，昨晚还有呢?”

“那是才刚拿走的。”

“可不是才刚拿走的咋的?”

后来才知道，算命先生那两个领道的一个叫“刚才”，一个叫“才刚”啊。

讲述：李素芝　女　47岁
记录：张孝杰
1982年7月13日采录于南屯基镇

不准得

老和尚领着小和尚种了一块麦子。麦子一出土，绿油油的。小和尚说："长老，今年我们一定能收很多麦子。"老和尚却说："不准得!"这一年风调雨顺，麦子丰收。小和尚又说："长老，这回麦子准得了吧？"老和尚还是那句话："不准得!"麦子成熟收到庙中，磨成了雪白的面粉。小和尚又说："长老，这回准得了吧？"哪知道这和尚还是那句话。小和尚有点醒腔啦，麦子磨成面还不算收吗？这天，小和尚做了面条端着盆边走边喊："长老，这回准不准得？""不准……"老和尚的话还没说完，小和尚不知被什么绊倒，一盆面条都洒在地上。

讲述： 钱德昌

记录： 钱　飞

1984 年 5 月 21 日采录于杨木林镇蛤蟆河村

懒老婆和懒汉子

过去，有那么一对懒老婆懒汉子，平时哪怕干一点活，都得你攀我我攀你，谁攀赢了谁就呆着睡觉。

一次，懒老婆下地做饭，没有烧柴，就冲还在蒙头睡大觉的懒汉子吼道："你他妈就是懒，将来就得他妈懒死，赶紧起来抱点柴火去！"

一袋烟的工夫过去了，懒汉子好不容易磨磨蹭蹭地下了地，到外边一看，原来堆柴火的地方一点柴火也没有了，赶忙回来上炕躺下了。懒老婆从茅楼儿回来没看着柴火，倒看见懒汉子在炕上躺着呢，顿时又火冒三丈："你呀，都他妈懒到你家老祖宗那一辈儿啦！你他妈知道不，火大无湿柴，就怕懒汉子整不来。"

懒汉子一听，起身下了地，找出镰刀和绳子出去了，不大一会儿，割了三捆青蒿子扛回了家，往灶坑旁边一撂，告诉懒老婆："这三捆蒿子，早晨一捆，晌午一捆，下晚儿一捆。"

懒老婆指着懒汉子的鼻子尖儿骂道："这么湿的青蒿子能他妈烧吗？"

懒汉子一本正经地说："火大无湿蒿，就怕懒老婆不会烧。"

讲述：李长荣
记录：潘士禄
1985年8月18日采录于杨木林镇四合村

附录一

故事家小档案

李景太 1928年出生，念过半年私塾，东丰县南屯基镇山青村农民。自打年轻时就爱"讲古"，经常讲的故事有一百多篇。1985年清明节病逝。

王春荣 女，1929年出生，东丰县大阳镇六家村农民。父亲脾气暴躁，后妈对她很刻毒，从小就把自己的苦楚糅进听来的瞎话里讲给三四岁的小侄女听。她的故事约有四十几则，且很有地方特色。

黄明阁 1917年出生。21岁结婚，3个月后，媳妇突然死了，自此就当了一辈子光棍汉。去长白山里采过参，被日本鬼子抓去当劳工修盘石飞机场。能讲五十多个人参、土匪、鬼怪方面的故事。

附录二

未收入本卷的主要作品篇目

命果与蛇

孙大嫂巧治张大帅

虎娃与参娃

荷花的传说

人鼠情缘

金蟾娶妻

关东"翻垛""老头好"

狗碑

老道山

附录三

主要采录者名录

吴强稼　生于1948年7月，现任东丰县民政局高级政工师，中国民间文艺家协会会员，吉林省作家协会会员。2000年被县委、县政府授予“东丰县文学艺术精英”称号。

纪连生　生于1955年4月，东丰县大阳镇六家村农民，吉林省民间文艺家协会会员，吉林省作家协会会员。2003年被聘为《关东周末》报副主编。

于政清　生于1963年3月，东丰县大阳镇同兴村农民，吉林省民间文艺家协会会员。

郭树仁　生于1963年4月，东丰县南屯基镇山青村农民，吉林省民间文艺家协会会员。1993年被聘为《关东周末》报驻东丰记者站站长。

潘士禄　生于1958年，东丰县杨木林镇四合村农民，辽源市民间文艺家协会会员。

孟丽荣　女，生于1961年，东丰县猴石镇高龙村农民，吉林省民间文艺家协会会员。

后　记

这是历史的浓缩。

这是浓缩的历史。

掩卷沉思，一部神州鹿苑古老而新奇的文明史仿佛一页一页地展现在眼前：我们的祖先在距今四五千年的新石器时代、氏族公社时期，就在这块美丽而富饶的土地上劳动、生活和创造了原始形态的鹿乡文明。从那时起，甚至从更古老的年代起，他们的祖先及他们的子孙后代便与中华民族血肉相连，息息相关——这正是鹿乡儿女骄傲与自豪之所在，正是神州鹿苑进步与文明之原能。

风卷晓月，斗转星移。鹿乡的犁铧第一次翻起肥沃的黑土，便揭开了这块土地上的历史新篇章。与劳动同生同在的人民口头文学，在漫长的岁月里，记录了历史，积累了智慧，继承了传统，创造了文明，是我们及我们的子孙后代极为珍贵的文化遗产。保存、保护和利用好民间口头文学，是我们义不容辞的责任。

东丰县从事大规模的民间文学工作始于1981年。25年来，在县委、县政府的重视和支持下，在上级有关部门的领导和指导下，组织了遍布全县23个乡镇（现为14个乡镇）280多人的业余队伍，先后对全县2 100个自然屯进行了普查、搜集和整理，共收到民间文学作品16 283篇（首、条），约620万字，先后筹集资金编印了13种民间文学作品集，约120万字。在此尤应提及的是，1983年3月，时任吉林省文化厅副厅长吴景春、吉林省民间文艺研究会秘书长李文瑞、吉林省四平市民间文艺研究会主席李沫，同年10月，时任东北师范大学副教授汪玢玲带硕士研究生刘晔原，1984年4月，时任吉林省社会科学学会联合会副主席、党组副书记孙瑕、吉林省民俗学会秘书长王博、吉林省文化馆学会秘书长李志忠等8名领导同志，先后专程来我县检查、指导民俗学、民间文学工作，这些无疑是对我们工作的支持、鼓励和推动。

1986~1988年，按照吉林省文化厅、吉林省民族事务委员会、吉林省民间文艺家协会关于编辑出版《吉林省民间文学集成》县卷本的文件精神和要求，成立了由时任副县长张继涛、县委宣传部长刘景武、县文化局长王青山为顾问，时任县文化馆馆长董硕为主编的《吉林省民间文学集成·东丰县卷》编委会。1986年4月，时任吉林省文化厅厅长吴景春来东丰检查、指导包括民间文学工作在内的文化艺术工作；1987年4月，时任吉林省文联副主席王国治、吉林省民间文艺家协会副秘书长曹保明、吉林省辽源市民间文艺家协会主席张荣久对该书做了详细、负责的审阅。

2005年11月，根据吉林省民间文艺家协会《关于辽源地区作为试点编撰民间故事县卷本的通知》（吉民协发字〔2005〕11号）文件精神，于11月21日成立了由县委副书记王克成、副县长滕宝春为顾问，县文化新闻出版和体育局（以下简称文体局）局长赵志才为主任、文体局副局长李明成为副主任、文联秘书长周传波为办公室主任、文体局文化艺术科科长刘丰年为主编的《中国民间故事全书·吉林·东丰卷》编委会。2006年10月，增补文体局副局长毛广利为编委会副主任。按照中国民间文艺家协会《〈中国民间故事全书〉编纂出版细则》的要求，本书共收入民间文学作品210篇，其中传说95篇，故事81篇，笑话34篇。在收集资料、编选、成书等一系列工作中，我们始终得到吉林省民间文艺家协会主席曹保明的具体指导和县档案局、县志办等单位的热情帮助。

民间文学曾经给予我们很多快乐和智慧，今天，我们应该给予民间文学更好的保存和保护。愿一切有志于民间文学事业的有心人好心人热心人取得新成就，创造新辉煌。

中国民间文学事业万岁。

编　者

2006年10月

责任编辑：孙　昕　　　　　　　　　责任校对：董志英
特约编辑：门书文　　　　　　　　　责任出版：卢运霞

图书在版编目（CIP）数据

中国民间故事全书·吉林·东丰卷/白庚胜总主编.—北京：知识产权出版社，2009.3
ISBN 978-7-80198-909-3
Ⅰ.中…　Ⅱ.白…　Ⅲ.民间故事-作品集-东丰县　Ⅳ.I277.3
中国版本图书馆CIP数据核字（2009）第023810号

中国民间故事全书·吉林·东丰卷
总 主 编　白庚胜
本卷主编　刘丰年

出版发行：知识产权出版社
社　　址：北京市海淀区马甸桥马甸南村1号院　　邮　　编：100088
网　　址：http：//www.ipph.cn　　邮　　箱：bjb@cnipr.com
发行电话：010-82000893　82000860转8101　　传　　真：010-82000893
责编电话：010-82000889　82000860转8111　　责编邮箱：sunxin@cnipr.com
印　　刷：北京凯达印务有限公司　　经　　销：新华书店及相关销售网点
开　　本：880mm×1230mm　1/32　　印　　张：14.875
版　　次：2009年3月第1版　　印　　次：2009年3月第1次印刷
字　　数：423千字　　定　　价：44.00元
ISBN 978-7-80198-909-3/I·084（1963）